Clara Bernardi

LETZTES GEBET
AM COMER SEE

Clara Bernardi

LETZTES GEBET AM COMER SEE

Ein Fall für Giulia Cesare

Kriminalroman

DUMONT

Von Clara Bernardi sind bei DuMont außerdem erschienen:
Requiem am Comer See
Letzte Klappe am Comer See
Schwarze Brillanten am Comer See

Dieses Buch wurde klimaneutral produziert.

Klimaneutral
Druckprodukt
ClimatePartner.com/17531-2110-1001

Erste Auflage 2022
© 2022 DuMont Buchverlag, Köln
Alle Rechte vorbehalten
Lektorat: Maria Schmidt
Umschlaggestaltung: Lübbeke Naumann Thoben, Köln
Umschlagabbildung: © heyengel / Alamy Stock Foto
Satz: Fagott, Ffm
Gesetzt aus der Garamond und der Six Caps
Druck und Verarbeitung: CPI books GmbH, Leck
Gedruckt auf säurefreiem und chlorfrei gebleichtem Papier
Printed in Germany
ISBN 978-3-8321-6619-9

www.dumont-buchverlag.de

Für Stefanie

PERSONAL

GIULIA CESARE
Commissario und stolze Comaschi, der die Prioritäten
zwischen ihrem Heimatdorf und der Polizeiarbeit
öfter mal verrutschen

BRUTUS GRAZIOLI
Giulias bester Freund und ein akribischer Postbote,
der mehr Angst vor Hunden als vor Kriminellen hat

JACOPO PAVESE
Ein liebender Ehemann, der hervorragend kocht
und Giulia fast keinen Wunsch abschlagen kann

MARIA CESARE
Giulias temperamentvolle argentinische Mutter,
mit flinken Fingern, wenn es um das Eigentum
anderer Leute geht

PIERGIUSEPPE CESARE
Der Vater, der schon sein halbes Leben auf die große
Schauspielkarriere wartet und ungefragt gut gemeinte Ratschläge
zur Polizeiarbeit gibt

TIZIANA DE ANGELIS
Eigensinnige Bestatterin und Freundin, die über alle
am See etwas sagen kann, aber es meistens nicht tut

ELENA
Giulias taffe Assistentin, die ihrer Commissario öfters
aus der Patsche hilft und sich ab und zu mit Jacopo verbündet

CHIARA ELISA ZORZI
Leiterin der Kriminalpolizei, die trotz ihres jungen Alters und
der rot geschminkten Lippen einen guten Job macht und dennoch
permanent mit Giulia aneinandergerät

PROFESSORE ANDREA FONTANA
Charmanter Rechtsmediziner aus Mailand, der extrem
eigenwillige Untersuchungsmethoden praktiziert und den See
mehr liebt als seiner Ehe guttut

CARMELO RISO
Leiter der Kriminaltechnik, der seine Zunge nicht im Zaum hal-
ten kann und an einem Tatort nur selten gesehen wird

PATER DONATO OGLIARI
Der Mönch, der nach den Geheimnissen seiner Familie sucht
und den Tod findet

ROMUALDO PIERANTOGNETTI
Ein zwielichtiger Puppenspieler, der den Menschen
einen schonungslosen Spiegel vorhält, aber selbst
nicht hineinblicken würde

ALFREDO BOTTI
Der Puppenschnitzer, der sich seiner Familientradition um jeden
Preis verpflichtet sieht und sich damit am Ende alles vergibt

ABT BENEDETTO DER ABTEI VON PIONA
Ein ehrenhafter, kluger Mann, bei dem Geheimnisse
gut aufgehoben sind und der ein wenig zu oft
die Augen vor der Welt verschließt

GIANMARCO ANDREA MARAFINI
Ein Gestrandeter, dessen Leben anders verlaufen wäre,
wenn er Pater Donato nicht getroffen hätte

ARMANDO
Bienenfreund und leichtgläubiger Anhänger der Puppenspieler,
dem die Enttäuschung nicht erspart bleibt

FIORA OGLIARI
Die liebende Schwester, die ein großes Opfer bringen musste
und trotzdem verzeihen kann

COTOLETTO
Der boshafte Drache, für den die Wahrheit ein Spiel
und das Lachen ein Kuss des Teufels ist

TAVÀ
Ein in die Jahre gekommener Seeschiffer, der die Menschen liebt
und sie schließlich doch nicht versteht

1 »Schlag ihm den Kopf ab!«
»Das geht zu weit.«
»Worauf wartest du? Schlag ihm den Kopf ab. Das ist die einzige
Sprache, die diese Kerle verstehen.«
»Er ist ein Mönch.«
»Na und? Du willst seine Pfirsiche, also schlag ihm den Kopf ab.«
»Das ist keine Lösung.«
»Oh doch! Der Weg zum Pfirsichbaum ist frei. Ganz einfach. Die
süßen Früchte sind zum Greifen nah.«
»Die anderen bewachen ihn.«
»Das ist doch keine Hürde.«
»Dann müsste ich allen den Kopf abschlagen!«
»Wo ist das Problem?«
»Man löst seine Probleme nicht mit Gewalt.«
Höhnisches Lachen. »Weiß das die Kirche auch?«
»Ich bitte dich!«
»Um was? Um die Wahrheit? Die kannst du haben. Fast die gesam-
ten zweitausend Jahre ihrer Geschichte haben diese Leute im Namen
ihres Gottes Kriege angezettelt, gemordet, geraubt, verraten. Reicht
dir das?« Ein verächtliches Schnaufen. »Dann weg mit deinen Skru-
peln!«
»Ich habe Angst. Ich habe noch nie einem Mann den Kopf abge-
hauen.«
»Nein, du verdrehst ihnen ihre Köpfe ja nur auf schamlose Weise.«
Ein tiefes Seufzen.
»Ihr Menschen seid alle feige, vor allem wenn ihr Politiker seid.
Gib mir die Axt! Los, mach schon!«

Piergiuseppe, der dicht neben Giulia saß, senkte die Lider, als ob er das, was nun drohte, nicht mit ansehen wollte. Überhaupt schien das gesamte Publikum die Spannung kaum aushalten zu können. Gebannt starrten alle auf die drei Handpuppen, die sich wie von Geisterhand auf der kleinen Bühne des Holzwägelchens bewegten und sich in der letzten knappen Stunde einen rasanten Schlagabtausch über Gott und die Welt geliefert hatten, der nun offenkundig in einem Mord an einem Mönch gipfeln sollte. Giulia fand die Vorstellung des *Teatro dei Burattini* zuweilen ein wenig zu drastisch, aber die Leute am Lago liebten die Puppenspieler, die jedes Jahr mit ihrem mobilen Puppentheater über die Dörfer am See zogen und ihre Geschichten erzählten.

»O Giulia«, seufzte ihr Vater Piergiuseppe leise und voller ehrlicher Bestürzung, »hoffentlich kann *Tavà* den Bruder noch retten.« Nervös rieb er sich mit beiden Handflächen über die Oberschenkel. Im Augenwinkel konnte Giulia seine Zungenspitze sehen, die zwischen seinen Lippen hervorguckte und ihn wie einen kleinen Jungen aussehen ließ.

Giulia hatte keine Ahnung, wer oder was *Tavà* war. Sie sah ein grünes Plüschkrokodil, eine blonde, schicke Dame im engen Kleid und eben einen Mönch, der sich wimmernd hinter seinen erhobenen Händen versteckte. Die Köpfe der Puppen waren aus Holz, aber ihre Gesichter wirkten durch die mit einem feinen Pinselstrich aufgetragenen kräftigen Farben sehr lebendig. Ihre großen ovalen Augen jedenfalls schauten fast schon neugierig in die Welt, und so einige Male hätte man den Eindruck gewinnen können, dass sie einen mit ihrem Blick verfolgten.

»Kopf ab oder nicht?«, wandte sich das Krokodil mit tiefer Stimme ans Publikum.

Giulia schmunzelte innerlich, denn sie konnte sich nicht vorstellen, dass dieser alte Trick, mit dem man jedes Kind begeistern konnte, auch in einem Theaterstück für Erwachsene funktionierte. Doch sie sollte eines Besseren belehrt werden.

»Runter damit, *Cotoletto*!«, forderte ein adrett gekleideter Mann lautstark, der nur zwei Bänke neben ihr saß, woraufhin ihn seine Frau am Oberarm berührte und ihn ein wenig zu zügeln versuchte, obwohl sie mit einer entschiedenen Kopfbewegung kundtat, dass sie das Gleiche dachte.

»Du wagst es nicht, einen Mann Gottes zu richten«, mischte sich ein anderer ein.

»Ha!«, schrie ein Dritter auf. »Die haben es doch nicht anders verdient, diese arroganten Mistkerle.«

»Genau, aber Beeilung! *Cotoletto* darf das nicht mitbekommen«, schrie ein Nächster.

»*Cotoletto* will sich immer beweisen, aber nur wenn seine Drachenfrau nicht dabei ist. Dann darf er nämlich nicht«, raunte Piergiuseppe Giulia zu. Bei dem Krokodil handelte es sich also um einen Drachen, und dem widerfuhr das gleiche Schicksal wie ihrem Vater, dachte Giulia amüsiert. Der ansonsten so zurückhaltende Piergiuseppe jedenfalls schien heute ungewohnt aufgekratzt zu sein. Seitdem er und Giulia hier in Colico, einer kleinen Gemeinde an der nordöstlichen Seite des Sees, angekommen waren, summte er vor sich hin, versuchte sich an dem ein oder anderen flotten Spruch und trug ein Lächeln auf seinen Lippen, das nicht einmal verflogen war, als ihm die Dame am Einlass die Seniorenermäßigung verweigerte. Piergiuseppe, der verkappte Schauspieler, der nichts auf der Welt so sehr liebte wie das Theater und den Film, war in seinem Element. Und seine Frau Maria war weit weg.

Die Stimmung unter den Leuten kochte hoch. Jeder hatte etwas kundzutun. Giulia staunte nicht schlecht, als sich sogar Piergiuseppe in das Geschehen einmischte.

»*Tavà* soll kommen«, brüllte er aus Leibeskräften und hob dabei seinen Hintern ein wenig von der Bank, sodass er die vor ihm Sitzenden überragte. »Er soll entscheiden.«

Auf Piergiuseppes Einwurf reagierte der Drache mit einem ebenso inbrünstigen wie fiesen Lachen.

»Jetzt lachst du noch«, mischte sich jemand aus den hinteren Reihen ein. »Aber warte bloß, bis *Cotoletto* dich erwischt. Und *Tavà* kriegt dich sowieso.«

Giulia stutzte. Die Stimme kannte sie. Sie drehte sich um und versuchte, in dem diffusen Licht den Mann auszumachen, der diese Drohung ausgesprochen hatte. Da saß er. Brutus Grazioli, der Postbote von Abbadia Lariana und ihr ältester und engster Freund. Aber wieso hatte Brutus kein Wort darüber verloren, dass er auch hier sein würde? Dann hätte er doch Piergiuseppe begleiten können. Sie jedenfalls hätte auch eine andere Beschäftigung für ihren freien Samstagvormittag gehabt, als in dieser zugigen Grotte bei einem mörderischen Plüschdrachen zu sitzen. Sie hatte nichts gegen ein wenig gemeinsame Zeit mit Piergiuseppe, vor allem wenn ihre anstrengende Mutter Maria nicht zugegen war, aber es musste nicht ausgerechnet dann sein, wenn Jacopo, ihr Mann, nur ihr zuliebe in der Kirche St. Antonio gerade damit beschäftigt war, das Gestühl zu leimen. Er tat das nicht aus freien Stücken, also nicht so, wie man es jemandem unterstellen würde, der sich für die Gemeinschaft engagierte. Nein, eigentlich beruhten diese Dienste allein auf seiner Liebe zu Giulia, die in ihrem Heimatort Abbadia Lariana so etwas wie eine kleine Berühmtheit war, vor allem was ihre Gutmütigkeit anging. Ihr trugen die Leute so manche Bitte an, die abzuschlagen sie niemals übers Herz brachte, sogar in den Fällen, in denen sie überhaupt nicht in der Lage war zu helfen. Immer dann – und das betraf zum überwiegenden Teil den in dieser Angelegenheit ziemlich freimütigen Prete und seine marode Kirche – musste Jacopo ran. Nicht dass ihm irgendwer dabei zur Hand gehen musste, nein, keineswegs, Jacopo brauchte lediglich jemanden, der ihm den geschwätzigen Prete Filipo vom Leib hielt, wenn er denn heute noch mit seiner Arbeit fertig werden wollte. Giulia reckte den Hals. Nichts erwähnt zu haben, sah Brutus überhaupt nicht ähnlich, zumal er sowohl bei Giulia als auch bei ihren Eltern tagtäglich ein und aus ging, ja quasi zur Familie gehörte und entsprechend alle nahezu lückenlos über alles Wichtige und Unwichtige aus seinem Leben auf dem Laufenden hielt. Der Grund für seine Schweigsamkeit war schnell ausgemacht. Er saß neben ihm und hieß Elena Pellegrini, Mitarbeiterin der Kriminalpolizei der Questura in Lecco und Giulias Assistentin.

Giulia wusste nicht, was sie davon halten sollte. Elena und Brutus hatten sich während ihres letzten Mordfalls zufällig bei ihr zu Hause kennengelernt. Brutus war sofort Feuer und Flamme für die taffe junge Frau gewesen, seine typische schwärmerische Begeisterung, die bei ihm etwas zu häufig vorkam, aber bislang leider nie zu einem Ergebnis geführt hatte. Und Elena? Sie hatte den mindestens um zwanzig Jahre älteren Brutus amüsant gefunden, was er ohne Frage war, wenn man ihn nicht allzu ernst nahm. Aber dass es so weit ging, dass sich Elena für Brutus freiwillig in die ihr so verhasste Provinz begeben hatte, um sich ein altmodisches, eindeutig analoges Puppenspiel anzusehen, konnte Giulia kaum fassen. Das war definitiv eine Seite ihrer Mitarbeiterin, die sie noch nicht kannte. Sollte Brutus tatsächlich der Grund sein, dann würde sich Giulia bei ihm für all die Neckereien und den liebevollen Spott, den sie ihm, solange sie befreundet waren (immerhin mehr als vierzig Jahre), in puncto Frauen angedeihen gelassen hatte, entschuldigen. Und sie würde sich für ihn freuen. Für Elena natürlich auch. Das frenetische Kreischen der Leute holte Giulia aus ihren Gedanken und lenkte ihre Aufmerksamkeit unversehens wieder zurück auf das Stück. Zwei neue Puppen waren aufgetaucht. Eine davon, ein Hund mit weit aufgerissenem Maul und riesigen Zähnen, jagte einen Mann, der dem berühmten Schauspieler George Clooney, der seit einigen Jahren am Lago lebte, wie aus dem Gesicht geschnitten war, wobei der arme Kerl das wilde Tier in einem fort mit geworfenen Pfirsichen abzulenken versuchte. Das Publikum amüsierte sich darüber köstlich. Die Leute klatschten, jubelten und stießen einander an, als wollten sie sich gegenseitig zu noch mehr Begeisterungsstürmen animieren. Dann passierte etwas, mit dem wohl niemand gerechnet hatte. Der Drache *Cotoletto* tauchte wie aus dem Nichts wieder auf. In der Hand hielt er eine Axt, die er in Windeseile auf den ebenfalls zurückgekehrten Mönch niedergehen ließ. Dann geschah alles gleichzeitig: der Aufschrei des Mönches, das aufspritzende Blut, das nach Giulias Dafürhalten die Konsistenz von Tomatensoße hatte, und das Verschwinden der beiden Puppen. Das grelle Licht der Scheinwerfer, die bis zu diesem Zeitpunkt auf das Geschehen gerichtet waren, erlosch. Das Publikum verstummte. Noch bevor irgendjemand realisieren konnte, was gerade passiert war, ging ein einzelner Spot an, in dessen Lichtkegel eine Puppe stand, die bisher noch nicht zu sehen gewesen war. Es handelte sich um einen Mann, der eine dunkelblaue Schiebermütze mit rotem Applikationsband nebst passendem Mantel und weiß-blau gestreiftem Ringelpullover trug und damit an einen Seeschiffer vom Lario aus längst vergangener Zeit erinnerte.

»*Tavà*«, entfuhr es einigen Gästen fast schon ehrfürchtig. Giulia vermutete, dass auch Brutus unter ihnen war, aber sie wandte sich nicht noch einmal um, um ihn nicht in Verlegenheit zu bringen. Ein Privatleben zu haben, war sein gutes Recht, und es lag ihr nichts daran, sich unaufgefordert einzumischen. Noch dazu schien das, was vor ihr geschah, spannender zu werden, und Piergiuseppe griff mit seiner feuchten Hand nach ihrer und drückte sie sanft.

»Da seht ihr Menschen, was passiert, wenn ihr euch leichtfertig ablenken lasst«, sprach *Tavà* in strengem, aber gleichzeitig freundlichem Tonfall zum Auditorium. »Hinter dem scheinbar Harmlosen verbirgt sich mehr, als ihr auf den ersten Blick sehen könnt. Schaut genau hin, bleibt wachsam, für euch und für die anderen. Denn nur so machen wir die Welt zu einem besseren Ort!«

Er verschwand von der Bühne. Der Spot ging aus.

Nach einer kurzen nachdenklichen Pause wollte das Klatschen kaum ein Ende nehmen. Sogar als die normale Beleuchtung schon wieder angeschaltet war, feierten die Leute noch ihre beiden Puppenspieler, die sich nun mit den hölzernen Protagonisten des Vormittages vor dem Bühnenwagen aufgestellt hatten und sich freundlich für die entgegengebrachte Begeisterung bedankten.

»Möchtest du etwas trinken, bevor wir gehen?«, fragte Giulia ihren Vater, als sie aufstand. Sie wäre eigentlich lieber umgehend aufgebrochen, aber sie wollte nicht unhöflich sein.

»Wein!«, schoss es aus Piergiuseppe heraus. »Der muss hier ganz hervorragend sein, sodass man ihn sich nicht entgehen lassen sollte.« Piergiuseppe senkte angesichts der frühen Tageszeit ein wenig genierlich den Kopf und fügte leiser an: »Wenn ich schon mal da bin.«

Giulia sollte auch das recht sein. Sie gönnte ihrem Vater dieses kleine Vergnügen, und wenn Maria Piergiuseppes Alkoholfahne bemerkte und ihr übliches Gezeter anstimmte, würde sie schon in der Kirche bei Jacopo sein. Sie machte sich auf zu dem Mann, der hinter einem kleinen, selbst gebauten Tresen aus alten Bahnschwellen stand und neben Wein auch noch aufgeschnittenen Käse und Oliven anbot.

»Sie sind nicht von hier«, konstatierte er mit lang gezogenen Konsonanten und brummender Stimme, nachdem sie ihre Bestellung aufgegeben hatte. Dabei beäugte er sie mit unverhohlener Neugier. »Ich erkenne Fremde sofort, zumal die Leutchen, die zu *unseren* Puppenspielern kommen, ein eigener Menschenschlag sind.« Er kniff auf unschöne Art seine ohnehin schon schmalen und mit dicken Brauen überwucherten Augen zusammen und heftete seinen Blick auf Giulia. »Sie passen nicht dazu.«

»Wenn ich trotzdem zwei Wein und etwas Käse bekommen kann, ist mir das gleich«, entgegnete Giulia gelassen.

»Mhm. Ich weiß nicht«, gab er abwartend zurück, wobei er ein leeres Glas in seiner Hand hin- und herwiegte und sie dabei mit nach hinten gelegtem Kopf auffallend musterte.

»Wann ist denn eine Entscheidung Ihrerseits zu erwarten?«, fragte Giulia noch immer entspannt. »Ich würde gern zum Abendessen wieder zu Hause sein, dem heutigen.« Giulia kannte den zuweilen seltsamen Humor der Leute vom See nur zu gut, und sie wusste, dass diesem am besten mit einer ebensolchen Unverfrorenheit zu begegnen war.

Er reagierte nicht. Stattdessen bewegte er seinen Mund, als würde er an etwas äußerst Hartem kauen. Nachdem seine Kiefer irgendwann zum Stillstand gekommen waren, fragte er: »Finanzbehörde?«

»Questura Lecco, Commissario«, entgegnete Giulia trocken und ohne dabei seinem Blick auszuweichen.

Millimeter für Millimeter verabschiedete sich die Grimmigkeit aus seinem Gesicht, bis sie einem beinahe herzlichen Lächeln gewichen war. »Wenn das so ist«, freute er sich, machte eine einladende Handbewegung und entkorkte eiligst eine Flasche Wein.

»Das wird sich zeigen, wenn ich den Wein probiert habe«, konterte Giulia und zwinkerte ihm zu.

Sein polterndes Lachen hallte durch die kleine Grotte.

Kein schlechter Witz, sondern eine kleine unversteuerte Nebeneinnahme, dachte Giulia bei sich. Sie registrierte das mit der gleichen Leidenschaft, mit der sie allmorgendlich den Wetterbericht im Radio verfolgte. Für ihre Leute vom See würde sie immer ein Auge zudrücken, noch dazu bei einer derartigen Lappalie, die nicht einmal in ihren Zuständigkeitsbereich fiel. Offenkundig war der Bursche von etwas schlichterem Gemüt, hatte aber womöglich das Glück, dass seiner Familie eine der ansprechenderen Naturgrotten, die es hier in der Umgebung von Colico des Öfteren gab, gehörte, was, wenn man es schlau genug anstellte, so einiges an Einnahmen brachte. Jedenfalls kamen die kleinen, eher unspektakulären Felsenhöhlen bei den Einheimischen sowie den Touristen gut an. Einige von ihnen beherbergten kleine Lädchen, in denen typische Produkte vom See angeboten wurden, und andere wiederum dienten, wie diese hier, als rustikale Tavernen. Die überwiegende Zahl jedoch, also all jene, die verkehrstechnisch nicht gut zu erreichen waren, wurden, wie schon hunderte Jahre zuvor, als Keller und Lagerräume genutzt.

»Armando, gib mir zwei Wein, schnell.«

Giulia musste sich nicht umdrehen, um zu sehen, wer da neben ihr stand, nervös über die Schulter zurückblickte und mit sich überschlagender Stimme Getränke orderte. Brutus Grazioli hatte es nicht nur besonders eilig, er wollte auch unbedingt alles richtig machen.

»Ich habe *sie* schon gesehen«, entgegnete Armando mit einem anerkennenden Nicken. »Nicht schlecht für einen Postmann.« Er beugte sich zu Brutus herüber. »Und dass du sie mit zu den Puppenspielern genommen hast, war ein echt cleverer Schachzug.« Er fasste sich an sein rechtes Auge und schob das untere Augenlid in Richtung Wange. »Das hat sie umgehauen. Da kann keine widerstehen. Das ist Romantik pur. Nicht wahr?«

Giulia musste sich auf die Zähne beißen, um nicht laut zu lachen.

»Hast du getrunken, Armando?«, entgegnete Brutus, und Giulia kannte ihn gut genug, um allein an der Art, wie er das sagte, seine Zweifel zu bemerken. »Der Wein ist prima«, entgegnete Armando, während er mit einer Flasche hantierte. »Und ich kenne mich aus mit den Frauen«, konstatierte er weiter und schob Brutus die beiden Weingläser über den Tisch zu, die er gerade für ihn gefüllt hatte. »Wie läuft es sonst so unten bei euch?«

»Gut, Armando, gut«, antwortete Brutus hektisch. »Viel zu tun. Du weißt doch, die neuen Bestimmungen. Ich …«. Er griff nach dem Wein und trat unruhig von einem Bein auf das andere.

»Schon gut.« Armando lachte so sehr, dass sein wuchtiger Körper zu beben anfing. »Geh schon, nicht dass sie dir noch ein anderer wegschnappt. Ich wäre nicht abgeneigt.« Er schaute an Brutus vorbei und schnalzte mit der Zunge, was nur bedeuten konnte, dass Elena nicht weit von ihnen stand und wartete. »Zumal sie ja auf Männer von der Post zu stehen scheint, das propere Weib.«

Brutus nickte dankbar, drehte sich um, setzte zum Gehen an und wäre beinahe in Giulia hineingelaufen. »Giuli«, kreischte er vor Schreck und bemühte sich dabei, die Gläser, die durch seine abrupte Rückwärtsbewegung bedrohlich ins Wanken gekommen waren, in seinen Händen so auszubalancieren, dass sich deren Inhalt nicht über seine Freundin ergoss. »Was …?« Er lief vom Hals hinauf bis zum Haaransatz, der bei ihm irgendwo in der Mitte des Kopfes begann, dunkelrot an. »Du?«

»Giulia, schau mal, wen ich hier getroffen habe«, tönte fast im gleichen Moment die laute Stimme ihres Vaters zu ihnen herüber. Giulia sah an den Leuten, die hinter ihr anstanden, vorbei auf Piergiuseppe. Der stand neben Elena, zeigte immer wieder fröhlich auf sie, als hätte er die Entdeckung des Jahres gemacht, und nickte dazu. »Die kleine Elena aus Lecco ist auch hier, und sie mag Handpuppen.«

Giulia brauchte nicht viel Menschenkenntnis, um an der Miene ihrer Assistentin deren begrenzte Begeisterung abzulesen. Woher ihr Vater Elena kennen sollte, fiel ihr so spontan auch nicht ein, und was um alles in der Welt trieb ihn dazu, sie beim Vornamen zu nennen und diesem auch noch das Adjektiv »klein« voranzustellen? Sie kannte Elena gut genug, um zu wissen, dass sie zumindest das Letztere maßlos störte, gerade dann, wenn es aus dem Mund eines alten Mannes kam. Elena war Anfang dreißig, stand mit beiden Beinen im Leben und war die beste Assistentin, die sie jemals gehabt hatte. Noch dazu kämpfte sie, was Giulia ein wenig anstrengend fand, in diversen politischen Gruppen gegen alles, was sie für ungerecht erachtete, vor allem die latent anhaltende Diskriminierung der Frauen.

Brutus, der Piergiuseppes Rufen natürlich auch vernommen hatte, drehte sich mit einer zackigen Bewegung ebenfalls zu ihm um. »Piergiuseppe ist auch da«, hauchte er entsetzt, und Giulia konnte sehen, wie er seine Augen ängstlich über die Umstehenden wandern ließ.

»Maria ist zu Hause«, antwortete sie abgeklärt. »Die Maronenernte bei den Nachbarn, du weißt schon.«

Brutus entspannte sich sichtbar. »Mhm.« Seine Blicke wanderten zwischen Giulia und Elena hin und her, und er schien nicht so recht zu wissen, was er tun sollte.

»So!«, sagte Armando, was für Giulia das Signal war, dass er nun endlich auch ihre Bestellung bearbeitet hatte. »Für Giuli, die Commissario.« Er zwinkerte Giulia ein wenig zu aufdringlich zu, was diese als bloße Selbstüberschätzung in Verbindung mit etwas zu viel Wein abtat. Während sie bezahlte, nutzte Brutus die Gelegenheit, um zu Elena zurückzukehren. Doch zu ihrem Erstaunen hatte er das zweite Glas Wein nicht seiner Begleitung, sondern Piergiuseppe gegeben, dem er jetzt verhalten zuprostete. Jacopo hätte sich über dieses schofelige Verhalten wieder echauffiert, dachte sie. Und es hätte ihn ebenso wiederholt dazu veranlasst, Giulia darauf hinzuweisen, dass ihr bester Freund auf diese Weise niemals eine Frau abbekommen und deswegen auf alle Ewigkeit ihr Anhängsel bleiben würde. Dann blieb nur zu hoffen, dass Elena darüber hinwegsehen konnte.

»Ciao, Elena«, sagte sie, als sie bei den dreien angekommen war, und reichte Elena eines der Gläser. »Schön, dich zu sehen.«

Elena verzog den Mund zu einem gequälten Grinsen, wobei Giulia nicht einschätzen konnte, ob das ihrem unverhofften Zusammentreffen oder dem Anlass galt. »Hi, Commissario.«

»Ich verstehe nicht, warum *Tavà* nicht eher gekommen ist«, beschwerte sich Piergiuseppe bei Brutus. »Er hätte den Mönch retten können.«

»Er muss den Menschen aber auch manchmal eine Lektion erteilen«, widersprach Brutus. »Wer weiß, was der Mönch Schlimmes getan hat?«

Elena schaute Giulia verständnislos an. »Die meinen das ernst, oder?«, flüsterte sie sichtbar konsterniert.

»Ich befürchte, ja«, entgegnete Giulia und stieß mit ihrem Glas sanft gegen das von Elena. Dann trank sie zwei Schlucke. Piergiuseppe hatte recht. Der Wein war ganz hervorragend.

»Aber das sind nur Puppen, oder?« Elena schaute wie zur Versicherung zu der kleinen Bühne hinüber, vor der die Puppenspieler ihre Sachen zusammenpackten.

»Wer kann das schon wissen?«, scherzte Giulia, die sich fragte, wie Brutus es angestellt hatte, Elena hierher zu locken. Dass die beiden regelmäßig miteinander ausgingen, konnte sie sich beim besten Willen nicht vorstellen, zumindest hatte sie davon noch nichts mitbekommen.

»Was kann man denn wohl einem Mann Gottes zur Last legen?«, raunzte Piergiuseppe Brutus an. »Nein, nein, so etwas gehört sich nicht. Das wäre eine bessere Botschaft an die Menschen gewesen. Dann hätte man lieber die Frau Bürgermeisterin umbringen sollen. Die sah sowieso aus, als wäre sie mit allen Wassern gewaschen. Schon allein der kurze Rock …« Er rümpfte die Nase.

Elena entglitten die Gesichtszüge, und man konnte deutlich sehen, dass sie sich nur aus Rücksicht auf Giulia nicht einmischte.

»*Cotoletto* hat immer einen guten Grund. Er macht nichts einfach so«, erklärte Brutus, und beinahe konnte man den Eindruck gewinnen, er wäre ein wenig beleidigt, nur weil Piergiuseppe nicht seiner Meinung war. »James Bond bringt schließlich auch Leute um, nämlich die Bösen.«

21

Piergiuseppe hob die Brauen. »Ein Mönch ist ein Mönch. Dem hat man kein Haar zu krümmen. Wo kommen wir denn da hin? Heiliges Italien! Was ist das denn für eine Welt, in der das Böse über das Gute siegt? *Tavà* hätte das niemals zulassen dürfen. Und *Cotoletto* ist ein hinterhältiger Bösewicht. Wenn die Bürgermeisterin mit ihm gemeinsame Sache macht, dann taugt sie auch nichts. Basta.« Piergiuseppe trank seinen Wein in einem Zug, drückte Giulia wutschnaubend sein leeres Glas in die Hand und ließ sie ohne ein weiteres Wort stehen.

2 Der Kopf lag zwischen den Mangoldblättern. Er wirkte erstaunlich groß, was wohl eine Täuschung war, die darauf zurückgeführt werden konnte, dass man normalerweise ein menschliches Haupt immer im Verhältnis zu seinem Körper zu sehen bekam und damit die Proportionen eindeutiger zuordnen konnte. Seine Haut strahlte förmlich im Schein der Halogenlampe, weiß, stumpf und großporig mit einer kleinen Narbe an der linken Schläfe. Im starken Kontrast dazu standen die auffälligen blauschwarzen Augenringe, die sich über die nicht weniger voluminösen Tränensäcke zogen und dem menschlichen Antlitz, das dieses einzelne Körperteil erstaunlicherweise noch immer besaß, etwas Krankes und Schwaches verliehen. Der Mann, dessen Kopf wie weggeworfen im Gemüsebeet lag, musste um die sechzig Jahre alt sein. Und er war nicht im Mangold gestorben. Der in direkter Nähe fehlende Körper und das nicht vorhandene Blut sprachen dafür. Noch dazu hatte er auffällige Blessuren an seinem linken Ohr und mit feiner Erde überzogene Haare, die eher darauf schließen ließen, dass er anderweitig zwischen die dicken Stängel der Pflanze geraten war.

Giulia senkte die Taschenlampe in Richtung Boden. »Wo liegt sein Körper?«, fragte sie nahezu tonlos. Der Adressat dieser Frage war nicht näher als unbedingt notwendig herangetreten, weshalb sie aufgrund der Dunkelheit nur seine schemenhaften Umrisse ausmachen konnte. Es handelte sich um den Abt Benedetto der Abtei von Piona, der die Leiche gefunden hatte und mitten in der Nacht persönlich nach Abbadia Lariana gefahren war, um Giulia zu Hilfe zu holen.

»Ich weiß es nicht«, entgegnete er mit sanfter Stimme, die keinerlei Aufregung erkennen ließ. »Ich habe es vorgezogen, nicht danach zu suchen.« Er schwieg einen Moment. »Ich wüsste es zu schätzen, wenn Sie das tun.«

Giulia nickte schweigend, ohne dabei zu bemerken, dass ihr Gegenüber es nicht sehen konnte.

»Herr, allmächtiger Gott …, ich bitte dich durch das kostbare Blut …« Er seufzte schwer und murmelte vor sich hin, nur unterbrochen von gelegentlichem Schnäuzen. »Jesus, erbarme dich unser Jesus, befreie die Seelen aus dem Fegefeuer …«

Das Schlagen der Kirchturmuhr verschluckte die letzten Worte. Die Glocke hallte zweimal in die Nacht. Giulia schaute hinauf in den sternenklaren Himmel. Die Sonne ließ noch ein wenig auf sich warten, aber wenn sie am Himmel stand, würde hier oben nichts mehr sein, wie es gestern noch gewesen war.

»Herr im Himmel …«, hob er erneut an.

»Filipo, bitte«, sagte der Abt streng. »Nicht jetzt. Alles hat seine Zeit.«

Das Murmeln verstummte umgehend. Prete Filipo, der Priester aus Giulias Gemeinde und in dieser Angelegenheit quasi der Mittelsmann, hatte es sich nicht nehmen lassen, den Abt und Giulia zu begleiten, aber wie so oft überwog seine Angst am Ende seine Neugier, und er hatte es vorgezogen, am Eingang zum Klostergarten zurückzubleiben und die Dinge aus der Ferne zu verfolgen. Giulia war das ganz recht, denn Filipo neigte ein wenig zur Schwätzerei, auch sein dünnes Nervenkostüm war einer solchen Barbarei eindeutig nicht gewachsen.

»Wissen Sie, wer der Mann ist?«, fragte Giulia, ohne sich von der Stelle zu bewegen.

»Man kann es trotz seines Zustandes noch sehr gut sehen«, gab der Abt zurück. »Es handelt sich um Pater Donato, den Zweitjüngsten unserer Gemeinschaft.« Die Wehmut, die im letzten Teil des Satzes mitschwang, war unüberhörbar.

Obwohl der Abt bemüht leise sprach, verdeutlichten der schrille Aufschrei und das Wimmern von Prete Filipo, dass er die Worte vernommen hatte. Die Tatsache, dass es ein Mann Gottes war, den man gerichtet hatte, schien ihn an den Rand eines Nervenzusammenbruches zu führen.

24

»Ein Mönch«, murmelte Giulia von einem leichten Entsetzen erfasst.

Prete Filipo entfuhr ein erneuter Klagelaut, wobei er sich umgehend wieder unter Kontrolle zu haben schien. Zumindest war ab diesem Moment nur noch sein hastiges Luftholen vernehmbar.

Der Abt antwortete nicht. Stattdessen wandte er sich an den Prete. »Filipo, wärst du bitte so gut, mir meine Jacke zu holen? Um diese Zeit ist es hier oben bei uns doch unangenehm frisch. Auch du selbst solltest dir etwas überwerfen. Die Brise, die der Lago heraufbringt, ist nicht zu unterschätzen.«

Giulia, die ein kurzärmeliges T-Shirt trug und keinerlei Frösteln verspürte, verstand, dass der Abt es für angemessener hielt, den Prete nicht in alles einzuweihen. Filipos schwere Schritte über den Kiesweg ließen Giulia zufrieden ausatmen. »Wie war sein richtiger Name?«, fragte sie den Abt.

»Er war Augusto Ogliari«, entgegnete er leise. »Donato ist ein ungewöhnlicher Name für einen Mönch, aber der Pater war auch ein ungewöhnlicher Mann«, fügte er noch an.

»Was bedeutet das?«, fragte Giulia nach.

Der Abt wirkte abwesend. »Was meinen Sie bitte?«

»Sie sagten, Pater Donato war ein ungewöhnlicher Mann«, wiederholte Giulia.

»Ja, das war er«, antwortete der Abt. »Er war ein Mann von einem Schlag, wie man ihn heutzutage nur noch selten findet.«

Giulia beschloss, später noch einmal darauf zurückzukommen. »Wieso waren Sie um diese späte Stunde hier draußen?«, wollte sie wissen.

»Ich bin ein Mensch, der mit wenig Schlaf auskommt. In Nächten wie diesen zieht es mich hier hinaus. Es ist eine ganz besondere Erfahrung, ein anderer Weg zu Gottes Schöpfung. Den Augen bleiben die Dinge verborgen, aber den Ohren und vor allem der Nase eröffnet sich eine ganz neue, wunderbare Welt. Den intensiven Duft dessen aufzunehmen, was Gott uns tagtäglich schenkt, ist etwas Unvergleichliches«, schwärmte er.

»Mhm. Ich verstehe. Aber so ganz ohne Licht …«, sagte Giulia. Sie schaute sich unschlüssig um. Das Kloster stand auf der Spitze der kleinen Halbinsel Olgiasca, umgeben von dichtem Wald und Obstbäumen. Die Anlage war von einer beachtlichen Größe. Sie war alt und verwinkelt, und es gab diverse Wirtschaftsgebäude. Nachts war das hier nicht gerade ein Ort, an dem man spazieren gehen wollte. Nicht einmal die Lichter des nächsten Hauses waren zu erkennen. Bis dorthin, also nach Colico, durften es gut und gern fünf Kilometer sein.

»Ich lebe seit über sechzig Jahren hier. Dann findet man, ohne zu sehen«, erwiderte der Abt.

Aber nicht mitten in der Nacht einen abgeschlagenen menschlichen Kopf zwischen fettem Mangold, dachte Giulia bei sich und wollte den Abt gerade danach fragen, als er ihr zuvorkam.

»Er lag vor meinen Füßen, also …« Er stockte. »Ich bin, na ja, die Spitze meines Schuhs muss ihn touchiert haben. Zunächst habe ich gedacht, einer der Mönche hätte einen Korb auf dem Weg vergessen, aber als ich mich danach bückte, wusste ich, dass es nicht so war. Bedauerlicherweise. Ich hätte meine Brüder lieber am heutigen Morgen zu mehr Sorgsamkeit gemahnt.« Er sagte dies mit so viel Fürsorge, dass Giulia nicht an seinen Worten zweifeln konnte.

»Wann haben Sie den Pater das letzte Mal gesehen?«, wollte sie wissen.

»Wir versammeln uns samstags immer zu einem Abendgebet«, erklärte er. »Das begehen wir um einundzwanzig Uhr im Chiostro.« Er schaute Giulia prüfend an und redete dann zügig weiter. »Es ist ungewöhnlich, den Sonntag mit einem gemeinsamen Gebet im Kreuzgang einzuleiten. Das ist mir bewusst. Aber mein Vorgänger, Abt Luciano, sowie auch dessen Vorgänger«, er hielt versonnen inne, »und wiederum der davor haben es bereits so gehalten. Der Kreuzgang ist das Herzstück unseres Klosters und ein überaus spiritueller Ort.«

»Und was war danach?«, wollte Giulia wissen. Sie wusste nicht, wo man für gewöhnlich betete oder wie ansonsten der Tagesablauf in einem Kloster aussah, und ehrlicherweise hatte sie sich als Ungläubige noch niemals Gedanken darüber gemacht. Die Abtei von Piona hingegen war ihr ein Begriff. Die kannte jedes Kind am See, nicht zuletzt weil man ihre dicken, felsigen Mauern weithin sehen konnte. Zudem wurden die Mönche für ihren Kräuterlikör und auch diverse andere Genussmittel an dieser Seite des Larios überaus geschätzt.

»Für gewöhnlich ziehen wir uns für die Nacht zurück. Ich gehe davon aus, dass es Pater Donato ebenfalls so gehalten hat. Ich habe ihn jedenfalls nicht noch einmal gesehen«, antwortete der Abt. »In einem Kloster gibt es Regeln. Das ist wichtig für die Gemeinschaft und um sich auf das Wesentliche, die Verbindung zu Gott, konzentrieren zu können.«

»Was könnte der Pater hier so spät gewollt haben?«, fragte Giulia.

»Seine Bienenkörbe stehen hier. Pater Donato war Imker. Er wird noch einmal nach seinen Völkern geschaut haben«, antwortete der Abt.

»Nachts?«

Der Abt schien ihre Skepsis herauszuhören. »Donato war ein sehr feinsinniger, weiser Mensch mit großer Sorgfalt für die Dinge, die ihm anvertraut waren«, erklärte er. »Wir hatten es in letzter Zeit hin und wieder mit Vandalismus zu tun, verirrte Menschen, die ihren Zorn an wehrlosen Geschöpfen auslassen müssen. Donato hat auf diese Weise vier Bienenvölker verloren. Womöglich hatte er etwas gehört und wollte nachsehen ...«

»Allein ...?« Giulia konnte das kaum glauben, so leichtsinnig erschien ihr ein solches Verhalten.

»Niemand von uns ist jemals allein«, entgegnete der Abt.

Giulia ließ die Antwort so stehen. »Wissen Sie, wer Ihnen etwas Böses wollte?«, fragte sie weiter.

»Wer kann das schon von seinen Feinden genau sagen«, gab der Abt zurück, und Giulia war es, als ob ein feines Schmunzeln in seiner Stimme lag. »Ein paar zufällig vorbeikommende Rowdys, eine arme Seele, die sich von Gott ungerecht behandelt fühlt, ein neidischer, unzufriedener Mensch ... Ich weiß es schlichtweg nicht. Und am Ende spielt es auch keine Rolle. Wir richten nicht. Wir schließen denjenigen in unsere Gebete ein.«

Giulia konnte das nicht so großzügig abtun wie der Abt. Immerhin war es möglich, dass eine dieser verirrten Seelen einen Menschen kaltblütig ermordet hatte. »Heißt es bei Ihnen nicht: ›Du sollst nicht töten‹?«, fragte sie. »So ist es«, gab er zurück. »Aber die Menschen sind fehlbar, ein Opfer ihrer selbst. Darf man sie deshalb bis in alle Ewigkeit verdammen? Wer immer das dem Pater angetan hat, hat eine schlimme Sünde begangen, aber sie kann ihm vergeben werden.« Giulia hatte für seine Glaubenshaltung volles Verständnis. Ihretwegen konnte der Abt alles und jeden mit seiner schier grenzenlosen Menschenliebe freisprechen, aber sie befolgte die weltlichen Regeln, und die besagten, dass sie denjenigen finden und seiner gerechten Strafe zuführen musste. »Was ist außer dem Angriff auf die Bienen noch passiert?«, fragte sie.

»Ein paar zertrümmerte Blumentöpfe, gestohlenes Gemüse, ein eingeschlagenes Fenster, die verschwundenen Tageseinnahmen unseres Klosterladens …« Er schwieg so abrupt, dass es schon verräterisch war. Giulia jedenfalls hätte schwören können, dass es da noch mehr gab, was der Abt ihr allerdings tunlichst verheimlichen wollte. Trotzdem klang das, was er da gerade aufgezählt hatte, in seiner Gesamtheit nicht gerade nach einer Lappalie und schon überhaupt nicht nach Zufall. Zu einer gezielten Nachfrage kam sie jedoch jetzt nicht mehr.

»Verehrter Abt.« Prete Filipo war zurück, und an seinem schweren Atem konnte man hören, dass er sich ziemlich beeilt haben musste. »Ich hätte dann eine Jacke«, japste er, wobei er offenbar wieder nicht weiter als bis zur Pforte gegangen war und nun darauf wartete, dass der Abt ihm entgegenkam.

»Wir sollten gehen«, sagte Giulia leise. Es wurde Zeit, die Kollegen zu informieren. Noch dazu war der Klostergarten unter den Bedingungen nicht gerade der beste Ort, um das Gespräch mit dem Abt fortzuführen.

»Wir kommen, Filipo«, bestätigte der Abt laut. Er rührte sich jedoch nicht. »Commissario Cesare, es ist wichtig, diese Sache mit äußerster Diskretion zu behandeln«, sagte er mit Nachdruck, aber gedämpfter Stimme. »Prete Filipo hat mir zugesichert, dass Sie dahin gehend sein absolutes Vertrauen genießen. Unsere Abtei hat einen herausragenden Ruf hier in der Region, man orientiert sich an uns, auch in diesen Zeiten. Zudem will ich meine Brüder keinesfalls verunsichern. Wir sind ein Ort der Zuflucht und Sicherheit, des Geborgenseins. Das Bild lässt sich nur schwer aufrechterhalten, wenn dieses schreckliche Verbrechen die Runde macht.«

Giulia wusste, dass sich dies leider kaum vermeiden ließ. »Ich verstehe«, sagte sie nur. Während sie dem Abt und sich den Weg hinaus aus dem Garten leuchtete, dachte sie an das Puppenspiel, das sie am heutigen Vormittag gesehen hatte. Die Worte des Drachen *Cotoletto* hallten noch in ihren Ohren. Nun war der Kopf des Mönches ab. An einen Zufall wollte sie dabei jedoch nicht so recht glauben.

***

Der mittlere Teil des Klostergartens, dort, wo der Abt den Kopf seines Mitbruders gefunden hatte, war von kalt-weißen LED-Scheinwerfern ausgeleuchtet. Zwischen den Buchsbaumhecken, die die Beetbereiche fein säuberlich voneinander trennten und damit dem Garten eine beruhigende Systematik und Gleichförmigkeit verliehen, hantierten drei vollständig in weiße Plastikanzüge gehüllte Kriminaltechniker herum. Unweit von ihnen kniete Professore Andrea Fontana, der Rechtsmediziner aus Mailand, im Gemüsebeet und begutachtete in seinem üblichen schier grenzenlosen Langmut den Kopf der Leiche. Neben ihm hockte eine junge Frau, die Giulia gänzlich unbekannt war, die ihm jedoch augenscheinlich überaus beflissen zur Hand ging. Obwohl kein einziges Wort bei alldem fiel und die Abläufe ohne jegliche Eile oder Aufregung erfolgten, ging von dieser Szenerie eine erstaunliche Unruhe aus, ja sogar etwas schauderhaft Irrsinniges. Womöglich waren es das diffuse Licht, das um sie herum herrschte, die Einsamkeit des Ortes und die über ihnen kreisenden Falken, die wie zur Anklage unaufhörlich kreischten. Für Giulia fühlte es sich an, als wäre dieses Refugium mit grausamer Härte in der Realität angekommen, ebenso bedroht und verwundbar wie alles andere außerhalb dieser Mauern auch. Dem hatte nicht einmal die prächtige Kirche St. Nicola, deren kräftiges Geläut seit Jahrhunderten über den See schallte und die von hier oben scheinbar über das gesamte Ostufer wachte, etwas entgegenzusetzen. Wie zum Trotz vermeldeten ihre Glocken die fünfte Stunde. Aber das würde an dem, was hier in der vergangenen Nacht geschehen sein musste, niemals mehr etwas ändern können.

Giulia ging an den Kriminaltechnikern vorbei und nickte ihnen kurz zu. Sie verkniff sich die Frage, wo deren Chef Carmelo Riso abgeblieben war. Seit er vor einer halben Stunde aus dem Auto gestiegen war und sie mit leidlichem Elan begrüßt hatte, war er irgendwo auf dem Gelände verschwunden, aber Giulia machte sich keine Illusionen, dass dies irgendetwas mit seiner Arbeit zu tun haben könnte. Riso schaute sich die Gegend an, zählte Sternschnuppen oder saß im Zweifelsfall sogar auf der Toilette, Hauptsache, er konnte der lästigen Aufgabe der Leitung der Kriminaltechnik entgehen.

»Wie sieht es aus, Professore?«, fragte sie, noch bevor sie ganz auf dessen Höhe angekommen war.

»Die Sonne wird bald aufgehen«, verkündete er voller Enthusiasmus und mit einem flüchtigen Blick zum Himmel. »Die Spätsommer haben hier am See eine unvergleichlich schöne Romantik. Findest du nicht, Giuli?«

»Meinst du jetzt gerade im Augenblick?«, fragte Giulia, während der Professore den Kopf des toten Mönches aufhob, um ihn sorgsam auf einer direkt neben ihm ausgebreiteten Folie wieder abzulegen.

Die Begleitung des Professore, die aus der Nähe betrachtet wohl eher noch ein junges Mädchen als eine Frau war, freute sich sichtlich über Giulias Bemerkung. Mit einer schnellen Bewegung stand sie auf und streckte Giulia die behandschuhte Hand entgegen. »Sonia Vanni. Ich freue mich, Sie endlich kennenzulernen. Ich habe schon viel von Ihnen gehört, Signora Cesare«, sagte sie, und Giulia glaubte, einen venezianischen Dialekt herauszuhören.

»Der Handschuh, Sonia, denk an den Handschuh«, mahnte der Professore, ohne von seinem Tun abzulassen.

Sonia zog ihre Hand zurück, lächelte genant, streifte sich zügig den Handschuh ab und versuchte es noch einmal. »Sonia Vanni.« Giulia erwiderte ihren Gruß und lächelte freundlich.

»Und jetzt nimmst du dir bitte ein neues Paar, oder wie meinst du, kriegst du den Handschuh wieder angezogen, ohne zu riskieren, dass deine eigene DNA daran haftet?«, maßregelte Fontana sie erneut. Sonia schien das an Gängelei grenzende Verhalten nicht zu beirren. Sie lächelte dankbar. »Onkel Andrea bringt mir alles bei. Ich möchte einmal sein Institut übernehmen«, verkündete sie mit einer erstaunlichen Naivität.

»Na, na, na«, mischte sich Fontana ein. »Ich bin in der Blüte meiner Jahre.« Er schaltete die Lampe ein, die an einem schmalen Stirnband, das er um seinen Kopf trug, festgemacht war, und beugte sich tief über den Kopf des Mönches. Dann befühlte er die ausgefranste Haut dessen, was vom Hals noch am Schädel zurückgeblieben war. Schließlich nahm er eine Pinzette und zupfte diverse Knochensplitter von dem herausragenden Wirbelsäulenstummel. »Mhm. Na ja«, murmelte er. »Sonia, bitte geh zum Wagen, und hol mir eine Lupe, die größere aus der braunen Tasche«, bat er, ohne sich von seinem Untersuchungsgegenstand abzuwenden. Nachdem das Mädchen davongeeilt war, wandte er sich zu Giulia um. »Schön sauber abgetrennt, unterhalb des zweiten Halswirbels, siehst du.« Er zeigte mit dem Finger auf das, was er meinte. »Atlas und Axis sind unversehrt.«

»Du brauchst keine Lupe, Fontana«, entgegnete Giulia, die den alten Schlawiner lange genug kannte, um sich nicht täuschen zu lassen. »Deine Taschen stehen alle hier.«

»Ach, Giuli«, seufzte er. »Sonia ist ein liebes Kind, die Tochter meiner Schwägerin. Sie ist auch nicht frei von Talent, aber ob ich der richtige Lehrmeister für sie bin?« Er sortierte die Splitter in ein kleines Plastikgefäß. »Ich bin ein Einzelgänger, das weißt du, zumindest, was meine Arbeit betrifft. Die Toten reden doch schon genug, da kann ich mich nicht auch noch mit den Lebenden beschäftigen, schon gar nicht während meiner Arbeitszeit.« Er zwinkerte Giulia zweideutig zu.

»Signora Fontana hat sie dir als Aufpasserin mitgeschickt«, schlussfolgerte Giulia und konnte ihre Schadenfreude nicht verbergen. Solange sie den Professore kannte, hatte er unzählige Affären gehabt, vorwiegend mit sehr jungen Frauen, meist außerhalb seines Standes und weit ab von seinen intellektuellen Fähigkeiten. Fontana, ein eleganter und erfolgreicher Mitfünfziger, schien das für sein Selbstbewusstsein zu brauchen. Manchmal hatte sie in dieser langen Zeit den Eindruck gewonnen, dass diese Eskapaden sein Lebenselixier waren. Und nun sollte damit Schluss sein. Aus Sicht der Signora konnte Giulia das nur gutheißen, aber ob Fontana dazu fähig war, bezweifelte sie.

»Exakt. Ich habe seit zwei Wochen eine neunzehnjährige Gouvernante«, entgegnete Fontana beiläufig. »Und sie ist, wie die Signora festgelegt hat, meine letzte Chance. Und das passiert ausgerechnet mir.« Der Gedanke schien ihn zu belustigen.

»Respekt«, konterte Giulia und dachte an ihre letzte Begegnung mit dem Professore vor ein paar Wochen. Er war nicht mehr er selbst gewesen, ungepflegt, mürrisch und auf eine unangenehme Art verdrießlich. Obwohl er damals kein Wort über seine privaten Probleme verloren hatte, was er ohnehin grundsätzlich nie tat, hatte sich Giulia schon denken können, dass die Signora dahintersteckte. Irgendwann wurde es sogar eine noch so tolerante Frau schlichtweg leid, zumal man, und das wusste Giulia aus eigener Erfahrung, mit zunehmendem Alter immer weniger dazu bereit war, Kompromisse einzugehen. Dass dies insbesondere für die Treue des eigenen Ehemannes galt, war anzunehmen.

»Höre ich da Ironie?«, fragte Fontana, wobei er Pater Donato sanft durch die ergrauten lockigen Haare fuhr und schließlich seine Nase tief darin vergrub. Er schnüffelte so intensiv daran, wie man es zuweilen bei einem wunderbar frisch duftenden Stück Wäsche tat.

»Keineswegs«, antwortete Giulia, als wäre das, was der Professore da gerade tat, das Normalste der Welt.

»Erstaunlich«, murmelte Fontana, dessen Nase immer noch im Haarschopf des Toten verharrte. »Wirklich außergewöhnlich interessant.«

»Fontana, mach es nicht so spannend«, entgegnete Giulia.

»Da ist keine Tasche, Onkel Andrea«, sagte Sonia, die sichtlich enttäuscht zurückgekehrt war und den Eindruck machte, als würde sie an sich zweifeln und nicht an ihrem Mentor.

Fontana überhörte das geflissentlich. Irgendetwas beschäftigte ihn. Das konnte Giulia ihm ansehen, obwohl die Hälfte seines Gesichtes noch immer von den Locken des Paters verdeckt war.

Sonia hingegen schien mit den absonderlichen Marotten ihres Onkels noch nicht so intensiv vertraut zu sein. Sie starrte ihn mit weit aufgerissenem Mund an und schien nicht einordnen zu können, was sie da sah.

Giulia räusperte sich. Als sie Sonias Aufmerksamkeit auf sich gezogen hatte, zwinkerte sie dem Mädchen verschwörerisch zu. Sonia quittierte das mit einem verkniffenen Lächeln.

»Fontana?«, fragte Giulia noch einmal.

»Johannisbeeren. Schwarze Johannisbeeren«, antwortete er. »Nur sie haben diesen unverkennbar intensiven Geruch.«

»Du meinst, er hat vor seinem Tod noch welche geerntet?«, hakte Giulia nach.

»Was er gemacht hat, weiß ich nicht, aber er riecht nach Johannisbeeren, und das sehr stark«, entgegnete Fontana. »Hier gibt es unter Garantie welche. Mönche bauen alles an, vor allem Dinge, aus denen man einen schmackhaften Likör machen kann. Meinetwegen auch Haarwasser.« Endlich hob er wieder seinen Kopf und schaute Giulia selbstzufrieden ins Gesicht. »Und eine feine Note kalter Rauch, würde ich sagen. Womöglich hat der Pater heimlich hinter den Beerensträuchern geraucht.« Fontanas Übermut war heute wieder kaum auszuhalten, und Giulia hätte wetten können, dass da irgendetwas im Busch war. Ganz sicher jedoch war das nichts, was Sonia mitbekommen durfte. »Und übrigens: Der Mann hatte ein veritables Problem mit seinen Nieren. Wenn irgendwann der Rest von ihm noch auftauchen sollte, kann ich dir das beweisen. Die Augenringe nebst Tränensäcken jedenfalls sprechen schon mal dafür«, dozierte Fontana weiter.

»So etwas siehst du?«, fragte Sonia voller Begeisterung dazwischen. »Wow!«

»Oh ja!«, triumphierte Fontana, der den Blick immer noch auf Giulia gerichtet hatte. »Das ist allerdings keine Kunst. Jeder gute Mediziner kann vom Äußeren seiner Patienten auf diverse Krankheitsbilder schließen. Die Natur sendet sehr eindeutige Signale. Man muss sie nur zu lesen wissen.«

Giulias Reaktion fiel jetzt deutlich verhaltener aus. »Aha«, entgegnete sie ein wenig zu spitz. Sie schätzte Fontana über alle Maßen, aber seine Akribie auch bei Dingen, die ganz offensichtlich nichts mit dem Mord zu tun hatten, ging ihr gehörig auf die Nerven, vor allem weil sie diese Nacht noch nicht eine Stunde geschlafen hatte und, da es langsam hell wurde, heute wohl auch nicht mehr dazu kommen würde.

»Meine liebe Commissario«, hob der Professore an. »Ich kann nur mit den Dingen arbeiten, die mir zur Verfügung stehen. Wenn der Einfaltspinsel da drüben«, er deutete mit einer seitwärtsgerichteten Kopfbewegung zu den Kriminaltechnikern, »seine Arbeit machen und mir den Körper des Mannes bringen würde, sähe das ein wenig anders aus.«

»Reg dich nicht auf. Du kennst ihn«, beschwichtigte ihn Giulia.

»Ein schwerer Missstand meines Lebens«, entgegnete Fontana betont angewidert.

»Was hast du?«, fragte sie, um das leidliche Thema Carmelo Riso zu beenden. Immer wenn die beiden Männer aufeinandertrafen, gab es eine Zänkerei wie zwischen zwei greisen Weibern an einem Waschplatz. Giulia, die lediglich an der schnellen Lösung ihres Falls interessiert war, sah sich jedes Mal einem Vabanquespiel ausgesetzt, was sie nicht nur lähmte, sondern ihr auch tierisch auf die Nerven fiel. Aber Fontana war nun einmal der Beste seines Faches, zumindest in Norditalien, und Riso stammte aus Sizilien, zu allem Überfluss auch noch aus dem Nachbardorf des Questore. Welche Wahl blieb ihr also?

»Unser Opfer weist keinerlei Kopfverletzungen auf, woraus ich schließen würde, dass man ihn nicht vorher k. o. geschlagen hat. Ob es dennoch einen Kampf gab und wann der Todeszeitpunkt war, kann ich dir jedoch noch nicht sagen. Dazu brauche ich …« Er wieder-

34

holte die Kopfbewegung von eben. »Schlimm genug, dass man mit solchen Leuten arbeiten muss.« Er rümpfte die Nase. »Die Todesursache ist offensichtlich. Ich tippe auf ein Beil oder eher eine Axt. Der Schlag hat gesessen. Vermutlich brauchte es keinen zweiten. Zumindest würde ich das bei der geraden Knochenkante nicht annehmen. Unser Mörder sollte also ein Mann oder eine russische Hammerwerferin sein, was vermutlich fast auf das Gleiche herauskommt.«

Sonia kicherte.

»Neben einem Toten wird nicht gelacht!«, meckerte der Professore übertrieben pikiert.

Sonia unterband es umgehend und wirkte mit ihrem betont ernsten Gesichtsausdruck noch kindlicher, als sie ohnehin schon daherkam. Giulia fragte sich, wie die Signora darauf kommen konnte, dass sich ein alter Fuchs wie Fontana von so einem jungen Ding im Zaum halten ließe? Und vor allem: Wie sollte das vonstattengehen? Sonia konnte ihn wohl kaum rund um die Uhr im Auge haben. Aber jeder hatte da sicher seine ganz eigene Strategie.

»Der Mörder jedenfalls stand hinter dem Pater. Das erklärt die Kraft des Schlages, inklusive seines sofortigen Erfolges. Da gab es keinen Kehlkopf, der die Wucht hätte bremsen können«, redete Fontana weiter. »Dann hätte er auch nicht auf direktem Weg den dritten Halswirbel erreicht. So ein Kinn hemmt ungemein, musst du wissen.«

»Er könnte dem Pater hier im Dunkeln aufgelauert haben«, überlegte Giulia.

Fontana schaute sich demonstrativ um. »Wie groß ist das Überraschungsmoment, wenn jemand über Kies läuft, vor allem in der Stille der Nacht?«, fragte er betont gelassen.

»Wenn eine Axt von hinten auf dich zufliegt, spielt das keine Rolle, vorausgesetzt natürlich, der Täter war flink auf den Beinen«, erwiderte Giulia.

»Da hast du auch wieder recht«, entgegnete Fontana.

»Ach nein, igitt, also wirklich!« Der angeekelte Ausruf Risos beendete die Unterhaltung.

Der Professore stöhnte genervt auf.

»Er hat etwas gefunden«, schlussfolgerte Giulia. »Wo bist du, Carmelo?«, rief sie in die Dunkelheit.

»Das könnte jemand wie er nicht einmal sagen, wenn man ihm die GPS-Daten auf die Hand tätowiert hätte«, zischte Fontana boshaft. »Ich weiß nicht, warum ausgerechnet mir das immer passiert«, hörte man Riso schimpfen. »So eine Schweinerei aber auch. Die neuen Schuhe. Die kann ich wegwerfen, am besten noch bevor Tilda sie sieht. Kein normaler Mensch arbeitet nachts, noch dazu im Dunkeln. Das kann ja nichts geben.« Er konnte sich überhaupt nicht beruhigen, was es Giulia leichter machte, ihn zwischen den dichten Gewächsen zu finden, denn sie folgte einfach seiner Stimme. Ein Mitarbeiter Risos begleitete sie unaufgefordert, mit einer Lampe und dem Fotoapparat ausgerüstet.

Riso stand zwischen dichten Johannisbeerbüschen und war schwer damit beschäftigt, seine Füße im Wechsel vom Boden anzuheben und zu betrachten. Dass er sich dabei keinen Zentimeter vor- oder zurückbewegt hatte, war an den Abdrücken seiner Schuhe in der vom Blut rot gefärbten Erde unschwer zu erkennen. Die sich direkt vor ihm ergießende Lache war zwar teilweise im trockenen Boden versickert, aber durch die Kühle der Nacht und die Feuchtigkeit des Sees war noch genug übrig geblieben, um zweifelsfrei auf den Tatort schließen zu können. Der Körper des Paters musste also irgendwo hier sein. Giulia legte die Hand auf den Arm des Kollegen, der neben ihr stand und mit dem Strahler pflichtschuldigst auf seinen Chef zielte, und führte den Lichtkegel zunächst ein wenig nach rechts und dann nach links, um das Ganze anschließend in einem etwas größeren Radius zu wiederholen.

»Da!«, rief der Kriminaltechniker. »Unter den Zucchini.« Er stellte die Lampe ab, richtete sie sorgfältig aus, umkreiste umsichtig die Blutlache und hob eines der großen Blätter an.

Sie hatten Pater Donatos Körper gefunden.

»Ich gehe nach Hause«, maulte Riso. »So eine Sauerei.« Er streckte seine Arme nach Giulia aus, hielt sich an ihr fest und machte einen lang gezogenen Ausfallschritt, um seiner Misere in Richtung Kies zu entkommen. »Da will man einmal ein paar Beeren naschen. Das Abendessen ist Stunden her, und für das Frühstück ist es zu früh. Ich kann nicht arbeiten, wenn ich unterzuckert bin!« Schließlich stapfte er bockig wie ein kleiner Junge davon.

Weder Giulia noch der Kollege von den Kriminaltechnikern reagierten auf den typischen divenhaften Riso-Abgang. Es hätte ohnehin nichts genützt, und meistens waren sie ohne Carmelo sogar besser aufgestellt.

Der Professore jedenfalls ließ nicht lange auf sich warten. Aber ein lang gezogenes »Mhm« war alles, was er herausbrachte.

»Sag es, Fontana«, bat Giulia in nöligem Ton. »Sag es einfach.«

»Schwarze Johannisbeeren«, entgegnete der Professore in einem zufriedenen Singsang. »Auf die Möglichkeit, dass er darin gestorben ist, hätte ich auch allein kommen können. Ich würde meinen, der Kopf hat während seines Falls zumindest die Büsche anständig touchiert.«

»Und Riso hat es herausgefunden«, provozierte ihn Giulia.

Der Professore hob beide Brauen, erwiderte aber nichts, sondern schaute nachdenklich hinter sich zu dem Platz, an dem der Kopf des Paters lag. Dann betrachtete er wieder den Fundort des Körpers. Das wiederholte er mehrfach hintereinander, bevor er etwas sagte. »Die Wucht des Hiebes kann nicht so groß gewesen sein, dass der Kopf gut und gern zehn Meter weit geflogen ist. Es sind doch zehn Meter, Commissario, oder?«

Giulia hätte sogar noch zwei Meter draufgelegt. Sie nickte.

»So ein Kopf ist ja kein Basketball, also nicht, solange er fest mit dem Rumpf verbunden ist«, redete der Professore weiter. »Die Kraft entlädt sich in der Durchtrennung der Halswirbelsäule. Das muss man an sich erst mal schaffen. Ich hätte die Entfernung verstanden, wenn wir auf extrem abschüssigem Gelände wären. Da kann so ein Kopf schon mal ein paar Meter wegrollen. Aber hier …? Nichts rollt einen Hang hinauf. Ausgeschlossen. Der Tod trat zwischen den Beeren ein, und der Kopf liegt im Mangold. Mhm. Schmeckt das eigentlich zusammen?«

»Ich frage Jacopo, wenn ich ihn das nächste Mal sehe«, entgegnete

37

Giulia lax, um dann umgehend umzuschwenken. »Der Täter hat den Kopf mitgenommen …«, überlegte sie.

»Und hat es sich dann anders überlegt und ihn im Gemüsebeet fallen gelassen«, ergänzte der Professore.

»Er könnte überrascht worden sein und musste schnell fliehen«, sagte Giulia. Sie hielt inne. »Aber selbst bei all dem Adrenalin, das ein Mord ausschütten kann: Wie wahrscheinlich ist es, sich nach einem Kopf zu bücken und ihn mitzunehmen? Was will man vor allem mit einem Kopf?«

»Der fällt auf, ob unter dem Arm oder auf dem Beifahrersitz«, murmelte Fontana nachdenklich. »Und auf dem Küchentisch fängt er irgendwann an zu riechen.«

Sonias Glucksen verriet, dass sie nur mühevoll einen Lacher unterdrücken konnte.

»Die Leiche seines Opfers ist das Lästigste, was einem Mörder passieren kann«, sprach Giulia ihre Gedanken aus. »Zwischen dem dichten Grün hätte es im schlechtesten Fall einige Tage gedauert, den Pater zu finden. Das Klügste wäre es also gewesen, den Kopf einfach hierzulassen.«

»Mörder sind nicht zwangsläufig klug, Commissario, und sie handeln auch nicht zwangsläufig so«, erwiderte der Professore, während er dem Kriminaltechniker, der den Fundort ausgiebig fotografiert hatte, per Handzeichen bedeutete, wo er den Pater gern liegen hätte. Dass er nicht inmitten der Zucchini bleiben konnte, wenn der Professore ungehinderten Zugang haben wollte, stand außer Frage.

Giulia entgegnete nichts. Sie dachte an die Worte des Abtes. Womöglich hatte Pater Donato tatsächlich einen Eindringling bei seinen Bienen erwischt. Die beiden könnten sich gestritten haben, auch ein Handgemenge wäre möglich gewesen. Am Ende packt den Fremden die Wut oder auch die Angst, er schnappt sich von irgendwoher eine Axt und schlägt zu. »Wir brauchen die Mordwaffe«, konstatierte Giulia. »Und schaut mal bitte, ob ihr hier irgendwo einen Geräteschuppen oder so etwas findet. Wenn es eine Affekthandlung war, dürfte der Mörder das Werkzeug kaum dabeigehabt haben.«

»Alles klar, Commissario«, entgegnete der Kollege, während er mit Fontana die Leiche umbettete.

»Ach so, habt bitte auch einen besonderen Blick auf die Bienenkästen. Womöglich finden sich Fingerabdrücke daran.«

»Alles klar, Commissario«, wiederholte er noch einmal.

»Niemand hat das Recht, einem anderen so etwas anzutun«, sagte Sonia, die bisher schweigend neben ihnen gestanden und alles beobachtet hatte. »Dafür sind wir doch Menschen.«

Giulia blieb kurz stehen und schaute das Mädchen angetan an. Vielleicht war Sonia bei Onkel Andrea doch gar nicht so schlecht aufgehoben. Als Sonia ihren Blick bemerkte, lächelte sie verschämt, senkte den Kopf und ging zu Fontanas Auto. Giulia schaute noch einmal auf den Toten. Die Kutte des Mönches wirkte unversehrt, soweit man das trotz des ganzen Blutes erkennen konnte. Noch dazu war Pater Donato kein besonders groß gewachsener und eher schmächtiger Mann. Sie betrachtete einen Moment lang die grünen Gummiclogs an seinen Füßen. Solche trug ihre Mutter Maria auch, wenn sie Gartenarbeit machte. Dann ging sie langsam zurück auf den Weg, hielt erneut inne und schaute gedankenversunken hinaus auf den See. Die ersten Sonnenstrahlen zeigten sich in den grünen Baumhängen an der Westseite. Der Tag begann. Erst jetzt bemerkte sie, dass der Abt die ganze Zeit hier gewesen sein musste. Im Augenwinkel sah sie ihn an der Gartenpforte stehen. Er betete.

***

Pater Donatos Zelle maß nicht mehr als sieben oder acht Quadratmeter. Die Wände waren weiß getüncht und standen damit im schönen Kontrast zu den nussbaumfarbenen Holzmöbeln und dem hellen Steinfußboden. Neben einem Schreibpult direkt unter dem Fenster und einem schmalen Tisch, auf dem eine Kerze und ein kleiner Strauß Wildblumen standen, gab es eine in die Wand eingelassene Nische, in der er seine Kleidung aufbewahrte, und eine Kniebank unter einem großen Kruzifix. Diese Möbel, die rundherum an den Wänden des L-förmigen Zimmers aufgebaut waren, wurden nur noch durch seine Schlafliege, eine Art schmalen Alkoven, ergänzt. Unter diesem wiederum schaute ein hellbrauner Lederkoffer hervor.

Der Abt Benedetto hatte Giulia, ohne zu zögern, hierherbringen lassen. Er hatte sogar darauf bestanden, dass der Mönch, der sie begleitet hatte, sich während ihrer Anwesenheit in Donatos Zimmer dezent zurückzog und sie gewähren ließ. Im ersten Moment war ihr dieses Vertrauen etwas ungewöhnlich erschienen, aber jetzt, da sie hier stand, erklärte sich das bereits auf den ersten Blick. Außer diesem Koffer und der Blumen würde es vermutlich nichts geben, was Donatos Zimmer von denen der anderen Mönche unterschied. Die Einfachheit, in der dieser Mann gelebt hatte, war für einen gewöhnlichen Menschen, der beispielsweise diverse elektronische Geräte oder auch den ein oder anderen Nippes sein Eigen nennen konnte, erstaunlich, wenn nicht sogar auf angenehme Weise befremdlich. Giulia hatte nie angenommen, dass das Leben in einem Kloster besonders ausschweifend oder gar luxuriös sein könnte, aber diese spartanische Bescheidenheit hätte sie niemals erwartet. Sie besaß ebenfalls nicht besonders viele Sachen und machte sich nichts aus kostspieligen Prestigeobjekten. Dafür – und da war sie mit Jacopo auf einer Wellenlänge – waren sie zu bescheiden, und überdies bot der *Torre del Barbarossa*, ihr altes umgebautes Wärterhäuschen, schlichtweg zu wenig Raum für Unsinnigkeiten. Aber dass man sich in einer wohlhabenden Gesellschaft wie der italienischen so sehr beschränken konnte, wäre selbst ihr nicht in den Sinn gekommen. Sie trat an das kleine Schreibpult heran, hob dessen Deckel an und schaute hinein. Darin befanden sich eine Bibel, diverse Bücher über Bienenkrankheiten, ein paar getrocknete Blüten, die Giulia keiner Blume zuordnen konnte, und ein goldener Füllhalter. Sie griff nach dem Stift und zog die Kappe ab. Er war erstaunlich schwer und edel. An der zarten Spur Tinte auf der Spitze seiner Feder ließ sich deutlich erkennen, dass er vor Kurzem erst benutzt worden sein musste. Giulia schloss ihn wieder und legte ihn behutsam zurück. Dann nahm sie die Bibel und blätterte darin. Zwischen den Seiten fand sich ebenfalls eine Blüte, eine Rose, zart und zerbrechlich und so alt, dass ihre einstmals rote Farbe kaum noch zu erkennen war. Nachdem sie alles wieder an seinen Platz gelegt hatte, begab sie sich zum Bett. Vorsichtig strich sie über die glatt gezogene Wolldecke, die das Bettzeug verhüllte. Dann ging sie auf die Knie, zog den Koffer hervor, der einiges an Gewicht aufwies, und schob die zerkratzten Messingschnallen beiseite, sodass der Deckel aufsprang. Was sie hier erwartete, war nichts Besonderes. Zwei ziemlich abgenutzte Tabakpfeifen, ein eingerahmtes Schwarz-Weiß-Foto, das, seinem Alter und dem darauf abgelichteten Paar nach zu urteilen, vermutlich Pater Donatos Eltern zeigte, ein kleines Kästchen mit einer Haarlocke darin, ein Paar Bergstiefel und noch mehr Bücher. Ein wenig ratlos legte sie die Dinge zurück, erhob sich und ging zum Fenster hinüber. Hier gab es zu wenig, um den Menschen Donato etwas näher kennenzulernen. Nachdenklich schaute sie durch das dünne Glas der Scheibe. Ihr Blick fiel in den Garten. Vor einem kleinen Mäuerchen, direkt vis-à-vis, standen ein Dutzend akkurat nebeneinander aufgereihte Bienenkästen. Keiner davon wirkte, als wäre er beschädigt oder auch nur verrückt worden. Was auch immer Donato in dieser Nacht da draußen gewollt hatte, die Bienen jedenfalls schienen seine Hilfe nicht gebraucht zu haben.

***

»Gianmarco, so hör doch! Ich bitte dich!« Der Ruf des Abtes blieb augenscheinlich unvernommen, denn der junge Mönch, der aus einer der zahlreichen vom Kreuzgang abgehenden Türen herauskam, zog diese mit Wucht hinter sich zu und eilte davon. Offenbar ohne sie zu bemerken, lief er mit großen Schritten an Giulia vorbei, wobei er seine rechte Faust immer wieder zu seinem Gesicht führte, um sich die Tränen abzuwischen. Giulia schaute ihm nach. Dass der Mord an Pater Donato die Gemeinschaft aufwühlen würde, war abzusehen. Die Frage war dabei nur, was er zutage förderte.

»Oh Giuli«, ertönte plötzlich eine ihr nur zu gut bekannte Stimme. Prete Filipo, dem der Abt in der gestrigen Nacht ein Zimmer zugeteilt hatte, da er niemandem seiner Brüder zumuten wollte, ihn nach Abbadia Lariana bringen zu müssen und Giulia ebenfalls nicht zur Verfügung gestanden hatte, war aufgestanden und erfreute sich ganz offensichtlich einer erstaunlich guten Laune. »Eine Nacht im Kloster ist doch immer wieder wie ein Energieschub, ein wahres Aufputschmittel, das ich jedem nur empfehlen kann.« Er streckte die kurzen, dicken Arme in Richtung Himmel und unterdrückte ein Gähnen. »Hast du auch gut genächtigt?«

Giulia schaute ihn mit unverhohlener Verwunderung an. Unversehens schien er sich auf den Grund ihrer beider Anwesenheit zu besinnen, neigte den Kopf zur Brust und faltete die Hände. »Der arme Pater Donato.« Mit langsamen, schwerfälligen Bewegungen ging er los.

»Kannten Sie ihn?«, fragte Giulia, während sie neben ihm lief.

»Leider nein. Er ist noch nicht lange in Piona, höchstens ein Jahr. Nach allem, was man so hört, stammt er aus der Toskana. Er muss sich jedoch so gut eingefügt haben, dass er als nächster Abt gehandelt wurde.« Der Prete stoppte, beugte sich leicht zu Giulia herüber und legte sich seinen rechten ausgetreckten Zeigefinger auf die Lippen, den er auch dortbehielt, als er weitersprach. »Das aber bitte ganz im Vertrauen, zumal es sich ja auch nur um Gerüchte handelt. Ich bin in die Abläufe der Abtei selbstverständlich nicht eingeweiht, aber man hört ja so das ein oder andere.«

»Geht so etwas schnell, also die Leitung eines Klosters zu übernehmen? Ich meine, braucht es dafür nicht eine gewisse Stellung?«, wollte Giulia wissen.

»Mhm.« Der Prete lief weiter. »Was bedeutet schon schnell? Wenn die Mönche jemanden für geeignet erachten, können sie ihn zum Abt wählen, egal, wie lange er schon in ihrer Mitte ist. Natürlich spielen Vertrauen und Eignung eine Rolle. Und die Wahl muss einstimmig sein. Hatte ich das erwähnt?« Der Prete gestikulierte während des Redens mit seinen Armen, wie er es immer tat. »Das ist eine nicht geringe Hürde, würde ich meinen.«

»Dann war Pater Donato ein angesehener Mann«, schlussfolgerte Giulia. »Anzunehmen«, entgegnete der Prete. »Ach, ist das alles traurig. Und so sinnlos«, jammerte er. »Wenn ich mir vorstelle, dass ich zu dem engen Kreis derer gehöre, die an der Aufklärung dieses Falls beteiligt sind, quasi als direkter Zeuge des Verbrechens.« Er seufzte. »Ich bin mir dieser überaus bedeutenden Aufgabe bewusst, liebe Commissario, vor allem angesichts der Tatsache, dass wir Männer Gottes heutzutage so etwas wie eine aussterbende Spezies darstellen.« Der Prete hob seine Soutane, fasste in seine Hosentasche und zog ein Stofftaschentuch hervor, in das er kraftvoll schnäuzte. »Nimm allein Piona. Hier fänden gut und gern fünfzig, wenn nicht sogar sechzig Brüder ein Zuhause. Stattdessen sind es heute gerade mal noch zehn, äh«, er räusperte sich, »neun, und die meisten von ihnen sind jenseits der sechzig. Abt Benedetto durfte in diesem Jahr seinen siebenundachtzigsten Geburtstag feiern. Da muss man zwangsläufig seine Nachfolge regeln.« Er hielt erneut an. »Das habe ich dir nicht erzählt, Giulia«, sagte er ernst. »Ich gehöre nicht zu den Menschen, die anderer Leute Geschichten umhertragen. Verstehst du!«

Das wäre mir neu, dachte Giulia und schmunzelte in sich hinein. »Nur neun Brüder leben hier«, wiederholte sie seine Worte. »Wie ist dann ein derartiges Arbeitspensum zu bewältigen? Der Garten, die Obstbäume und all das, was damit zusammenhängt.«

»Uns Männern Gottes ist Fleiß, Genügsamkeit und Disziplin in die Wiege gelegt«, entgegnete der Prete bedeutungsvoll.

Giulia wusste, dass er für sein kleines Häuschen mindestens zwei Zugehfrauen beschäftigte. Noch dazu backten und kochten die Frauen des Kirchenchores täglich für ihn, und der Campanaro Chiapponi, der Küster der Gemeinde, kümmerte sich um seine Hühner, also zumindest um all die Dinge, die nicht mit dem Abnehmen der Eier zu tun hatten. Dies jemand anderem zu überlassen, kam für den misstrauischen Filipo nicht in Frage. »Gibt es jemanden, der hier regelmäßig hilft, aus dem Dorf zum Beispiel?«, fragte sie.

Der Prete stoppte vor der Tür, aus der Gianmarco gerade gekommen war. »Ich weiß es nicht.« Er nahm Giulias Hand. »Ich bin jetzt auch in Eile. Gottes Segen, mein Kind.« Der Prete wandte ihr den Rücken zu und stemmte seinen mächtigen Körper gegen die Tür. Als sie sich öffnete, kam Giulia ein angenehmer Duft nach frischem Kaffee und würzigem Brot entgegen. Das musste das Refektorium sein. Und Prete Filipo konnte bei seinem Frühstück offenbar keinen weiteren Aufschub dulden.

***

»Ich war noch nie hier, um eine Fuhre zu machen. Die Mönche sind dahin gehend quasi Selbstversorger. Na gut, sie holen mich immer, wenn es um die Herrichtung der Leichen geht. Da sind sie treue Kunden. Immerhin. Na ja, was heißt treue Kunden. Wenn ich davon leben müsste …«, erklärte Tiziana De Angelis, Giulias greise Freundin und Inhaberin des ältesten Bestattungsunternehmens am See, mit durchdringender Stimme. Sie stand im Kreis der Kriminaltechniker, die sich außerhalb des Gartens für eine kurze Pause versammelt hatten, und blies dicke Nikotinwolken in die Luft. »Dass ich das noch erlebe, nach siebzig Jahren. Eine Fuhre mit einem Mönch.« Sie hustete. »Das Leben ist voller Überraschungen, bis zum Schluss. Das Gegenteil braucht mir gegenüber keiner zu behaupten.« Sie schüttelte ungläubig den Kopf. »Normalerweise komme ich nur hierher, um meine Creme abzuholen. Was auch immer die Kerle da reinmachen, ich habe eine Haut wie eine sechzehnjährige Jungfrau. Wollt ihr mal fühlen?« Tiziana trat an den Hübschesten der Kollegen heran und hielt ihm ihren kleinen, schrumpeligen Arm entgegen. Er schaute belustigt, schien sich aber nicht zu trauen, das Angebot anzunehmen. »Was seid ihr denn für Kerle?«, empörte sich Tiziana künstlich. »Zu meiner Zeit war ein Mann froh, wenn er so etwas angeboten bekommen hat.« Sie lachte kess, woraufhin der Mann ihr eine geöffnete Packung Zigaretten entgegenstreckte und sie nahezu herzlich aufforderte, sich eine zu nehmen. »Na, immerhin«, kommentierte Tiziana lapidar, bediente sich großzügig und schob sich schließlich ihre Beute in die Bauchtasche ihrer schwarzen Schürze. Zwei Züge an ihrem Klimmstängel später redete sie weiter. »Hauptsache, die Kirche zahlt dann auch die Rechnung.«

Wenn sie was wollen, sind sie schnell da, aber ansonsten klebt das Geld an den Brüdern so fest, dass sie sich eher den Arm herausreißen lassen würden, ehe sie etwas davon abgeben.«

Während Tiziana das sagte, näherte sich von hinten ein Mönch, der ein Tablett mit dampfenden Kaffeebechern vor sich hertrug. Zurückhaltend blieb er etwas außerhalb des Kreises stehen und wartete, bis Tiziana zu Ende gesprochen hatte. Als sie ihn bemerkte, sagte sie: »Nichts für ungut, Pater«, und bekreuzigte sich. Der Mönch erwiderte nichts, verteilte den Kaffee und kam mit dem leeren Tablett zurück. Auf Giulias Höhe nickte er stumm, wobei er nicht zu ihr aufsah, sondern seinen Blick fest auf den Weg gerichtet hielt.

»O Giuli, da bist du ja«, freute sich Tiziana, als Giulia an die Gruppe herangetreten war. Sie prostete ihr mit ihrer Tasse zu. »Willst du einen Schluck? Der war doch bestimmt für dich.«

Giulia lehnte dankend ab und ließ ihre Augen suchend durch den Garten schweifen.

»Der schöne Professore und seine Damenbegleitung sind schon weg, falls du den suchst«, sagte Tiziana, die Giulias Blick bemerkt haben musste. »Du hörst von ihm. Aber erst muss ich liefern.«

Giulia quittierte diese Auskunft mit einem Nicken. »Schön, dass du gekommen bist«, sagte sie. »Der Pater muss nach Mailand zur Untersuchung, und dann wird er hier beerdigt.«

»Giuli, hältst du mich für eine senile alte Frau?«, krakelte Tiziana mit rauchiger Stimme. »Meine Mädels fassen den nicht an. Das macht ja auch keine Freude, also die zwei Teile.« Sie hob und senkte die eingefallenen Schultern. »Und ich kurve nur ein bisschen mit ihm durch die Gegend. Er wird sich freuen, noch einmal in die Großstadt zu kommen. Dass ich einen Abstecher zum Dom mache, ist ja wohl Ehrensache.« Sie grinste. »Wer zahlt die Rechnung?«

Giulia machte eine beschwichtigende Handbewegung und wandte sich an die Kollegen. »Habt ihr was gefunden?«

»Ihren schmucken rothaarigen Chef jedenfalls nicht mehr«, sagte Tiziana frech und zwinkerte den Männern verschwörerisch zu.

Wie auch immer Giulias alte Freundin das machte, sie kriegte alles mit und brachte so gut wie jeden dazu, ihr etwas zu erzählen, worüber er eigentlich nicht reden wollte.

Zwei von den Kollegen schauten angesichts von Tizianas schonungsloser Offenheit betreten zur Seite, während einer hinüber zu ihrem Kleinbus ging und umgehend mit einer großen Tüte zurückkam. Giulia konnte schon von Weitem erkennen, was sich darin befand. Es war eine langstielige Axt, wie man sie zum Holzfällen benutzte, und ihr Bart war komplett mit Blut beschmiert.

»Wo habt ihr sie gefunden?«, fragte Giulia.

Der Kollege zeigte in eine Ecke des Gartens, in der sie noch nicht gewesen war. »Dahinten unter dem Pfirsichbaum«, sagte er.

Durch Giulias Körper ging ein unangenehmes Kribbeln. »Unter dem Pfirsichbaum?«, fragte sie, um sich zu vergewissern.

Der Kollege nickte. »Sie lehnte am Stamm.«

Giulia schaute hinüber zu der Stelle, an der Pater Donatos Kopf gelegen hatte, dann zu den Johannisbeerbüschen und schließlich zu dem Pfirsichbaum. Alles befand sich vollkommen entgegengesetzt zueinander und vor allem in weiter Entfernung zu den Bienenstöcken. Der Weg, den der Täter zurückgelegt haben musste, ergab überhaupt keinen Sinn, nicht einmal unter dem Aspekt, dass er fliehen musste. »Er hat die Mordwaffe absichtlich unter den Pfirsichbaum gestellt«, murmelte sie vor sich hin.

»Dann würde ich mal annehmen, dein Mörder hat Humor«, sagte Tiziana. »Manche sehen in einem Pfirsich das Symbol der Unsterblichkeit, und wenn er dir das damit sagen wollte, dann hat er Humor.« Sie warf den Zigarettenstummel ins Gras und stellte ihren Fuß darauf. »Dann will ich mal. Zeit ist Geld, auch bei uns Bestattern.« Ihr entschiedener Blick traf Giulia.

Die nickte und schaute hinauf zum Kirchturm. Die Glocke schlug acht. Was immer ihr der Mörder sagen wollte, die Puppenspieler mussten es vorher gewusst haben. Die Frage war nur: warum?

3 »Du verbringst die Nacht bei fremden Männern, kommst erst nach Anbruch des Tages nach Hause, frühstückst kaum, schenkst mir keine Beachtung, und jetzt willst du schon wieder los? Und das am heiligen Sonntag.« Jacopo stand in der Küche des *Torre*, goss sich einen zweiten türkischen Kaffee auf und schaute Giulia mit gespielter Empörung an. Der Frühstückstisch war noch nicht abgeräumt, und allein an der unangerührten Schale mit dem frischen Obst auf Giulias Platz und dem auf ihrem Teller zurückgebliebenen halben Hörnchen konnte man erahnen, dass sie heute nicht ihren üblichen Appetit gehabt hatte. Jacopo nahm ihre Hand. »Vor allem nach dem Schock, den mir die beiden Schwarzkittel gestern Nacht bereitet haben. Da will man mit seiner Frau einen romantischen Abend verbringen«, Jacopo stieß einen liebevollen Pfiff aus, »und dann kommt die katholische Kirche ins Haus. Kein Wunder, dass die Geburtenraten in Italien so zurückgehen, also wenn die das bei allen Paaren an einem Samstagabend so machen.« Er grinste.

Nach den vielen gemeinsamen Jahren kannte Giulia die liebevollen Aufheiterungsversuche bereits, die ihr Mann bei jedem ihrer neuen Fälle unternahm. Jacopo wollte ihr damit ein wenig die Anspannung und den Druck nehmen, den sie zweifelsohne immer wieder spürte. Vor allem ihr letzter Fall, der Mord an einem Kellner aus Menaggio, bei dem Jacopo kurzzeitig entführt und damit fast zu einem Spielball ihrer Ermittlungen geworden war, nagte noch immer an ihr. Mit dem Übergriff auf ihr Privatleben konnte sie nicht umgehen. Ihre heile Welt hier oben auf ihrem Berg hatte einen Riss bekommen. Aber anstatt sich dieser Angst zu stellen, drückte sie sie lieber mit noch mehr Härte gegen sich selbst beiseite. Dass diese Strategie langfristig nicht aufgehen würde, wusste sie sehr wohl. Auch Jacopo wusste es. Aber mehr als das konnte er nicht tun. Giulia bemühte sich, auf Jacopos liebevolle Heiterkeit mit einem Lächeln zu reagieren. Ihr war klar, dass sie momentan nicht gerade der umgänglichste Mensch war. Nicht nur, dass seit dem Auftauchen des toten Mönches ihre Fähigkeit, anderweitige Gesprächsthemen anzuschneiden, derb eingeschränkt war, nein, sie war sogar regelrecht wortkarg beim Frühstück gewesen. Die Art des Mordes beschäftigte sie. Eine Enthauptung war sogar für sie als erfahrene Polizistin nichts Alltägliches. Trotzdem sollte sie Jacopo nicht damit belasten. Das tat ihr leid, und sie wollte ihm das gern sagen, zwar nicht jetzt, aber spätestens heute Nachmittag, wenn sie noch einmal bei den Mönchen gewesen und womöglich mit ihren Erkenntnissen etwas weiter vorangekommen war. Sie entzog sich sanft seiner Berührung und erhob sich.

»Giuli, stimmt das, was sich die Leute erzählen?« Ohne anzuklopfen, streckte Brutus unerwartet seinen Kopf zur Küchentür hinein. Er trug seine Fahrradklamotten, und nach seinem schweißnassen Gesicht sowie den kurzen, schnellen Atemzügen zu urteilen, musste er einen ordentlichen Sprint hingelegt haben.

»Es ist doch wirklich …«, murmelte Jacopo mit sanfter Stimme und unter leichtem Schütteln seines Kopfes. »Bist du nicht bis zum Mittag immer mit dem Rad unterwegs und dann zum Essen bei Maria und Piergiuseppe?« Jacopo hätte ihm auch direkt sagen können, dass er wenigstens sonntags mit seiner Frau allein frühstücken wollte, Brutus hätte es ebenso wenig verstanden.

Stattdessen hatte er für Jacopo nur einen flüchtigen Blick übrig und zwinkerte Giulia aufgeregt zu, was typisch für ihn war, wenn es Neuigkeiten gab.

Giulia, die sich über die Jahre immer mehr davon verabschiedet hatte, ihrem Freund etwas mehr Zurückhaltung in Bezug auf ihr Privatleben beizubringen, kurzum, nicht bei jeder Tages- und Nachtzeit unangekündigt bei ihnen hereinzuplatzen, schaute ihn nachsichtig an.

»Guten Morgen, mein Lieber, was erzählen sie denn?« Nebenbei griff sie nach ihrem Handy und dem Autoschlüssel und schob beides in ihre Hosentasche. Jeder, der sie nur etwas näher kannte, wusste, dass sie, wenn überhaupt, die Antwort nur mit einem halben Ohr vernehmen würde.

»Na, dass einer der Mönche tot ist«, schnaufte Brutus. »Ganz wie von *Cotoletto* gefordert«, ereiferte er sich. »Der Kopf.« Er untermalte das Gesagte, indem er mit der Handkante vor seinem Hals hin- und herfuhr. Dann trat er über die Schwelle, zog sich einen Stuhl heran und setzte sich, zurückgelehnt und mit erwartungsvoll auf der Tischplatte abgelegten Armen, wie er es meistens tat, wenn er Hunger hatte. »Habt ihr schon gefrühstückt?«, fragte er, und nun galt sein Augenmerk allein Jacopo, der im *Torre* für das Essen zuständig war.

Der machte große Augen, bleckte seine Zähne und hielt die Hände mit gespreizten Fingern in die Höhe, als wäre er ein Raubtier, das zum Angriff ansetzen will. »Der Drache tötet uns alle«, brummte er mit übertrieben künstlichem Bass, um dann in normalem Ton weiterzureden. »Du kannst die Reste haben.«

»Woher kennst du *Cotoletto?*«, wunderte sich Giulia und verharrte in der Bewegung.

»Jedes Kind am Lago kennt den bösen Drachen und seine strenge Frau«, antworteten Jacopo und Brutus fast wie aus einem Mund. »Nur, dass man die Frau noch nie gesehen hat«, fügte Jacopo an. »Vermutlich ist sie nur ein Phantom. So wie in der Serie ›Columbo‹, ihr wisst schon, der Kommissar redet nur immer von seiner Gattin, aber man bekommt sie nie zu Gesicht.«

»Wieso sollte *Cotoletta* nicht existieren?«, fragte Brutus entgeistert.

»Hast du sie jemals gesehen?«, fragte Jacopo.

»Nein, aber das muss ja nichts heißen«, gab er kleinmütig zurück. »Es gibt ja viele Männer, bei denen man die Frau niemals zu Gesicht bekommt.«

Jacopo schmunzelte in seine Kaffeetasse hinein.

»Also dann«, antwortete Giulia und schickte sich an zu gehen. »Die Frage um die Existenz der Drachenfrau könnt ihr doch wunderbar bei einem zweiten Frühstück erörtern«, sagte sie belustigt. Giulia warf Jacopo eine Kusshand zu und trat hinaus auf den Innenhof.

»Wo willst du hin?«, entfuhr es Brutus laut und mit unangemessener Heftigkeit.

Giulia erwiderte nichts, sondern schaute ihn nur unbeeindruckt über ihre Schulter hinweg an. Diesen kindlichen Übermut kannte sie nur zu gut, und jede Erwiderung darauf wäre pure Zeitverschwendung.

»Ich meine ja nur«, ruderte Brutus kleinlaut zurück. »Also, wenn du Richtung Piona fährst, könntest du mich in Corenno Plinio rauslassen. Ich wollte eigentlich mit dem Rad dorthin, aber nun, da ich meine Tour wegen euch unterbrochen habe …« Er verzog den Mund breit, während er hektisch aufsprang und sich erwartungsvoll die Hände rieb.

»Du hast eine Braut in Corenno Plinio, was?«, zog Jacopo ihn auf. »Uns kannst du es ruhig sagen, jetzt, wo du sogar deine Fahrradtour wegen uns unterbrochen hast.« Die Ironie, die in Jacopos Worten lag, war förmlich greifbar.

Brutus verneinte das entschieden. »Das würde ich Elena nie antun, zumal wir so hervorragend zueinanderpassen«, erklärte er voller Überzeugung. »Das Lebensalter spielt nämlich nicht wirklich eine Rolle, wisst ihr. Und ich habe immer geglaubt, ich müsste eine Frau in meinem Alter finden. Das ist alles Quatsch. Es kommt auf die Chemie an. Schade, dass ich darauf nicht früher gekommen bin.«

Jacopo entglitten die Gesichtszüge. Er schaute mit ungläubigem Staunen Giulia an. »Elena? Unsere Elena?«, fragte er schließlich mit hoher Stimme. »Die Chemie zwischen ihm«, er deutete mit einer schnellen Kopfbewegung auf Brutus, »und unserer Elena?« Jacopo hatte Giulias Assistentin von der ersten Begegnung an gemocht. Ihr loses Mundwerk und die zuweilen schnodderige Art amüsierten ihn. Abgesehen davon freute er sich diebisch, wenn seine strenge und verbissene Commissario ab und zu mal eine anständige, aber freundschaftliche Breitseite bekam. Und Elena genoss Jacopos Anerkennung und vergötterte ihn für seine Kochkünste.

Brutus nickte energisch und übermäßig lange. »Ich war mit Elena aus, gestern, genau!«

»Nun komme ich nicht mehr mit«, sagte Jacopo, lehnte sich zurück und trank von seinem Kaffee.

»Heute Vormittag treten die Puppenspieler in Corenno Plinio auf. Das würde ich mir gern ansehen«, erklärte Brutus und begann damit, einzelne Bröckchen von Giulias zurückgelassenem Hörnchen abzuzupfen und sich in den Mund zu schieben.

»Schon wieder?«, wollte Giulia wissen.

»Giuli«, empörte sich Brutus. »Zwei Wochen, zehn Vorführungen in Colico und den umliegenden Gemeinden. Dann ziehen sie weiter. Einmal um den ganzen See. Das ist doch jedes Jahr so. Wieso weißt du so etwas eigentlich nie?«

Jacopo feixte. »Ja, wieso eigentlich nicht, Commissario?«, neckte er sie.

»Corenno Plinio, sagst du?«, fragte Giulia, ohne auf ihren Mann zu reagieren. Das mittelalterliche Bergdorf lag keine fünf Kilometer von der Abtei entfernt.

Brutus bestätigte das. »Kann ich mit, Giuli, bitte?«

Giulia nickte und verließ ohne ein weiteres Wort die Küche. Brutus schnappte sich das aufgeschnittene Obst samt Schale und folgte ihr. Dabei hatte er es so eilig, dass er fast gegen den geschlossenen Flügel der Glastür, die in den Innenhof führte, gelaufen wäre.

»Denk heute Abend an das Essen mit deinen Eltern, und grüßt *Cotoletto* von mir, wenn ihr sie seht«, rief Jacopo ihnen nach.

***

Das Hupen war ein Fehler, seine mehrfache Wiederholung erst recht, vorausgesetzt, irgendeines der Autos aus der Schlange wollte in nächster Zeit weiterfahren. Der alte, krumm gebeugte Bauer, der an diesem sonnigen Sonntagmorgen beschlossen hatte, dass seine Schafe auf der Weide oberhalb der kleinen Ortschaft Corenno Plinio fetteres Gras finden könnten, würde nun schlagartig überhaupt kein Bestreben mehr verspüren, sie zügig dorthin zu bringen. Mit etwas Pech würde er sie sogar lieber die rechts und links von der schmalen Bergstraße mit Blumen bepflanzten Rabatten der Gemeinde abfressen lassen, nur um diese Unverfrorenheit angemessen zu ahnden. Einem *Comasco* sagte niemand, wie schnell er zu laufen hatte. Das galt selbstredend auch für dessen Schafe.

»Das Auto vor uns hätte nicht hupen dürfen«, sagte Brutus wie selbstverständlich. Dabei klammerte er sich, obwohl sie schon eine Weile auf der Dorfstraße standen, noch immer mit der rechten Hand an die Armablage von Giulias altem Fiat. Aus irgendeinem Grund hatte er Angst, wenn er in Giulias Auto saß und mit ihr über die schmalen Seestraßen bretterte. Dass diese noch lange nachhallte, war ebenfalls nichts Neues. »Sicherlich wieder einer dieser Städter, die es nicht besser wissen. Wenn ich wegen dem jetzt zu spät komme. Puh! Dann bin ich sauer. Hat man erst den Anfang des Stückes verpasst, dann kommt man nur schwer rein. Das kann ich gar nicht leiden.«

Giulia kannte ihren Freund gut genug, um ihm das zu glauben. Sie drehte ihren Kopf nach rechts und musterte ihn. Er summte die Melodie, die die Puppenspieler zu Beginn ihrer Vorführung von einer CD abgespielt hatten, und schaute neugierig aus dem Beifahrerfenster. »Armando sagt, die Leute hier oben schenken ihm Plätzchen oder auch Kuchen, wenn er ihnen die Post bringt, quasi zum Tausch. Stell dir mal vor, Eleonora würde mir Backwerk an die Tür bringen. Da würde ihr Mann Francesco ausflippen, wo ihm doch schon seine missratenen Enkelsöhne Luigi und Achille die Haare vom Kopf fressen.« Brutus belustigte dieser Gedanke. »Aber eigentlich fände ich das auch recht schön, diese Anerkennung. Immerhin gebe ich mir wirklich Mühe, damit alle pünktlich ihre Post bekommen. Dass sie die nicht immer unbedingt auch wollen, dafür kann ich ja nichts. Das sieht Elena übrigens auch so. Mit ihr kann man sich wirklich gut unterhalten.«

Giulia wartete kurz, ob er noch etwas sagen wollte. Da dies offenbar nicht der Fall war, fragte sie: »Woher weiß denn dein Freund Armando von dem toten Mönch? Sonntags gibt es doch keine Post.« Und die Mönche sind mit dieser Nachricht unter Garantie nicht hausieren gegangen, dachte sie bei sich. Vor allem weil dem Abt der diskrete Umgang mit dieser Angelegenheit enorm wichtig zu sein schien.

Dann werden die Mönche nicht ausgerechnet bei einer Schafsnase wie Armando eine Ausnahme gemacht haben.

Brutus fuhr herum. »Woher weißt du, dass mir Armando das erzählt hat?«, wollte er wissen. »Davon habe ich doch gar nichts erwähnt.« Giulia neigte den Kopf leicht zu Seite, hob die rechte Braue und schaute ihn an. Sie sagte kein Wort.

»Immer kriegst du alles raus«, empörte sich Brutus. »Das war schon als Kind so. Nie weiß man etwas, was du nicht weißt. Hast du eine Ahnung, was das mit meinem Selbstbewusstsein macht?« Er schien ehrlich getroffen.

»Du übertreibst«, erwiderte Giulia. »Was ist nun mit Armando?«

»Er fährt sonntags ganz früh immer zur Tankstelle an der Via Piave, um einen Espresso zu trinken«, antwortete Brutus notgedrungen und entsprechend nölig. »Er sagt, der schmeckt dort besser als bei seiner Mutter. Die nimmt wohl immer die billigen Bohnen. Na ja, und eine Zeitung haben die da auch, die er in Ruhe lesen kann. Jedenfalls hat er es dort erfahren.«

Wie das gehen konnte, war Giulia komplett schleierhaft. »Mhm.«

»Von irgend so einem Typen, der ein Dutzend Müsliriegel und eine Sojamilch gekauft hat«, redete Brutus weiter. »Was die Leute alles so zum Frühstück essen, widerlich. Die in der Tankstelle haben wohl erst gedacht, er sei ein Verrückter, also nicht wegen der Einkäufe, die kamen später. Der Kerl hatte einen weißen Plastikanzug an und komplett beschmierte Schuhe. Armando sagt, das sei todsicher Blut gewesen. Er kennt sich schließlich aus. Er schlachtet zu Hause bei sich die Kaninchen. Jedenfalls haben die den für einen Psychopathen gehalten und wollten ihn nicht reinlassen. Da ist er total ausgeflippt und hat rumgeschrien. Irgendetwas von wegen, man wüsste ja, was hier für Menschen leben, die einem Mönch den Kopf abschlagen, oder so …« Brutus gab einen Laut von sich, der seine Verwunderung darüber ausdrückte. »Und dass das Blut an seinen Schuhen von Pater Donato stammt, hat er noch gesagt. Er war fremd und konnte den

Namen der Mönche von Piona nicht wissen. Da haben die eins und eins zusammengezählt. Und wenn ich dich heute so anschaue, lagen die damit doch nicht falsch.« Er beugte sich bis fast auf das Armaturenbrett vor und drehte sich demonstrativ zu Giulia herum, als wollte er sie genauer betrachten. »Abgesehen davon fährst du niemals ohne guten Grund in den nördlichen Teil des Lario. Du magst den nicht. Weiß der Himmel, warum.«

Giulia war sich nicht darüber bewusst, dass sie für ihren eigentlich wenig sensiblen Freund so durchschaubar war und dass sie derartig eingefahrene Verhaltensweisen an den Tag legte, aber sie widersprach Brutus nicht. Stattdessen schloss sie die Augen. Carmelo Riso hatte aus seinem Herzen noch nie eine Mördergrube gemacht, aber in einer Tankstelle die Interna der Polizeiarbeit auszuplaudern, noch dazu in einem so frischen Fall, grenzte schon an erhebliche Einfalt. Sie konnte nur hoffen, dass sich Risos verbale Entgleisung nicht auf ihre Arbeit auswirken würde. Immerhin war die Todesart nichts, was sie unter den Leuten wissen wollte. Die Enthauptung eines Mönches barg so einiges an gesellschaftlichem Sprengstoff, und wenn erst einmal das Schlagwort »Ritualmord« in Umlauf gebracht war, könnte das schnell eine Klientel auf den Plan rufen, die Giulia ganz und gar nicht gebrauchen konnte. Noch gab es für eine solche Tat keinerlei Anhaltspunkte, aber wenn, dann war es Giulia, die, was die Informationsweitergabe an die Öffentlichkeit anging, die Oberhand behalten wollte. Dass Riso das im Vorfeld schon zunichtegemacht haben konnte, gefiel ihr ganz und gar nicht.

»Jedenfalls sagt Armando, es wäre abzusehen gewesen, dass den Mönchen mal irgendetwas zustößt«, redete Brutus weiter.

»Wieso?«, wollte Giulia wissen.

»Ich weiß es nicht, aber Armando kennt sich aus«, antwortete Brutus.

»Mhm.«

»Ich fand das Kloster sowieso immer unheimlich«, plapperte Brutus. »So einsam wollte ich jedenfalls nicht leben. Alt ist dort auch alles. Und muffig.«

»Aha.« Nach allem, was Giulia zu Gesicht bekommen hatte, war die Abtei in einem guten Zustand gewesen. Im Vergleich zu anderen wirkte das Gemäuer womöglich etwas nüchtern, aber alles war gepflegt und ordentlich. »Wann warst du denn das letzte Mal dort?« Brutus warf Giulia einen irritierten Seitenblick zu. »Das sagt Armando«, berichtigte er. »Er ist häufig dort. Er fährt mit seinem Postauto Botendienste für die Mönche, also wenn die mal was aus der Stadt brauchen. Alles kriegen ja nicht einmal die hergestellt. Noch dazu haben die wohl nur ein Auto. Armando sagt, das Teil wäre mehr Schrott als ein Fahrzeug. Und da müsste er einfach helfen.« Brutus schnalzte anerkennend mit der Zunge. »Armando ist echt in Ordnung.«

Armando ist eine Tratsche. Noch dazu weiß er genau, wie man sich ein paar Euro dazuverdient, dachte Giulia. Und so ein Postauto ist nun mal überaus praktisch, vor allem wenn einen die Hilfsbereitschaft nichts kostet.

»Meinst du, ich sollte einmal aussteigen und den Hirten bitten, zur Seite zu gehen? Wir dürfen nicht zu spät kommen!« Brutus wackelte nervös mit den Beinen herum. »Das ist absolut ausgeschlossen! Und irgendwie ist es ja auch ein Polizeieinsatz.«

Einen betagten *Comasco*, der in puncto Sturheit und Eigensinnigkeit nur noch von einem Esel übertroffen werden konnte, in seinem Trott stören? Hervorragende Strategie. Giulia schaute auf die Uhr. »Wir haben noch genug Zeit. Und es ist nicht mehr als ein Gefallen, den ich meinem besten Freund tue.« Die Schafe nebst Hirten bogen endlich in eine Seitenstraße ab. Giulia ließ den Motor des Wagens an.

»Für dich mag die Zeit keine Rolle spielen, aber ich muss spätestens kurz vor elf am Einlass sein«, gab Brutus zurück. »Ich kann sie unmöglich warten lassen«, fügte er mit gedämpfter Stimme noch an.

Giulia horchte auf. »Elena ist auch da?«

Brutus zuckte zusammen. »Ja, wieso?«, fragte er unsicher.

»Nichts, nichts«, wiegelte Giulia ab. »Ich freue mich, wenn sie dich begleitet.« Seltsam war nur, dass Brutus seine vorgeblich zweite Verabredung in diesem Aufzug absolvieren wollte. Elena war locker unterwegs, vor allem auch was ihren Kleidungsstil anging, aber ob sie auch so tolerant war, bei einem Mann auf einer Verabredung eine verschwitzte Radlerhose zu akzeptieren, wagte Giulia eher zu bezweifeln. Die Autoschlange löste sich langsam auf, und sie konnten weiterfahren.

»Mhm. Gestern hat sie noch gesagt, sie hätte keine Zeit, aber nachdem ich sie vorhin angerufen und ihr von dem toten Mönch erzählt habe …« Er streckte seine Arme nach vorn aus, verhakte die Finger ineinander und ließ die Gelenke knacken. »Da war sie sofort Feuer und Flamme.«

»Du hast was?«, entfuhr es Giulia energisch.

Brutus schaute sie mit großen Augen an. »Aber das muss sie als deine Assistentin doch auch wissen«, entgegnete er kleinlaut.

»*Dio mio!* Nicht von dir, Brutus, nicht von dir.« Giulia hätte ihn erwürgen können. Ihr lag generell viel daran, nicht einmal den Anschein zu erwecken, dass sie ihre Arbeit mit irgendjemandem besprach, vor allem weil ihre hyperkorrekte Vorgesetzte, die Leiterin der Kriminalpolizei in der Questura Lecco, Chiara Elisa Zorzi, je nach Tagesform ihr nur zu gern daraus einen Strick drehen würde. Zu allem Überfluss wäre das in diesem Fall auch noch absolut gerechtfertigt. Kein Mensch würde ihr abnehmen, dass ihr bester Freund Brutus Grazioli sein Wissen vom Leiter der Kriminaltechnik hatte, der es in einer Tankstelle rumkrakeelt hatte. Das war schlichtweg lächerlich. Bei Elena bestand dahin gehend keine Gefahr. Sie war Giulia gegenüber absolut loyal, vor allem wenn es gegen die Zorzi ging. Aber woher sollte sie denn wissen, wem gegenüber Brutus noch seinen Mund nicht hatte halten können? »Du hast dich in meine Arbeit nicht einzumischen«, sagte sie scharf. »Ich entscheide, wann ich Elena in einen Fall einbeziehe.«

»Aber …«, hob Brutus an.

»Nichts aber!«, antwortete Giulia.

»Aber sie hilft dir doch, vor allem beim letzten Mal, als du verletzt warst«, beeilte er sich, den Satz auszusprechen, noch bevor Giulia ihm wieder über den Mund fahren konnte.

»Jetzt bin ich aber nicht verletzt, und es ist meine Entscheidung!«, wiederholte sie. Am liebsten hätte sie ihm noch an den Kopf geworfen, dass man eine Frau, die eine Einladung zu einer Verabredung nicht annehmen wollte, nicht durch billige Tricks umstimmen sollte, aber sie ließ es bleiben. Er würde es ohnehin nicht verstehen wollen.

* * *

»Ich begrüße euch, liebe Freunde!«, rief der *Burattino* namens *Tavà* fröhlich, änderte dann aber auffallend seine Stimmlage und klang fast schon geheimnisvoll und beschwörend. »Es ist Zeit, euch in meine Welt mitzunehmen, eine geheimnisvolle Welt, die so manchem verborgen bleibt und die trotzdem real ist. Aber denkt daran, nicht alles, was man sieht, ist auch die Wahrheit, und die Lüge ist nicht immer nur ein falsches Wort.« Der Spot, der ihn bis gerade eben noch in Szene gesetzt hatte, verlosch langsam, und der rote Vorhang schloss sich.

Stille.

Elena, die zwischen Giulia und Brutus saß, stieß einen leisen Seufzer aus. Die beiden Frauen hatten sich am Eingang nur kurz begrüßt, wobei Giulia absichtlich nicht erwähnt hatte, dass sie den wahren Grund für Elenas Erscheinen kannte. Umso irritierter war ihre Assistentin gewesen, als Giulia mit großer Selbstverständlichkeit drei Karten für das Puppentheater gelöst hatte. Giulia hatte ihr angesehen, dass sie am liebsten sofort in Richtung Abtei aufgebrochen wäre. Und auch Brutus schien von Giulias Bleiben wenig angetan zu sein.

»Was wird das hier?«, raunte Elena ihr zu.

»Du hast ein Date«, entgegnete Giulia zugegebenermaßen ein wenig erheitert. »Und ich bin die Anstandsdame.« Tatsächlich hatte Giulia kurzerhand ihren Plan über den Haufen geworfen, um erneut das Spiel der Puppen sehen zu können. Sie war gespannt, welche Geschichte die Künstler heute erzählen würden. Irgendwie hoffte sie darauf, dass das *Teatro dei Burattini* doch nichts weiter war als ein harmloser Zeitvertreib und eine schöne Erinnerung an die Kindheit. Der Schatten, der seit gestern darüber lag, wollte nicht so richtig passen, und trotzdem konnte es kein Zufall sein, was sich ihr mit dem grausamen Tod des Paters Donato offenbart hatte.

»Commissario!«, entfuhr es Elena scharf. Weiter sagte sie jedoch nichts, vermutlich auch weil Brutus sich ihnen zuwandte und sie mit einer zackigen Kopfbewegung Richtung Bühne aufforderte, still zu sein.

Die beiden dicken roten Samtvorhänge wurden zur Seite geschoben. Die kleine Bühne lag nun in einem warmen, gleichmäßigen Licht. An ihrer Rückseite, einem ansonsten grauen Brett, waren die Umrisse eines Geschäftes aufgemalt. »Bäckerei« stand mit großen, schnörkeligen Buchstaben darübergeschrieben. Es dauerte nicht lange, da tauchten zwei Puppen auf, eine Frau mit langen roten Zöpfen und wunderschönen Augen und ein deutlich älterer Mann in Bäckerhose und weiß-blau karierter Ballonmütze. Er hatte seine Arme nach ihr ausgestreckt und schon allein an seinem leicht nach vorn geneigten Körper konnte man sehen, wie zugetan er ihr sein musste. Dazu rief er immer wieder verzückt: »*Mia bella!*« Sie jedoch schien sich etwas zu zieren, denn sie wandte sich ihm nicht zu, so sehnsüchtig er auch nach ihr rief.

Nun war es Brutus, dem ein durchdringender Seufzer entfuhr.

Es dauerte nicht lange, da tauchte hinter dem linken Vorhang das Gesicht eines jungen Burschen auf. Und selbst nicht eingefleischte Puppentheaterkenner konnten an seinen zappeligen, zuweilen auch ein wenig albernen Bewegungen erkennen, dass er kein besonders anständiger Mann sein musste. Das wiederum schien die schöne Rothaarige nicht abzuschrecken. Sie konnte ihre Augen nicht von ihm lassen.

»Willst du mich zum Mann nehmen, Schönheit?«, säuselte der Bäcker verliebt. »Es wird dir gut ergehen. Ich bin fleißig und rechtschaffend. Jeden Wunsch werde ich dir von den Augen ablesen.«

Die Frau streckte nun ihre Hand nach hinten aus und würdigte ihn weiterhin keines Blickes. Er griff danach, worauf sie sie ihm umgehend wieder entzog. Das wiederholte sich so lange, bis der brave Bäckersmann seiner Angebeteten einen Geldschein entgegenstreckte. Nun küsste und herzte sie ihn fröhlich, um kurz darauf zu verschwinden und mit einem weißen Schleier auf dem Kopf wieder aufzutauchen. Die Hochzeit war gemachte Sache und der Bäcker ein glücklicher Mann. Der scheinbare Einklang währte nicht lange, denn als hätte er nur darauf gewartet, tauchte der Bursche erneut auf. Nun war er es, an dessen Hals sich die Schönheit schmiegte, während sie ihm heimlich das Geld des Bäckers zusteckte. Der wiederum stand Tag und Nacht nichts ahnend in seiner Backstube und dachte an seine Geliebte. »Rosa, meine Rosa«, murmelte er dabei immer wieder versonnen.

Giulia fand diese Geschichte ein wenig zu eindimensional und vor allem naiv. Das war nichts, was nicht überall auf der Welt passieren konnte, eine belanglose zwischenmenschliche Tragödie, die aus ihrer Sicht so jedenfalls nicht taugte, um die Leute zu unterhalten, zumal es augenscheinlich an einem Höhepunkt mangelte. Aber sie sollte eines Besseren belehrt werden. Denn kaum dass sich der Vorhang wieder geschlossen hatte, kam Unruhe in die Reihen. Eine Frau mit langen roten Haaren erhob sich, stapfte mehrfach mit ihrem Fuß auf und brüllte unter wildem Gestikulieren die schlimmsten Beschimpfungen in Richtung des Puppentheaters. Schließlich verließ sie wutschnaubend und ohne sich nach rechts oder links umzusehen den Raum. Das Publikum konnte sich vor Schadenfreude kaum auf den Sitzen halten. Es tobte. Die Rothaarige hatte die Tür noch nicht erreicht, da erhob sich der Mann, der neben ihr gesessen hatte. Mit leicht gesenktem Kopf und traurigen Augen schaute er die Leute an. Die meisten von ihnen stellten darauf ihre Spötteleien ein. Nachdem weitestgehend wieder Ruhe eingekehrt war, verließ auch er den Raum. Das wiederum brachte die Massen erneut in Bewegung.

»Irgendjemand musste es ihm doch einmal sagen«, rief ein Mann in die aufgebrachte Menge. »Das ging doch nicht so weiter, was dieses Weib da trieb.«

»Der arme Salvatore«, bemerkte eine ältere Frau. »Ob das so angemessen war? Er hat doch niemanden sonst als seine Rosa. Und eigentlich ist sie doch gut zu ihm.«

»Sie ist ein billiges, geldgieriges Weib, nichts weiter«, mischte sich eine andere Dame ein. »Salvatore hat eine bessere Frau verdient.« »Dich vielleicht?«, rief jemand dazwischen, was für lautes Gelächter sorgte. »Nun ist die Wahrheit ans Licht gekommen«, sagte ein anderer. »Salvatore ist ein erwachsener Mann. Er kann nun entscheiden, was er mit seiner Frau macht, aber wir müssen nicht mehr zusehen, wie sie ihm Hörner aufsetzt.«

Elena verfolgte neugierig die Unterhaltung. »Und deswegen machen sie die beiden zum Dorfgespött? Die Dörfler fühlen sich schlecht, weil ihr Bäcker von seiner Frau betrogen wird?«, fragte sie Giulia sichtbar aufgebracht. »Hätte es dafür nicht eine andere Lösung gegeben? Vor allem, was geht die Leute das alles eigentlich an?«

Giulia schüttelte es. Sie empfand das, was die Puppenspieler da vorgeführt hatten, ebenfalls als eine furchtbare Anmaßung. Das hatte nichts mit künstlerischer Freiheit zu tun. Es war beleidigend, ehrverletzend und gemein. Und nichts und niemand gab ihnen das Recht dazu. »Geschmacklos«, sagte sie gedankenverloren.

»Ich weiß nicht, was ihr habt«, entgegnete Brutus unwirsch. »Darum gehen die Leute zu den *Burattini*. Sie wollen das hören, was sich sonst keiner zu sagen traut.«

»Wie bitte?« Elena schnaufte. »Das hier hat die gleiche Qualität wie ein paar Sklaven, die in einem Amphitheater einem Löwen zum Fraß vorgeworfen werden, wobei sich alle an ihrer Chancenlosigkeit ergötzen und sich noch erhaben fühlen, wenn sie über Leben und Tod mitentscheiden dürfen. Die Sklaven wussten allerdings, was ihnen bevorsteht und wurden nicht so ahnungslos vorgeführt. Man sollte doch meinen, die Menschheit wäre mittlerweile eine Entwicklungsstufe weiter, aber offenkundig stehen hier alle noch weit vor der Aufklärung. Gestern habe ich noch gedacht, es sei nur eine Art von Humor, die mir abgeht, aber das ist nichts weiter als billigster Voyeurismus, unterste Schublade.« Elena erhob sich und ließ die beiden allein zurück.

»Da! Noch eine aufgeflogen!«, brüllte ein Mann und zeigte mit dem Finger auf sie. »Die *Burattini* kriegen alles raus, Herzchen.« Im Saal ertönten Begeisterungsrufe. Elena ignorierte sie. Brutus hingegen schien auf seinem Stuhl immer kleiner zu werden.

Auf dem Holzwagen, der die Bühne bildete, tat sich etwas. Der Drache *Cotoletto* war zu sehen. Er krümmte sich vor Lachen. Dabei beschlich Giulia der Eindruck, dass es jedoch nicht die peinliche Situation zu sein schien, in die die Puppen das Bäckersehepaar gebracht hatten, die ihn so belustigte. Es war das Publikum, über das er gerade urteilte. Sie, die sie alle hier brav saßen und damit mehr oder weniger stillschweigend das alles geduldet, ja sogar mitgemacht hatten. *Cotoletto* verurteilte sie alle. Und Giulia lief es eiskalt den Rücken herunter.

***

»Wir sind etwas in Eile. Entschuldigen Sie bitte«, sagte der Mann und quetschte sich mit einer Werkzeugtasche zwischen Giulia und Elena hindurch, um wieder hinter dem Bühnenwagen zu verschwinden. Er überragte Giulia um gut und gern einen Kopf, war auffallend hager, weshalb seine blassgrünen Bermudashorts wie ein Lappen an ihm herunterhingen, und seine glatte Haut war tief gebräunt. Dafür hatten seine jungenhaften Augen eine ungewöhnlich hellbraune, fast schon beige Farbe, was ihm einen stechenden, zuweilen verschlagenen Blick verlieh, selbst dann noch, wenn er eigentlich freundlich lächelte.

»Signore, es ist wichtig«, sagte Giulia mit fester Stimme.

Sein Kopf tauchte auf der kleinen Bühne, auf der eben noch *Cotoletto* gestanden hatte, auf. »Wir haben unser festes Programm. Familienfeiern und Kindergeburtstage gehören nicht dazu. Wenn Sie uns sehen wollen, dann kommen Sie bitte in die regulären Vorstellungen.« Er wollte gerade wieder verschwinden, als Elena abwertend schnaubte. Das ließ ihn stoppen. Er musterte sie neugierig.

Giulia nutzte den Moment, um sich und Elena vorzustellen. »Wir würden gern mit Ihnen reden, Signore …«, fügte sie noch an.

»Romualdo Pierantognetti«, entgegnete der Mann, rührte sich nicht vom Fleck und wartete mit skeptischem Blick, was Giulia zu sagen hatte.

»Wir waren gestern in Ihrer Vorstellung in Colico«, hob Giulia an. »Und haben auch gerade eben das Stück gesehen.«

»Oh!«, rief er überrascht aus, änderte aber erstaunlicher-weise seine Mimik dabei nicht. »Echte Groupies, was? Das haben wir selten, also unter den Polizisten, hier und da mal ein Carabiniere, aber eine echte Commissario nebst Gefolge …« Er blies die Wangen auf. »Wenn Padre Riccardo das noch erleben könnte.« Er grinste breit. »Ich hole nur schnell die Autogrammkarten, etwas Geduld, bitte.«

»Eher notgedrungen«, gab Giulia reserviert zurück.

»Ich glaube, ich habe Sie nicht verstanden«, erwiderte der Puppenspieler Romualdo, wobei er seinen Kopf leicht schräg nach vorn neigte, wie es zuweilen schwerhörige Menschen taten, wenn sie ihrem Gegenüber signalisieren wollten, dass es ein Problem mit ihrem Gehör gab.

»Wir waren eher unfreiwillig in Ihren Vorstellungen«, wiederholte Giulia ihre Aussage, die von Elenas zustimmendem Grunzen begleitet wurde. Das war zweifelsohne nicht besonders höflich, aber es war die Wahrheit. Normalerweise hätte sie diese sicherlich nicht so schonungslos ausgesprochen, doch nach dem, was sie gerade erlebt hatte, ging sie davon aus, dass Romualdo Pierantognetti damit umgehen konnte. Auf den ersten Blick jedenfalls machte er einen souveränen und von sich überzeugten Eindruck.

Weit gefehlt. Dem Puppenspieler, der sich mit seinen Stücken über andere erhob, fielen die Mundwinkel herunter. Der Künstler in ihm war augenscheinlich zutiefst getroffen. »Es hat Ihnen also nicht gefallen«, stellte er in harschem Tonfall fest.

Elena holte tief Luft, worauf Giulia wie zufällig ihren Arm streifte, damit sie das, was ihr auf der Zunge lag, tunlichst herunterschluckte.

Giulia neigte den Kopf. »Es ist etwas komplizierter, Signore Pierantognetti«, sagte sie. »Etwa zwölf Stunden, nachdem Sie gestern den Mönch auf der Bühne enthauptet hatten, haben wir in der Abtei von

Piona einen toten Pater gefunden. Genauer gesagt, zwei Teile von ihm, seinen Kopf und seinen Körper, mit einem Axthieb voneinander getrennt.«

Pierantognetti schien nicht ganz bei der Sache zu sein. Er schaute nicht mehr auf Giulia, sondern auf einen Mann, der nach seinen schnellen Blicken und dem ungeduldigen Vom-einen-Bein-auf-das-andere-Treten zu urteilen auch ein dringendes Bedürfnis hatte, mit dem Puppenspieler zu reden. Pierantognetti wiederum machte den Eindruck, als teilte er dieses Verlangen. Denn auch er suchte immer wieder den Blickkontakt zu dem anderen. Dass er sich in einer polizeilichen Befragung befand, war offenkundig unwichtig. Die Nachricht von der Leiche ebenso.

»Signore?«, sagte Giulia, nachdem sie diese Unhöflichkeit ihrer Meinung nach lange genug mitgemacht hatte. »Könnten wir das hier erst zu Ende bringen? Es ist ein Mord geschehen.«

Pierantognetti wandte sich ihr wieder zu. »Und deswegen fanden Sie unser Stück doof?«, fragte er aufgebracht und drehte noch einmal den Kopf in Richtung des Wartenden, aber der war verschwunden. Dann schien ihm aufzugehen, auf was Giulia hinauswollte. »Sie denken jetzt, dass es *Cotoletto*, mein Hausdrache war?«, fragte der Signore unangemessen locker. »Ich kann Ihnen versichern, dass er seine Kiste bis heute Morgen nicht verlassen hat.« Im nächsten Moment tauchte die Handpuppe des Drachen neben ihm auf und schmiegte sich zärtlich an seine Schulter, woraufhin er ihn mit seiner anderen Hand liebevoll streichelte.

»Ja, ich halte es für möglich, dass *Cotoletto* ein Mörder ist«, entgegnete Giulia unterkühlt und bereit, dieses Spiel mitzumachen, da man dem Signore offenbar anderweitig nicht beikommen konnte. »Zumal er vorher genau zu wissen schien, was passieren würde.« Giulia fasste nach dem Kopf des Drachen. »Wo der gute *Cotoletto* doch auch Pfirsiche so mag«, sagte sie fast liebevoll und schickte sich an, der Puppe über den Kopf zu fahren. Dazu kam es nicht, denn der Drache schnappte nach ihr, worauf sie ihre Hand erschrocken zurückzog.

»Aber, aber, *Cotoletto*«, empörte sich der Puppenspieler. »Eine Commissario beißt man doch nicht.« Er warf Giulia einen überaus befriedigten Blick zu. »Mein Freund hier ist zwar mitunter etwas unwirsch, aber er ist kein Mörder«, erklärte der Signore.

»Gestern schon«, warf Elena in einem Ton ein, der Widerworte zwecklos machte.

Pierantognetti ließ die Puppe sinken. »Hören Sie, wir sind Puppenspieler und bieten den Leuten das, was sie sehen wollen«, erklärte er. »Dabei übertreiben wir manchmal ein wenig. Diese Freiheit haben wir.«

Unversehens tauchte *Tavà*, der Schiffer, neben dem Signore auf.

»Die Leute lieben uns«, sagte die Puppe, wobei die Worte augenscheinlich nicht aus dem Mund von Pierantognetti kamen, sondern von einer Frau, die mit ihm hinter der Bühne sitzen musste.

»Auch das Bäckerehepaar, das hier gerade bloßgestellt wurde und geflüchtet ist?«, wollte Elena wissen. »Oder die Mönche der Abtei, die gestern am besten gleich alle wegen ihres Pfirsichbaums ermordet werden sollten?« Elena war hörbar aufgebracht. »Ist Ihnen eigentlich klar, dass es echte Menschen sind, die weiterleben wollen, über die Sie da befinden?«

»Nun, aber ohne meinen Piedro, oder hieß er Luigi? Mario? Sebastiano?«, sagte die Puppe der rothaarigen Bäckersfrau, die nun anstelle von *Tavà* aufgetaucht war. Giulia war erstaunt darüber, wie ähnlich das kleine hölzerne Gesicht der echten Rosa sah.

Jetzt war auch der Drache wieder im Spiel. »Wir verkünden die Wahrheit. Wir denken sie uns nicht aus«, ließ Pierantognetti ihn feststellen.

»Also sterben auch die anderen neun Mönche noch«, entgegnete Giulia, der langsam die Geduld ausging.

Mit diesem Satz verschwanden die Puppen, und neben Pierantognetti erhob sich eine Frau, die ihm wie aus dem Gesicht geschnitten war und im selben Alter zu sein schien. »Die Leute erzählen uns ihre Geschichten, die untreue Bäckersfrau, der Streit um das Brunnenwasser, das vom Nachbarn geklaute Huhn … egal.« Sie machte eine energische Bewegung mit ihrem Arm, und Giulia hatte schon Sorge, dass gleich wieder die Puppen das Gespräch übernehmen würden. »Wir verarbeiten lediglich das normale Leben auf den Dörfern des Lario in unseren Stücken. Das haben schon unsere Eltern so gemacht und deren Eltern. Mit etwas Glück werden es auch unsere Kinder tun.«

»Paola Pierantognetti, meine Schwester«, stellte der Puppenspieler sie vor und verzichtete dabei endlich auf das Spielerische in seinem Tonfall. Er schien langsam den Ernst der Lage zu begreifen.

»Ein Wunder, dass sie das so viele Generationen durchgehalten haben«, bemerkte Elena spöttisch. »Man sollte doch meinen, dass diese Form des Theaters«, sie rümpfte die Nase, »nicht bei allen gut ankommt.«

»Seit Achtzehnhundertneunzig zieht unsere Familie mit dem *Teatro die Burattini* um den See. Jeder hier kennt uns. Unsere Vorstellungen sind ständig ausverkauft. Und wenn sie allein die Post sehen, die wir über das Jahr bekommen, dann wissen Sie, dass uns die Geschichten niemals ausgehen werden. Und dass unserem Publikum viel daran liegt, dass wir sie erzählen.« Paola Pierantognetti war zwar optisch das Ebenbild ihres Bruders, aber sie schien ihn noch meilenweit zu übertreffen, was Entschiedenheit und Chuzpe anging.

»Es bleibt dabei, Sie spielen auf Kosten der Menschen«, erwiderte Elena nicht weniger hart.

»So ist das Leben«, entgegnete die Signora. »Es gibt Gewinner und Verlierer. Das ist in vielen Berufen so. Wir sind keine Ausnahme. Und der Erfolg gibt uns recht.«

»Wenn Sie, wie Sie sagen, die Leute auf die realen Geschehnisse stoßen, was ist dann der Hintergrund der Geschichte mit dem toten Mönch?«, wollte Giulia wissen. »Verarbeiten Sie auch Mordgelüste?«

»Es gibt einfach zu viele von diesen scheinheiligen Glaubensbrüdern«, entgegnete Romualdo schroff, woraufhin er und seine Schwester verächtlich grinsten. »Da darf sich *Cotoletto* schon mal austoben.«

»Natürlich nur wenn *Cotoletta* nicht dabei ist«, warf seine Schwester scherzhaft ein, was bei ihrem Bruder eine nahezu diebische Freude auslöste.

Es dauerte einen Moment, bis die beiden sich beruhigt hatten. Giulia konnte warten.

Der Puppenspieler verdrehte die Augen, so zuwider schien ihm die Unterhaltung zu sein. »Neben der Abtei gibt es ein Stückchen Land. Dort stehen uralte Pfirsichbäume, die von den Mönchen bewirtschaftet werden. Vor Kurzem ist bei der Gemeinde eine Urkunde aufgetaucht. Demnach haben die Mönche vor mehr als zweihundert Jahren nur die Nutzungsrechte erworben, das Feld jedoch gehört rechtmäßig dem Staat. Heute will sich von dieser Brut aber niemand mehr daran erinnern. Sie streiten es ab und weigern sich, die Plantage herauszugeben.«

»Die Bürgermeisterin von Colico möchte das Land jedoch haben«, schlussfolgerte Giulia.

»Schlaues Köpfchen«, entgegnete Paola spitz.

Giulia überhörte das großzügig.

»Angeblich will sie ein kleines Hotel darauf errichten«, erklärte Romualdo. »Die Touristen entdecken nun auch immer mehr den Norden des Sees für sich. Das will sie nutzen. Noch dazu, da die Halbinsel ein ganz wunderbares Fleckchen Land ist, nahezu geschaffen für direkten Seeblick und eine Strandbar. Und ich bitte Sie, die Abtei steht seit dem zwölften Jahrhundert auf diesem exponierten Platz … Irgendwann ist es genug. Diese paar alten Knaben haben heutzutage doch überhaupt keine Daseinsberechtigung mehr. Wenn die in einem staatlichen Seniorenheim das ›Ave Maria‹ beten, genügt das.«

»Du klingst wie Großvater«, amüsierte sich Paola und ließ die Puppe Rosa in die Hände klatschen.

»Also am liebsten würden Sie das gesamte Klosterareal schleifen«, brachte es Giulia auf den Punkt. »Und die Kirche abschaffen.« Sie dachte an die abfälligen Bemerkungen, die der Drache gestern über die Kirche gemacht hatte.

»Das haben Sie gesagt«, entgegnete Romualdo mit einem zutiefst zufriedenen Gesichtsausdruck. »Aber ich würde nicht widersprechen.«

»In jedem Fall wollten Sie der Gemeinde quasi mit diesem kleinen Drama zu dem Land verhelfen«, redete Giulia weiter.

»Na ja, Drama«, entgegnete Romualdo achselzuckend. »Wohl eher eine Posse. Die Bürgermeisterin hat viele Anhänger, und da kann man schon mal mitspielen.« Ein feistes Grinsen legte sich über sein Gesicht.

»Wer hat Ihnen denn von der Sache mit dem Land erzählt?«, wollte Giulia wissen.

»Keine Ahnung«, entgegnete Romualdo lax, wobei seine aufblitzenden Augen etwas anderes ausdrückten.

»Das ist ohnehin Schnee von gestern. Die Vorführung gibt es so nie wieder«, mischte sich seine Schwester ein. »Unwichtig.«

»Sie meinen die, in deren Folge gestern ein Mensch starb«, warf Elena schnippisch ein. »Na, das wäre dann ja schon mal ein Fortschritt.«

Paola kniff die Augen wütend zusammen. »Blödsinn!«, empörte sie sich mit übertriebenen Gebärden.

»Ich frage mich nur«, hob Giulia an, »ob es Zufall ist, dass Sie eine Geschichte erzählen, die nur wenige Stunden später tatsächlich so stattfindet? Dahinter könnte mehr stecken, denken Sie nicht?«

Noch bevor die Geschwister etwas erwidern konnten, hakte Elena ein. »Wo waren Sie in der Nacht von Samstag auf Sonntag?«

»In unserem Hotel«, presste Romualdo angefressen hervor.

Seine Schwester warf ihm einen kurzen undefinierbaren Seitenblick zu.

»Zeugen?«, fragte Elena mit unangenehm hoher Stimme.

»In unseren Betten?«, entgegnete Romualdo patzig.

An seiner Schwester schienen die Fragen nicht ganz so abzuprallen. »Wir haben nichts mit dem Mord zu tun«, eiferte sie sich. »Was hätten wir denn davon? Wir leben in Como, und ob sich hier ein paar Leute um Pfirsiche streiten, kratzt uns nicht. Wir halten ihnen den Spiegel vor, aber wir mischen uns nicht ein.«

Oh doch, das tut ihr, dachte Giulia. Jetzt stellte sich nur noch die Frage, wie sehr.

***

»Ich hätte nie gedacht, dass es so etwas noch gibt«, sagte Elena. »Aber wieso wundert es mich? Hier draußen an deinem See ist ja so einiges anders.«

Beide hatten ihre Autos auf einem kleinen Parkplatz einen halben Kilometer vor dem Klostergelände stehen gelassen und waren nun zu Fuß auf der schmalen Bitumenstraße unterwegs, die in dessen Haupteingang mündete. Giulia hatte darauf bestanden, da ihr etwas frische Luft nach der durchgemachten Nacht guttat. Außerdem wollte sie vermeiden, dass die Mönche sie sofort bemerkten. Ihr war es lieber, sich einmal allein umzusehen. Bisher waren der Abt und die anderen recht kooperativ gewesen, aber man konnte nie wissen, ob das nicht nur eine anfängliche Geste war, die umschlug, wenn die Fragen unbequemer wurden.

»Denk mal an Privatfernsehen oder an diverse Tratschkolumnen in den Frauenzeitschriften«, sagte Giulia. »Darin passiert genau das Gleiche.«

»Mhm. Aber das ist irgendwie anders«, antwortete Elena. »Die Menschen bieten sich freiwillig an, oder sie sind prominent, und da passiert so etwas automatisch, was es nicht besser macht. In jedem Fall bleibt das doch irgendwie anonymer, weil es weit von ihnen weg geschieht.« Sie atmete flach, was an dem ungewohnten Fußmarsch liegen musste. »Hier jedoch werden die Leute von ihren eigenen Nachbarn, Freunden oder der Familie quasi ans Messer geliefert. Stell dir mal vor, du kannst alles, was du schon immer mal an Schweinereien loswerden wolltest, einfach bei den Puppenspielergeschwistern in den Briefkasten stecken, und die lassen dann diese grässlichen Puppen auf die Menschheit los, in deinem eigenen Dorf, in deiner Lebensgemeinschaft.« Elena schüttelte sich. »Willst du einen Kaugummi?«, fragte sie im nächsten Augenblick zusammenhangslos und kramte in ihrer Hosentasche.

Giulia lehnte ab. »Du hast es gehört, das Geschäftsmodell ist erfolgreich«, entgegnete sie. »In der dritten Generation.«

Elena stieß ein verächtliches Lachen aus. »Ja, weil die Menschen so sind, wie sie sind.« Sie kaute angestrengt auf dem Kaugummi, den sie sich gerade in den Mund geschoben hatte. »Hast du gesehen, wie lebensecht die Puppe aussah, also die mit den roten Haaren? Erschreckend.«

»Das ist mir auch aufgefallen«, erwiderte Giulia. »Jede Dorfgemeinschaft bekommt ihren eigenen Spiegel vorgehalten, und damit alles noch echter und damit unterhaltsamer daherkommt, werden die Puppen auch noch passend gemacht. Sehr aufwendig, möchte ich meinen. Das bedeutet, die Puppenspieler bekommen zu den Storys auch Fotos geschickt, oder sie fahren vorher an ihre Spielorte und recherchieren.«

»Das wird ja immer perfider«, warf Elena ein.

»Das mag sein«, erwiderte Giulia.

»Aber der Realismus ist das i-Tüpfelchen«, ergänzte Elena. »Wer will als Erwachsener schon noch einen mit einem Drachen kämpfenden Prinzen sehen?« Sie hielt inne. »Außer Brutus Grazioli vielleicht. Aber für zehn Euro Eintritt kann man schon was erwarten.« Sie ließ eine Kaugummiblase platzen. »Hätte ich das Geld lieber für Obdachlose gespendet«, fügte sie zähneknirschend hinzu.

Giulia entgegnete nichts. Aber dass Brutus Elena offenkundig die Karte nicht einmal spendiert hatte, war ein starkes Stück. Brutus! Um Himmels willen, sie hatte ihren Freund in Corenno Plinio vergessen! Eilig griff sie nach ihrem Mobiltelefon.

»Du hast hier draußen keinen Empfang«, sagte Elena. »Ich wollte vorhin schon mein Gruppentreffen für heute Nachmittag absagen, aber keine Chance.«

»Was wäre denn heute dran gewesen?«, fragte Giulia höflich nach, dabei war sie in Gedanken noch bei Brutus. Er wollte sich nur mal eben schnell etwas zu Essen holen, und sie sollte im Auto auf ihn warten. *Merda!* Wie hatte ihr das passieren können? Sie taugte einfach nicht dafür, während ihrer Ermittlungsarbeit irgendetwas Privates zu machen, selbst wenn sie nur die Chauffeurin gab. Was als ein simpler Gefallen begann, endete in einer Familientragödie. Denn Brutus reagierte alles andere als souverän, wenn er das Gefühl hatte, hintenanstehen zu müssen.

»Die Benachteiligung der Frauen beim italienischen Militärdienst«, antwortete Elena beiläufig, um dann fortzufahren: »Wenn ich nur an diese Puppen denke, uh, gruselig. Selbst als kleines Mädchen war mir das zuwider. Und du siehst, mit meiner angeborenen Abneigung hatte ich mal wieder den richtigen Riecher.«

Giulia lachte auf. Wenn das so war, dann hatte Brutus mit seiner Einladung wohl voll ins Schwarze getroffen. Aber dass ihr Elena tatsächlich gefolgt war, sprach dann doch irgendwie für ihn.

»Aber glücklicherweise war ich trotzdem gestern in Colico. Brutus kann wirklich hartnäckig sein«, fuhr sie fort. »Jedenfalls, wenn du mir das erzählt hättest, hätte ich es niemals geglaubt. Ich sehe dir übrigens auch nach, dass du mich letzte Nacht nicht sofort informiert hast. Wieso sollte sich auch nach dem letzten Fall irgendetwas an unserer Arbeitsweise geändert haben, nachdem mein Vor-Ort-Einsatz so erfolgreich war?«

Giulia war nicht recht bei der Sache, und so überhörte sie die feine Ironie, die in Elenas Worten lag. »Ist dir der Mann aufgefallen, der auf diesen Pierantognetti gewartet hat?«, fragte sie. »Er stand im Schatten der Bühne und konnte sich, obwohl er uns gesehen hat, nicht loseisen.«

»Nein. Habe ich etwas verpasst?«, entgegnete Elena.

»Ich weiß nicht«, erwiderte Giulia. »Zuerst habe ich angenommen, er wäre einer der Gäste, ein Autogrammjäger oder so.«

»Oder ein wütender Gehörnter der Bäckersfrau«, warf Elena ein.

Giulia überging das. »Aber dann schien es mir, als würden die beiden sich kennen. Sie machten beide den Eindruck, als hätten sie sich unbedingt etwas zu sagen. Die Schwester des Puppenspielers, diese Paola, hat ihn auch bemerkt, aber im Gegensatz zu ihrem Bruder hat sie alles darangesetzt, ihn konsequent zu ignorieren. Jedenfalls war er irgendwann weg, und ich werde das Gefühl nicht los, das hatte mit meinem Hinweis auf den Mord zu tun. Er muss ihn mitbekommen haben.«

»Energisch genug warst du zumindest«, entgegnete Elena. »Meine Güte, wenn du so drauf bist, kriege selbst ich manchmal regelrecht

Angst vor dir. Aber abgesehen davon glaube ich, dass du wieder die Flöhe husten hörst, Commissario.«

»Möglich. Dennoch werde ich diesen Pierantognetti das nächste Mal nach dem Mann fragen. Sicher ist sicher«, entgegnete Giulia. »Ich hätte mir wenigstens den Kopf der Mönchspuppe zeigen lassen müssen«, redete sie weiter.

»Du meinst, wenn der dem echten Pater geähnelt hätte, dann …« Elena unterbrach ihre Rede abrupt. »Commissario!«

»Genau«, entgegnete Giulia, ohne auf sie zu achten. »Immerhin ist es doch möglich, dass Pater Donato bei dieser Auseinandersetzung um die Pfirsichplantage eine Rolle spielt, zumal er der nächste Abt werden sollte.«

»Commissario!«, wiederholte Elena ihre Ansprache noch energischer.

»Ich hätte den beiden Puppenspielern jedenfalls das auch noch zugetraut, vor allem bei ihrem offenkundigen Hass auf die Kirche«, fuhr Giulia fort. »Was sie allerdings mit dem Mord zu tun haben können, erschließt sich mir noch nicht. Womöglich haben die beiden mit ihrem Puppenspiel auch einfach nur einen Nachahmungstäter auf den Plan gerufen.«

»Commissario! Das ist jetzt echt abgefahren.«

»Das kannst du laut sagen«, antwortete Giulia. »Man liefert den Leuten nicht Ideen für einen Mord. Aber …«

»Nicht das«, entgegnete Elena. »Das!« Sie zeigte auf den breiten, von zwei steinernen Torpfosten eingefassten Tordurchgang, der den Eingang zum Klosterareal bildete.

Giulia blieb stehen und schaute in die Richtung, die Elena ihr wies. Auf dem Hirtenstab des heiligen Benedikt, der auf dem linken Pfosten stehenden Heiligenfigur, steckte eine Handpuppe. Es handelte sich um den Drachen *Cotoletto*. Das bedeutete mit Sicherheit nichts Gutes.

* * *

Die Pfirsichplantage lag unterhalb des eigentlichen Klostergartens und zog sich bis hinunter zum steinigen Seeufer. Die meisten der Bäume schienen tatsächlich schon etwas älter zu sein, und hin und wieder war einer von ihnen durch eine junge Pflanze ersetzt worden. Die Kronen waren in Form geschnitten, und selbst der Wiese zwischen den Bäumen sah man an, dass es kaum ein paar Tage her sein konnte, dass jemand hier mit einem Rasenmäher zugange gewesen war. Die Fläche war riesig, und allein schon der ebenerdige Seezugang musste ein Vermögen wert sein. Dass die Gemeinde an all dem Interesse hatte, war jedenfalls schon auf den ersten Blick nachvollziehbar.

Giulia lief bis zum Wasser hinunter, kniete sich hin und beobachtete die sanften Wellen. Die Halbinsel Olgiasca gehörte zu den reizvollsten Flecken, die es am Lago gab. Über mehrere Hektar war die Landschaft noch unberührt. Waldstreifen, Wiesen und Obstbäume wechselten einander ab und schienen einzig durch den See begrenzt zu werden. An der Spitze der Landzunge stand seit Hunderten von Jahren die Abtei, und irgendwie konnte sich Giulia des Eindrucks nicht erwehren, dass genau ihretwegen sich hier niemals etwas verändert hatte. Überall am Lario, wo es die natürlichen Bedingungen zuließen, waren die Menschen ihm mit Hotels, Ferienanlagen, Badestränden und Restaurants auf die Pelle gerückt. Wer konnte es ihnen verdenken? Die Zeiten der von Fischfang und kleinen Landwirtschaften lebenden Dörfchen waren lange vorbei. Die Bewohner der Seeorte brauchten den Tourismus, und der wiederum brauchte Platz.

»Wenn die hier tatsächlich ein Hotel bauen, ist es aus mit dem beschaulichen Klosterleben. Das ist viel zu nah. Sieh dir das mal an«, sagte Elena, die neben Giulia getreten war und den Drachen vor sich hielt, der in einer Plastiktüte steckte. Es hatte die beiden Frauen etwas Mühe gekostet, dem heiligen Benedikt die Puppe abzunehmen, aber am Ende hatten sie es mit einem großen Stock bewerkstelligt bekommen. Auch wenn Giulia nicht viel Hoffnung hatte, daran Fingerabdrücke zu finden, würden sie es immerhin versuchen müssen. Denn dass die Puppe nichts weiter als ein Überbleibsel eines Schulausfluges oder ein verloren gegangenes Spielzeug war, glaubte sie nicht eine Sekunde.

Giulia erhob sich, drehte dem See den Rücken zu und betrachtete das alte graue Gemäuer. Elena hatte recht. Die Abtei würde zweifelsohne ihren besonderen Charme verlieren. Und sicherlich nicht nur das. Sich eine bis zur Mauer des Klostergartens reichende Poolanlage vorzustellen, verursachte ihr jedenfalls Bauchweh. Den Mönchen vermutlich ebenfalls. »Commissario Cesare! Signora!« Der Abt Benedetto kam, soweit das seine Betagtheit zuließ, eilig herbeigelaufen. »Ich wusste nicht, dass Sie hier sind. Verzeihen Sie bitte. Ich hätte Sie doch in Empfang genommen.« Er war nun auf der Höhe der beiden Frauen angekommen, und es war unübersehbar, dass der Weg hinunter in den Pfirsichgarten für ihn einige Beschwernis gehabt hatte. »Unser Morgengebet hat heute etwas mehr Raum eingenommen als sonst, und über die Beisetzungszeremonie mussten wir auch noch sprechen«, japste er. »Die Umstände des schrecklichen Todes von Pater Donato haben das notwendig gemacht.« Er bekreuzigte sich. »Aber nun bin ich ganz für Sie da. Und auch meine Mitbrüder sind informiert. Sie werden sie doch ebenfalls befragen, nicht wahr?« Sein neugieriger Blick fiel auf Elena, die sich umgehend vorstellte. Er nickte ihr daraufhin gütig zu. Dann jedoch geschah etwas Merkwürdiges. Von jetzt auf gleich froren seine Gesichtszüge ein. Fahrig strich er sich über die Brust, schaute zur Seite und dann zurück zu Elena, als müsste er sich noch einmal irgendetwas versichern. Schließlich vermied er es auffallend, Elena anzusehen. Die bemerkte das ebenfalls, was ihre unsicheren Blicke an sich herunter und dann in Richtung Giulia verrieten.

»Sie haben einen wunderschönen Pfirsichgarten«, lobte Giulia, die Elena mit einem sanften Schütteln ihres Kopfes bedeutete, dass sie sich zurücknehmen sollte. Elena, die ihre politische Meinung über ihre Kleidung ausdrückte, trug heute ein T-Shirt, das die MeToo-Bewegung thematisierte. Dass die adrette junge Frau, die darauf zu sehen war, den Absatz ihres High Heels in das Gesicht eines Mannes drückte, war vielleicht nicht ganz so feinsinnig gewählt. »So alte Obstbäume habe ich lange nicht gesehen«, redete Giulia einfach weiter.

Die Mimik des Abtes entspannte sich. »Ich glaube, es gab kaum eine Zeit in unserer langen Geschichte, in der die Mönche nicht damit beschäftigt waren, diese wunderbare Frucht zu kultivieren«, sagte er mit weicher Stimme.

»Die Frucht des ewigen Lebens«, warf Giulia ein.

Der Abt schmunzelte. »Wenn man nicht zu viel von dem Brand trinkt, den unsere Brüder daraus machen, vielleicht. Aber abgesehen davon haben wir das doch ohnehin, das ewige Leben, metaphorisch gesprochen.« Benedetto ging mit langsamen Schritten zurück zum Kloster. Giulia lief neben ihm. Elena wiederum hielt sich nach seiner seltsamen Reaktion etwas abseits.

»Ich habe von einem Nutzungsrecht gehört, das Ihnen die Gemeinde für dieses Land eingeräumt haben soll«, hob Giulia an.

Er ließ die Luft aus seinen Lungen langsam entweichen. »So steht es in einer Urkunde aus dem achtzehnten Jahrhundert. Die Gegend befand sich zu dieser Zeit komplett unter österreichischer Herrschaft, und ich vermute, der damalige Abt hat sich auf einen Kuhhandel einlassen müssen: die Überlassung des Landes gegen das Recht seiner Bewirtschaftung, soweit das nicht gegen militärische Zwecke sprach. Wie Sie sicherlich wissen, ist die norditalienische Geschichte von Krieg und Auseinandersetzungen geprägt. Die haben selbstverständlich auch nicht vor Mutter Kirche haltgemacht. Unsere Abtei lag einfach strategisch zu günstig für die Österreicher und natürlich auch für die Italiener. Aber ich verplaudere mich. Die Urkunde, auf die die Bürgermeisterin sich beruft, und darauf wollen Sie doch sicherlich hinaus, besitzt jedoch keine Rechtsgültigkeit mehr. Ich würde sogar ausschließen, dass sie jemals rechtens war, aber das führt zu weit. Wir haben das Land, das uns unrechtmäßig genommen wurde, käuflich erworben. Das war im Jahr 1948. Die Gemeinde Colico war bitterarm und hatte natürlich keine Verwendung für ein Feld voller Pfirsichbäume. Dafür war sie dankbar für die Finanzspritze. Unser Kloster gehört seit dieser Zeit zum Orden der Zisterzienser, und dem ist von jeher viel an einem guten Einvernehmen mit dem Weltlichen gelegen. Aber wieso wollen Sie das alles wissen?«

»Es könnte einen Zusammenhang zum Tod des Paters geben«, antwortete Giulia.

»Donato?«, fragte der Abt sichtlich irritiert. »Was soll Donato denn damit zu tun haben?«

»Das weiß ich nicht. Sagen Sie es mir«, entgegnete Giulia. Der Abt blieb vor der Pforte zum Klostergarten stehen, stützte sich an deren Mauer ab und verschnaufte kurz. »Die Angelegenheit liegt seit einem halben Jahr in den Händen unserer Anwälte. Mehr gibt es dazu nicht zu sagen.« Er hielt inne und schaute nachdenklich zu Boden. »Pater Donato wusste natürlich von diesen Differenzen, aber deren Beilegung obliegt dem Abt, also mir. Sie müssen wissen, der Pater gehörte erst seit elf Monaten zu unserer Gemeinschaft. Er ist auf Empfehlung des Abtes Loreto des Klosters Casamari zu uns gekommen.«

In der Toskana lag das nicht, eher im Latium, dachte Giulia, aber immerhin war der Hinweis des Prete nicht so ganz falsch.

»Donato war dreiundsechzig Jahre alt, und ich glaube, er wollte seinen letzten Lebensabschnitt in seiner Heimat verbringen. Er war ein *Comasco*.« Um die Mundwinkel des Abtes zeigte sich eine zurückhaltende Freude. »Keine leichten Menschen«, murmelte er. Zeitgleich schien ihm aufzugehen, dass seine Bemerkung dazu taugte, sein Gegenüber zu verstimmen. Darauf lächelte er Giulia milde an. »Ich bin ein gebürtiger Mailänder und lebe seit 1958 hier, was nicht bedeutet, dass mir die Eigenheiten der Menschen nicht mehr auffallen oder dass ich mich allumfassend daran gewöhnt hätte. Es ist ein erstaunlicher Menschenschlag, den der Lago da hervorgebracht hat. Liebenswert, aber erstaunlich.«

Giulia sah im Augenwinkel, wie Elena dem mit einem entschiedenen Auf und Ab ihres Kopfes zustimmte.

»Sie stammen von hier, Commissario?«, fragte der Abt, wobei er seine Stimme merklich anhob, was Giulia darauf schließen ließ, dass er die Antwort bereits zu kennen glaubte.

»Aus Abbadia Lariana«, entgegnete sie.

Die Auskunft bereitete ihm ein nahezu kindliches Vergnügen. »Mhm. Interessant.«

»Immerhin schien unser Lario Sie auch in seinen Bann gezogen zu haben«, bemerkte Giulia.

»Meine Großeltern sind *Comaschis*«, gestand er. »Sie hatten oben auf dem Berg«, er deutete vage hinter sich, »ein kleines Gehöft. Es ist lange verfallen. Ich habe quasi meine ganze Kindheit hier verbracht. Da lag es irgendwie nahe, dass ich diesem Ort mein gesamtes Leben widme.« Er wirkte nun wie ein Mann, der mit sich absolut im Reinen war. »Sie haben sicherlich recht, der See lässt einen nicht mehr los.« Giulia verstand sehr gut, was er meinte. »Wäre Pater Donato als ihr Nachfolger in Frage gekommen?«, fuhr sie fort.

Der Abt wandte den Blick von ihr ab, stieg schweigend die drei Steinstufen zum Garten nach oben und bewegte sich auf dem äußeren Weg, der am weitesten vom Tatort weg lag, in Richtung Klausur. Kurz vor dem Eingang zum Gebäude wandte er sich um und sagte: »Kommen Sie, ich möchte Ihnen etwas zeigen.« Er zog einen Schlüssel hervor, öffnete das Schloss und führte die beiden Frauen über einen schmalen Gang, der um zwei Ecken ging und bis auf eine Notbeleuchtung vollständig im Dunkeln lag, in den von einem Kreuzgang umrahmten Innenhof.

»Wow!«, entfuhr es Elena bei dem bezaubernden Anblick.

Dem Abt schien diese Begeisterung zu gefallen, zumindest schenkte er Elena dafür kurz ein anerkennendes Nicken. »Das ist das Herzstück unseres Klosters, der Kreuzgang. Ich glaube, es gibt bei uns keinen Ort, an dem Sie Gott näher sein können. Lassen Sie uns einmal herumgehen, damit Sie spüren, was ich meine.« Er lief los. »Das Merkwürdige an diesem Bau – und das fällt kaum jemandem auf – ist seine Asymmetrie.« Er zeigte auf die schräg vor ihnen liegende Säulenreihe. »Sehen Sie, an dieser Seite haben wir acht Säulen, auf der anderen zehn, auf der wiederum elf und auf der letzten zwölf. Nach christlichem Verständnis hat jede dieser Zahlen eine Bedeutung. Die Zahl Acht ist das Symbol für die Auferstehung, die Zehn erinnert an die Zehn Gebote, die Elf ist die Zahl der Sünde, denn Jesus hatte nach dem Verrat durch Judas nur noch elf Jünger, und die Zwölf steht für die zwölf Stämme Israels.«

Giulia fand das alles sehr beeindruckend, aber sie wusste nicht, auf was der Abt hinauswollte.

»Als die Baumeister unseres Klosters im zwölften Jahrhundert diesen Kreuzgang errichtet haben, steckte ein Plan dahinter. Sicherlich konnte niemand von ihnen ahnen, dass ihre Botschaft achthundert Jahre später noch gelesen werden kann, aber sie wird es. Und sie wird verstanden, von Milliarden von Menschen überall auf der Welt.«

»Mhm.«

»Wissen Sie, ich bin der festen Überzeugung, dass es Dinge gibt, die für die Ewigkeit geschaffen sind. Immer und immer wieder greifen die Zahnrädchen des Lebens ineinander und halten alles in Bewegung. Verstehen Sie mich bitte nicht falsch, das Leben ist kein Perpetuum mobile. Es braucht die Menschen, die Entscheidungen fällen, Wege einschlagen, sich zurücknehmen, auch mal aufgeben. Gott allerdings wacht über alledem. Und ich wäre ein schlechter Diener, wenn ich nicht daran glauben würde, dass er es auch ist, der uns Menschen lenkt. Ich habe Pater Donatos Entscheidung, zu uns zu kommen, überaus begrüßt. Sie kam für die Abtei wie ein Geschenk des Himmels.« Er blieb stehen und schaute Giulia fest in die Augen. »Meine Tage auf dieser Erde sind gezählt. Das wird mir tagtäglich mehr und mehr bewusst. Dennoch kann ich niemals beruhigt gehen, wenn ich die Abtei nicht in guten Händen weiß. Sie ist seit mehr als einem halben Jahrhundert mein Zuhause und der Sinn meines Daseins.« Er räusperte sich. »Unser, sagen wir mal, Lebensmodell entspricht nicht gerade den Vorstellungen der heutigen Gesellschaft. Die Menschen betrachten uns als Außenseiter, die man interessiert, zuweilen ehrfürchtig oder auch belustigt, manchmal sogar feindselig beäugt, zu denen man in jedem Fall aber eine gesunde Distanz hält. Ein Besuch im Kloster schafft ein gutes Gefühl, der Gedanke, bleiben zu müssen, hingegen verschreckt. Es ist Brüdern wie Pater Donato zu verdanken, dass Orte wie der unsrige nicht vollständig verschwinden. Seine Gabe, uns als erfüllende Bereicherung für die Gesellschaft, aber auch für das eigene Leben, zu sehen und das an andere zu vermitteln, ist etwas sehr Seltenes. Nur er hätte es geschafft, Piona langfristig mit Leben zu füllen, und es zerreißt mir das Herz, dass ich begreifen muss, dass dies so nicht mehr passieren wird.« Der Abt wirkte sichtbar mitgenommen.

»Lassen Sie uns einen Moment auf der Bank dort verweilen«, sagte Giulia und schob ihn nur allein durch den Rechtsschwenk ihres Körpers in diese Richtung. Er ließ es geschehen. Elena wiederum lehnte sich schräg gegenüber an eine der Säulen, wobei sie die Tüte mit dem Drachen neben sich abstellte. Giulia schaute auf die Puppe, und wenn sie es nicht besser gewusst hätte, hätte sie meinen können, sie lachte ihnen voller Schadenfreude ins Gesicht.

»Wie ist die Haltung Ihrer Mitbrüder dazu?«, wollte Giulia wissen, nachdem sich der Abt wieder ein wenig gesammelt hatte.

»Über diese Frage herrschte absolutes Einvernehmen«, antwortete er. »Alles, was jetzt kommt, wird man sehen müssen.« Er schwieg kurz, bevor er fragte: »Haben Sie denn schon etwas herausfinden können?«

»Wir stehen noch ganz am Anfang«, entgegnete Giulia.

»Ich verstehe«, antwortete er ruhig.

»Gestern Morgen hatten Sie ein Gespräch mit einem ihrer Mitbrüder«, hob Giulia an. »Gianmarco. Er war so verwirrt, dass er mich nicht einmal bemerkt hat. Da drüben war es.« Giulia zeigte auf die nur wenige Meter von ihnen entfernte Tür. »Ging es dabei um den Mord an Pater Donato?«

Dem Abt war die Frage offenbar nicht besonders angenehm, aber er konnte das geschickt überspielen. »Gianmarco ist ein außergewöhnlich kluger Kopf, aber zwischen unseren Ansichten liegt nun einmal mehr als ein halbes Jahrhundert«, erklärte er. »Das birgt hin und wieder einiges an Reibung, vor allem wenn es um die allgemeine Politik geht.«

Dass dies nur ein Versuch war, Giulias Frage höflich, aber nichtssagend zu beantworten, war offenkundig. Noch dazu mochten sich wohl zwei Menschen ziemlich impulsiv über Politik streiten können, aber dass einer von ihnen, noch dazu ein erwachsener Mann, im Nachgang aufgebracht davonrennt, war doch eher ungewöhnlich. Abt Benedetto hatte ganz offenbar auch seine Geheimnisse. »Eine Sache wäre da noch«, redete Giulia weiter.

Er schaute sie aufmerksam an.

»Momentan gastiert eine Puppenspielergruppe am See, das *Teatro dei Burattini*«, hob Giulia an. »Gestern Nachmittag gab es eine Vorstellung in Colico, bei der ein Mönch wegen eines Pfirsichbaums geköpft wurde.« Giulia schaute den Abt abwartend an. Er ließ keine Regung erkennen. »Angesichts des Schicksals von Pater Donato gibt mir diese Geschichte zu denken, zumal ich weiß, dass die Puppenspieler einen ausgeprägten Hang zur Realität haben und, sagen wir mal so, überdies gegenüber der Kirche keine besondere Sympathie hegen.«

»Mhm.« Der Abt wirkte etwas ratlos. »Es sind nur Gaukler«, sagte er schließlich. »Ein geschmackloser Zufall, würde ich meinen.« Seine Augen klebten an dem Plüschdrachen.

»Kennen Sie die Puppenspieler des *Teatro*?«, fragte Giulia.

»Nein. Diese Art von Kunst gehört nicht zu meinem Interessengebiet«, entgegnete er.

»Sie haben nie etwas mit diesen Leuten zu tun gehabt?«, hakte Giulia nach.

»Ich kann nicht ausschließen, dass sie auf ihrer Tour Honig oder auch Likör bei uns kaufen, aber bewusst«, er hielt inne und schüttelte dann den Kopf, »bewusst bin ich diesen Leuten niemals begegnet.«

»Seltsam«, erwiderte Giulia. »Wo man Ihnen doch sogar eindeutige Botschaften zukommen lässt.« Sie schaute auf die Drachenpuppe. Der Blick des Abtes ruhte ebenfalls immer noch darauf. Und Giulia war es, als hätte er heftig schlucken müssen.

***

»Das ist ja wohl mit Abstand die beste Salami, die ich seit Langem gegessen habe«, rief Elena voller Begeisterung aus, wobei sie zwischen den einzelnen Wörtern immer wieder heftig kaute.

»Ach, wie mich das freut.« Pater Undovico, ein kleiner, wohlbeleibter Mann mit einem rundlichen Kopf und schütterem Haar, wackelte vor Freude hin und her. »Ich mache die Wurst selbst, wissen Sie«, erklärte er angetan. »Viehzeug haben wir ja schon lange nicht mehr.

Ich muss das Fleisch kaufen, aber das Wurstmachen lasse ich mir nicht nehmen.« Er hob seinen knubbeligen Zeigefinger in die Höhe. »Das ist eine Kunst, ohne Fertigmischungen und Konservierungsstoffe. Heutzutage kann das kaum noch jemand. Die Kräuter dafür kommen übrigens aus unserem Garten.« Er plapperte aufgekratzt daher. »Als ich mich vor zwanzig Jahren für das Leben mit Gott entschieden habe, wusste ich nichts über so etwas. Meine Profession waren die Zahlen. Ich war Finanzberater, müssen Sie wissen. Aber als meine Frau starb, wusste ich nichts mehr so recht mit meinem Leben anzufangen. Was macht man, wenn man genug Geld, aber keinen Sinn im Leben hat? Und siehe da.« Er legte den Kopf in den Nacken, was ihm angesichts seiner dort sitzenden Speckfalte merklich schwerfiel, und lächelte beseelt gen Himmel. »Es tat sich ein Licht auf.« Er schaute wieder zu Giulia und Elena, die hinter den riesigen Tellern mit dem Imbiss saßen, den er ihnen bereitet hatte. »Für jeden Menschen gibt es so ein Licht. Aber es kommt nicht, wenn man darauf wartet. Erst wenn man nicht damit rechnet«, er schnipste mit den Fingern, »dann ist es da. Und man ist erlöst. Noch Brot?« Elena streckte ihm schon ihre Hand entgegen, obwohl er den Brotkorb noch nicht einmal an sich genommen hatte.

»Ich hatte kein Frühstück«, sagte sie zur Erklärung.

Pater Undovico winkte großzügig ab. »Ich freue mich über gute Esser. Bruder Benedetto hat angesichts des Unglücks, das uns ereilt hat, um Zurückhaltung gebeten. Wir werden drei Tage nur Gemüsebrühe zu uns nehmen.« Er senkte den Kopf und sprach leiser weiter. »Dabei mochte Pater Donato meine Wurst sehr gerne.« Während er das sagte, beleckte er den Zeigefinger seiner rechten Hand, nahm damit die winzig kleinen Reste der Wurst, die durch das Abschneiden auf dem Brett verblieben waren, und ließ sie in seinem Mund verschwinden. »Sie werden seinen Mörder doch finden, oder?«

»Ich gehe davon aus«, entgegnete Giulia, die sich noch immer an die erste Tasse Kaffee hielt, die der Pater ihr eingeschenkt hatte. Sie hatten mittlerweile mit den meisten Mönchen gesprochen. Sie alle waren voller Anerkennung für Pater Donato gewesen, und tatsächlich schien die Frage, ob er der nächste Abt des Klosters werden sollte, keine strittige gewesen zu sein. Zudem hatte keiner von ihnen in der Nacht von Donatos Tod irgendetwas bemerkt. Sie hatten geschlafen, was angesichts ihres straffen Tagesplanes, der mit dem Morgengebet um sechs Uhr früh begann, überaus verständlich war. Just zu diesem Anlass hatte sie der Abt über die nächtlichen Ereignisse informiert. Auch Pater Undovico hatte nichts anderes berichtet. Die Bestürzung in der Klostergemeinschaft war groß, aber alle waren sich darüber einig, dass die Prüfung, die ihnen Gott hier auferlegt hatte, gemeistert werden müsste, ohne Gram, Angst oder Verzweiflung.

»Sagen Sie, Pater«, hob Giulia an. »Können Sie uns etwas Persönliches über Pater Donato berichten? Ich war in seiner Zelle, aber ...«

Undovico lächelte so breit, dass seine Mundwinkel fast bis zu den Ohren reichten. »Wir sind Mönche, was haben Sie gedacht?« Ihre Unkenntnis amüsierte ihn sichtbar. »Wir besitzen nichts, was wir nicht brauchen.«

»Das spart echt Müll«, warf Elena ein, worauf Giulia sie mit einem kritischen Seitenblick bedachte. »Ich meine ja nur.«

»Ganz recht, junge Signorina«, entgegnete der Pater. »Und es erleichtert ungemein. Man kann sich dann vollumfänglich auf das Wesentliche konzentrieren.«

»Aber ...«, sagte Giulia.

Undovico fuchtelte mit den Händen herum. »Ich weiß schon. Ich liebe Krimis.« Er beugte sich nach vorn, als hätte er ein Geheimnis zu verkünden. »Sie suchen die Schwachstellen des Opfers. Und natürlich stammen die meisten Täter aus dem persönlichen Umfeld. Das sind in erster Linie wir, und deswegen zählt das nicht. Aus diesem Grund brauchen Sie Informationen zur Familie, zu Verwandten und so weiter«, sagte er eilig.

Giulia lehnte sich zurück und lächelte entspannt. Undovico schien wirklich ein liebenswürdiger Mensch zu sein, und er gab sich alle Mühe, ihnen zu helfen.

»Ich weiß nicht viel über Donato. Er war kein Mensch, der sein Herz auf der Zunge trug«, redete der Pater weiter, wobei er währenddessen angestrengt zu überlegen schien. »Einmal hat ihn eine Frau besucht, vor ein paar Wochen.« Er rieb sich die dicken Stirnfalten. »Sie haben draußen im Garten gesessen. Zwei Stunden. Ich weiß das so genau, weil ich ihnen eine Tasse Kaffee gebracht habe. Donato, dem Schussel, ist das natürlich nicht eingefallen.« Er lächelte milde. »Jedenfalls hat er sie mir vorgestellt, obwohl ich sagen muss, er hat dabei irgendwie widerwillig ausgesehen. Mhm.« Die Haut auf seiner Stirn färbte sich schon langsam rot, so sehr bearbeitete er sie. »Fiora. Sie hieß Fiora. Ein schöner Name, nicht wahr? Fiora Ogliari. Sie war seine Schwester.« Er ließ von seiner Stirn ab und nickte heftig. »Seine Schwester, genau.«

»Kam sie öfter?«, hakte Giulia nach.

»Ich habe sie nie vorher gesehen. Eigentlich hatte ich bis dahin gedacht, Donato hat keine Angehörigen, und war ziemlich verwundert, als sie plötzlich auftauchte. Mhm.« Er hob und senkte die Schultern. »Aber so ist das Leben. Man weiß nie, was passiert. Aber das ist auch gut so.« Ein sanftmütiger Zug zeigte sich um seinen Mund.

»Was wollte sie?«, fragte Giulia weiter.

»Ach, Commissario«, rief er angetan. »Ich fühle mich wie in einem Miss-Marple-Krimi. Herrlich!« Er rieb sich die Hände. »Und ich bin untröstlich, dass ich Ihnen darauf keine Antwort geben kann. Wenn ich das gewusst hätte, hätte ich gelauscht. Das können Sie mir glauben.« Er neigte verschmitzt den Kopf zur Seite. »Etwas Fröhliches haben sie sich jedenfalls nicht erzählt. Da bin ich mir sicher.«

»Wieso?«, fragte Elena noch immer kauend.

»Nun, ihre Gesichter«, entgegnete er. »Pater Donato war ein sehr aufgeschlossener, heiterer Mensch. So schaute er auch in die Welt. Aber an diesem Tag, mhm, da war er ernst, so ernst, wie ich ihn selten gesehen habe.« Er wiegte den Kopf hin und her. »Familie kann auch ein Fluch sein. Glauben Sie mir.«

Wem sagst du das, dachte Giulia. Brutus jedenfalls würde ihr das von vorhin ewig nicht verzeihen, und sein wochenlanges Schmollen ging ihr bereits jetzt auf die Nerven.

»Aber wenn Sie mehr über Donato erfahren wollen, reden Sie mit

Gianmarco. Er ist so etwas wie sein Ziehsohn, und wenn er nichts weiß, dann wissen wir anderen erst recht nichts.« Er faltete seine Hände über seinem runden Bauch und nickte andächtig.

»Man hört, Sie seien eine Meisterin Ihres Faches«, sagte er schließlich und reichte Elena noch eine fette Scheibe Wurst, die er gerade abgeschnitten hatte.

»Der Abt hat recht getan, Sie zu holen und nicht irgendwo in einer Zentrale anzurufen. Er ist ein weiser Mann, unser Pater Benedetto.« Er seufzte.»Es wird einmal schwer für uns, wenn …« Er senkte den Kopf auf die Brust, besann sich aber offenkundig im nächsten Augenblick, hob sein Kinn und lächelte.»Gott wird es richten.«

»Sagen Sie, Pater, es gibt da so einige unschöne Ereignisse, die vor dem Tod von Donato liegen, die aber eventuell sogar mit diesem zusammenhängen können«, hob Giulia an.

Der Pater horchte auf.»Sie meinen die Vandalen, die uns in letzter Zeit immer mal wieder besucht haben?«

Giulia bestätigte das.

»Sie halten das für Vorboten?«, fragte er ungläubig und mit großen Augen.

»Es kann sein«, erwiderte Giulia.»Jedenfalls deutet es darauf hin, dass irgendjemand einen ziemlichen Hass gegen Sie hegt.«

Er schien zu überlegen und kratzte sich dazu den teilweise kahlen Kopf.»Bei den abgeknickten Blumen und dem kaputten Fenster habe ich mir noch nichts gedacht. Die Kinder erlauben sich des Öfteren einen Scherz mit uns. Sie wissen, dass ich ihnen nicht böse sein kann und dass sie bei mir trotzdem die beste Buttermilch kriegen«, sagte er zögerlich, aber mit einem sanftmütigen Lächeln im Gesicht. »Die Buttersäure auf dem Portal von San Nicola hingegen und die Schmierereien an den Mauern, na ja.« Ihm stiegen ein paar Tränen in die Augen.»Und die Schüsse auf unseren Kater Aristoteles, mhm, das war mir nicht einerlei.«

»Ist er tot?«, fragte Elena betroffen.

Der Pater nickte.»Wir haben ihn noch drei Tage gepflegt, dann hat ihn der Herr zu sich geholt.«

»Haben Sie das angezeigt?«, wollte Giulia wissen. Ihr Gefühl hatte sie also nicht getäuscht. Der Abt hatte die Angriffe auf die Abtei heruntergespielt. Aber warum?

»Es hätte doch ohnehin nichts gebracht«, entgegnete Undovico. »Ein paar Polizisten, die umherlaufen, sich umschauen und ein Protokoll schreiben, das irgendwo in einer staubigen Schublade verschwindet.« Er schaute unschlüssig auf Giulia. »So ist es doch, oder? Es ist nahezu aussichtslos, diese Rüpel zu finden. Das Gelände ist unübersichtlich, und es ist frei zugänglich. Jeder kann es gewesen sein, sogar ein paar unverschämte Touristen. Und Aristoteles? Den hätte das auch nicht wieder lebendig gemacht.«

Giulia dachte an das Haupttor, durch das sie gekommen waren. Es hatte offen gestanden. »Sie schließen die Pforten nicht einmal nachts?«, fragte sie.

Der Mönch schüttelte den Kopf. »Seit nunmehr über dreißig Jahren nicht. Damals hatte es hier in der Nähe einige Übergriffe auf junge Frauen gegeben, Wanderinnen, die allein unterwegs waren, Joggerinnen auch. Der Abt wollte, dass die bedrohten Frauen sich zu uns flüchten konnten. Das ist sogar zweimal passiert. Unsere offene Abtei hat zwei Frauen vor Schlimmerem bewahrt. Seitdem halten wir es so.«

»Der ist echt cool, der Abt«, verkündete Elena.

Der Pater schaute auf ihr T-Shirt und nickte gedankenverloren. »Sie meinen, auf diese Weise haben wir auch dem Mörder Donatos ein leichtes Spiel beschert?«

Giulia dachte so etwas, sagte allerdings: »Wer das unbedingt will, kann auch über die Mauer springen.«

Dass Pater Undovico ihr das nicht so recht abnahm, stand ihm ins Gesicht geschrieben.

»Sagen Sie, Undovico«, Giulia lehnte sich zur Seite und zog die unter Elenas Stuhl liegende Tüte mit dem Drachen hervor, »haben Sie das schon mal gesehen?«

Über das Gesicht des Mönches huschte ein verzückter Ausdruck. »Das ist *Cotoletto*. Wie kommt der denn hierher?«

***

84

»Ich kann Ihnen nicht helfen.«

»Aber Pater Gianmarco, ich bitte Sie, im Sinne von Pater Donato«, wiederholte Giulia ihre Worte nun schon ein drittes Mal, wenn auch in leicht abgewandelter Form. »Sie waren sein Vertrauter, sein Freund. Wir brauchen Ihre Hilfe.«

»Der Abt hat Ihnen alles gesagt. Mehr gibt es nicht«, entgegnete Gianmarco nicht einen Deut zugänglicher und noch immer mit dem Rücken zu ihnen.

Giulia und Elena hatten eine ganze Weile gebraucht, um den Pater zu finden. Fast schien es, als hätte er sich absichtlich in eine entlegene Ecke des Parks zurückgezogen. Hier inmitten von hochgewachsenen Zypressen gab es eine künstliche Grotte, die zur Verehrung der Mutter Gottes angelegt worden war. Die Steine waren von wildem Wein überwuchert, der sich bis zu einem schmalen Mauervorsprung hinaufzog, von dem aus eine betende Marienfigur über das Kloster zu wachen schien. Daneben stand Gianmarco, der über seiner Ordenstracht eine dunkelgrüne Gärtnerschürze trug, und war damit beschäftigt, die Weinranken zurückzuschneiden. Obwohl er gut und gern zwei Meter über dem Boden arbeitete, tat er das mit einer auffallenden Wendigkeit und Routine. Pater Gianmarco, den Giulia bereits am Tag nach Donatos Tod im Kreuzgang gesehen hatte, war mit seinen höchstens vierzig Jahren der jüngste unter den Mönchen. Aber nicht nur sein Alter ließ ihn unter den anderen herausstechen. Gianmarco hatte irgendetwas an sich, das Giulia neugierig machte und seltsamerweise zugleich auch unangenehm berührte. Er war auffallend attraktiv, ein dunkler Typ mit feinen, dichten Locken und der Statur eines Sportlers, was trotz seiner weiten Ordenstracht erkennbar war.

»Pater, Sie und Donato standen sich nahe. Ich habe Sie im Kreuzgang nach Ihrem Gespräch mit dem Abt weinen sehen«, sagte Giulia empathisch, aber mit Nachdruck.

Gianmarco verharrte in seiner Bewegung. Schließlich verstaute er die Gartenschere in der Latztasche seiner Schürze und verschwand mit zwei beherzten Sätzen hinter der Maria, um keine Minute später neben dem Minialtar der Grotte wieder aufzutauchen. »Um Donatos willen«, sagte er und wich dabei nicht einen Moment Giulias Blick aus. »Und weil ich an die Gerechtigkeit glaube, auch an die irdische.«

Giulia bedankte sich mit einer sanften Bewegung ihres Kopfes, wobei sie überlegte, was diesen plötzlichen Sinneswandel bewogen haben könnte. Dass er auf Einsicht beruhte, hielt sie eher für unwahrscheinlich. Das passte nicht mit seinem starren, unnahbaren Blick zusammen. Der Grund könnte in ihrem Gespräch mit dem Abt liegen. Gianmarco musste wissen, dass Giulia über ihre vermeintliche Auseinandersetzung Bescheid wusste und es demzufolge keinen Sinn machte, zu schweigen. »Wie lange kannten Sie und Pater Donato sich?«, wollte sie wissen.

»Zwei Jahre«, entgegnete er knapp.

»Sie sind Donato hierher gefolgt?«, schlussfolgerte Giulia.

»Nein. Ich lebe seit etwas mehr als einem Jahr hier«, sagte er.

»Also ist Donato Ihnen gefolgt?«, mischte sich Elena ein, die die Anspannung, die in ihrem Tonfall mitschwang, nur schwerlich unterdrücken konnte.

Pater Gianmarco richtete seine fast schwarzen Augen auf Elena. Der nüchterne Ausdruck darin blieb unverändert. »Donato wollte zurück in seine Heimat. Das hat mit mir nichts zu tun«, antwortete er nicht ohne eine gewisse Feindseligkeit. »Mönche reisen sich in der Regel nicht gegenseitig nach. Wir gehen an den Ort, an dem wir gebraucht werden. Sich diesem Leben verschrieben zu haben, ist kein Wunschkonzert.«

»So war das nicht gemeint«, warf Giulia entschuldigend ein.

Er öffnete seine bislang ineinandergelegten Hände kurz, was Giulia als Nachsicht deutete. »Ich war Pater Donatos Arzt«, sagte er.

»Sie sind Arzt?« Giulia konnte ihre Überraschung nicht verbergen.

»Richtig«, entgegnete er. »Und bevor Sie danach fragen, der hippokratische Eid gilt auch nach dem Tod des Patienten. Ich werde Ihnen demzufolge keine Auskunft geben.«

»Sie waren also nicht von Anfang an Mönch?«, fragte Elena sichtbar verwundert, was von einer erstaunlichen Naivität zeugte.

Gianmarco reagierte darauf mit einem leichten Zucken seiner Mundwinkel. »Niemand ist von Anfang an Mönch«, gab er zurück. »Ich habe Medizin studiert, promoviert und einige Jahre im Krankenhaus in Rom gearbeitet. Irgendwann habe ich meinen Lebensplan neu überdacht und einen anderen Weg eingeschlagen.«

»Nachdem Sie Pater Donato kennengelernt hatten«, folgerte Giulia das Naheliegende.

Er bestätigte das mit einer Kopfbewegung.

»Sie sind Römer?«, wollte Giulia wissen. Sie gab sich alle Mühe, einen Dialekt herauszuhören, doch es gelang ihr nicht.

Er stimmte erneut zu.

»Was für ein Mensch war Donato?«, fragte Giulia weiter.

Er reagierte nicht gleich. »Wissen Sie, ich verstehe Ihre Arbeitsweise nicht«, erklärte Gianmarco, klang dabei aber nicht unhöflich. »Sie waren in Donatos Zelle, haben sich seine persönlichen Sachen angeschaut, dann sollte es doch nun ein Leichtes für Sie sein, die dort gefundenen Tagebücher zu lesen und Ihre eigenen Schlüsse zu ziehen. Meine Schilderung dieses Menschen kann es mit seiner persönlichen Innensicht nicht aufnehmen. Ich könnte ihm nie gerecht werden, niemals.« Er wirkte für einen kurzen Augenblick noch reservierter. »Oder wollen Sie mich auf die Probe stellen? Dann würde ich das als einen sehr ungeschickten Versuch werten.«

»Im Grunde haben Sie natürlich recht«, entgegnete Giulia in der gleichen abgeklärten Weise. »Wenn es ein Tagebuch gegeben hätte.« Giulia fiel der goldene Füllhalter wieder ein. Wer einen so besonderen Stift sein Eigen nennt, der benutzt ihn nicht nur, um Weihnachtskarten zu schreiben.

Gianmarco stutzte. »Die Bücher liegen in seinem Sekretär. Ich habe mehrfach gesehen, wie er sie dort hineingelegt hat. Wir haben sogar einmal darüber gesprochen.« Pause. Dann fügte er deutlich leiser an: »Er sagte, das Aufschreiben von allem, was ihn bewegt, sei wie eine zweite Seele für ihn und er würde am Ende seines Lebens darüber befinden, welche die bessere ist.«

Giulia schaute ihn unverwandt an.

Das erste Mal während dieses Gespräches schien sein auf andere Menschen möglicherweise fast schon erdrückend wirkendes Selbstbewusstsein einen Knacks zu bekommen. »Das ist unmöglich«, murmelte er gedankenverloren und mit gesenktem Blick. »Es war das Wichtigste, was er besaß.«

Giulia beobachtete ihn. Gianmarco schien ehrlich perplex.

»Er könnte die Bücher auch woanders hinterlegt haben«, sagte Giulia.

»Ausgeschlossen«, antwortete der Pater. »Man hat sie gestohlen.« Der letzte Satz klang, als leide er große Qualen. »Irgendjemand ist in Donatos Zelle gegangen und hat sie an sich genommen.«

»Welche Geheimnisse hatte Donato, die das rechtfertigen?«, fragte Giulia.

»Was rechtfertigt einen Mord?«, erwiderte Gianmarco. »Vor allem bei einem so edlen Menschen wie Donato.« Er schien in sich zu erstarren. »Hass, Gewalt, Grausamkeit, das ist alles, was diese heruntergekommene Gesellschaft noch auf die Beine bringt. Aber das hat sie perfektioniert.« Die Verbitterung, die in dem Gesagten mitschwang, war niederschmetternd.

»Pater, wer wusste von den Tagebüchern?«, hakte Giulia nach.

Sein zynisches Auflachen hatte etwas Ekelerregendes. »Sie setzen Ihre Maßstäbe an, aber in meiner Welt gibt es keine Geheimnisse.«

»Und das gilt auch für Neid, Eifersucht, Habgier …«, zählte Giulia auf.

»Davon gehe ich aus«, entgegnete der Pater. »Sie verschwenden Ihre Zeit, wenn Sie jemanden von uns verdächtigen.«

Giulia hatte von allen Brüder Ähnliches vernommen. Seltsamerweise war sie bei keinem der Männer geneigt, etwas anderes anzunehmen. Nur Pater Gianmarco blieb ihr ein Rätsel. Pater Donato und ihn verband etwas, und das war weit mehr als die Zugehörigkeit zu dieser Abtei. Gianmarco hatte der Tod seines Freundes schwer zugesetzt, auch wenn er sich alle Mühe gab, den äußeren Schein eines abgeklärten, unterkühlten Mannes zu bewahren. »Nach allem, was ich weiß, gehen auch andere Menschen hier ein und aus.«

»Man kann dieser Welt nun einmal nicht entrinnen, sosehr man es auch will«, antwortete er. »Versuchen Sie es einfach mal. Gehen Sie ins Kloster, und suchen Sie Donatos Zimmer auf. Niemand wird Sie daran hindern. Und wenn Sie gerade dabei sind, gehen Sie in die Bibliothek, die Küche, wonach auch immer Ihnen der Sinn steht ...«

Giulia dachte an die Kollegen von der Kriminaltechnik, die gerade im Zellentrakt zugange waren. Aber prinzipiell mochte der Pater recht haben, und genau da lag das Problem. »War das der Grund für Ihren Streit mit dem Abt? Haben Sie ihn, also seine laxen Sicherheitsvorkehrungen, für den Mord an Donato verantwortlich gemacht?«

Gianmarco schien nicht einmal mehr zu atmen. »Donato ist im Garten gestorben«, sagte er ruhig. »Jeder Fußlahme kann sich durch das Gebüsch schleichen oder über den See hereinkommen.«

Giulia verstand, was er ihr sagen wollte, und die Art, wie er dies tat, machte deutlich, dass sie von ihm nichts mehr zu erwarten hatte. Sie würde es zu einem späteren Zeitpunkt noch einmal versuchen müssen. Möglicherweise hatte sich der Schock, der sich bei ihm als ein Zorn auf die ganze Welt entlud, dann etwas gelegt. Giulia trat einen Schritt an Elena heran, nahm ihr die Tüte mit der Handpuppe ab und hielt sie Gianmarco entgegen. »Kennen Sie die?«, fragte sie.

Er fühlte sich sichtbar auf den Arm genommen. »Sie machen sich lächerlich, Commissario«, sagte er schroff. »Wir Mönche spielen nicht mit Drachen, nicht einmal mit Engeln.«

***

»Was hast du für die Steinpilze bezahlt?«, fragte Maria, Giulias Mutter, forsch, während sie mit einem Stück herausgebrochenem Weißbrot die auf ihrem Teller verbliebene Soße aufnahm.

Jacopo winkte ab. »Nicht der Rede wert. Ich habe sie einer jungen Markthändlerin abgekauft. Die wollen doch auch etwas verdienen.«

»Bei denen sind sie zu teuer«, beschwerte sich Maria und schob das durchtränkte Brot in ihren Mund. »Oben bei Matteos Waldstück stehen sie zuhauf«, sagte sie kauend. »Ich hätte dir welche mitbringen können.«

Giulia verdrehte die Augen.

»Da wird er sich aber freuen«, gab Jacopo augenzwinkernd zurück. »Jetzt, wo er die Wände seines Ziegenstalls verglasen muss, wird er froh sein, wenn er ein paar Euro beim Essen sparen kann.«

»Lass das. Du weißt nichts davon«, fauchte ihn Giulia mehr scherzhaft als ernst an. Matteo hatte sie vorhin am Eingang zum *Torre* abgefangen, um sie beim Kampf gegen den Bürgermeister, die Europäische Union und alle Tierhaltungsrichtlinien dieser Welt um Hilfe zu bitten. Giulia wollte jedoch nicht, dass ihre Eltern oder auch Brutus davon etwas mitbekamen. Im nächsten Augenblick drehte sie sich mit ernster Miene zu ihrer Mutter um. »Und du hör endlich auf, die Leute zu beklauen. Das sind unsere Nachbarn, Freunde und Bekannte. Abgesehen davon ist es strafbar.«

Maria hob und senkte die Schultern und machte ein unbeeindrucktes Gesicht. »Es ist genug für alle da.«

»Na, wenigstens schmeckt das Essen«, maulte Brutus und tat sich noch eine Kelle der *Polenta Taragna*, die Jacopo für sie alle gekocht hatte, auf. Die *Polenta Taragna*, ein Buchweizengericht mit Butter, Salbei, Knoblauch und Bitto-Käse, war nicht nur eine bereits in der Antike bekannte Speise der armen Leute, sondern auch eine Tradition im *Torre*, mit der die fünf die langsam kürzer werdenden Tage einläuteten. Das überaus mächtige Gericht gehörte zu den typischen Winteressen am See, und es brauchte, auch wenn es so einfach klang, so einiges an Können, um die cremige Konsistenz des Breis hinzubekommen. »Dank Armandos Hilfsbereitschaft bin ich ja auch rechtzeitig gekommen. Wenn ich die Strecke hätte laufen müssen ...« Brutus machte dicke Wangen. »Aber so ist es eben, wenn man im Leben seiner besten Freundin nur eine untergeordnete Rolle spielt. Hauptsache, für einen Ziegenhirten hat sie Zeit ...«

Jacopo hob beschwichtigend die Hände, was so viel bedeuten sollte, wie dass er es nicht gewesen war, der Brutus von Matteos Besuch erzählt hatte.

»Ich glaube, mein lieber Brutus«, hob Piergiuseppe überaus geduldig an, »das hast du heute schon mal erwähnt.«

»Giulia hat sich entschuldigt und damit *basta*«, warf Maria bestimmt ein. »Jetzt will ich nichts mehr davon hören. Hast du verstanden, Junge?«

Brutus schnaufte bockig.

»Du weißt, wie sie ist, wenn sie einen Fall hat«, sagte Jacopo und goss Brutus Wein nach.

»Ja, ja, das soll dann immer alles wegwischen, auch meine Gefühle …« Brutus konnte sich wie üblich nicht beruhigen. Er suhlte sich förmlich in der Rolle des vergessenen Freundes. »Du bist ihr Mann. Wenn sie das mit dir macht, dann geht das schon. Aber ich bin seit fast fünfzig Jahren ihr bester Freund. Das bedeutet schon etwas.«

»Aha.« Mehr wollte Jacopo offenbar darauf nicht erwidern.

»Ich würde sogar ein Einschreiben an den Bürgermeister liegen lassen, wenn Giulia meine Hilfe bräuchte«, jammerte Brutus weiter.

»Würdest du nicht!«, schrien alle anderen wie aus einem Mund und brachen in schallendes Gelächter aus.

Diese Ansage brachte ihn zwar nicht zum Schweigen, aber führte immerhin dazu, dass Brutus seine Worte bis zur Unkenntlichkeit zermurmelte.

»Wieso hast du eigentlich Elena nicht gebeten, mitzukommen?«, raunte Jacopo Giulia zu. »Wenn sie ohnehin heute schon am See war.«

»Sie wollte nicht«, flüsterte Giulia.

Jacopo warf Brutus einen schnellen Blick zu.

»Du hast gesagt, dass er …« Er deutete mit einer mehrfach hintereinander ausgeführten Bewegung seines Kopfes auf Brutus.

Giulia schaute ihren Mann an und biss sich dabei auf die Unterlippe. »Mhm.«

»Aha.« Jacopo schien etwas unschlüssig, was er davon halten sollte.

»Sag mal, Papa«, hob Giulia an. »Wie lange kennst du die Puppenspieler des *Teatro dei Burattini* eigentlich schon?«

Maria schaute genervt an die Decke. »Jetzt nicht diese alte Leier wieder. Können wir uns nicht über etwas anderes unterhalten, zum

Beispiel darüber, dass die schöne Teresa ihren Giovanni schon wieder verlassen hat. Angeblich wohnt sie bei einer Freundin in Varenna.« Maria lachte bissig auf. »Das glaube, wer will.«

»Aber sie war doch gerade erst zu ihm zurückgekommen, letzten Monat«, antwortete Brutus sichtbar interessiert. »Wenn sich der arme Giovanni eine halb so ansehnliche Partnerin genommen hätte, wäre er bestimmt besser gefahren. Die attraktiven Frauen hat man niemals für sich allein.«

Jacopo schaute Giulia herausfordernd an. »Die, mit denen ich meine Angetraute teilen muss, sind alle tot«, sagte er amüsiert.

»Da hast du Glück«, warf Brutus vollkommen ernst ein. »Giuli ist auch nicht so eine.«

»Wie meinst du das?«, fuhr Piergiuseppe dazwischen. »Meine Giulia ist dir wohl nicht hübsch genug.«

Jacopo konnte sich kaum auf dem Stuhl halten vor Lachen.

»Papperlapapp«, fuhr Maria dazwischen. »Wenn junge Frauen arbeiten gehen, bekommen sie es in den Kopf. Das ist alles. Die Frau gehört nach Hause. Dann kommt sie auch nicht auf dumme Gedanken …«

»Piergiuseppe?«, flüsterte Giulia und beugte sich zu ihrem Vater herüber. »Kannst du mir was von den Puppenspielern erzählen?«

Der gutmütige Piergiuseppe vergewisserte sich erst, dass Maria nichts dagegen hatte, aber die war durch den Tratsch mit Brutus abgelenkt und hatte keine Augen für ihren Mann. Vorsichtig griff er mit beiden Händen nach der Sitzfläche seines Stuhls und rückte, so nah es ging, an Giulia heran. »Brauchst du wieder einmal meine Hilfe bei deinem Fall?«, raunte er.

Giulia verkniff sich ein Grinsen und nickte stattdessen nur leicht. Ihr Vater, dessen erste und bislang erfolgreichste Filmrolle der Assistent eines TV-Kommissars gewesen war, sah sich gern in der Position des erfahrenen Beraters, und sie wollte ihm diese gern zugestehen.

»Wenn ich so viel rede, bekomme ich immer einen trockenen Hals«, sagte Piergiuseppe mit gedämpfter Stimme und aufforderndem Blick in Jacopos Richtung.

Der löste das Problem mit einem schnellen Griff zur Weinflasche. Piergiuseppe lächelte dankbar. »Was ist nun eigentlich mit Brutus und dieser kleinen Elena? Weißt du da was? Er hat sie am Samstag schon anständig ausgeführt. Ich habe ihm gleich gesagt, mit dem *Teatro dei Burattini* kann man nichts falsch machen. Das habe ich ihm gesagt.«

»Du wusstest, dass er dort sein würde, mit Elena?«, fragte Giulia ungläubig.

Jacopo versenkte das Gesicht in seinem Weinglas.

»Ja, ja.« Piergiuseppe nickte eilig. »Er hat mir doch erzählt, dass er sie das erste Mal ausführen will.«

Deswegen wollte das alte Schlitzohr unbedingt nach Colico. Und Giulia hatte sich schon gewundert, dass er sich das Maronenessen bei den Nachbarn entgehen lassen wollte. Dabei wartete er das ganze Jahr lang auf dieses Ereignis.

»Sag bloß deiner Mutter nichts«, bat Piergiuseppe leise. »Sie regt sich dann nur auf. »Die kleine Elena ist zu jung, und vor allem ist sie aus der Stadt. Und eine *Comasca* ist sie auch nicht.« Er verzog den Mund. »Du weißt, wie Maria ist.«

Jacopo trank seinen Wein hastig, und Giulia konnte nur hoffen, dass er sich daran nicht verschlucken würde, so sehr, wie er ein Lachen unterdrückte.

»Ich habe nichts gesehen«, erwiderte Giulia, was Piergiuseppe mit einem wohlwollenden Nicken quittierte. »Lass uns über die Puppenspieler reden«, bat sie.

»Ach so, ja, das hatte ich doch glatt schon wieder vergessen«, entgegnete ihr Vater. »Also, die Familie Pierantognetti war einmal am Lago sehr angesehen, musst du wissen. Das ist ja bei Gauklern, die mit ihrem Pferdewagen durch die Lande ziehen, nicht selbstverständlich. Die Leute lassen sich gern unterhalten, aber im normalen Leben wollen sie mit dem flatterhaften, halbseidenen Naturell, das man allen Künstlern nachsagt, nichts zu tun haben.« Er nahm einen Schluck von seinem Wein. »Mhm. Ich weiß das, weil es mir das ganze Leben lang so erging.«

Giulia tätschelte seine Hand.

»Jedenfalls muss der alte Vincenzo ein außergewöhnliches Talent gehabt haben.« Er winkte ab. »Das ist gut und gern hundert Jahre her, aber einige Alte sprechen heute noch von ihm. Jedenfalls hat er das Theater gegründet und es so weit gebracht, dass seine Frau und seine Kinder nicht mehr mit selbst gemachten Puppen aus Stroh und Lumpen auftreten mussten.« Piergiuseppe hob seinen rechten Zeigefinger und wackelte damit umher. »Vincenzo hat die Bottis beauftragt.« Er machte eine andächtige Pause.

Giulia hatte keinen Schimmer, wer das sein sollte.

»Die berühmten Holzschnitzer?«, fragte Jacopo ein wenig zu laut, worauf Piergiuseppe den Hals einzog und vorsichtig zu Maria herüberschielte. Die hatte aber glücklicherweise nichts mitbekommen.

»Muss man die kennen?«, fragte Giulia.

»Die Bottis aus Colico gehörten zu den berühmtesten Holzkünstlern Italiens«, erklärte Jacopo nahezu andächtig.

»Wegen dieser Puppen?«, fragte Giulia irritiert.

»Ich denke, auch wegen der Puppen, ja«, antwortete Jacopo. »Mit Kirchenschnitzereien wird man normalweise nicht so bekannt, also nicht beim einfachen Volk. Und die Puppen sind wahre Kunstwerke, also rede bitte nicht so abfällig über sie.«

Giulia dachte an die Bäckersfrau und verstand, was Jacopo meinte.

»Jedenfalls haben der alte Pierantognetti und der alte Botti ein riesiges Geschäft aufgezogen. Die Puppenspieler haben ihre Geschichten erzählt, und plötzlich wollte jeder Bottis Puppen haben«, redete Piergiuseppe weiter. »Der gute *Tavà* ist übrigens eine Erfindung von den Bottis, oder waren es doch die Pierantognettis?« Piergiuseppe winkte ab. »Egal. Jedenfalls ist er ist heute noch dabei.« Er unterstrich seine Worte durch ein bedeutungsvolles Nicken. »Na ja, jedenfalls ist Vincenzo irgendwann gestorben und hat das *Teatro* seinem Sohn übergeben. Dann kam der Krieg und dann noch ein Krieg, und ihr wisst, wie das ist.« Piergiuseppe breitete seine Arme mit nach oben zeigenden Handflächen aus. »Alle wollen Brot und keine Spiele. Die Kunst war nicht gefragt. Noch dazu konnte Vincenzos Sohn quali-

tativ seinem Vater nicht das Wasser reichen. Am Ende ist er dann ein paar Tage vor Kriegsende gefallen. Mhm. So ist das Leben.«
»Was haben die eigentlich gespielt?«, fragte Giulia dazwischen.

Piergiuseppe grinste wissend. »Warte, meine Liebe, warte bitte«, sagte er. »Jedenfalls war irgendwann Vincenzos Enkel an der Reihe. Den habe ich übrigens noch persönlich kennengelernt.« Er machte ein nachdenkliches Gesicht. »Und dieser Mann hat es mit dem von seinem Großvater geerbten Talent doch tatsächlich geschafft, das *Teatro* neu aufzuziehen. Jedenfalls hat die Familie wohl wieder davon leben können.« Piergiuseppe verzog das Gesicht. »Bis zur großen Wirtschaftskrise Mitte der Siebzigerjahre. Es war so schlimm, dass Riccardo, so hieß er nämlich, Riccardo Pierantognetti, als Arbeiter in einer Textilfabrik anheuern musste. Für den zartbesaiteten Künstler muss das ein herber Schlag gewesen sein.« Piergiuseppe sah Giulia traurig an. Er, der den Großteil seines Lebens irgendwelche Gelegenheitsarbeiten annehmen musste, weil ihm der schauspielerische Durchbruch verwehrt geblieben war, wusste, wovon er redete. »Das *Teatro* hat er trotzdem nicht aufgegeben, ein, zwei Stücke für die Kinder am Wochenende, meistens umsonst. Leidenschaft ist nun einmal Leidenschaft.« Piergiuseppe verzog den Mund. »Ich weiß nicht, was damals wirklich passiert ist, aber irgendetwas muss diese bittere Erfahrung bei Riccardo ausgelöst haben. Er radikalisierte sich, wetterte gegen den Staat, die Kirche und jeden, der nur im Entferntesten etwas mit der Obrigkeit zu tun hatte. Ein richtiger Krawallkopf war er und ein verbitterter Mann.«

Padre Riccardo, der Name war bei den Puppenspieler-geschwistern gefallen, erinnerte sich Giulia. Der schien der große Held der Familie zu sein. »Seit dieser Zeit bilden die Puppenspieler die schonungslose Realität ab?«, fragte sie.

Piergiuseppe bestätigte das. »Und glaube es einer, der Kerl hatte Erfolg damit. Die Leute sind scharenweise zu ihm gelaufen. Was meinst du, was los war, als Botti plötzlich Puppen gemacht hat, die wie Papst Johannes Paul II. oder Salvatore Riina aussahen?«

»Riina, der berüchtigte Boss der *Cosa Nostra*? *La belva*, die Bestie?«, wollte Jacopo wissen.

»Genau der«, bestätigte Piergiuseppe. »Er ist vor nichts und niemandem zurückgeschreckt, und das zu einer Zeit, in der es noch wirkliche Autoritäten gab. Ein Wunder, dass dem Kerl niemals jemand den Hals umgedreht hat.«

»Und seine Nachfahren machen es ihm nach«, warf Giulia ein.

»Genau. Sein Sohn und nun auch seine Enkel setzen die Tradition fort. Allerdings muss man sagen, dass sein Sohn, ah – wie hieß der Knabe doch gleich? Mhm. Ich komme nicht darauf.« Piergiuseppe trank erneut von seinem Wein. »Na ja, Riccardos Sohn war, was das Talent anging, nicht so gesegnet wie sein Vater. Ein netter Kerl, keine Frage, aber er hatte es schwer, bei den Leuten anzukommen. Zu steif und unbeholfen, keine guten Eigenschaften für einen Puppenspieler. Für einen Schauspieler übrigens auch nicht. Jedenfalls, dass mittlerweile auch normale Leute den Aufhänger für die Geschichten bilden, das gibt es erst seit der jüngsten Generation.« Er zuckte mit den Schultern. »Die Jugend muss immer noch einen draufsetzen.«

»Na ja, sie müssen den Ball oben halten«, ergänzte Giulia. »Und heute, wo sich alle Welt öffentlich im Internet über Berlusconi und Co. aufregen kann, ist das nichts Besonderes mehr. Die Puppenspieler, deren Kunst ja schon irgendwie aus der Zeit gefallen ist, müssen einen Schritt weitergehen, um wahrgenommen zu werden. Nun füllt die untreue Bäckersfrau die Kassen.«

»Und wie gesagt, die Leute lieben es«, ergänzte Piergiuseppe.

Giulia schaute ihn skeptisch an.

»Giuli, du weißt, dass ich mir nichts aus dem Geschwätz über andere Leute mache. All jenen, die das tun, fehlt es an eigenen Geschichten.« Sein Blick streifte Maria und Brutus, deren Köpfe noch immer zusammenhingen. »Ich gehe nur noch aus alter Verbundenheit in die Vorstellungen und wegen *Tavà*, er ist quasi der Held meiner Jugend.« Piergiuseppe lächelte ein wenig verschämt. »Meine erste große Liebe habe ich nach einer Vorstellung des *Teatro* geküsst. Felicia«, sagte er kaum hörbar, aber mit einem Gesichtsausdruck, der Bände sprach.

Giulia legte ihre Hand auf die Schulter ihres Vaters. »Na ja, wenigstens habe ich den Bootsmann nun auch kennenlernen dürfen.«

»Wieso wolltest du das eigentlich alles wissen, Giuli?«, fragte Piergiuseppe und streckte Jacopo sein leeres Glas entgegen. »Die Puppenspieler haben nichts mit einem Mord zu tun, ganz gewiss nicht. So weit sind die noch nie gegangen.«

»Wenn ich schon am Samstag von dir ausgeführt worden bin, dann muss ich doch wenigstens wissen, mit wem ich es zu tun hatte«, entgegnete Giulia ausweichend.

»Oh! Dann hat es dir also gefallen«, freute sich Piergiuseppe. »Ich wusste, dass irgendwann meine Anlagen bei dir durchschlagen.« Es folgte ein scheeler Blick hinüber zu Maria. »Von deiner Mutter hast du jedenfalls nichts geerbt, außer die Schönheit.« Sein noch angefügtes »glücklicherweise« war kaum hörbar.

Giulia lachte fröhlich auf.

Piergiuseppe blieb allerdings ernst. »Wie auch immer, nimm dich vor den Pierantognettis in Acht. Das sind gute Puppenspieler, aber keine guten Menschen.«

»Kompliment, Commissario.« Die Zorzi, Giulias Vorgesetzte, warf demonstrativ einen Blick auf ihre schicke Armbanduhr. »Nur acht Minuten hinter der Zeit. Das ist Ihr persönlicher Rekord, im positiven Sinne. Ich muss mich doch nicht um Sie sorgen?« Auf ihrem makellos geschminkten Gesicht zeigte sich der Anflug eines Lächelns, das wie eine Mischung aus Genugtuung und Zufriedenheit aussah.

Giulia deutete ein Nicken an, ging zu dem Platz neben Elena und setzte sich. Seitdem die Zorzi die Leitung der Abteilung übernommen hatte, veranstaltete sie diese montäglich stattfindenden Dienstbesprechungen. Der Austausch war per se nichts Schlechtes, abgesehen davon natürlich, dass Giulia es noch nie geschafft hatte, pünktlich zu sein. Das war keine böse Absicht, mitnichten, auch wenn die Zorzi es anfänglich wohl so gedeutet hatte. Irgendetwas kam einfach immer dazwischen. Heute war es eben die Sache mit Matteo gewesen. Der hatte ein Schreiben vom Bürgermeister erhalten, laut dem die Europäische Union, so wie es das Gemeindeoberhaupt formuliert hatte, die Lichtverhältnisse in seinem Ziegenstall beanstandete. Matteo, der den Bürgermeister Davide Marcello ebenso wenig ausstehen konnte wie Giulia und noch dazu keinen Schimmer hatte, wer oder was die Europäische Union war, hatte gestern Abend aufgelöst vor Giulias Tür gestanden. Während Matteo mit sich selbst eher nachlässig war, duldete alles, was die Tiere, seine Ersatzfamilie, anging, keinen Aufschub. Und Giulia, die ihm ihr Ehrenwort gegeben hatte, hatte sich gleich heute Morgen darum gekümmert.

»Kannst du die Dörfler nicht einmal warten lassen, nur einmal, Commissario?«, flüsterte Elena ihr mit vorwurfsvoller Miene zu.

»Diese Hoffnung habe ich schon lange aufgegeben, Signorina Pellegrini«, bemerkte die Zorzi beiläufig, stand von ihrem Stuhl auf, umrundete den Schreibtisch und lehnte sich mit übereinandergeschlagenen Beinen an dessen Vorderseite. Wie auch an all den anderen Tagen sah sie aus wie direkt aus der *Elle* entstiegen. Sie trug ein dunkelgrünes Etuikleid, das kurz unter den Knien endete, nebst einem passenden überbreiten Ledergürtel, der ihre schlanke Taille noch zusätzlich betonte. Im farblichen Kontrast dazu standen die grellpinken Pumps, zu denen sie einen passenden Lippenstift gewählt hatte. Auch ohne dieses modische Chichi, wie Giulia es empfand, war die Zorzi eine überaus attraktive Frau. Wer jedoch den Fehler machte, sie darauf zu reduzieren, hatte verloren. Chiara Elisa Zorzi hatte einen scharfen Verstand und schien auch sonst mit sämtlichen Tugenden gesegnet zu sein. Noch dazu verfügte sie offenkundig über ein ganz ausgezeichnetes Gehör, was Elena die Schamesröte ins Gesicht trieb.

»Ihre Assistentin war so freundlich, mich derweil über Ihre Ansichten zum Modernisierungsstau innerhalb der katholischen Kirche ins Bild zu setzen«, fuhr die Zorzi geschäftig fort. »Überdies hat sie mir Ihr Protokoll zum Mordfall Piona mitgebracht. Das war ja insgesamt schon sehr aufschlussreich. Und es war mehr als pünktlich auf meinem Schreibtisch.« Sie hielt inne und schaute Giulia herausfordernd an. Sie wusste hundertprozentig, dass Giulia niemals freiwillig ein Protokoll schrieb, erst recht nicht vor der Zeit. Aber anstatt irgendetwas dergleichen verlautbaren zu lassen, überging sie diese weitere Schwäche ihrer Commissario, und Giulia, die froh darüber war, nickte schweigend und beschloss, Elena nachher wieder einmal einen Kaffee auszugeben.

»Sie gehen davon aus, dass es einen Zusammenhang zwischen dem Mord und den Puppenspielern gibt?«, fragte die Zorzi, als Giulia noch immer nichts sagte. »Ich habe das zumindest zwischen den Zeilen herausgelesen.«

»Ich würde es nicht ausschließen«, entgegnete Giulia. »Der erste Eindruck der Geschwister Pierantognetti war jedenfalls nicht der beste. Mal sehen, was sie noch so zu sagen haben. Außerdem würde ich mir gern die Mönchspuppe zeigen lassen.«

Die Zorzi hob die rechte Augenbraue. »Die Mönchspuppe?«

Giulia berichtete, was Elena und sie am Tag zuvor im *Teatro* gesehen hatten.

»Nun, wenn diese Puppe dem Verstorbenen ähnelt, dann wird das wohl ihr bislang am schnellsten gelöster Fall«, sagte die Zorzi. »Und der mit dem dümmsten Mörder.« Sie hielt inne. »Welches Motiv sollten denn die Puppenspieler für den Mord haben?«

»Ich weiß es noch nicht«, antwortete Giulia. »Vielleicht stecken sie mit der Gemeinde unter einer Decke, was die Pfirsichplantage angeht, oder es handelt sich schlichtweg um einen unbändigen Hass auf die Kirche. Alles ist möglich.«

»Gibt es heutzutage so etwas noch?«, wandte die Zorzi ein. »Ich meine, so unwichtig, wie die Kirche in unserer Gesellschaft geworden ist. Gegen einen sterbenden Gaul muss man doch nicht die Hand erheben. Na ja, Sie werden es herausbekommen.« Sie hielt inne. »Ich hoffe nur, Sie kriegen die Mönchspuppe auch wirklich noch zu Gesicht.«

Giulia stutzte.

Die Zorzi fasste hinter sich und reichte Giulia ein Blatt Papier. »Das ist vor etwa einer halben Stunde hereingekommen.«

Giulia überflog eilig die Zeilen. Es handelte sich um eine Anzeige, die die *Polizia Municipale*, die kommunale Polizei von Colico, aufgenommen und umgehend an die Questura weitergegeben hatte. Normalerweise war ein derartiges Vorgehen nichts Ungewöhnliches, wenn es um größere Verbrechen ging, aber in diesem Fall mutete es auf den ersten Blick etwas seltsam an. Am zeitigen Morgen hatte das mobile *Teatro dei Burattini* einen Brandanschlag auf seinen Tourbus gemeldet. Glücklicherweise waren dabei keine Menschen zu Schaden gekommen, aber nach allem, was man hier lesen konnte, hatte das Feuer die komplette Ausrüstung vernichtet. Noch dazu war das Auto nicht mehr zu retten gewesen.

Die Zorzi wartete, bis Giulia die Hand mit dem Papier sinken ließ. »Die in Colico haben interessanterweise das Gefühl, die Vorkommnisse könnten uns interessieren«, sagte sie mit hörbarem Erstaunen. »Können Sie sich einen Reim darauf machen?«

»Der halbe Ort saß am Sonntag im Puppentheater«, entgegnete Giulia. »Und wer es nicht gesehen hat, der hört es vom Nachbarn.«

»Mir war nicht bewusst, dass das *Teatro* die Leute heutzutage noch so begeistert«, sagte die Zorzi nachdenklich. »Ich dachte eher, das ist etwas für Kleinkinder und Nostalgiker.«

Elena stieß einen Laut aus, der auf ihr Amüsement schließen ließ. »Sie waren wie die Fliegen, die um einen vollreifen Bitto-Käse schwirren«, sagte sie unverblümt.

Die Zorzi nahm dies schweigend zur Kenntnis.

»Die armen Puppen«, heuchelte Elena, die zu Giulia hinübergelehnt mitgelesen und jetzt die Seite an sich genommen hatte. »So ein Verlust. Dann hat *Cotolettos* Ausflug zur Abtei ihm wohl das Leben gerettet.«

»Ich verstehe nicht ganz«, sagte die Zorzi.

Giulia winkte ab. »Das sind noch ungelegte Eier. Ich informiere Sie, wenn sich daraus etwas ergibt«, sagte sie ungewohnt förmlich, um das Thema schnellstmöglich abzubügeln. Die am Kloster gefundene Puppe war nichts, was Giulia schon abschließend bewerten konnte. Immerhin bestand die Möglichkeit, dass der Drache nicht aus dem *Teatro* stammte, vorausgesetzt natürlich, die Pierantognettis hatten nicht die Exklusivrechte für ihre Darsteller. Das würde sie klären müssen. Sollte die Puppe Massenware sein, dann könnte sich quasi jeder, der das Stück am Samstag gesehen hatte, einen makabren Scherz erlaubt haben. Andererseits könnte man dies durchaus als Drohung an die Mönche verstehen. Aber wieso sollten die *Teatro*-Geschwister so einfältig sein, die Polizei absichtlich in ihre Richtung zu führen, indem sie ihren Drachen dort parkten? Oder lag womöglich jemandem daran, sie das glauben zu lassen?

Die Zorzi kniff die Augen leicht zusammen und schaute skeptisch zwischen Giulia und Elena hin und her, ließ es jedoch schließlich dabei bewenden. Erst als die beiden etwa zehn Minuten später hinausgingen, brachte sie das Thema noch einmal zur Sprache. »Commissario, wenn Sie zufällig die Drachenfrau *Cotoletta* zu Gesicht bekommen, machen Sie ein Foto. Meine Schwester glaubt bis heute nicht, dass sie existiert. Ich habe vor knapp dreißig Jahren um ein Eis gewettet, den Gewinn würde ich mir nur zu gern einstreichen.«

***

»Wenn Sie uns bei jeder Dienstberatung nur ein Fitzelchen aus ihrem Leben erzählt, wissen wir vielleicht in fünfzig Jahren etwas besser, mit wem wir es zu tun haben,« witzelte Elena, als sie wieder in ihrem Büro angekommen waren. »Immerhin gibt es eine Schwester. Ich war mir bisher nicht einmal sicher, ob sie überhaupt Vater und Mutter hat. Eher hätte ich auf ein Raumschiff getippt, das einen Alien ausgesetzt hat.«

»Na, du bist ja zu Anfang der Woche gut drauf«, entgegnete Giulia, die im Türrahmen zwischen Elena und ihrem Büro lehnte und irgendwie hoffte, dass ihre Assistentin schon einkaufen gewesen war, damit sie ein paar Kekse abstauben konnte.

»Wenn du mich immer allein in die Höhle der Löwin schickst«, antwortete Elena sichtbar gestresst. »Nur weil du auf deinem Berg wieder deine kleine Welt retten musst.«

»Du warst doch wie immer perfekt vorbereitet«, sagte Giulia.

Elena hob die rechte Braue, griff nach ihrem Einkaufskorb, der hinter dem Schreibtisch stand, und wuchtete ihn mit Schmackes vor sich auf den Tisch. »Meinst du, sie isst tatsächlich eine ganze Kugel Eis? Passt die in ihren Magen?«, fragte sie spitz und fing an, in ihren Einkäufen zu kramen. »Schokoladenplätzchen?«

»Gern«, entgegnete Giulia lächelnd. Elena echauffierte sich regelmäßig über die makellose Figur der Zorzi, die dieser unter Garantie so einiges an eiserner Disziplin abverlangte. Giulia ahnte, dass Elena sich insgeheim grämte, niemals nur ansatzweise so aussehen zu können. Dabei war sie auf ihre Art mindestens genauso ansehnlich.

»Ich weiß doch, warum du dir hier die Beine in den Bauch stehst«, gab Elena zurück und hielt eine Packung Kekse hoch. »Nach einer freundlichen Unterhaltung mit einer Kollegin ist dir jedenfalls nicht.

Dazu bist du nicht in der Lage. Es wäre natürlich etwas anderes, wenn ich aus deinem Dorf käme.« Elena hielt inne und grinste Giulia verschmitzt an. »Oder wenn ich deinen besten Freund Brutus heiraten würde.« Sie zwinkerte Giulia herausfordernd zu.

»Was ist nun mit den Schokoplätzchen?«, fragte Giulia und überging damit Elenas übliche Provokationen.

Die warf ihr ohne Ankündigung die Packung entgegen.

»Danke schön«, säuselte Giulia. »Und bevor du dein Brautkleid aussuchen gehst …« Sie hielt inne. »Könntest du dich erst mal an die Recherche zu Pater Donatos Familie setzen.« Sie winkte ihr mit den Keksen zu und verschwand in ihrem Büro.

»Den anderen Pater, diesen Schönling …«, hob Elena an.

»Gianmarco«, sagte Giulia, die ihren Kopf wieder hereingesteckt hatte.

»Genau.« Elena klimperte schon auf der Tastatur ihres Computers. »Den würde ich auch unter die Lupe nehmen.«

»Sehr gute Idee. Ich möchte doch zu gern wissen, was der Grund für seinen Ausstieg war.«

Elena wirkte verblüfft. »Der Weg zu Gott?«, fragte sie mit hoher Stimme.

»Ohne Frage, aber …?«, entgegnete Giulia.

Elena schaute erwartungsvoll an ihrem Bildschirm vorbei.

»Warum guckst du so?«, fragte Giulia.

»Weil jetzt wieder etwas kommt, was mir unter Garantie nicht aufgefallen ist«, erklärte Elena und zog einen Flunsch.

»Unsinn«, wiegelte Giulia ab. »Ich habe mich nur gefragt, ob es Zufall ist, dass Gianmarco als Einziger der Mönche kein Sendungsbewusstsein hat.«

»Aha?«, entgegnete Elena und schob sich einen Keks in ihren Mund.

»Jeder der Brüder, mit dem wir gesprochen haben, einschließlich natürlich des Abtes, hat uns von Gott erzählt. Du weißt schon, das ewige Leben, metaphorisch gesprochen, sein Wille geschehe und so weiter. Jeder Geistliche transportiert in seinen Worten auch seine Weltanschauung. Man merkt es einfach, verstehst du?«

»Aha?« Elena schob den nächsten Keks nach.

»Der Einzige, der darauf komplett verzichtet hat, war Gianmarco«, erklärte Giulia. »Und das hatte meines Erachtens nichts mit seiner skeptischen Haltung uns gegenüber zu tun.«

»Und du meinst, das hätte etwas zu bedeuten«, warf Elena ein. »Das spricht doch für ihn, wenn er nicht dieses Sektengeschwafel ablässt.«

»Ich weiß es nicht, es ist mir nur aufgefallen«, antwortete Giulia, wobei sie nachdenklich den an ihrem Hinterkopf sitzenden verknoteten Zopf auf- und niederschob. »Irgendetwas passte nicht.« Elena beseitigte mit einer zackigen Handbewegung die Krümel auf ihrem Schreibtisch. »Wenn du mich fragst, passte der ganze Mann nicht.« Sie lachte schrill auf. »Ich meine, Commissario, hast du dir den mal angesehen? Der war heiß. Jede Frauenzeitschrift hätte den mit Kusshand auf ihr Titelblatt gedruckt.« Sie schlug sich in übertriebener Theatralik die Hände vor den Mund. »Und dann sagt er noch, er sei Arzt. Meine Mutter hätte vor Freude angefangen zu heulen.«

»Jetzt hör aber auf«, erwiderte Giulia belustigt. »Er ist ein Mönch.«

Elena hob die rechte Braue.

»Mönche müssen nicht per se alt und hässlich sein«, sagte Giulia.

Der Ausdruck auf Elenas Gesicht schien eingefroren zu sein.

»Das ist ein Vorurteil«, fügte Giulia noch an.

»Das ist das Gesetz der Wahrscheinlichkeit«, entgegnete Elena. Sie streckte ihre rechte Faust nach oben und ließ einen Finger nach dem anderen aufschnippen. »Er ist in den besten Jahren, also höchstens ein paar Jährchen älter als ich, an ihm ist alles dran, noch dazu in makelloser Schönheit, er ist intelligent, und er ist Mediziner. Finde den Fehler.«

»Er ist Römer«, antwortete Giulia scherzhaft.

»Okay. Das ist ein Manko«, erwiderte Elena grinsend.

»Gerade weil Gianmarco so heraussticht«, hob Giulia an, »sollten wir ihn uns etwas näher ansehen. Man weiß nie, was einen Menschen zu seinen Entscheidungen treibt. Dass Pater Donato dabei von Bedeutung gewesen war, hat er unumwunden zugegeben. Die beiden Männer kennen sich sehr gut, aber Gianmarco liegt nichts daran, uns etwas Hilfreiches zu erzählen. Genau das macht mich stutzig.«

»Hauptsache, es ist keine unglückliche Liebesgeschichte«, erklärte Elena mit Nachdruck. »Junger Mann folgt der zölibatär lebenden Liebe seines Lebens auf die einsame Klosterhalbinsel von Piona, um von der Außenwelt abgeschieden sich dem Gärtnern hinzugeben. Etwas anderes dürfen die ja nicht, vielleicht noch Holz hacken.«

Giulia verdrehte die Augen. »Du solltest mal über eine Veränderung bei deinem Fernsehprogramm nachdenken«, sagte sie.

»Gianmarco ist eigentlich kein echter Mönch. Er hat sich quasi nur eingeschlichen, um seinem Liebsten nahe zu sein«, fuhr Elena fort, und man hörte ihr an, wie sie dieses Gedankenspiel erfreute. »Er könnte auch durch seinen uneigennützigen Dienst am Menschen so ausgebrannt sein, dass er nur im Kloster bei seinem engen Freund neue Kräfte schöpfen kann. Burn-out? Depression? Vielleicht ist auch ein Kind unter seinem Messer gestorben und ihn plagen die Schuldgefühle.«

Giulia schaute zur Decke und atmete hörbar aus.

»Was hast du?« Elena warf ihre Arme scheinbar empört in die Höhe. »Das ist nicht ausgeschlossen, Commissario! Gib es zu!«

»Nichts ist ausgeschlossen, Elena, gar nichts«, erwiderte Giulia gleichmütig und schloss die Tür ihres Büros hinter sich.

***

»Commissario!«

Giulia überlegte, wem sie die aufgeregte Stimme, die ihr durch den Telefonhörer entgegenklang, zuordnen konnte.

»Sonia Vanni hier. Ich möchte nicht stören …«

»Sie stören nicht, Sonia«, entgegnete Giulia, der erst mit der Nennung des Namens aufging, dass sie die Nichte des Professore am Telefon hatte. »Was haben Sie auf dem Herzen?«

»Onkel Andrea hat seinen Bericht fertig und mich gebeten, diesen mit Ihnen am Telefon zu besprechen«, erwiderte die junge Frau pflichtschuldig.

Giulia stutzte. Das war neu. Normalweise ließ es sich Fontana nicht nehmen, seine Ergebnisse zu verkünden. Und wenn seine Zeit dies einmal nicht hergab, sendete er den Bericht vorab und erörterte ihr irgendwann im Nachgang seine Befunde. »Ist Fontana krank?«, fragte Giulia. »Nein, nein«, beruhigte Sonia sie. »Er musste ganz dringend nach Lecco zu einem Kollegen. Der braucht seine Hilfe bei einem schwierigen Befund. Das wird wohl den ganzen Tag in Anspruch nehmen. Ich muss hier die Stellung halten.«

Sieh an, nach Lecco, dachte Giulia, die schon ahnte, was der alte Fuchs im Schilde führte. Dass er dabei neuerdings von seinen Gewohnheiten abwich und seine Schäferstündchen auf die Arbeitszeit verlegte, war dann wohl der Not geschuldet. Die arme Sonia jedenfalls hatte er so schon mal abgehängt. Die Frage war nur, ob ihm seine Frau diese Geschichte auch abnehmen würde.

»Darf ich anfangen?«, fragte Sonia, weil Giulia nicht reagiert hatte. »Onkel Andrea hat mir so viel aufgetragen, dass ich etwas in Eile bin. Schließlich darf ich ihn nicht enttäuschen.«

Giulia bat darum, dass sie fortfuhr.

»Obduktionsbericht des Pater Donato, mit richtigem Namen Augusto Ogliari, wohnhaft in …«, las Sonia vor.

»Halt, halt, Sonia, bitte nur das Wesentliche«, fiel Giulia ihr ins Wort. »Das spart uns beiden Zeit.«

Sonia räusperte sich. »Entschuldigung.« Sie holte tief Luft. »Todesursache: Dekapitation, also die gewaltsame Abtrennung des Kopfes vom Rumpf, was mit einer Nichtversorgung des Gehirns mit Blut und Sauerstoff einhergeht.« Papier raschelte. »Wissen Sie eigentlich, Commissario, dass der Tod erst nach etwa sechs Minuten eintritt?«, führte Sonia aus. »Die ersten Sekunden kann derjenige sogar noch sehen und hören. Er spürt auch den Schmerz des Schlages. Erst nach und nach verliert er das Bewusstsein. Und ich habe immer gedacht, man ist sofort tot. Wie dumm von mir.« Sonia ereiferte sich in sehr ähnlicher Manier wie Fontana, was Giulia im Stillen belustigte.

»Was haben Sie zum Todeszeitpunkt?«, fragte sie, ohne dabei dem Mädchen über den Mund fahren zu wollen.

»Zwischen Mitternacht und ein Uhr morgens«, beeilte sich Sonia zu sagen. »Es gibt keine Spuren der Abwehr oder eines Kampfes. Der Schlag wurde von hinten ausgeführt, und alles deutet darauf hin, dass der Täter sein Opfer überrascht hat. Dem Schlagwinkel nach zu urteilen, war der Täter etwa zwanzig Zentimeter größer als sein Opfer, was in etwa einer Körpergröße von einem Meter neunzig entspricht. Der Pater maß nämlich nur ungefähr einen Meter siebzig, er hatte etwa meine Größe.«

Giulia schmunzelte. Die Kleine machte das nicht übel. Und sie schien schnell zu lernen. »Sind Sie sicher, dass der Pater gestanden hat?«, fragte sie.

»Äh. Ich …, also …«, stammelte Sonia. »Onkel Andrea hat es so aufgeschrieben, oder aber …« Pause. »Meinen Sie nicht?«

»Ich weiß es nicht«, antwortete Giulia. »Ich denke nur, dass eine Körpergröße von einem Meter neunzig für einen Italiener äußerst ungewöhnlich ist.«

»Das stimmt wohl«, gab Sonia zu. »Ich notiere Ihre Frage.«

Giulia gefiel diese zuvorkommende und zugleich auch engagierte Art der jungen Frau.

»Es gibt am Körper des Toten keine fremde DNA«, fuhr Sonia hörbar unsicher fort. »Und der Täter hat seinem Opfer nur einen gezielten Schlag verpasst. Ein kräftiger Mensch bekommt das hin, sagt Onkel Andrea.« Sie zögerte und schien Giulias Reaktion abzuwarten.

»Keine DNA-Spuren, nicht einmal am Kopf?«, hakte Giulia ein. Dann würde das für eine geplante Tat sprechen, denn der Mörder musste Handschuhe getragen haben. Immerhin hatte er den Kopf des Paters noch ein paar Meter mitgenommen.

Sonia räusperte sich erneut. »Nur Fell von einem Dachs oder einem ähnlichen Tier. Der Rückruf aus dem Zoo steht noch aus. Wir warten auf Fellproben, um das Tier, das den Kopf mitgeschleift hat, genauer bestimmen zu können«, entgegnete sie eifrig.

»Ein Tier? Fellproben?«, fragte Giulia erstaunt.

»Ja«, antwortete Sonia. »Die Spuren am Hinterkopf des Paters und seine Verschmutzung unterstreichen das. Er wurde ein paar Meter weit an seinen Haaren durch den Garten gezerrt und dann, warum auch immer, liegen gelassen. Ich glaube ja, dass für so ein Wildtier die rund sechs Kilogramm, die ein menschlicher Kopf auf die Waage bringt, zu schwer ist, aber Onkel Andrea will davon nichts hören. Er sagt, er ist kein Zoologe. Jedenfalls spricht nichts dafür, dass der Mörder mit dem Kopf unterwegs war. Deswegen gibt es auch keine menschliche DNA, also das sagt Onkel Andrea.«

Wie schrecklich, dachte Giulia bei sich. Allerdings stellt das den Mörder bei aller Abscheulichkeit der Tat nicht mehr in eine ganz so krankhafte Ecke. Die Körperteile seines Opfers als eine Art Trophäe mitzunehmen, setzt schon einiges mehr an emotionaler Kälte und psychischer Störung voraus. Womöglich konnte es also doch eine Affekthandlung gewesen sein.

»Haben Sie das notiert?«, fragte Sonia nahezu liebenswürdig.

»Selbstverständlich«, log Giulia amüsiert.

»Dann fahre ich fort«, konstatierte sie. »Kein Alkohol, keine Drogen, nichts, was für eine Betäubung oder Ähnliches spricht.«

Giulia hatte nichts anderes erwartet. Ihr Weltbild war dahin gehend irgendwie noch im Lot, Jacopo würde sagen, von gestern, und tatsächlich lag sie damit bei Weitem nicht immer richtig.

»Dann gibt es aber noch etwas.« Sonia machte eine gewichtige Pause. »Das sollten Sie unbedingt wissen. Onkel Andrea meint, es könnte für den Hinweis auf den Täter entscheidend sein, aber ich weiß nicht. Na ja, Sie sicherlich schon ...«

»Was?«, fragte Giulia mit einem leichten Anflug von Ungeduld.

»Pater Donato war schwer nierenkrank«, sagte Sonia. »Onkel Andrea sagt, ich solle Sie daran erinnern, dass er Ihnen das schon anhand der schwarzen Augenringe des Mannes vorhergesagt hat.« Sie wartete, bis Giulia dies bestätigte.

»Unheilbar«, ergänzte Sonia betroffen.

»Was heißt das?«, fragte Giulia.

»Er hatte schätzungsweise nur noch ein halbes Jahr zu leben.«

* * *

Fiora Ogliari saß eingehüllt von dichtem Zigarettenqualm in ihrem Büro und bediente mit zackigen Bewegungen die Rechenmaschine, die vor ihr stand. Dabei war sie so sehr in ihr Tun vertieft, dass sie nicht einmal bemerkte, wie ihre Sekretärin die Tür öffnete und Giulia und Elena eintreten ließ. Giulia wunderte sich, dass die junge Frau sie nicht anmeldete oder sonst irgendetwas sagte, sondern wortlos hinter ihnen wieder verschwand. Gleich sollte ihr jedoch aufgehen, wieso die Angestellte sich lieber schleunigst entfernt hatte.

»Signora Ogliari?«, sagte Giulia.

Die Papierrolle des Rechners ratterte in einem fort.

»Entschuldigung?« Elena versuchte es etwas lauter als Giulia.

Die Signora hielt inne, schaute über den Rand ihres goldenen Brillenrahmens und nahm einen Zug von der zwischen ihren Lippen steckenden Zigarette. »Wir haben unseren Termin morgen. Nicht heute. Wenn Sie mir schon keine ruhige Nacht bescheren, können Sie mich wenigstens am Tag ungestört arbeiten lassen«, sagte sie abweisend. Nach dem letzten Satz senkte sie den Blick, und umgehend flogen ihre Finger wieder über die Tasten.

»Wir haben keinen Termin«, hob Giulia an. »Es wäre gut, wenn …«

Die Signora hielt inne, richtete ihren Oberkörper auf und hob den Kopf. »Keinen Termin? Wie sind Sie dann hier hereingekommen? Emilia, du dummes Ding! Wie oft soll ich dir noch sagen …«, wetterte sie, wobei die Sätze fließend ineinander übergingen.

Ehe Giulia irgendetwas erklären konnte, flog die Tür auf. Ohne auf irgendjemanden zu achten, stiebte Emilia herein, stellte das Tablett, das sie vor sich hertrug, mit so viel Wucht auf den Schreibtisch ihrer Chefin, dass das Kaffeegeschirr schepperte, und verschwand, wie sie gekommen war.

»Was soll der Kaffee hier?«, fauchte die Signora hinter Emilia her. »Und seit wann trinke ich am Tag Grappa? Dieses Mädchen macht, was es will.« Sogleich fiel ihr Blick wieder auf Giulia und Elena. »Was wollen Sie?«

Von draußen hörte man ein gotteslästerliches Fluchen, wobei Emilia in Kauf zu nehmen schien, dass man drinnen jedes Wort verstehen konnte. Demnach schien das mit dem Grappa keine Ausnahme zu sein.

Giulia warf einen flüchtigen Blick auf das Glas mit dem Schnaps.

Emilia schien ihre Chefin gut zu kennen, zumindest ahnte sie wohl, dass sie sich gleich aufregen würde. Dass sich der Tod von Pater Donato schon bis auf die gegenüberliegende Seeseite, nach Gravedonna, herumgesprochen hatte, hielt sie jedoch für unwahrscheinlich. Die beiden Frauen hatten sich kurz nach dem Ende der Dienstbesprechung auf den Weg zum nördlichen Zipfel des Sees gemacht. Nach allem, was Elena herausgefunden hatte, lebte und arbeitete dort die Schwester und nach jetzigem Erkenntnisstand einzige Verwandte ihres Opfers. Schließlich war es dringend an der Zeit, dass sie erfuhr, was passiert war. Kurz und bündig erklärte Giulia der Signora, wer sie waren. Zu dem Grund ihres Kommens kam sie jedoch nicht mehr.

»Polizei?«, fragte die Signora dazwischen und wirkte dabei noch aufgebrachter. Nebenbei drückte sie die Zigarette in einem Aschenbecher aus. So wie der aussah, hatte sie entweder eine nachlässige Putzfrau oder ein veritables Nikotinproblem. »Will man mich jetzt auch noch zur Kriminellen machen?« Sie griff nach der Kaffeekanne, goss sich eine Tasse ein, lehnte sich auf ihrem Stuhl zurück und trank, ohne die beiden aus den Augen zu lassen. Auf ihrem Gesicht lag eine Mischung aus Trotz, Wut und gespielter Belustigung.

»Wir kommen wegen Ihres Bruders«, sagte Giulia.

»Augusto, äh, Pater Donato?« Ihre Mimik veränderte sich umgehend. Sie setzte sich gerade auf und stellte die Kaffeetasse vor sich ab. »Was ist passiert?«

Giulia berichtete kurz die Vorkommnisse, verzichtete dabei jedoch auf allzu grausame Details.

Fiora Ogliari war augenscheinlich zu keiner Reaktion fähig. Sie starrte Giulia an, und zugleich schien sie sie nicht wahrzunehmen. Es dauerte einen Moment, bis sie wieder etwas sagen konnte. »Möchten Sie vielleicht einen Kaffee?«, fragte sie leise, fast schon schüchtern, und man konnte kaum glauben, dass es sich noch um die gleiche Frau wie eben handelte. Während sie mit zittrigen Händen den

Kaffee eingoss, bedeutete sie den beiden, dass sie direkt vor ihr Platz nehmen sollten. »Ich möchte alles genau wissen. Bitte schonen Sie mich nicht. Ich bin nicht aus Zucker. Augusto war mein einziger Bruder.«

»Ich kann Ihnen noch nicht viel mehr sagen«, antwortete Giulia, angestrengt darum bemüht, die Wahrheit zu umschiffen.

Direkt unter dem Fenster wurde ein Lkw-Motor angelassen. »Wie ist er gestorben?«, fragte die Signora und so, wie sie das sagte, war deutlich, dass sie sich nicht abwimmeln lassen würde.

»Man hat ihn geköpft«, entgegnete Giulia. »Mit einer Axt.«

»Einen Mönch enthauptet? Wie im Mittelalter?«, erwiderte die Signora tonlos. Die kleine, zierliche Frau, deren Schultern ohnehin schon denen eines Kindes glichen, schien mehr und mehr in sich zusammenzufallen. Ihr Gesicht, das von tiefen Furchen durchzogen war, wirkte mit einem Mal noch um Jahre gealtert, und in ihren Augen war nichts mehr von der Entschiedenheit zu sehen, die ansonsten ihr Naturell zu sein schien.

»Signora, bitte ersparen Sie sich die Einzelheiten«, erwiderte Giulia. »Uns würde es helfen, wenn Sie uns etwas über Ihren Bruder erzählen könnten.«

Die Signora schaute hinüber zum Fenster, sprang auf, war mit zwei Schritten dort, riss einen der Flügel auf und schrie hinaus: »He, Rudolfo, wenn du den Diesel zahlst, kannst du das Teil meinetwegen rund um die Uhr laufen lassen, solange ich das tun muss, wird der Motor ausgemacht. Verstanden!« Das Geräusch verstummte, noch bevor sie wieder an ihrem Platz war. »Was wollen Sie wissen?«, fragte sie, während sie sich eine neue Zigarette anzündete und einen tiefen Zug davon inhalierte.

»Wie lange lebte Donato schon in einem Orden?«, fragte Giulia.

Signora Ogliari hüstelte, wobei kleine graue Wölkchen aus ihren Nasenlöchern herauskamen. »Mein Bruder ermordet«, murmelte sie fassungslos, griff sich den Grappa und kippte ihn mit einer flinken Bewegung hinunter. »Sie sind sicher, dass es keine Verwechslung ist?« Noch bevor Giulia oder Elena etwas darauf erwidern konnten, machte sie eine wegwerfende Handbewegung.»Natürlich sind Sie das.«Sie hob den Kopf und schaute zur Tür.»Emilia!«Nachdem sich nicht umgehend etwas tat, schimpfte sie vor sich hin.»Wieso sollte sich hier überhaupt noch jemand bewegen? Für mich sowieso nicht. Meine Güte, wie mir das alles zum Hals heraushängt.«Es hatte den Anschein, dass es nicht ihre Sekretärin war, mit der sie unzufrieden war. Es schien ihr Leben zu sein, mit dem sie haderte und das jetzt mit dem Tod ihres Bruders noch einmal ordentlich Schlagseite bekommen hatte.»Donato war eigentlich schon immer Mönch«, antwortete sie schließlich und lachte gequält auf.»Na ja, er war kaum volljährig, als er unserem Vater seinen Lebenswunsch präsentiert hat.«

Die Tür flog auf, und Emilia stand erneut im Zimmer. Dieses Mal hatte sie nur eine Flasche Grappa bei sich, den sie mit so festem Schritt zum Schreibtisch brachte, dass man meinen konnte, sie wollte den Boden durchtreten.»Wenn es hilft«, blaffte sie und knallte die Flasche direkt neben die Rechenmaschine. Dann ging sie wieder hinaus, um erneut lautstark ihren Unmut kundzutun. Der Grappakonsum ihrer Chefin missfiel ihr unüberhörbar.

»Wir können dich hören«, rief Signora Ogliari aufgebracht.

Emilia hatte dafür nur weitere Flüche übrig.

»War das für Ihre Familie in Ordnung?«, fragte Giulia, als wäre nichts gewesen. Die Sache mit dem Alkohol registrierte sie, tat aber höflicherweise so, als ob sie dies nicht bemerkte.

»Mein Vater war ein feiner Mensch«, erwiderte Signora Ogliari. »Er hatte in seinem Leben so viel Elend erlebt, dass er der Meinung war, sein Erstgeborener müsste das tun, was ihn erfüllte. Na ja, Donato erfüllte ein Leben für Gott, und ich durfte den Betrieb übernehmen. Das ist doch etwas, oder?« Sie nahm sich die Flasche, schraubte sie auf und goss nach. Auch ohne diesen fast schon verzweifelt wirkenden Griff nach dem Grappa hatte die Szene etwas Tragisches.

»Für die damalige Zeit ist das etwas Besonderes«, erwiderte Giulia, die die Signora etwa auf Donatos Alter, also Anfang sechzig, schätzte.

Um ihren Mund zeigte sich ein gezwungenes Lächeln.»Eine Frau, die ein Sägewerk leitet, mhm, da mögen Sie recht haben. Ein Zuckerschlecken jedenfalls war es nicht. Aber dafür kann ich mir heute auch nichts mehr kaufen.«

»Donato ist ihr einziger Bruder?«, fragte Giulia.

»Ja. Wir sind Zwillinge«, entgegnete sie. »Mein Vater hatte also keine Alternative, wollte er das Unternehmen in Familienhand fortgeführt wissen. Und das wollte er unbedingt, das können Sie mir glauben. Dafür hatte er es nach dem Krieg unter zu viel Entbehrungen aufgebaut. Er und meine Mutter haben mit nichts angefangen. Mein Vater war Waise, und meine Mutter stammt aus einer bitterarmen Familie.« Sie hatte die Zigarette bis hinunter zum Filter aufgeraucht, zog jedoch noch immer daran, als hätte sie es nicht bemerkt. »Er hat bis zum Schluss noch darauf gehofft, dass eines seiner Kinder ihm mindestens einen Enkel schenkt, damit die Ogliaris nicht aussterben, na ja, vor allem wohl damit seine Arbeit fortgeführt wird. Ein eigener Betrieb, die Tradition, das war etwas, worauf mein Vater zeitlebens schwor.«

»Aber Ihr Bruder kam dafür in keinerlei Hinsicht mehr in Frage«, konstatierte Elena.

»Ganz richtig, Signorina«, bestätigte Signora Ogliari. »Ich war gefragt.« Sie klang unendlich müde.

»Dann hat Donatos Entscheidung Ihren Lebensplan ganz schön durcheinandergebracht«, warf Giulia ein.

Die Signora stutzte und kniff die Augen zusammen. »Donato war diese Entscheidung in die Wiege gelegt. Er hätte niemals etwas anderes sein können. Niemals.« So wie sich das anhörte, schien sie ihrem Bruder gegenüber keinerlei Groll zu verspüren, im Gegenteil, sie verteidigte ihn sogar noch. »Es hätte nur nicht so weit weg sein müssen«, fügte sie kaum hörbar, aber voller Enttäuschung an. »Er war einfach immer zu weit weg. Wenn er sich schon von der normalen Welt verabschieden musste, dann hätte er das wenigstens in Piona tun können. Aber davon hatte er niemals etwas hören wollen.« Sie stieß einen Seufzer aus. »Und es wäre schön gewesen, wenn mich nur einmal jemand nach meinen Träumen gefragt hätte, nur einmal.« Sie wirkte abwesend.

Das Kloster Casamari, das der Abt erwähnt hatte, befand sich unterhalb von Rom. Zwischen den Geschwistern hatten dementsprechend rund achthundert Kilometer gelegen. Das war wahrlich kein Weg für ein Wochenende. »Aber seit einem knappen Jahr nicht mehr«, warf Giulia ein. »Wieso ist Donato eigentlich zurück an den See gekommen, ausgerechnet jetzt?« Giulia dachte an die Worte des Abtes und an die Lebenszeit, die der Professore dem Pater in Aussicht gestellt hatte. Aus ihrer Sicht war es nur verständlich, dass er seine letzten Monate in seiner alten Heimat verbringen wollte.

»Die paar Monate«, entgegnete die Signora unwirsch. »Was sind die gegen vierzig Jahre?« Das Glas mit dem noch immer unangerührten Schnaps landete in ihrem Kaffee. Endlich entsorgte sie auch den Stummel in ihrem Mund.

Giulia fiel der die ganze Zeit mitschwingende Vorwurf auf. »Wie eng war das Verhältnis zwischen Ihnen beiden?«, fragte sie.

Die Tür öffnete sich erneut, und Emilia streckte den Kopf herein. Signora Ogliari hielt wie zum Beweis ihrer Abstinenz ihre Kaffeetasse nach oben. Emilia verzog den Mund und verschwand wieder.

»Unsere Mutter ist bei unserer Geburt gestorben«, entgegnete die Signora. »Die Großeltern mütterlicherseits waren lange vorher tot. Na ja, und mein Vater … Der Krieg hat nun mal vor allem von seiner Generation einen hohen Tribut gefordert. Solange ich denken kann, hatten wir nur uns drei, und seit fast dreißig Jahren sind nur noch Donato und ich übrig. Beantwortet das Ihre Frage?« Sie führte ihre Tasse zum Mund und nippte mehrfach hintereinander daran.

»Das heißt, Sie führen dieses Unternehmen seit drei Jahrzehnten allein?«, fragte Giulia. Ihr war die Größe des Areals schon bei ihrer Ankunft aufgefallen. Das Sägewerk Ogliari gehörte garantiert nicht zu den kleineren am See.

»So kann man es sagen«, entgegnete Signora Ogliari. »Ich bin quasi mit ihm verheiratet, seitdem mein Mann vor einigen Jahren mit einer Jüngeren durchgebrannt ist. Angeblich, weil ich zu viel gearbeitet habe. Mit ihr hat er es sogar zu einem Kind gebracht.« Sie kramte eine neue Zigarette aus der Packung und zündete sie so gierig an, dass man meinen konnte, sie hätte stundenlang auf diesen Moment warten müssen.»Er bläst jetzt Luftballons auf und liest Gute-Nacht-Geschichten vor. Und ich?« Sie verzog den Mund. »Ach, vergessen Sie es!«

Darin lag also der Grund für ihre Verbitterung, dachte Giulia bei sich. Der Mann und der Bruder, beide hatten sie quasi im Stich gelassen. »Was war Donato für ein Mensch?«, fragte Giulia, ohne weiter auf die Lebensgeschichte der Signora einzugehen.

»Der beste, den man sich vorstellen kann«, antwortete sie wie aus der Pistole geschossen. »Dass ihn jemand umgebracht hat, passt nicht zu ihm. Er hatte niemals mit jemandem Streit, war zu keinem bösen Wort fähig.« Sie hob und senkte die Schultern. »Ich meine, er war ein Mann Gottes, ohne Besitz, ohne Dünkel, ohne Frau. Worin sollte also der Grund für einen Mord liegen?«

»Ich weiß es noch nicht«, gab Giulia zu.

»Kennen Sie einen Pater Gianmarco?«, fragte Elena dazwischen. »Er wohnt auch in Piona.«

Fiora Ogliari schüttelte den Kopf. »Ich kenne niemanden von seinen Mitbrüdern. Ich habe Donato nur einmal dort besucht«, entgegnete sie. »Klostermauern sind nichts für mich. Man fühlt sich dahinter immer wie in einer anderen, längst vergangenen, behüteten Welt, und wenn man rauskommt, erschlägt einen die harte Realität, wenn Sie verstehen, was ich meine. Diesen Schock brauche ich mir nicht auch noch anzutun.«

»Sie waren erst vor Kurzem dort«, hakte Giulia nach.

»Drei Wochen«, antwortete sie angestrengt rauchend. »Da haben wir uns das letzte Mal gesehen.«

»Was war der Grund für Ihren Besuch?«, wollte Elena wissen.

Sie zögerte kurz. »Ich wollte sehen, wie er lebt und ob er dort gut aufgehoben ist.«

»Da war er fast schon ein Jahr dort«, stellte Elena etwas zu forsch fest.

Die Signora schaute tief in ihre Kaffeetasse. »So ein Unternehmen raubt einem unendlich viel Zeit. Ich habe zweiundzwanzig Angestellte. Die sitzen quasi alle jede Nacht auf meiner Bettkante.« Während sie sprach, wurden ihre Worte zunehmend leiser.

»Dann war er seit seiner Ankunft in Piona auch nicht bei Ihnen gewesen?«, wollte Elena weiter wissen und warf Giulia einen flüchtigen, aber alles sagenden Blick zu.

»Donato kam nie hierher«, entgegnete sie geistesabwesend.

»Warum?«, fragte Elena.

»Gewohnheit«, murmelte sie sichtlich unwillig, ohne weiter darauf einzugehen.

»Es gibt einen Mönch, Pater Undovico«, fuhr Giulia fort. »Er hat Ihnen Kaffee gebracht, und dabei ist ihm aufgefallen, dass die Stimmung zwischen Donato und Ihnen, sagen wir mal, nicht besonders gut war. Hatten Sie Streit?«

Sie ließ sich mit der Antwort etwas Zeit. »Mit meinem Bruder konnte man nicht streiten.«

»Was war es dann?«, fragte Giulia nach.

»Nichts Wichtiges«, entgegnete sie. »Unternehmensangelegenheiten.«

Das Unternehmen, das ihn so wenig zu interessieren schien, dass er nicht einmal hierherkam, dachte Giulia bei sich. Sie nahm sich nun ebenfalls eine Tasse Kaffee, und obwohl der schon kalt war, trank sie zwei große Schlucke. »Signora, wo waren Sie in der Nacht von Samstag auf Sonntag?«

»Das ist nicht Ihr Ernst!«, empörte sich Signora Ogliari.

»Das ist Routine«, entgegnete Elena harsch.

Die Signora schnaufte wütend. »Hier, über meinen Zahlen. Emilia kann das bestätigen. Wir haben die Finanzbehörden am Hals, als ob man von dem, was wir nicht eingenommen haben, noch etwas unterschlagen kann.« Sie kippte den Inhalt ihrer Tasse mit Schwung hinunter. »Gab es irgendwann in der Geschichte auch Henkerinnen? Mir ist davon nichts bekannt. Womöglich liegt das daran, dass Frauen deutlich weniger Kraft haben als Männer«, fauchte sie sarkastisch.

»Signora, bitte beruhigen Sie sich«, bat Giulia. »Das hier macht uns ebenso wenig Freude wie Ihnen.«

»Aber es ist nicht Ihr Bruder, den man massakriert hat, oder?«, gab sie aufgebracht zurück.

»Es gibt da noch etwas, was sich vielleicht erst mal ein wenig komisch anhört ...«, fuhr Giulia fort, ohne auf die Frage der Signora einzugehen.

»Komischer als die Unterstellung, den eigenen Bruder umgebracht zu haben?«, fiel ihr die Signora ins Wort und nahm sich eine neue Zigarette.

»Es gibt eine Puppenspielertruppe, das *Teatro dei Burattini* aus Como«, fuhr Giulia fort. »Ist Ihnen das bekannt?«

»Nein«, erwiderte die Signora abweisend, ohne von ihrem Schnaps aufzusehen.

»Wissen Sie, ob es eine Verbindung zwischen Ihrem Bruder und diesen Leuten gab?«, fragte Giulia weiter.

»Nein«, wiederholte sie.

»Signora ...«

»Nein! Und jetzt lassen Sie mich mit diesem Kindergarten in Ruhe. Ich habe zu arbeiten.« Sie schob ein paar der Zettel, die vor ihr lagen, aufgebracht hin und her.

»Nur noch eine letzte Frage«, beschwichtigte Giulia sie. »Hat Ihr Bruder Ihnen erzählt, dass er sehr krank war?«

Fiora Ogliari horchte auf und ließ umgehend von ihrem Tun ab. Sie schien so perplex über diese Frage zu sein, dass ihr fast die Zigarette aus dem Mund gefallen wäre. »Wie meinen Sie das?«, fragte sie stockend.

»Ihr Bruder hatte eine schwere Niereninsuffizienz, die man nicht mehr behandeln konnte«, antwortete Giulia, ganz so wie Sonia es ihr vorhin erläutert hatte. »Er hatte nur noch eine Lebenserwartung von etwa sechs Monaten, trotz Dialyse.«

»Augusto?«, hauchte die Signora ungläubig. »Die Nieren? Aber das ist doch heutzutage sicherlich kein Problem mehr. Ich meine, eine Transplantation. Ich hätte ihm doch sofort eine Niere von mir ..., wenn ich gewusst hätte ...« Ihre Augen füllten sich mit Tränen. »Warum hat er denn nichts gesagt?«

***

»Der schöne Pater Gianmarco wusste das mit den Nieren«, sagte Elena, kaum dass die beiden wieder in Giulias Auto saßen.

»Davon gehe ich zweifelsohne aus. Das ist der Grund, warum er Donato nicht von der Seite gewichen ist«, antwortete Giulia, während sie den Wagen über die Uferstraße in Richtung Colico lenkte. Sie waren auf dem Weg zur Bürgermeisterin, denn die würde ihnen, was den angeblichen Streit um die Pfirsichplantage anging, wohl am ehesten Auskunft geben können. Giulia wollte diesen Punkt gern geklärt wissen, bevor sie sich erneut mit den Puppenspielern auseinandersetzte. Nachdem der Abt alles so heruntergespielt hatte, konnte es schließlich sein, dass überhaupt nichts an der Sache dran war und die Leute vom *Teatro* lediglich Unfrieden stiften wollten. Zuzutrauen wäre es ihnen jedenfalls.

»Du meinst, Gianmarco war eine Art Sterbebegleiter für Pater Donato?«, fragte Elena, wobei sie das auf ihrem Schoß liegende iPad bearbeitete. »Seltsam ist das trotzdem. Welcher Arzt gibt sein komplettes Leben auf, um an der Seite seines Patienten zu sein? Den Beruf, die Familie, ein sicheres Einkommen? Ich sage es dir, Commissario, da muss die Liebe groß sein.«

»Ich denke, dafür wird es noch andere Gründe geben«, überging Giulia den letzten Satz. Die Welt war nicht so einfach gestrickt, wie Elena sie hin und wieder sah, und ein Vorurteil war nichts, worauf man bauen sollte. »Vielleicht ist Gianmarco gesprächiger, wenn wir ihm die Sache mit der Niere präsentieren.« Wieso er daraus allerdings so ein Geheimnis gemacht hatte, leuchtete ihr nicht ein. Er als Mediziner musste doch gewusst haben, dass eine Autopsie Diverses zutage förderte. Wenn man ihm Böses unterstellte, konnte man meinen, der Pater hätte Zeit schinden wollen. Aber warum? Wo lag der Zusammenhang zwischen Donatos Gesundheitszustand und seiner Ermordung? Und vor allem: Was hatte Gianmarco damit zu tun? »Ich frage mich allerdings, ob der Abt und seine anderen Mitbrüder auch von Donatos Leiden gewusst haben? In diesem Fall hätte sich die Frage nach seinem Nachfolger ganz anders gestellt.«

»Das vermeintliche Motiv hätte sich damit auch erledigt, also für seine Mitbewohner«, entgegnete Elena.

»So ist es.«

»Der Mörder wusste es jedenfalls nicht.« Elena schaute kurz auf. »Dann hätte er sich den Aufwand sparen können. Ärgerlich ist das schon irgendwie. Wenn wir ihn schnappen, was bei dir ja keine Frage ist, wandert er ins Gefängnis, dabei hätte er nur etwas Geduld haben müssen. Jedenfalls scheint er nicht aus dem näheren Umfeld des Opfers zu stammen. Das ist doch auch schon mal eine Erkenntnis.«

»Die nicht trägt«, entgegnete Giulia. »Der Pater hat nicht einmal seine Schwester eingeweiht. Und die hätte ihm womöglich sogar helfen können. Und, davon bin ich überzeugt, sie hätte es getan.«

»Na ja, man hätte ihre Niere vorher nur gut spülen müssen, bei dem Grappakonsum«, witzelte Elena. »Aber sonst liegst du wohl richtig. Wie immer.«

»Schau dir bitte mal die finanziellen Verhältnisse des Unternehmens an. Irgendetwas stimmt da nicht«, bat Giulia, ohne auf Elenas Spruch einzugehen. Die Signora Ogliari hatte nach ihrem Dafürhalten ein Problem, und das lag nicht einzig im Alkohol.

»Die letzten zwei Jahre sind ziemlich mies gelaufen«, erklärte Elena in ihr Tablet vertieft. »Da kann sie die Zahlen noch so lange hoch- und runterrechnen.«

Giulia schaute erstaunt zu Elena rüber. »Nicht spekulieren. Eine Bankauskunft einholen.«

»Habe ich gerade veranlasst«, erklärte Elena und klappte die Hülle des iPads zu. »Aber das Ergebnis kann ich dir jetzt schon sagen. Ich schätze, sie steht kurz vor dem Bankrott, wenn die fette Zahl ihr Verlust war.«

»Aha?«, entgegnete Giulia.

»Was meinst du eigentlich, was ich mache, während du die Leute ausquetschst, Löcher in die Luft starren? Über die Wahl meines Mittagessens nachdenken?«, echauffierte sich Elena. »Vor der Signora lagen die Bilanzen so schön ausgebreitet, dass ich nicht mal Mühe hatte, das Elend zu erkennen.«

»Auf dem Kopf?«, fragte Giulia ungläubig.

»Sollte ich sie fragen, ob sie mir die Papiere herumdreht?«, entgegnete Elena.

»Nicht schlecht. Dann macht das ja doch Sinn, dass ich dich hin und wieder mitnehme«, zog Giulia sie auf.

»Commissario!«, schimpfte Elena. »Ich war mit dir sogar in diesem gruseligen Puppentheater. Du kannst dich nun wahrlich nicht beschweren. An einem Sonntag wohlgemerkt.« Elena wühlte in ihrer Handtasche. »Als ob das am Samstag nicht schon gelangt hätte … Ich weiß nicht, warum hier draußen nicht einmal irgendetwas normal sein kann? Aber nein, die Comaschi müssen immer das tun, was man im Leben niemals von jemandem erwartet. Was ist hier am Lago innerhalb der Evolution nur schiefgegangen? Womöglich liegt es auch am Trinkwasser oder an der Luft?«

Giulia hörte nicht richtig zu. »Das wäre natürlich auch eine Erklärung für ihren Frust«, murmelte sie gedankenversunken. »Und ihr einziger Bruder kann ihr nicht helfen, denn er hat sich der Armut verschrieben.« Giulia wusste, dass die Besitzlosigkeit eine der Regeln des Zisterzienserordens war. Davon, wie weit dies ging, hatte sie sich in Pater Donatos Zelle selbst überzeugt.

»Du meinst, die Mönche haben nicht alle ein heimliches Bankkonto in der Schweiz oder handeln online an der Börse?«, wollte Elena wissen. »Eine fette Lebensversicherung?«

Giulia schüttelte den Kopf. »Ganz sicher nicht. Die Kirche sorgt für sie. Ich glaube, wenn sie gegen die Regeln verstoßen, wäre das ein Grund, sie von ihrem Orden auszuschließen, und eine größere Schmach wird es in der Kirchenwelt kaum geben. Abgesehen davon fallen sie, wenn sie keine Familie haben, die sie auffängt, ins Nichts.«

»Dann kann sich Signora Fiora nur selbst helfen oder auf ein Wunder hoffen«, folgerte Elena. »Letzteres hätte ihr Bruder zumindest eintüten können.« Sie lachte künstlich. »Aber das alles hat sie vorher gewusst. Ihr Bruder war ja nicht erst seit gestern Mönch.«

»Ja, aber vielleicht ist jetzt gerade die Not besonders groß«, erwiderte Giulia. »Das Unternehmen jedenfalls scheint ihn so oder so nicht sonderlich interessiert zu haben, oder wie soll man sonst sein ›gewohnheitsmäßiges‹ Ausbleiben verstehen?«

»Die beiden haben keine Erben«, antwortete Elena. »Schon angesichts dessen und weil die Signora damit niemals das Vermächtnis ihres Vaters erfüllen kann, ergibt dieses Drama keinen Sinn. Sie kann die Hütte verkaufen und sich ein schönes Leben machen. Oder sie macht einfach dicht. Wieso tut sie sich das an?«

»Familienehre? Schulden? Verantwortung?«, sagte Giulia. »Wir wissen es nicht. Noch dazu darfst du nicht unterschätzen, dass, egal, wie schlecht es der Firma gehen sollte, es alles ist, was sie noch hat. Sie schien mir nicht zu den Menschen zu gehören, die damit leichtfertig umgehen.«

»Enttäuschung, Einsamkeit, Wut, all das mögen gute Gründe für einen Mord sein, aber nach dem, was die gute Emilia mir gesagt hat, kann Signora Fiora es nicht gewesen sein«, redete Elena weiter. »Aber dennoch hat der Pater seine Schwester ganz schön im Stich gelassen.«

Giulia hatte ebenfalls diesen Eindruck gehabt. Fiora hatte ihren Bruder sehr geliebt, das war deutlich zu spüren gewesen. Noch dazu schien sie mit aller Vehemenz die Fahne der Familie Ogliari hochzuhalten, gerade da Donato und sie die einzig Verbliebenen zu sein schienen. Aber dennoch war ihre Verbitterung förmlich greifbar gewesen. Für Giulia war das auch die Erklärung, warum sie sich fast ein Jahr Zeit gelassen hatte, ihren Bruder in seinem neuen Zuhause zu besuchen. Irgendetwas lag zwischen den Geschwistern im Argen. Jedenfalls wog die Last auf ihren Schultern schwer, vielleicht sogar zu schwer. Sie wollte sicherlich nicht diejenige sein, unter deren Ägide das Familienunternehmen den Bach runterging. Dafür hatte sie sogar ihre Ehe riskiert. Und nun sah sie sich womöglich kurz vor dem Ende ihres Lebenswerkes, und der einzige Mensch, der ihr nahestand, konnte ihr nicht helfen. Und das nur, weil er sich freiwillig von allem Weltlichen verabschiedet hatte, einschließlich des Familienunternehmens. Dass jemand dies als Ungerechtigkeit empfinden konnte, war nicht ausgeschlossen, dass sie darüber gestritten hatten, war anzunehmen. Vor allem wenn man Donatos überaus verspätete Heimkehr betrachtete. Fast vierzig Jahre wähnte sie ihn zu weit weg, wie sie selbst betont hatte, und plötzlich, für sie offenkundig ohne erkennbaren Grund, kehrte er an den Lago zurück. Dass Donato nicht ihretwegen zurückgekommen war, darüber schien sie sich absolut im Klaren zu sein. Und das machte es nicht besser. Denn für Fiora war es vermutlich lange zu spät.

»Ich denke, der Mörder war ein Mann«, sagte Elena überzeugt.

»Ich würde mich nicht festlegen wollen«, erwiderte Giulia. »Wenn ein Mensch bis zum Äußersten getrieben wird, ist er zu so manchem fähig, was man ihm im Normalfall niemals zugetraut hätte. Und du darfst vor allem nicht unterschätzen, dass Donato ein kranker Mann war.«

»Und das macht seinen Hals weicher?«, fragte Elena mit skeptischer Miene. »Unsinn, Commissario. Frauen köpfen ihre Opfer nicht. Das ist eher so ein typisches Männerding. Kraft. Gewalt. Rohheit.« Elena schlug sich bei jedem dieser Worte mit der geballten Faust auf den Oberschenkel.

»Interessantes Männerbild«, warf Giulia ein. Dabei wusste sie, dass Elenas Einwand absolut nicht abwegig war. Frauen griffen üblicherweise zu anderen Mordmethoden.

Nach einer Weile ergriff Elena wieder das Wort, weil sie offenbar eine Sache schwer beschäftigte. »Er wäre lieber gestorben, als seine Schwester um eine Niere zu bitten«, sagte sie. »Da gehört einiges dazu, also wenn man davon ausgeht, dass jeder leben will. Aber womöglich war ihr Verhältnis tatsächlich gar nicht so eng, wie sie es dargestellt hat?« Sie schwieg einen Moment. »Meinst du, sie wusste von seiner Krankheit und hat uns angelogen?«

»Nein, ich glaube, in diesem Punkt hat sie nicht gelogen«, entgegnete Giulia.

* * *

»Giuli!«

»Brutus?«

Etwas, das wie ein Schuss klang, dröhnte durch das Telefon. Giulia erschrak so sehr, dass sie den Wagen umgehend abbremste und auf dem Seitenstreifen anhielt. Mit einer schnellen Bewegung betätigte sie den Lautsprecher an ihrem Mobiltelefon.

»Brutus!«, rief sie noch einmal energischer, woraufhin Elena sie mit großen Augen ansah.

Im Hintergrund wurden Stimmen laut. Ein wildes Geschrei, bei dem man nicht verstehen konnte, worum es ging. Überhaupt schien ein mächtiges Durcheinander zu herrschen. Auch die Aggressivität war unüberhörbar.

»Brutus! Wo bist du? Was ist da los?«, rief Giulia zunehmend aufgeregt.

»In Colico, Giuli. Ich helfe Armando beim Austragen der Post«, erwiderte Brutus mit gedämpfter Stimme, aber hörbar außer Atmen. »Er hat es nicht geschafft wegen der …«

Ein erneuter Knall übertönte seine Worte.

»Brutus? Alles in Ordnung?«, wollte Giulia wissen.

»Giuli, das ist ein Kreuzzug, die Mönche«, japste Brutus. »Die Bürgermeisterin ist in Gefahr. Du solltest …« Das Gespräch brach ab, und bis auf kratzende Geräusche war nichts mehr zu vernehmen.

So schweigsam, wie Elena die ganze Fahrt über gewesen war, musste Giulia ziemlich fest auf dem Gaspedal gestanden haben. Ihr jedoch kam die Fahrt nach Colico wie eine halbe Ewigkeit vor. Endlich war der kleine Platz vor dem Bürgermeisteramt in Sichtweite. Dort standen etwa dreißig, vielleicht auch vierzig Menschen. Ohne die Leute sehen zu können, hätte man anhand des Tumultes, den sie veranstalteten, meinen können, es wären mindestens hundert. Sie diskutierten miteinander, schimpften in Richtung des Gebäudes und wiegelten sich offenkundig so sehr gegenseitig auf, dass sich hin und wieder ein paar der Männer, die ihre Gewehre mitgebracht hatten, genötigt sahen, einen Schuss in die Luft abzugeben. Ob dies die Massen zur Räson bringen sollte oder als Drohgebärde an die Bürgermeisterin zu verstehen war, erschloss sich jedoch nicht. Nach dem zu urteilen, was man in dem Chaos verstehen konnte, ging es um die Abtei und um den toten Pater Donato. Einige der Demonstranten schienen die Bürgermeisterin für sein Ableben verantwortlich zu machen. Andere sahen das Kloster durch ihre Politik gefährdet. Ein paar hatten sogar Pfirsiche mitgebracht, die sie in regelmäßigen Abständen gegen das Fenster warfen, hinter dem sich, so Giulias Vermutung, das Büro des Gemeindeoberhauptes befand.

»Ich würde sagen, jeder von denen sollte uns mal erklären, wieso er es nicht gewesen sein kann, der das Auto der Puppenspieler angezündet hat«, sagte Elena und ließ eine Kaugummiblase vor ihrem Gesicht platzen. Giulia und sie beobachteten das Treiben aus sicherer Entfernung.

»Diese vermaledeiten Puppenspieler. Das haben sie nun davon«, erwiderte Giulia. »Hauptsache, einer der Leute dreht nicht noch durch. Wir müssen Ruhe da reinbringen«, sagte sie und lief zu den Demonstranten.

»Commissario, das willst du jetzt nicht wirklich machen, oder?«, fragte Elena aufgeregt, folgte ihr jedoch unverzüglich und mit ausdauernder Schimpftriade. »Würde es nicht genügen, die Kommunalen zu alarmieren? Die sind das doch gewohnt. Oh, wie mich diese wild gewordenen *Comaschi* nerven. Mit denen kannst du ohnehin nicht vernünftig diskutieren. Das artet immer aus. Ich sage es dir, wenn ich nur einen Kratzer abbekomme, setze ich nie wieder einen Fuß an deinen See. Und meine Dienstwaffe habe ich auch nicht dabei. *Merda!*«

Giulia, die nur irgendetwas mit Waffe verstanden hatte, drehte sich im Laufen zu ihr herum. »Wage es dir nicht, die Pistole zu ziehen«, kommandierte sie resolut.

Elena hob abwehrend die Hände. »Dann gibt es unter den Eingeborenen ein Gemetzel, schon klar«, knurrte sie. »Wieso passiert so etwas eigentlich immer mir?«

Giulia schob sich direkt in die Massen. »Was ist hier los?«, rief sie weit hörbar und mit ihrer typisch entschlossenen Art.

»Was geht Sie das an?«, blaffte einer der Männer. Die Augen demonstrativ auf Giulia gerichtet, schickte er sich an, sein Gewehr erneut abzufeuern. Aber noch ehe er den Abzug drücken konnte, klebte ihm bereits Giulias Dienstausweis im Gesicht.

»Schluss damit, sofort!«, befahl sie.

Der Mann sah sich genötigt, klein beizugeben, was ihm, seiner Körpersprache und dem Blick nach zu urteilen, ganz und gar nicht in den Kram passte.

Während Giulia von einem zum anderen lief und für Ruhe sorgte, stand Elena etwas abseits und war in ein Gespräch mit einer alten Frau vertieft. Giulia musste zweimal hinschauen, um ganz sicher zu sein. Es war Tiziana De Angelis, ihre alte Bestatterfreundin, die Elena in Beschlag genommen hatte. Was wollte Tiziana denn hier? Giulia wusste zwar, dass die Freundin, obwohl sie eine überzeugte Kommunistin war, auch so einige frömmelnde Anwandlungen hatte, aber dass diese so weit reichten, sich für den Bestand eines Klosters einzusetzen, hatte sie niemals vermutet. Noch dazu war Tiziana kein Mensch, der für irgendetwas auf die Straße ging. Zumindest seit den Sechzigerjahren nicht mehr, in denen sie quasi zur Läuterung als Sympathisantin der autonomen Arbeiterbewegung ein paar Tage in Untersuchungshaft verbracht hatte.

»Anstatt hier herumzulaufen, sollten Sie lieber nach dem Mörder unseres Paters suchen«, blaffte ein junger Mann Giulia von der Seite an. »Wie sicher sind wir denn alle, wenn schon die Mönche im Kloster abgeschlachtet werden?«

»Wir wollen kein Hotel. Das wird man als anständiger Bürger der Gemeinde auch sagen dürfen!«, fauchte eine Frau. »Die Abtei gehört seit Hunderten von Jahren zu uns.«

»Frischer Wind? Wir pfeifen auf frischen Wind. Die Frau Bürgermeisterin soll sich lieber um ihren eigenen Kram kümmern«, wetterte jemand Drittes. »Da hat sie genug zu tun. Fragen Sie mal ihren Mann, der kann Ihnen ein Lied davon singen. Was soll das für ein Gemeindeoberhaupt sein, wenn sich nicht einmal ihr Mann auf sie verlassen kann? Dazu hätten die Puppenspieler ruhig mehr sagen können. Aber das haben die sich nicht getraut, die feige Brut.«

Giulia biss sich auf die Zunge, um nichts Unflätiges zu antworten. Sie hatte es zwar geschafft, die hitzige Atmosphäre ein wenig abzukühlen, aber bislang hatte sich niemand wegbewegt. Offenbar schienen die Leute nur darauf zu warten, dass sie wieder verschwand, um erneut lospöbeln zu können. Oder sie lauerten auf das Erscheinen der Bürgermeisterin, was zweifelsohne das gleiche Ergebnis zur Folge hatte. Glücklicherweise tauchten endlich zwei uniformierte Polizisten auf. Ohne viele Umschweife begannen sie, die Personalien von jedem Einzelnen zu notieren, was bei einigen unweigerlich einen Fluchtreflex auslöste und Giulia endlich die Möglichkeit gab, das Bürgermeisteramt aufzusuchen. Sie hatte noch nicht die letzte Steinstufe des Portals erklommen, da öffnete sich wie von Geisterhand die schwere Eichentür, die sich, kaum dass sie eingetreten war, umgehend wieder hinter ihr schloss.

»Giuli!«

Giulias Augen brauchten einen Moment, um sich an die Dunkelheit des Foyers zu gewöhnen. Es war Brutus, der etwas abseits auf einer Bank hockte, während sich sein Kollege Armando, der sie offenbar hereingelassen hatte, wieder am Fenster positionierte, um mit seiner Videoaufnahme fortzufahren.

»Ich habe sie alle drauf, sogar den dicken Enzo«, sagte er gewichtig zu Giulia. »Das war der mit dem Gewehr, dem Sie zuerst die Meinung gegeigt haben. Starke Show, Commissario. Brutus hat nicht zu viel versprochen. Ich würde Ihnen das Video dann als Beweismittel zur Verfügung stellen, aber ich will es erst bearbeiten. Die Lichtverhältnisse sind nicht so optimal.«

»Was macht ihr hier?«, wollte Giulia wissen, ohne auf Armando einzugehen.

Noch ehe Brutus reagieren konnte, mischte sich Armando wieder ein. »Wir haben gerade die Post gebracht, als es losging. So aufgebracht, wie die Leute waren, hätten wir unmöglich hier herausmarschieren können. Nachher hätten die uns noch für Mitarbeiter der Verwaltung gehalten. Man weiß ja, wie schnell Unschuldige in so etwas hineingezogen werden.« Armando sagte das, ohne seine Augen von den Geschehnissen vor der Tür abzuwenden.

Durch das Foyer huschten zwei verschreckte Frauen, die kaum einen Blick für die beiden Postboten und Giulia übrig hatten.

»Alles in Ordnung?«, fragte Giulia, die nun direkt vor Brutus getreten war.

»Ist Elena auch hier?«, entgegnete er, wobei er immer wieder über Giulias Schultern hinwegschaute, als könnte er ihre Assistentin übersehen haben.

»Sie ist noch draußen«, erwiderte Giulia. »Seit wann bist du für Colico zuständig?« Brutus hatte ein wahres Talent dafür, immer zur falschen Zeit am falschen Ort zu sein, aber wenn er dabei ihre Arbeit durchkreuzte, schwand Giulias übliche Nachsicht rapide.

»Du hast sie allein da draußen gelassen?«, entfuhr es Brutus voller Unverständnis. »Wie konntest du das nur tun? Armando, Elena ist noch ...«

»Sie ist Polizistin«, fuhr ihm Giulia über den Mund. »Was machst du hier?«

Brutus schnaufte unwirsch. »Armando war bis spätabends in der Abtei bei den Bienenstöcken. Die Tiere bemerken das mit dem Pater, weißt du. Er musste sie erst beruhigen. Heute Morgen hat er dann verschlafen, und damit es keinen Ärger gibt ...«

»Lässt du deine eigene Arbeit liegen und radelst von Abbadia Lariana zwanzig Kilometer hier herauf, um ihm zu helfen«, vervollständigte Giulia den Satz.

»So war es, Commissario. Brutus ist eben ein wahrer Kumpel«, warf Armando ungefragt ein. Und zu sich selbst sagte er: »Na siehst du, Anna, jetzt habe ich dich doch tatsächlich dabei ertappt, wie du dich weigerst, dem Carabiniere deinen Ausweis zu zeigen. Einwandfrei.«

»Unsere Leute kriegen schon noch ihre Post. Ganz sicher, Giuli. Es war heute sowieso nicht so viel dabei«, gab Brutus kleinlaut zurück. »Das schaffe ich nachher noch spielend.«

Er wird diese krankhafte Neugier niemals ablegen, dachte Giulia bei sich. Nur dass er darüber seine Arbeit vernachlässigt, das ist neu. Elena muss ihm ganz schön den Kopf verdreht haben, wenn er schon anfängt, ihr auf diese Weise nachzustellen.

»Ihr beide verschwindet jetzt hier, und zwar schnell«, forderte sie. »Und mit Ihnen, Armando, muss ich noch reden, aber erst wenn ich hier fertig bin.«

Armando ließ die Hände sinken, straffte die Schultern und schaute Giulia erwartungsvoll an. »Sie finden mich bei Carlo. Das ist das Bistro um die Ecke«, entgegnete er diensteifrig, jedoch nicht ohne einen Anflug von Nervosität.

»Und du fährst nach Hause«, wies Giulia ihren Freund an.

»Ich sage nur noch Elena Guten Tag«, erklärte er im Hinausgehen.

»Deine Elena ist beschäftigt. Sie steht noch immer bei der alten De Angelis. An deiner Stelle würde ich da nicht hingehen. Die verhext dich, glaube es wohl«, meldete sich Armando erneut zu Wort, um nach kurzer Pause mehr zu sich selbst zu sagen: »Ich frage mich, was die so lange zu bereden haben. So wie ich das garstige Weib kenne, kommt dabei nicht viel Gutes heraus.«

***

Das Dienstzimmer der Bürgermeisterin war nicht besonders geräumig, und durch die Fülle an Dingen, die sie auf den Schränken, den Fensterbänken und ihrem Schreibtisch aufgebaut hatte, wirkte es unangenehm überladen. Es schien, als hätte sie alles, was ihr gefiel, ob üppige Grünpflanzen, Steine, gerahmte Kinderzeichnungen, Seeholz, Porzellankrüge und Glaskugeln, hier zusammengetragen und ausgestellt. Das Ganze hatte etwas von einem Kleinmädchenzimmer, aber wenig vom Büro eines Gemeindeoberhauptes. Neugierig darauf, was für ein Mensch hinter diesem Sammelsurium stecken würde, stand Giulia im Türrahmen. Die Bürgermeisterin war mit einem Diktat beschäftigt, von dem sich augenscheinlich weder sie noch ihre mitschreibende Sekretärin durch die Geschehnisse unter ihrem Fenster hatten ablenken lassen. Giulia wartete geduldig, bis die letzten Sätze verklungen waren. Dann trat sie ein paar Schritte vor.

»Womit kann ich Ihnen helfen?«, fragte die Bürgermeisterin mit einem überaus sympathischen Lächeln. Die höchstens dreißigjährige, taff wirkende Frau war sehr hübsch, und so wie sie sich benahm, schien ihr das durchaus auch bewusst zu sein. Dabei musste sich Giulia nicht einmal die Mühe machen, auf die Ähnlichkeiten zu der Puppe, die sie am Sonntag im *Teatro* gesehen hatte, zu achten. Sie waren augenfällig. »Es tut mir leid, dass Sie warten mussten, aber wenn wir einmal im Fluss sind …«, entschuldigte sie sich. Im nächsten Moment zwinkerte sie der Angestellten beinahe herzlich zu. Die erwiderte diese Freundlichkeit, beeilte sich aber dennoch, aus dem Zimmer zu kommen. Giulia schätzte beide Frauen auf ein ähnliches Alter. Ihrer Körpersprache nach zu urteilen, schienen sie sich gut zu verstehen. Vor allem aber hatten sie sich nicht einmal jetzt nach Abschluss dieser vermutlich dringlichen Arbeit für den noch immer unüberhörbaren Pöbel vor dem Gebäude interessiert. Zumindest war keine von ihnen auch nur in der Nähe der Fensterfront gewesen oder hatte einen Blick in deren Richtung riskiert, obwohl man meinen könnte, dass zumindest die überreifen Pfirsichreste, die an der Außenseite klebten, etwas Aufmerksamkeit hervorrufen könnten. Nicht einmal nachdem ein neues Geschoss auf einer der Scheiben aufgeschlagen war, hatte jemand reagiert.

»Kommt das öfter vor?«, fragte Giulia und bedeutete der Bürgermeisterin mit einem Nicken in Richtung der Fenster, was sie meinte.

Die Dame legte den Kopf leicht nach hinten, um ihn dann mit Schwung wieder nach vorn fallen zu lassen. »Ja«, entgegnete sie kraftvoll. »Mittlerweile mindestens einmal in der Woche. Nur die Gewehre sind neu.« Diese Innovation, die durchaus dazu taugte, Angst oder zumindest Besorgnis hervorzurufen, schien bei ihr jedoch lediglich auf Spott zu treffen. Zumindest ließen sich die Betonung ihrer Worte und ihr leichtes Naserümpfen so deuten.

Giulia konnte ihre Verwunderung darüber kaum verbergen.

»Bei meinem Vorgänger waren sie zu guter Letzt fast täglich. Ich kann mir also auf die zurückhaltende Kritik an meiner Arbeit echt etwas einbilden.« Sie setzte ein zuckersüßes Lächeln auf, das jede Abstimmung im Gemeinderat für sich entscheiden konnte. »Was haben Sie auf dem Herzen? Wenn Sie eine Abordnung meines Fanclubs da draußen sind, muss ich Ihnen leider sagen, dass meine Zeit begrenzt ist, zumal in dieser Sache alles bereits gesagt wurde.« Das Lächeln schien in ihrem Gesicht eingemeißelt zu sein. »Aber diesen Eindruck machen Sie offen gesprochen nicht.«

Giulia sagte ihren Spruch auf.

»Oh!« Die Mundwinkel der Dame senkten sich, und sie blickte nun noch geschäftsmäßiger drein. Sie erhob sich umgehend von ihrem Stuhl, zupfte ihr dunkelblaues Kostüm zurecht, ebenfalls ein Detail, auf das die Puppenspieler nicht verzichtet hatten, und ging mit ausgestreckter Hand auf Giulia zu. »Maria Di Luzio«, stellte sie sich vor. »Ich darf seit einem halben Jahr die Geschicke von Colico lenken. Ich freue mich, Sie kennenzulernen, auch wenn die Umstände dafür nicht gerade schön zu nennen sind.« Die Professionalität ihres Auftretens war überaus überzeugend.

Giulia erwiderte ebenfalls etwas Freundliches. Signora Di Luzio wartete höflichst ab, bis Giulia ausgesprochen hatte, und begab sich wieder an ihren Schreibtisch. Dort saß sie und schaute auf Giulia mit der Begeisterung einer Erstklässlerin, die zum ersten Mal auf ihre Klassenlehrerin traf und brav wartete, bis sie an der Reihe war.

»Kannten Sie Pater Donato?«, fragte Giulia.

»Jeder in der Gegend kennt Pater Donato«, antwortete sie, und Giulia entging die Körperspannung der Signora nicht.

»Aber er war noch nicht lange hier«, warf Giulia ein.

»Das ist egal. Der Pater war ein ganz außergewöhnlicher Mann. Man hatte das Gefühl, einen Vertrauten zu treffen, auch wenn man ihm erst einmal begegnet war. Für *unsere* Abtei ist sein Ableben ein herber Verlust. Ich habe dem ehrwürdigen Abt gleich heute Morgen persönlich kondoliert. Das ist das Mindeste, was ich derzeit tun kann. Alles Weitere werde ich mit meinem Gemeinderat besprechen. Es ist natürlich wichtig, einem Mann wie Donato vollumfänglich die letzte Ehre zu erweisen.«

Dafür, dass sie das Amt erst sechs Monate innehat, hat sie die Politikerin schon verdammt gut drauf, dachte Giulia bei sich. »Obwohl er kein Fan Ihres Hotelprojektes gewesen sein durfte«, sagte sie laut.

Dem Einwurf begegnete die Bürgermeisterin lediglich mit einer großzügigen Geste.

»Erzählen Sie mir bitte etwas über ihre Auseinandersetzung mit dem Kloster«, bat Giulia.

»Welche Auseinandersetzung?«, fragte Signora Di Luzio mit leichter Empörung. »Es gibt keine Auseinandersetzung. Wir können unser Eigentum an der Pfirsichplantage einwandfrei nachweisen, das übernehmen gerade die Anwälte. Ich bin zuversichtlich, dass wir spätestens Ende dieses Jahres eine erste Planung für das Gelände vorlegen können.« Sie klang absolut überzeugt.

»Der Abt sieht das nicht so«, entgegnete sie.

Statt zu antworten, lächelte die Bürgermeisterin bloß.

»Die Abtei hat der Gemeinde angeblich das Land kurz nach dem Krieg abgekauft. Dafür gibt es Beweise, einen Kaufvertrag, einen Eintrag im Grundbuch …«, redete Giulia weiter.

Maria Di Luzio reagierte auch darauf nicht, und Giulia fragte sich, was wohl die Strategie hinter ihrem Verhalten war.

»War Donato in diese Sache involviert?«, fragte Giulia. Sie hatte vom Abt das Gegenteil gehört, aber das musste nichts heißen.

»Nein, keiner der Brüder hat etwas damit zu tun. Dass sie davon wissen, kann ich nicht ausschließen. Das halbe Dorf meint, darin involviert zu sein. Aber wie gesagt, die Anwälte fechten das aus, natürlich bildlich gesprochen«, gab sie vollkommen ruhig zurück. »Ich verstehe den Aufwand nicht, den sich die Kirche damit macht. Vor allem auch so nutzlos.« Nun mischte sich in diese wertfreien Worte tatsächlich ein wenig Bedauern. Offenbar war sie der Meinung, die Mönche könnten ihre Zeit sinnvoller verbringen.

»Liege ich richtig in der Annahme, dass dieses Hotelprojekt Ihr Baby ist?«, fragte Giulia, die sich genau dieses Eindrucks nicht erwehren konnte. Offenkundig lag dieser jungen, dynamischen Frau sehr viel daran, ihre Chancen ohne großartigen Zeitverlust zu nutzen. Dass sie sich dafür ausgerechnet ein solches Pulverfass ausgesucht hatte, konnte Naivität oder auch eiskaltes Kalkül sein. Giulia hatte sich darüber noch keine Meinung bilden können.

»Meine Vorgänger wussten natürlich von der Pfirsichplantage, aber sie hatten wohl Besseres zu tun«, erwiderte die Bürgermeisterin und klang dabei unangenehm hochnäsig. Dann nickte sie gönnerhaft. »Colico hat ein Luxushotel dieser Art verdient, noch dazu auf diesem einzigartigen Flecken Erde.« Ihre Augen leuchteten. »Zur Vorderseite unser traumhafter Lago, im Rücken der Charme von Piona und rundherum unberührte Natur. Können Sie sich einen besseren Ort vorstellen? Die Touristen werden sich um einen Aufenthalt bei uns reißen. Die Zeiten, in denen uns die Westseite des Lagos den Rang abläuft, sind damit Geschichte.«

Nun war es Giulia, die darauf nichts zu sagen hatte.

Voller Enthusiasmus legte die Bürgermeisterin nach. »Das wird auch nicht zum Schaden der Abtei sein. Erfolg zieht immer auch Erfolg nach sich.«

Giulia dachte an die Alleinlage der Abtei und die besondere Atmosphäre, die damit einherging. Ein Hotel würde all das zunichtemachen. »Und was denkt Ihre Gemeinde darüber?«, fragte sie.

Die Bürgermeisterin legte die flache Hand auf ihre Brust, als wäre ihr das, was sie nun sagen wollte, eine ganz besondere Herzensangelegenheit. »Commissario, zwischen meiner Gemeinde und der Abtei besteht schon immer eine ganz besondere Verbindung. Wir gehören untrennbar zusammen. Daran wird auch dieses kleine Missverständnis nichts ändern. Niemand ist einander gram. Das können Sie mir glauben. Ich gehe jede Woche zum Einkaufen zu den Mönchen und werde immer überaus herzlich empfangen. Ihre Marmelade ist einfach ein Gedicht. Meine Kinder essen nahezu nichts anderes.« Sie senkte kurz die Lider, um ihre Begeisterung zu unterstreichen.

»Das da unten macht aber einen anderen Eindruck«, warf Giulia ein.

Di Luzios müdes Lächeln verdeutlichte, was sie von der Meinung ihrer Bürger hielt. »Das liegt wohl in der Natur der Menschen. Sie haben Angst vor Neuem. Wenn das Hotel erst steht und jeder davon profitiert, ändert sich die Sichtweise. Bei manchen Menschen geht die Akzeptanz nun mal über die Geldbörse.« Sie schien auch davon überzeugt zu sein.

»Da wäre ich mir nicht sicher«, entgegnete Giulia. Dann berichtete sie von der Aufführung des Puppentheaters, die sie am Sonntag mit ihrem Vater zusammen gesehen hatte. »Sie sind dabei auch nicht so sonderlich gut weggekommen«, sagte sie im Anschluss.

Die Erheiterung der Bürgermeisterin hätte kaum größer sein können. Ihr ganzer Körper schien zu lachen, was Giulia hoffen ließ, dass der Knopf, der ihre Kostümjacke auf der Höhe des üppigen Busens zusammenhielt, diesen Erschütterungen standhalten würde. »Davon habe ich gehört. Aber ich bitte Sie. Es ist das *Teatro dei Burattini*…«

Sie deutete das Wegwischen von ein paar Tränen an. »Das darf man nicht so ernst nehmen.«

»Was das Tomatensoßenblut der Mönchspuppe angeht, stimme ich Ihnen zu, aber das von Pater Donato …«, sagte Giulia ernst.

»Ich bitte Sie«, erwiderte die Bürgermeisterin leicht empört. »Das eine hat doch mit dem anderen nichts zu tun.«

»Und wenn doch?«, entgegnete Giulia kalt. »Wer sagt mir, dass nicht irgendeiner Ihrer entschiedenen Hotelunterstützer nach einem Besuch im Puppentheater seinen Hass entladen hat? So ein Mord kann das Gefüge dramatisch verändern. In jedem Fall wiegelt es die Massen noch mehr auf. Kennen Sie den Puppenspieler eigentlich persönlich?«

Die Bürgermeisterin stutzte kaum merklich. »Nein. Ich habe wichtigere Dinge zu tun. Und wenn Ihre Frage darauf abzielt, dass ich diese Leute für meine Zwecke einspanne, muss ich Sie auch enttäuschen. Diese Mittel sind mir dann doch etwas zu plump.«

Giulia hätte auf das Gegenteil gewettet. Die Bürgermeisterin wirkte eher wie jemand, dem jedes Mittel recht war, um an sein Ziel zu kommen. »Wie man es auch dreht, Ihre Gemeinde ist, was Ihr Hotelprojekt angeht, gespalten. Und ich möchte wetten, dass die Stimmung für Ihre Idee gerade erheblich kippt. Ein Mord überschreitet jede Grenze.«

»Hören Sie doch auf. Das ist Lokalpolitik. Niemandem würde einfallen, dafür einen Menschen zu töten«, tat Signora Di Luzio Giulias Einwand ab. »Da müssen Sie sich schon einen anderen Grund suchen.«

»Leute sterben für weniger«, wandte Giulia ein und wunderte sich über diese Arglosigkeit.

»Dann ist das wohl so«, antwortete Signora Di Luzio. »Ich für meinen Teil kann nichts daran ändern.« Nach ehrlichem Bedauern klang dies nicht.

***

»Verstellt ihr auch eure Stimmen während des Spiels?«, fragte Carmelo Riso voller Verzückung. Er hatte die *Tavà*-Puppe über seine Hand gezogen und ließ sie ohne Unterbrechung klatschen oder sich verbeugen.

»Das gehört wohl dazu«, entgegnete der Puppenspieler Romualdo Pierantognetti, der neben dem Chef der Kriminaltechnik stand und ihm offenbar gerade einen Schnupperkurs im Puppenspiel gab. »Wenn du Puppenspieler bist, musst du alles geben. Dein Leben, deine Seele, deine Leidenschaft.« Pierantognetti ballte die rechte, auf der Höhe seiner Brust gehaltene, Faust so sehr, dass seine Fingerknöchel weiß wurden. »Es ist kein Beruf wie jeder andere, wenn du verstehst«, redete er voller Hochmut weiter. »Du wirst als Puppenspieler geboren. Und wenn nicht, gehst du halt an irgendein Fließband, reparierst Autos oder verteilst Strafzettel.« Er legte seinen Arm in der Manier eines Mannes, der sich gegenüber einem anderen überlegen fühlte, um Risos Schulter.

»Oder bist bei der Kriminaltechnik«, murmelte Riso, der immer noch gebannt auf die Puppe starrte.

Pierantognetti lachte schallend auf. »Wenn du das so siehst. Ich widerspreche dir nicht, mein Freund. Nichts ist größer als die Welt des Puppenspiels«, rief er, seinen Blick gen Himmel gerichtet, aus. »Und nichts kann die Welt mehr verändern.«

»Auch zum Negativen«, bemerkte Giulia, die unbemerkt von den beiden Männern an sie herangetreten war. Sie war nach ihrem Gespräch mit der Bürgermeisterin sofort hierhergekommen. Das Hotel, in dem die Puppenspieler nächtigten, lag nur eine Seitenstraße vom

Rathaus entfernt, und auf dem davor liegenden Parkstreifen stand unübersehbar deren fensterloses, von schwarzem Ruß überzogenes Auto. Angesichts der Umstände hatte die Zorzi selbst dessen kriminaltechnische Untersuchung angeordnet, was erklärte, wieso Riso noch vor Ort war, auch wenn er gerade augenscheinlich mit etwas anderem beschäftigt war.

»Commissario!«, brummte Pierantognetti sichtbar unerfreut über Giulias Auftauchen. »Welche Ehre, dass Sie sich höchstpersönlich des Angriffs auf die Kunst annehmen«, flötete er aufgesetzt. »Aber der Kollege hier«, er klopfte Riso auf die Schulter, »macht seine Arbeit so hervorragend, dass dies nicht notwendig gewesen wäre. Zumal Sie sicherlich alle Hände voll damit zu tun haben, unbescholtenen Bürgern einen Mord nachweisen zu wollen.« Ein schmieriges Grinsen begleitete seine Worte.

»Das hört man selten«, entgegnete Riso an Giulia gerichtet. »Das Lob heimsen immer nur die anderen ein.« Sein Blick blieb an ihr haften, sodass jeder Dummkopf mitbekam, was in seiner Äußerung mitschwang.

Giulia, die Risos berufstechnisch absolut unbegründete Eitelkeiten zur Genüge kannte, machte ein betont gleichgültiges Gesicht. »Da hat Ihnen ja jemand ziemlich übel mitgespielt«, sagte sie zu Pierantognetti, wobei sie langsam um den Wagen lief und den Schaden begutachtete.

»Commissario«, grüßte einer von Risos Mitarbeitern, als sie auf seiner Höhe ankam. »Brandstiftung, eindeutig«, sagte er leise und auch angesichts seiner Körpersprache offenkundig darum bemüht, dass die beiden etwas abseitsstehenden Männer nichts mitbekamen. »Die Scheibe am Fahrersitz war offen. Das Näpfchen mit der Brennpaste ging nicht nur problemlos durch, sondern derjenige konnte es auch noch schön nach hinten werfen. Und bei dem Gerümpel auf den Bänken …« Er verzog den Mund. »Wie Zunder, Commissario. Wie Zunder.«

»Mehr nicht?«, fragte Giulia überrascht. »Ordinäre Brennpaste?«

»Was haben Sie gedacht?«, fragte der Kollege. »Sprengsätze?« Er

grinste und zeigte ihr das bereits gesicherte Aluminiumschälchen.
»Nichts Professionelles, falls Sie das meinen. So etwas kann jeder im
Küchenschrank haben.«

»Habt ihr Puppen gefunden?«, wollte Giulia wissen. »Hat irgendetwas da drin überlebt?«

Der Mann schüttelte nur den Kopf. »Die Flammen, das Löschwas-
ser ... aussichtslos.«

Im nächsten Moment klatschte jemand mit ordentlich Schwung
in die Hände. Giulia schaute auf. Es war Riso, der wieder einmal den
Chef heraushängen ließ. »Jetzt legen wir mal einen Zahn zu, Kollegen«,
rief er. »Und den Bericht möchte ich spätestens bei Dienstschluss auf
meinem Schreibtisch haben. Signore Pierantognetti muss den Schaden
schließlich umgehend seiner Versicherung melden. Es geht immerhin
um nichts weniger als um seine Existenz«, er warf dem Puppenspieler
einen nach Anerkennung heischenden Blick zu, »und natürlich vor
allem auch um die Kunst.«

»Guter Mann«, murmelte Pierantognetti und nickte wohlwollend.
»Wirklich ein guter Mann.«

Aus der Ecke von Risos Mitarbeitern hörte man ein leises, ungläu-
biges Kichern.

Giulia ließ Riso seine Show abziehen und widmete sich dem Puppenspieler. »Ich nehme an, es befand sich Ihre komplette Ausrüstung
im Bus?«, fragte sie.

Pierantognetti, der die Arme vor der Brust verschränkt hatte, wippte auf seinen Zehen stehend, als wäre dies seine Antwort. Schließlich
entschied er sich doch noch, etwas zu erwidern. »Nur *Tavà* ist noch
da. Den habe ich immer bei mir.«

»Warum?«, wollte Giulia wissen.

»Familiengeheimnis«, murmelte Pierantognetti unhöflich.

»Schön. *Cotoletto* ist in der Questura«, entgegnete Giulia entschieden. »Dann ist ja der Grundstock für einen Neuanfang gelegt.«

Pierantognetti schien mit ihrer Antwort nichts anfangen zu können. »Ich verstehe nicht.«

»*Cotoletto*, der Drache«, half Giulia ihm auf die Sprünge.

»Ich weiß, wer *Cotoletto* ist«, blaffte er sie an. »Ich dachte, das Feuer hat nichts übrig gelassen.« Er ließ seinen Blick über den Bus schweifen, als könnte er daraus etwas ablesen. »Wo soll dann der Drache herkommen?« Er schaute fragend hinüber zu den Kriminaltechnikern. »Den haben Sie im Kloster vergessen«, entgegnete Giulia scharf. »Und wir haben ihn vorsichtshalber an uns genommen, quasi als kleinen Gefallen unter Puppenspielfreunden.« Mit Freundlichkeit war diesem unangenehmen Menschen nicht beizukommen, das hatte sie längst gemerkt.

Pierantognetti war jedoch noch lange nicht fertig. »Wir sind ein Rechtsstaat, und da ist es durchaus nicht unüblich, dass man sich über die Staatsdiener beschwert«, konterte er. »Was würden Sie denn davon halten, wenn ich Ihrem Vorgesetzen von Ihren am laufenden Band vorgebrachten haltlosen Unterstellungen erzählen würde?«

»Es ist eine Vorgesetzte, und die würde sich über so ein kleines Puppenspiel«, Giulia musterte ihr Gegenüber missbilligend, »sicherlich freuen. Signora Zorzi, Questura Lecco. Lassen Sie sich einfach über die Zentrale durchstellen. Sie war früher für die Betrugsfälle zuständig und ist noch heute brennend daran interessiert, einen engagierten Unternehmer wie Sie kennenzulernen.«

An der Mimik Pierantognettis konnte man sehen, dass er zu weit vorgeprescht war und nun angestrengt überlegte, wie er das Ganze wieder einfangen konnte. »Ich bin wohl etwas dünnhäutig.« Er schaute demonstrativ zum Bus. »Darin lag all unser Kapital, Puppen im Wert von Tausenden von Euro, unser Familienerbe. Es wird Wochen, wenn nicht Monate dauern, das alles wieder herzustellen. Solange können wir nicht auftreten. Wir kommen ja ohne fahrbaren Untersatz nicht einmal hier weg.«

Giulia konnte das alles nachvollziehen, und eigentlich hätte sie auch Mitleid mit den Geschwistern gehabt, aber was hatte dieser Kerl denn erwartet, wenn er die Menschen so vorführte? »Wer Wind sät, wird Sturm ernten«, sagte sie nur.

Pierantognetti entgegnete höhnisch lachend: »Altes Testament,

Hosea acht, Vers sieben. Commissario, Sie verblüffen mich. Ein Bibelzitat hätte ich Ihnen nicht zugetraut.«

»Ich Ihnen auch nicht«, gab Giulia zurück. »Sie als ausgemachter Kirchenhasser.«

»Man muss seine Feinde kennen«, entgegnete er salomonisch, wobei er ihr fest in die Augen schaute.

Sie hielt seinem Blick mühelos stand. »Woher rührt diese Abneigung gegen die Kirche?«, fragte sie.

»Meine Angelegenheit«, antwortete er abweisend. Dann schien etwas hinter Giulia seine Aufmerksamkeit zu erregen. Jedenfalls schaute er über Giulias Schulter hinweg, und seine Mundwinkel hoben sich. »Na, das ist ja eine Freude!«, rief er nahezu überschwänglich aus.

Giulia folgte seinem Blick.

»Der Meister höchstpersönlich, mein Freund Alfredo.« Er streckte beide Arme von sich, als ginge es darum, einen längst verschollen geglaubten Sohn wieder in den Schoß der Familie aufzunehmen. Giulia, die die Theatralik des Puppenspielers schon kannte, störte sich nicht daran. Pierantognetti brauchte seine Show, und wen niemand anderes ihm diese bescherte, war er sich nicht zu schade, sie selbst zu kreieren. Jedenfalls zog sein lautstarkes Gehabe die Blicke der Passanten auf sich, was ihn noch mehr anstachelte. »Der große Künstler, die Koryphäe mit den goldenen Händen, besucht mich in meiner bescheidenen Bleibe.« Der Mann, der ihnen auf dem Gehweg entgegenkam, schien mit diesem Schauspiel nichts anfangen zu können. Es wirkte sogar so, als hätte er lieber die Straßenseite gewechselt, um nicht Teil dieser unangenehmen Effekthascherei zu werden. Auf ihrer Höhe angekommen, blieb er stehen und nickte erst Giulia und dann Pierantognetti freundlich zu. Der Puppenspieler kriegte sich noch immer nicht ein. Er trat dicht an den Mann heran, umfasste seine beiden Oberarme und rief:»Commissario, darf ich vorstellen, das ist der berühmte Alfredo Botti. Ihm verdanken die Pierantognettis viel.«

Giulia begrüßte den Mann, der laut Jacopo der berühmtesten Puppenschnitzerfamilie Italiens entstammte und den der Honig, dem ihm Pierantognetti um den Mund schmierte, augenscheinlich überhaupt nicht beeindruckte. Während Pierantognetti einen Monolog über die herausragenden Eigenschaften Bottis hielt, musterte Giulia ihn unauffällig. Alfredo Botti war auf den ersten Blick kein schöner Mann. Er war gertenschlank und verfügte über weiche, knabenhafte Gesichtszüge, die ganz im Widerspruch zu seinen derb wirkenden, rissigen Händen und seiner altmodischen Kleidung aus Cordhose und Wollhemd standen. Sein dünnes, hellbraunes Haar, die tief gefurchten Krähenfüße, aber vor allem seine auffallenden Marionettenfalten konnten nicht verhehlen, dass er das vierzigste Lebensjahr schon einige Zeit hinter sich gelassen hatte. Dagegen wirkte der Ausdruck seiner Augen nahezu draufgängerisch, zumindest jedoch sprach er für einen wachen Verstand und irgendwie auch für einen interessanten, charakterstarken Mann.

»Wir kennen uns schon«, sagte Giulia, als Pierantognetti endlich einmal Luft holte.

Botti neigte den Kopf. Er schien nachzudenken.

Giulia half ihm auf die Sprünge. »Sie waren bei der Vorstellung des *Teatro* in Corenno Plinio«, sagte sie. »Ich habe sie dort gesehen.«

Er nickte wie jemand, der sich nicht erinnern konnte und trotzdem nicht unhöflich sein wollte.

Giulia winkte ab. »In meinem Beruf merkt man sich Gesichter.«

Botti bemühte sich um ein Lächeln.

»Jedenfalls freue ich mich, dass du dir mein Elend persönlich ansehen willst«, redete Pierantognetti weiter und bedeutete Botti mit einem traurigen Blick in Richtung Bus, was er meinte.

Alfredo Botti hingegen wirkte angesichts des mit Ruß überzogenen Gefährtes ein wenig irritiert. Zumindest hatte es nicht den Anschein, dass der Brandanschlag ihn hierhergeführt hatte, aber Giulia konnte sich auch täuschen. »Das tut mir sehr leid für dich«, sagte Botti mit ehrlichem Bedauern in der Stimme. »Was ist mit den Puppen?«

Pierantognetti fuchtelte mit seinen Händen hin und her. »Alle weg. Alle.«

Alfredo Botti schloss kurz die Augen.

»Die Puppen stammen alle aus Ihrer Werkstatt?«, wollte Giulia wissen.

»Natürlich tun sie das«, fuhr Pierantognetti sie an, um sogleich mit lieblicher Stimme weiterzureden. »Und Alfredo macht uns neue, viele, viele neue.«

Botti reagierte nicht, stattdessen ruhte sein Blick auf dem Tourbus.

»Was ist mit *Tavà*?«, fragte er nahezu tonlos.

Die Puppe musste wirklich etwas Besonderes sein, dachte Giulia. Pierantognetti strahlte über das ganze Gesicht. »In Paolos Bett ist jeder sicher!«

Botti senkte den Blick, als störte ihn das, was Pierantognetti von sich gegeben hatte.

»*Cotoletto* ist auch unversehrt«, redete der Puppenspieler weiter. Dann wandte er sich an Giulia. »Was ist nun mit *Cotoletto*? Die Puppe ist mein Eigentum, und ich wüsste nicht, wieso Sie dieses konfiszieren sollten?«

Botti schien seinen Ohren nicht trauen zu wollen. Dabei schien es ihm unangenehm zu sein, Zeuge dieses Gespräches zu werden.

»Wir haben sie nur sichergestellt«, erwiderte Giulia. »Gestern, am Eingang zum Kloster.«

Pierantognetti stutzte. »Weder meine Schwester noch ich waren dort, noch nie. Und wir haben auch garantiert nicht vor, das zu ändern.« Er schaute kurz auf seine Schuhspitzen, redete dann aber weiter. »Sind Sie sicher, dass es unser *Cotoletto* war?«

»Wie viele Drachenpuppen gibt es denn?«, wollte Giulia wissen.

»Unsere gibt es nur einmal auf der Welt«, antwortete er mit seiner ihm eigenen Arroganz und mit einem nach Bestätigung suchenden Blick in Richtung Botti. Der hatte darauf nichts zu sagen. Allerdings nutzte er den Moment, um sich eilig zu verabschieden und von dannen zu ziehen.

»Aber …?« Pierantognetti hob und senkte ratlos die Schultern. »Ich dachte, wir …« Er schaute dem Freund nach.

»Was heißt, Ihren Drachen gibt es nur einmal?«, fragte Giulia nach.

»Ich müsste die Puppe sehen, um das genau sagen zu können«, entgegnete er und wirkte dabei über das schnelle Verschwinden seines Freundes noch immer verwundert.

»Alles Unikate?«, hakte Giulia nach.

»Selbstverständlich«, echauffierte Pierantognetti sich übertrieben und war nun endlich wieder bei der Sache. »Wir lassen jede einzelne Puppe nach Bedarf anfertigen.«

»Und die nehmen Sie dann nur einmal?«, fragte Giulia ungläubig.

»Wie viele Bäckersfrauen in Corenno Plinio kennen Sie, die rote Haare haben?«, fragte er belustigt, um dann ein wenig einzulenken. »Meine Schwester ist sehr geschickt darin, die Puppen so umzugestalten, dass sie für einen mehrfachen Einsatz taugen, meistens zumindest. Und wenn nicht, dann legt der Puppenvater höchstselbst Hand an, und das seit dem ersten Tag. 1890, Sie erinnern sich, Commissario?«, fragte er im Duktus eines strengen Schulmeisters.

»Wann haben Sie *Cotoletto* denn das letzte Mal gesehen?«, wollte Giulia wissen.

»Paola!«, dröhnte sein Schrei zwischen den Hauswänden der schmalen Gasse.

Es dauerte nicht lange, da tauchte der dunkle Schopf seiner Schwester in einem Fenster des Hotels auf. »Was willst du?«, fragte sie nicht weniger zimperlich im Tonfall.

»Wo ist *Cotoletto*?«, sagte Romualdo laut und ohne dabei hinauf zu seiner Schwester zu sehen.

»Was soll das?«, fragte sie zurück. »Du weißt genau, dass er in seiner Kiste im Auto war.«

»Wann hast du ihn da hineingetan?«, wollte er nun wissen. Noch immer ruhten seine Augen dabei nur auf Giulia.

»Gestern nach dem Auftritt in Corenno Plinio«, antwortete Paola. »Wieso?«

»Bist du ganz sicher?«, hakte er nach.

»Wir haben nach der Vorstellung alles abgebaut, und ich habe ihn zu den anderen Sachen in den Bus getragen«, erwiderte seine Schwester hörbar nachdenklich. »Und jetzt ist alles futsch.« Ohne eine Reaktion von ihm abzuwarten, verschwand sie wieder im Haus.

»Und danach waren Sie wo?«, fragte Giulia.

»Wir haben bei Carlo hier in Colico gegessen«, erwiderte er. »Das tun wir immer, wenn wir in der Gegend sind. Er macht die beste Lasagne, Sie sollten sie auch mal probieren.«

Aus der Art, wie er dies vorbrachte, konnte Giulia schon entnehmen, dass Carlo diese Aussage bestätigen würde. »Kein Zwischenstopp in Piona?«

»Sind Sie begriffsstutzig?«

»Dann muss Ihnen wohl jemand den Drachen während des Einpackens aus dem Bus entwendet haben«, sprach Giulia ihre Gedanken aus.

Er wiegte den Kopf hin und her. »Das ist noch nie vorgekommen, solange ich Puppenspieler bin. Niemand wagt sich auch nur in die Nähe unserer Ausrüstung.« Er sagte das, als wäre er gewillt, sein Hab und Gut mit dem eigenen Leben zu verteidigen.

Giulia konnte es sich nicht verkneifen, den Kopf demonstrativ in Richtung des zerstörten Busses zu drehen.

Pierantognetti atmete tief aus.

»Wann haben Sie den Schaden entdeckt?«, fragte Giulia.

»Heute Morgen gegen sieben«, maulte er. »Ich trinke meinen ersten Espresso an der frischen Luft. Und als ich hier hinauskam …« Er hob und senkte hilflos seine Arme. »Verdammtes Drecks pack! Wenn ich die in die Finger kriege.«

»Und gestern, als Sie von Carlo kamen, war noch alles in Ordnung?«, fragte Giulia weiter.

»Lesen Sie eigentlich die Protokolle, die Ihre Kollegen im Zwei-Finger-System in ihren Computer hacken?«, fragte er frech. »Da steht alles drin. Und nein, wir haben nichts bemerkt, obwohl unsere Zimmer in Richtung Straße gehen.«

»Und genau das wundert mich, Signore Pierantognetti«, erwiderte Giulia. »In so einer ruhigen Seitenstraße, noch dazu nachts … Mhm.« Sie kratzte sich hinter dem rechten Ohr. »Da hört man sogar die Katze des Nachbarn niesen.«

»Meine Schwester und ich haben einen ausgezeichneten Schlaf, hatten wir schon als Kinder«, gab er zurück. »Immerhin gehen wir einer anstrengenden beruflichen Tätigkeit nach und bekommen unser Geld nicht einfach so vom Staat überwiesen.« Pierantognetti schaute Giulia voller Abneigung an.

»Kommen Sie bitte morgen früh in die Questura.« Sie reichte ihm ihre Karte. »Dann können Sie *Cotoletto* identifizieren und ihn gegebenenfalls auch mitnehmen. Dann hätten Sie immerhin wieder zwei Puppen.« Mit einem süffisanten Lächeln ließ sie ihn stehen.

Carlos Bistro war ein in die Jahre gekommenes Ladengeschäft. Die hochgefliesten Wände und der speckige, mit Rissen durchzogene Travertinboden ließen vermuten, dass hier einmal Lebensmittel verkauft worden waren. Es bestand nur aus einem einzigen Raum, der zur Straße hin zwei bodenhohe Fenster hatte, und einer gegenüberliegenden wuchtigen Holztheke. Die wiederum nahm so viel Platz ein, dass an Barhocker nicht zu denken war, wenn man die drei oder vier vor den Fenstern stehenden Tische erreichen wollte. Hinter der Theke lehnte ein gedrungener Endvierziger mit fliehender Stirn und fettigem, bis auf die Schultern hängendem Haar und starrte auf einen riesigen Fernseher, der über seinem Kopf montiert war. Was der Mann so gebannt verfolgte, ein Fußballspiel der Zweitliga, war schon mühelos vom Gehweg aus zu verstehen gewesen. Die Lautstärke war es wohl auch, wegen der er Giulias Eintreten nicht bemerkte. Dafür grüßten die meisten der anderen anwesenden Männer, überwiegend Handwerker, die ihre Mittagspause hier abhielten, freundlich. Auch Armando, der Postbote, war unter ihnen, wobei der sich ganz entgegen seiner sonstigen Art ein wenig wegduckte, als er Giulia erblickte. Offenkundig schien er Sorge zu haben, in der Öffentlichkeit von ihr angesprochen zu werden. Colico war am Ende eben auch nur ein Dorf, in dem die Leute redeten, ob es dafür einen Grund gab oder nicht. Ausnahmslos jeder der Gäste – und es waren fast mehr, als das Lokal fassen konnte – hatte einen Teller wunderbar duftender Lasagne vor sich, die, wie eine Schiefertafel am Eingang verkündete, heute als Mittagsgericht angeboten wurde.

Giulia hatte sich per SMS mit Elena hier verabredet, nachdem sie bei Pierantognetti fertig war, aber das war nicht einmal notwendig gewesen, denn sie wartete aufgrund des freundlichen Hinweises eines übereifrigen Armando bereits dort. Und so saß Elena, als Giulia eintrat, an einem kleinen Tisch vor einem der Fenster und las etwas auf ihrem iPad. Vor ihr standen ein Espresso-Gedeck und drei unangerührte Gläser Prosecco.

»Die Lasagne hier soll ausgezeichnet sein«, sagte Giulia, zog sich einen der freien Stühle heran und ließ sich darauf nieder. »Zumindest behauptet das dieser unangenehme Pierantognetti. Du musst sie womöglich also gar nicht mit so viel Prosecco herunterspülen.«

»Ach, da warst du so lange«, murmelte Elena, ohne von ihrem Tablet aufzusehen. »Hab keinen Hunger.«

»Nein. Ich habe mich noch im Hotel umgehört. Das Auto der Puppenspieler stand direkt vor der Tür, da sollte man doch meinen, dass irgendjemand etwas mitbekommen hat«, erklärte Giulia. Sie hatte den Bericht der ortsansässigen Carabinieri nach dem Gespräch mit der Zorzi am heutigen Morgen noch einmal ausführlich gelesen und war dabei über die fehlenden Zeugen gestolpert.

Schweigen.

»Ich könnte auch mit dem Wirt plaudern. Möglicherweise interessiert der sich für Ermittlungsarbeit«, frotzelte Giulia, weil Elena noch immer nicht von dem Gerät ablassen konnte.

»Und? Gibt es Zeugen?«, fragte Elena nölig und offenkundig nicht bei der Sache, während sie weiterhin unermüdlich mit dem Zeigefinger ihrer rechten Hand über das Display wischte. »Der Wirt wird dir sicherlich noch weniger folgen können. Er meint ja auch, ich sähe aus wie eine Frau, die gern Prosecco trinkt.«

Giulia grinste. »Der Mann verfügt über Menschenkenntnis.«

»Was gab es nun im Hotel?«, wollte Elena wissen.

»Nichts. Absolut gar nichts. Nicht einmal der Nachtportier will etwas bemerkt haben. Angeblich hat er einen Western geguckt«, sagte Giulia. »Er hat die Aussage, die ich im Protokoll der Kollegen lesen konnte, fast wortwörtlich wiederholt.«

Elena schaute kurz auf. Ihre rechte Braue hatte sie so weit nach oben gezogen, dass sie fast ihren fransigen Pony berührte. »Glaubst du das?«

Giulia zuckte mit den Schultern. »Es ist mitten in der Nacht, alle liegen in ihren Betten, die Fenster sind verbarrikadiert, die Klimaanlagen laufen ... Mhm. Ich weiß es nicht.«

»Ich hätte eher gedacht, dass bei den vielen Fans, die die Puppenspieler haben, so einige mutige Retter dabei sind«, warf Elena ein.

»Tja, womöglich haben ausgerechnet die einen gesegneten Schlaf«, entgegnete Giulia.

»Und wer hat die Karre dann gelöscht?«, wollte Elena wissen.

»Angeblich weiß das niemand«, antwortete Giulia. »Pierantognetti will am Morgen rausgekommen sein und sein Auto in dem jetzigen Zustand vorgefunden haben.«

»Ein schönes Märchen«, konstatierte Elena und widmete sich wieder ihrem Lieblingsspielzeug. »Aber es wurde doch gelöscht?«

»Nach allem, was Risos Leute sagen, ja«, entgegnete Giulia. »Vermutlich würde es ansonsten noch schlimmer aussehen.«

»Commissario. Ich bin Carlo.« Offenkundig hatte Carlo seinen neuen Gast doch bemerkt. Denn ohne dass Giulia es mitbekommen hatte, war er an ihren Tisch getreten. »Geht aufs Haus«, sagte er und stellte ihr ebenfalls ein Glas Prosecco hin. Giulias Einwand, dass sie keinen Perlwein bestellt hatte, konnte er nicht hören, da er schon wieder hinter seine Theke zurückgekehrt war. »Ich sehe also offenkundig auch aus wie eine Frau, die auf Prosecco steht«, scherzte sie.

»Wenn du zwei zurückschickst, bekommst du drei neue. Du solltest lieber daran nippen und dabei dankbar lächeln«, kommentierte Elena, die noch immer in ihr iPad vertieft war. »Ich glaube, das ist hier so etwas wie ein Wettbewerb. Wessen Glas du austrinkst, dessen Frau wirst du, oder so. Ich kenne die Regeln bei euch am See nicht.«

Giulia musste sich beim Anblick der etwas einfältig wirkenden Burschen, die sie einer wie der andere hemmungslos angafften, das Lachen verkneifen. Offenkundig hatte Carlo nicht so häufig weibliche Gäste, vor allem keine fremden. Oder die Männer hatten noch nie Polizistinnen gesehen, denn dass sich in dem kleinen Ort bereits herumgesprochen hatte, wer sie waren und was sie wollten, lag spätestens nach der Begrüßung durch Carlo auf der Hand.

»So oft scheinen die kein frisches Fleisch zu Gesicht zu bekommen«, redete Elena weiter.

Sie hatte es kaum ausgesprochen, da war Carlo zurück und schob ein weiteres Glas für Giulia über die Tischplatte.»Lasagne?«, fragte er.»Was gibt es noch?«, wollte Giulia wissen.

»Lasagne«, entgegnete er mit dem Ausdruck von kindlichem Unverständnis.

»Na dann«, lächelte sie.

»Und Sie da?« Die Frage galt zweifelsohne Elena, aber er schaute nicht sie, sondern Giulia an.

»Keinen Hunger«, murmelte Elena, ohne weiter Notiz von dem Mann zu nehmen. Der Inhalt ihres iPads schien interessanter zu sein.

»Na, wenigstens eine. Das geht ja heute wieder schleppend«, nuschelte er und verschwand.

Giulia schaute in die Gesichter der Dutzenden zufrieden kauenden Gäste und freute sich innerlich über den seltsamen Humor ihrer Landsleute.

»Warst du nicht auch noch bei der Bürgermeisterin?«, fragte Elena noch immer ein wenig geistesabwesend.

»Du erinnerst dich, nicht schlecht«, kommentierte Giulia bissig.

Elena hob empört den Kopf.»Also erlaube mal, ich habe Hintergrundarbeit betrieben, vor allem mit deiner Freundin Tiziana …«

»Okay. Wie weit bist du mit Informationen zu den Grundbüchern?«, fiel Giulia ihr ins Wort.»Die Bürgermeisterin zumindest ist von ihrem Projekt hundertprozentig überzeugt. Wenn es nach ihr ginge, könnten bald die Bagger anrollen.«

»Na ja, dann ist sie entweder schlecht informiert oder furchtbar dummdreist«, entgegnete Elena.»Der Abt hat mit allem recht. Das Land gehört der Abtei. Daran gibt es nichts zu deuteln.«

»Keine Grauzone, gar nichts?«, fragte Giulia nach.

»Nichts«, antwortete Elena.»Alles sauber. Möglich ist natürlich, dass die Bürgermeisterin irgendwo noch ein Geheimdokument hat, aber sonst …«

»Aber was treibt sie dann zu diesem Projekt? Das ist doch politischer Selbstmord.« Auf Giulia wirkte das alles absolut absurd, vor allem nachdem sie die Dame vorhin erlebt hatte.

»Der Anwalt des Klosters hält es für Naivität«, erklärte Elena. »Meine Güte, war das ein Zirkus, bis ich den am Telefon hatte. Das Reden hatte der auch nicht erfunden.«

»Vielleicht ist sie manchmal zu arglos, oder sollte ich es eher oberflächlich nennen?«, sprach Giulia ihre Überlegungen laut aus. »In jedem Fall verkauft sie sich wie eine richtige Politikerin.«

»Pokerface?«, hakte Elena nach.

»So ungefähr, ziemlich abgebrüht, würde ich meinen«, entgegnete Giulia. »Das passt dann ja wohl kaum zu naiv.«

»Angeblich war die Pfirsichplantage schon immer mal ein Thema zwischen Kloster und Gemeinde«, redete Elena weiter. »Die Bürgermeisterin hat wohl nach ihrem Amtsantritt händeringend nach einem Projekt gesucht, am besten einem, das sie wirklich in die Annalen des Ortes eingehen lässt. Dass das mit dem Bau eines Luxushotels möglich sein soll, finde ich bemerkenswert, vor allem wenn man dafür ein Kloster angreift. Aus meiner Sicht kommt sie damit nicht in die Ehrengalerie, sondern in die Hölle.«

Giulia schmunzelte. »Okay, Naivität lasse ich gelten«, warf sie ein. »Mangelnde Vorbereitung trifft es aber auch. Wenn Sie die Akten ordentlich studiert hätte … Mhm.«

Elena nickte. »Das sagt der Vertreter der Kirche auch. Sie ist wohl über das Ziel hinausgeschossen. Nun scheint sie aus der Nummer nicht mehr rauszukommen, also nicht allein.«

»Und dann führt sie lieber einen Rechtsstreit, den sie zweifelsohne verlieren wird«, schlussfolgerte Giulia.

»Genau. Der zieht sich in die Länge, bis niemand mehr daran denkt, und am Ende sind die anderen die Bösen«, bestätigte Elena.

»Und ihre Gemeinde entzweit sich zwischenzeitlich darüber«, sagte Giulia. »Das verstehe ich nicht. Das klingt wie ein schlechtes Spiel. So etwas riskiert man doch nicht.«

»Wenn man die Folgen abschätzen kann …«, antwortete Elena. »Möglicherweise spekuliert sie auch darauf, dass sich das alles verläuft. Normalerweise dauert es doch nicht lange, bis die Leute keine Lust mehr haben, auf die Straße zu gehen. Das weiß ich aus eigener Erfahrung. In ein paar Wochen steht niemand mehr unter ihrem Bürofenster, zumindest nicht wegen einer kirchlichen Pfirsichplantage.« Giulia dachte an die Axt, mit der Pater Donato ermordet worden war. Sie hatte unter einem Pfirsichbaum gestanden. Das konnte doch kein Zufall sein? Vor allem weil der Mörder nach seiner Tat extra zu diesem Baum gegangen sein musste. Gut, es waren nur ein paar Meter Umweg, aber immerhin. Das ergab ohne das Politikum zwischen der Abtei und der Kommune keinen Sinn, und genau deswegen musste der Mord damit in Zusammenhang stehen. Vorausgesetzt, die Leute wussten nichts von den tatsächlichen Eigentumsverhältnissen und folgten der Bürgermeisterin unbesehen, was, den Demonstrationen nach zu urteilen, wahrscheinlich war.

»Du wirst staunen, was ich noch habe«, sagte Elena irgendwann und holte Giulia damit aus ihren Gedanken. Überaus zufrieden schob sie Giulia das iPad rüber. »Das ist viel spannender als die Kommunalpolitik des winzigen Colico.«

Giulia schaute etwas konfus auf das Sammelsurium aus bunten Bildern, das sich vor ihr auftat. »Was ist das?«, fragte sie.

»Das ist das vergangene Leben des Gianmarco Andrea Marafini«, flüsterte sie weit zu Giulia herübergebeugt. »Dottore Marafini.«

»Pater Gianmarco«, entgegnete Giulia kaum hörbar. Eines der Fotos, das Elena gefunden hatte, zeigte einen jungen Mann mit Doktorhut am Tag seines Abschlusses. Er lächelte so verwegen in die Kamera, wie es nur jemand tat, der überzeugt davon war, dass ihm die ganze Welt offenstand. Die bildschöne Frau, die sich schmachtend an ihn schmiegte, komplettierte diesen Schnappschuss des Ruhmes. Auf einer anderen Aufnahme sah man einen etwas älteren Gianmarco, wie er vom Chef der Gemelli-Klinik Rom, einem der renommiertesten Krankenhäuser Italiens, per Handschlag im neuen Amt begrüßt wurde. Das Foto war Teil eines Zeitungsartikels, der anlässlich seiner Ernennung als jüngster Chefarzt für Inneres erschienen war. Das lag keine fünf Jahre zurück. Es folgten Fotografien von Ärztekongressen, diverse Urlaubsschnappschüsse, auf denen hin und wieder auch das Gesicht der gleichen Frau auftauchte, und Fotos von dem ein oder anderen gesellschaftlichen Ereignisses Roms, auf dem das Paar offenbar zu den gern gesehenen Gästen gezählt hatte. Giulia ließ sich Zeit damit, den geheimnisvollen Gianmarco ein wenig besser kennenzulernen. Als sie meinte, alles gesehen zu haben, schob sie das Tablet ein wenig von sich weg und schaute Elena fragend an. »Woher hast du das alles?« Elena genoss diese Frage sichtlich. »Ach, Commissario, es gibt da so etwas Modernes wie das Internet, und das Schöne ist, es vergisst nichts.«

Giulia nickte verhalten.

»Der Pater hatte mal eine eigene Facebook-Seite, und obwohl er die gelöscht hat, hat man hin und wieder das Glück, einen seiner Beiträge zu finden«, erklärte Elena. »Man muss nur seine alten Freunde aufstöbern, die seine Sachen geteilt haben.«

»Schon gut«, entgegnete Giulia und bemerkte eine Portion Lasagne und einen weiteren Prosecco neben sich. Carlo musste also noch einmal da gewesen sein. »Was stimmt mit diesem Wirt nicht?«, raunte sie Elena zu.

Die zuckte mit den Schultern. »Wenn du das nicht weißt.« Ohne Giulia um Erlaubnis zu bitten, zog sie den Teller samt Besteck zu sich herüber und begann damit, die oberste Schicht vorsichtig mit ihrer Gabel von dem Unterteil zu lösen.

Giulia ließ sie wortlos gewähren. »Gibt es hier eigentlich auch etwas anderes zu trinken?«, fragte sie und winkte in Richtung Bar. Carlo, der sich gerade nicht vom TV-Gerät lösen konnte, bemerkte sie nicht. Stattdessen winkte ihr ein glücklich strahlender Herr zurück, der am Tresen lehnend auf seine Rechnung wartete.

»Das gibt den nächsten Schaumwein«, witzelte Elena an ihrem Käse kauend.

»Kannst du sehen, wieso Gianmarco seinen Facebook-Auftritt gelöscht hat?«, fragte Giulia und griff sich eines der Prosecco-Gläser.

Elena verdrehte die Augen, nahm ihr Tablet und wischte darauf herum. »Wenn ich Zuckerberg heirate, dann können wir vielleicht darüber reden, aber bis dahin müssen wir uns so helfen«, sagte sie und schob Giulia das Teil zurück. »Ich schätze mal, vor etwa einem Jahr ist der schöne Pater aus der Öffentlichkeit verschwunden. Oder meinst du, Mönche tummeln sich in den sozialen Medien? Aber abgesehen davon habe ich noch das.« Sie hielt ihr das iPad direkt vor die Nase.

Giulia stach die Überschrift des Artikels, den Elena ihr aufgerufen hatte, sofort ins Auge. »Pharmaskandal«, sagte sie ungläubig.

»Mit fünfunddreißig Jahren war der Höhenflug zu Ende«, fasste Elena kurz zusammen. »Die Zeitungen müssen seinerzeit voll davon gewesen sein. Die römische Klatschpresse hat sich das Maul über den einstigen Star des Gemelli zerrissen. Angeblich sollen sogar Leute gestorben sein, nur weil er sich auf einen lukrativen Deal mit irgend so einem Großkonzern eingelassen hat. Die schreiben, die Medikamente seien noch nicht bis zum Ende erprobt gewesen und hätten angeblich irreversible Folgen für die Nieren gehabt.«

Giulia hielt im Trinken inne und schaute Elena mit großen Augen an. »Pater Donato«, sagte sie leise.

Elena nickte stumm.

»Gianmarco tut Buße«, murmelte Giulia, die das leere Glas noch in der Hand hielt.

»Na ja«, entgegnete Elena, »nach der Nummer ist er jedenfalls als Arzt verbrannt. Ansonsten womöglich auch. Da ist eine Flucht ins Kloster, noch dazu hier im Norden, nicht das Schlechteste, wenn man das mag.«

»Auf so etwas wäre ich nicht gekommen«, sagte Giulia. »Das ist ja schrecklich. Allerdings frage ich mich, wieso er nicht im Gefängnis sitzt? Es muss doch ein Strafverfahren gegeben haben.«

»Da du jetzt ohnehin keinen Hunger mehr hast, kann ich das sicher haben«, schmatzte Elena. »Wahnsinnig lecker, das Zeug. Auch wenn Carlo die gepflegte Unterhaltung nicht erfunden hat, Lasagne kann er.«

»Elena, hast du was zu einem Gerichtsverfahren gefunden?«, hakte Giulia etwas energischer nach.

Elena schüttelte kauend den Kopf. »In den Medien stand immer nur, dass sie ermitteln. Aber die Artikel sind wie gesagt schon älter. Über eine Verurteilung habe ich nichts gelesen, aber das muss ja nichts heißen. Bei der Staatsanwaltschaft brauche ich jedenfalls nicht anfragen, also nicht auf direktem Weg ... Und dann auch noch in Rom.« Sie blies ihre Wangen auf. »Da können wir Jahre warten, bis wir eine Antwort bekommen.«

»Mhm.« Giulia wusste sehr wohl, wie schleppend und vor allem unwillig die Staatsanwaltschaften bei so einer Anfrage arbeiteten. Die reine Mutmaßung, dass Pater Gianmarco oder Gianmarco Andrea Marafini, wie er mit bürgerlichem Namen hieß, in einen Mord verwickelt sein könnte, genügte da nicht. Sie brauchten schon etwas Handfestes. Und vor allem brauchten sie die Zorzi mit ihren hervorragenden Kontakten in die Hauptstadt.

Elena hing tief über ihrem Teller und wackelte begeistert mit ihrem Kopf, während sie inbrünstig kaute. »Das ist fantastisch. Ich verstehe überhaupt nicht, dass du nichts essen wolltest«, sagte sie.

Carlo schien das gehört zu haben, denn er ließ kurzzeitig von seinem Fußballspiel ab und nickte den beiden zufrieden zu.

Giulia stellte das leere Glas vor sich ab und griff, ohne darüber nachzudenken, zum nächsten. »Ein Arzt und ein Patient, der durch dessen Gier dem Tod geweiht ist, da liegt also die enge Verbindung zwischen den beiden«, murmelte sie.

»Dann ergibt es aber keinen Sinn, ihn umzubringen«, warf Elena ein. »Er stirbt ja ohnehin bald. Gianmarco kann fast die Tage zählen.«

Und wenn es gerade Sinn ergibt?, dachte Giulia. Pater Donato ist Gianmarcos personifiziertes schlechtes Gewissen. Er steht stellvertretend für womöglich viele andere falsch behandelte Patienten. Pater Donato jedoch verzeiht dem jungen, etwas zu ehrgeizigen Arzt. Mehr noch, er eröffnet ihm eine neue Perspektive im Leben. Nach allem, was sie über Donato gehört hatten, passte dieses Verhalten zu ihm. Gianmarco, der vermutlich vor den Trümmern seiner Existenz steht, lässt sich darauf ein. Er geht nach Piona, wohl wissend, dass Donato ihm folgen wird. Die beiden Männer werden womöglich sogar Freunde. Aber dann passiert etwas Unvorhergesehenes. Donatos Schwester Fiora taucht auf. Dem Familienunternehmen der Ogliaris geht es schlecht. Donato will ihr helfen, aber womit? »Schadensersatz«, sagte Giulia, das Ergebnis ihrer Überlegungen laut aussprechend. Was, wenn Donato plötzlich eine Entschädigung von Gianmarco wollte, auf die er vorher verzichtet hatte? Eventuell hat er ihm auch nur Vorwürfe gemacht. Jetzt, wo seine Schwester ihn dringend brauchte, konnte er ihr nicht beistehen. Donatos Sichtweise auf die Dinge könnte sich seit dem Besuch seiner Schwester verändert haben. Gianmarco, der vielleicht endlich sein Trauma überwunden hatte und irgendwo angekommen war, könnte die plötzliche Veränderung seines Freundes schwer zugesetzt haben. Irgendwann will er nur noch, dass dieser Albtraum aufhört, und schlägt zu. Dass er sich die Axt nicht direkt aus der Scheune geholt hatte, war allerdings verwunderlich. Auch die Sache mit dem Pfirsichbaum schien nicht zu passen.

»Schadensersatz?«, fragte Elena, »Meinst du? Mhm. Möglich ist es. Natürlich nur, wenn die Sache nicht ausgeurteilt ist.«

»Auch so. Die beiden hätten sich privat einigen können. Das kriegst du raus«, sagte Giulia.

»Aber woher soll Gianmarco das Geld dafür haben?«, hakte Elena ein. »Wenn er seinen Job verloren hat …«

»Auch das kriegst du raus.« Giulia nickte Elena auffordernd zu. »Fang bei seinen Eltern an. Nach allem, was du mir gerade gezeigt hast, gehören die Marafinis zur römischen Oberschicht.«

»Und was machst du so lange?«, wollte Elena mit gespielter Empörung wissen. »Während ich mich verausgabe.«

»Ich besuche den Abt und stelle ihm ein paar Fragen, zum Beispiel warum Gianmarco noch immer Gianmarco heißt, obwohl ein Mönch doch eigentlich mit dem Ablegen seines Ordensgelübdes alles Weltliche hinter sich lässt. Aber vorher versuche ich, bei Carlo einen Espresso zu ergattern. Vielleicht tauscht auch einer der Gäste seinen gegen einen Prosecco.«

***

»Nach einem langen, beschwerlichen Arbeitstag bei der Kriminalpolizei geht doch nichts über ein anständiges Essen und einen guten Schluck Wein.« Carmelo Riso stand breitbeinig in der Tür des Bistros und genoss sichtlich seinen Auftritt, zumindest bis zu jenem Moment, in dem er Giulia und Elena entdeckte.

»Giuli«, rief er mit erhobener Hand, weniger aus Freundlichkeit, sondern eher darum bemüht, die peinliche Situation zu überspielen. Noch in der Bewegung begriffen blieb sein Blick an den fünf Prosecco-Gläsern auf dem Tisch der beiden hängen. Er stutzte unübersehbar und wandte sich genant ab.

»Er hat noch nicht einen Fuß in die Questura gesetzt, da weiß jeder von deinem Alkoholproblem«, spöttelte Elena, wobei sie ihre drei unangerührten Gläser vorsichtig zu Giulia hinüberschob. »Ich habe damit nichts zu tun.«

»Sollte er heute überhaupt noch ins Büro fahren«, gab Giulia zurück. »Nach dem langen Arbeitstag.« Sie deutete mit vor den Mund gehaltener Faust ein Aufstoßen an. »Hicks.«

»Es ist zwei Uhr nachmittags«, antwortete Elena amüsiert. »Eben«, erwiderte Giulia. »Ich vermute mal, er wird seine Frau Tilda aufsuchen, und dann melden die beiden sich für einen Puppenspielerkurs an.«

»Haben die den nicht schon gemacht?«, wollte Elena spitzzüngig wissen.

Die Eheleute Riso waren gemeinhin bekannt für ihre vielfältigen Interessen und die Kurzlebigkeit der Begeisterung, mit der sie diesen nachgingen. Gestern war es Ballettunterricht, heute tibetanische Gesänge und morgen veganes Kochen, die Risos waren umtriebig. Und sie stürzten sich in all diese Beschäftigungen mit einer Intensität, als gäbe es kein Morgen mehr, zumindest solange das Strohfeuer loderte. Carmelo ließ dafür sogar alles stehen und liegen, insbesondere seine beruflichen Verpflichtungen.«

Giulia lachte auf. »Nein, das war der Nähkurs für voll recyclingfähige Teddybären«, jauchzte sie.

Elena wollte etwas darauf erwidern, aber weil es an ihrem Tisch die einzig noch freien Plätze gab, die von den Kollegen gerade angesteuert wurden, biss sie sich glucksend auf die Zunge.

»Das ist heute wieder ein Stress, vor allem nach dem Sonntagsdienst«, erklärte Riso unter angestrengtem Schnaufen. »Und wenn man so unter Zeitdruck steht.« Er machte ein Gesicht, als ob er sich selbst bedauerte. »Irgendwann muss ich kürzertreten. Das steht fest.« Marco und Anteo, seine Mitarbeiter, schauten sich nur betreten an.

»Lasagne?« Carlo stand wieder unbemerkt neben dem Tisch. Sein Fernsehkonsum schien angesichts der drei neuen Gäste ins Hintertreffen geraten zu sein. Er witterte ein außerplanmäßiges Geschäft. Das konnte man ihm an der Nasenspitze ansehen. Den Prosecco, den er wie nebenbei vor Giulia abgestellt hatte, beachtete sie schon überhaupt nicht mehr.

»Was gibt es noch?«, fragte Riso, bevor jemand anderes etwas sagen konnte.

»Lasagne«, entgegnete Carlo, und es klang wie eine Kampfansage. Den beiden Kriminaltechnikern schien das nichts auszumachen, im Gegenteil.

Nur Riso war unschlüssig. »Ohne Zusatz von Eiern und Nüssen?«, fragte er den Wirt. »Ungeschälte Tomaten vertrage ich auch nicht so gut. Sind welche drin?«

Carlo drehte sich zur Küchentür um, als bekäme er dort die Antwort auf diese Fragen, und wendete sich im nächsten Augenblick wieder langsam Riso zu. »Also dreimal Lasagne«, sagte er entschlossen.

»Mhm. Und Ihren Hauswein, einen roten«, bestellte Riso. »Ein halbes Glas, sonst werde ich zu müde.« Beim letzten Satz checkte er schon die Nachrichten auf seinem Mobiltelefon.

Carlo richtete seine ungläubigen Augen auf Giulia. Die zuckte nur mit den Schultern. Schließlich stapfte er davon, und man hörte ihn irgendetwas Unflätiges murmeln.

»Habt ihr noch etwas?«, fragte Giulia den Kriminaltechniker Marco, der neben ihr saß.

Der verneinte zurückhaltend. »Nur Zweifel«, sagte er.

»In welcher Hinsicht?«, wollte Giulia wissen.

»Wenn sich Ihre komplette Existenz in einem Kleinbus befände, kämen Sie dann auf die Idee, ein Fenster offen zu lassen?«
»Mhm. Das kann auch Schusseligkeit gewesen sein«, entgegnete Giulia.

Den Kollegen schien das nicht zu überzeugen. »Bei dem Wind, den der Mann um seine Ausrüstung gemacht hat, vor allem um seine Puppen, mag ich das nicht so richtig glauben. Wenn Sie mich fragen, ist der Typ nicht koscher. Der steht noch immer vor dem Hotel und blafft die Leute an. Wieso sieht er nicht zu, dass er nach Hause kommt? Ich meine, die Übernachtungen kosten doch etwas, und er wird ja kaum seine Tournee fortsetzen können, so ohne Darsteller.« Giulia war es, als ob er ein wenig die Nase rümpfte. »Stattdessen hat man den Eindruck, er genießt die Show sogar, zumindest scheint er den Anschlag als eine Werbung für sich und seinen Kindergarten ...« Der Mann biss sich auf die Lippen und schaute unsicher zu Riso. »Na ja, sein Theater zu begreifen.«

Giulia hörte sich alles schweigend an.

Carlo brachte den Wein. Einen Prosecco hatte er auch dabei.

»Seine Schwester ist noch schlimmer«, mischte sich sein Kollege Anteo ein. »Die ist richtig hysterisch geworden, als wir den Bus auseinandergenommen haben.« Er schüttelte verwundert den Kopf. »Dabei war der ganze Müll doch ohnehin hinüber. Und alles, was die Flammen nicht plattgemacht haben, hat dann das Wasser erledigt. Bei den Mengen muss einer einen Schlauch in den Wagen gehalten haben.«

»Seltsame Leute«, bestätigte Marco. »Aber das hat mir meine Freundin schon erzählt. Die hat das *Teatro* mal in Lecco erlebt. Da hat der Veranstalter mit Mühe und Not ein paar aufgebrachte Gäste zurückhalten können. Die hatten den Burschen schon am Kragen und hätten ihn vermutlich windelweich geprügelt. Und seine Schwester hatte nichts Besseres zu tun, als das Ganze noch anzuheizen.«

»Dann würde es mich nicht wundern, wenn die Nachbarschaft erst einmal in aller Ruhe zugeguckt hätte, wie das mobile *Teatro* abfackelt«, erwiderte Anteo. »Bei der engen Bebauung fällt so ein Feuer doch auf, das Licht, der Gestank, und immerhin sind auch einige Scheiben zerborsten ...«

Marco nickte.

Dann schauten beide fragend zu Giulia. Die dachte an die Aussagen des Nachtportiers und schwieg. Wenn das Feuer auf diese Weise gelöscht worden war, konnte es nur jemand aus der direkten Nachbarschaft gewesen sein, zwanzig, maximal fünfzig Meter entfernt. Kriegte man das unbemerkt hin? Und vor allem: Wieso hat derjenige nicht im Hotel Bescheid gesagt? Jeder wusste, dass der Bus den Puppenspielern gehörte, noch dazu, da alle Seiten des Wagens mit entsprechender Werbung beklebt waren. Giulia wurde das Gefühl nicht los, dass der Portier log. Abgesehen davon verfügten Hotels für gewöhnlich auch in ihrem Empfangsbereich über Feuerlöscheinrichtungen. Für den Mann wäre es dementsprechend ein Leichtes gewesen, zu helfen und den Besitzer des Autos zu informieren. Warum er stattdessen vorgab, ahnungslos zu sein, konnte sie nicht verstehen.

»So!« Riso legte sein Handy auf den Tisch und lächelte zufrieden in die Runde. »Nächste Woche sind Tilda und ich im Puppenspielerkurs bei Romualdo Pierantognetti. Er hat extra für mich ein Zeitfenster aufgetan. Und das für einen Spottpreis. Dreihundert Euro für achtzig Minuten. Tilda wird begeistert sein.« Er hatte nicht zugehört, aber das war nichts Neues.

»Geschäftstüchtig ist er ja«, bemerkte Elena nüchtern.

Und dreist auch, dachte Giulia. Immerhin sollte man meinen, dass so ein Kurs auch Puppen brauchte. Aber so clever wie die Puppenspieler waren, würde er Riso dieses Manko ausschweifend und absolut glaubhaft begreiflich machen, und der würde sich damit auch noch gut fühlen.

Riso entgegnete nichts, sondern stand auf, nahm sein Handy und verließ das Bistro.

»Er ruft Tilda an«, bemerkte Marco grinsend. »Die Überraschung muss verkündet werden.«

»Habt ihr es geschafft, *Cotoletto* anzusehen?«, beeilte sich Giulia zu sagen. Sie wusste, dass die Männer sich im Beisein ihres Chefs mit etwaigen Aussagen immer zurückhalten würden. Sie ließen ihm, wie es sich gehörte, nicht nur den Vortritt, sondern sie achteten auch peinlich genau darauf, ihn nicht in seiner Unwissenheit bloßzustellen. Nur nützte das Giulia wenig. Sie brauchte die Ergebnisse zügig und nicht erst dann, wenn Riso einfiel, dass er ihr noch etwas schuldig war. Die beiden Männer warfen sich einen wenig überraschten Blick zu. »Der Bericht liegt seit heute früh beim Chef«, sagte Marco. »Auch über die Spurenlage im Kloster. Wir haben extra Überstunden gemacht.«

»Was steht drin?«, fragte Elena weit über den Tisch gebeugt.

»Wer oder was ist überhaupt *Cotoletto*?«, fragte Anteo.

»Handpuppe im Drachenkostüm«, entgegnete Elena, die gerade die verbliebene Soße auf dem Teller mit ihrem Löffel aufnahm. »Der ist hier am See mindestens so bekannt wie George Clooney.«

»Mhm.« Die Männer schienen nicht so recht überzeugt.

»Fingerabdrücke auf Plüsch? Na ja,«, sagte schließlich Marco und schüttelte dabei den Kopf.

»Irgendetwas anderes?«, hakte Giulia ungeduldig nach.

»Ein paar Fusseln, aber das ist müßig«, antwortete er, wobei er seine Stirn so sehr in Falten legte, dass man ihm ansehen konnte, dass er die Handpuppe überhaupt nicht mehr auf dem Schirm hatte.

»Auf den Augen«, half ihm Anteo auf die Sprünge.

»Ach so«, entgegnete Marco und tippte sich mit dem Schaft seines Messers an die Stirn. »Jemand hat die Glasaugen dieses Tierchens geküsst. Wir haben Abdrücke von Lippen gefunden.«

Elenas ungestümes Lachen hallte durch das ganze Bistro, was die Aufmerksamkeit sämtlicher Anwesenden auf ihren Tisch lenkte.

»Seid ihr sicher?«, fragte Giulia.

»Mit Lipgloss«, bestätigte Marco, wobei er aussah, als hätten ihn Giulias Zweifel ein wenig beleidigt.

»Ich staune nur, was ihr alles findet«, gab Giulia beschwichtigend zurück.

Die Kollegen nickten zufrieden. »Dafür gibt es aber keine Datenbank, das kommt einfach zu selten vor«, sagte Anteo.

»Obwohl Lippenabdrücke ebenfalls individuell sind, also Commissario, wir brauchen nur Gegenproben«, schmunzelte Marco.
»Dann musst du jetzt Kussproben nehmen, Commissario«, witzelte Elena.

Giulia war nicht zum Lachen zumute. Sie fragte sich, mit was für Absonderlichkeiten sie es in diesem Fall noch zu tun bekommen würde. Wer, wenn nicht ein Kind, küsste denn eine Puppe? Spontan fielen ihr da nur die Puppenspielergeschwister ein. Beide waren exzentrisch genug, um so etwas zu tun. Das wiederum sprach dafür, dass sie den echten *Cotoletto* am Eingang der Abtei gefunden hatten.

Elena schaute aus dem Fenster. Riso lief mit dem Telefon am Ohr den Gehweg auf und ab. Giulia entging dies ebenfalls nicht. Sie hatte also noch etwas Zeit, nach der Spurenlage im Kloster zu fragen.

»Im Zimmer des Opfers …«, hob Marco an.

»In seiner Zelle«, verbesserte sein Kollege.

»Meinetwegen«, konterte Marco. »Jedenfalls haben wir dort Fingerabdrücke von diesem anderen Pater, diesem Gianmarco, gefunden.«

»Wo genau?«, hakte Giulia nach.

»An der Tür und am Stuhl«, antwortete Anteo. »Der Abt muss auch drin gewesen sein. Seine Spuren waren auf dem Schreibpult und an dem Koffer unter dem Bett«, fuhr er fort.

»Am Koffer?«, fragte Giulia ungläubig. »Der Abt, ganz sicher?« In dem Koffer befanden sich die sehr persönlichen Sachen des Opfers. Was hatte der Abt daran zu suchen gehabt?

Die Männer nickten einmütig.

»Habt ihr ein Tagebuch gefunden oder irgendetwas anderes von Belang?«, wollte Giulia weiterhin wissen.

»Kein Tagebuch, Commissario«, entgegnete Anteo. »Dafür war unser Opfer nicht der Einzige, der sich um die Bienen gekümmert haben muss. An den Bienenkästen waren Spuren von jemand anderem, allerdings nicht von einem der Mönche.«

Giulia erstaunte das. Sollte Donato doch jemanden an seinen Bienen überrascht haben? Womöglich einen von denjenigen, auf deren Konto die anderen Übergriffe auf die Abtei gingen? Dann fiel ihr

Armando ein. Brutus hatte gesagt, er hätte gestern nach den Bienen gesehen. Womöglich hatte er das zuvor schon mal getan. Sie schaute hinüber zu den anderen Tischen, aber Armando war verschwunden. »Was gibt es zur Mordwaffe?«, wollte sie wissen.

»Ohne Zweifel, es war die Axt, die wir an dem Pfirsichbaum gefunden haben«, entgegnete Marco. »Das Blut daran stammt definitiv vom Opfer. Fingerabdrücke sind jedoch Fehlanzeige.« Er kratzte sich am Kopf. »Ach, übrigens, Commissario, die Mönche bewahren die Gartengeräte in einem Seitentrakt der Scheune auf. Dort an der Wand hängen ein halbes Dutzend dieser Äxte, nach Größe sortiert ...«

»Ordnung halten die Kerle, das muss man ihnen lassen«, warf Anteo ein. »Aber wenn die den ganzen Tag nur beten und arbeiten, kann das schon sein.«

Carlo kam mit drei Tellern Lasagne angesaust und verteilte sie auf dem Tisch. Angesichts des leeren Stuhles zuckte er kurz, stellte die Bestellung trotzdem ab, hielt inne und schob den Teller schließlich zu Giulia rüber. »So wie Sie aussehen, vertragen Sie ungeschälte Tomaten«, knurrte er. »Greifen Sie zu! Lasagne ist Nervennahrung. Und bei dem Umfeld scheinen Sie die dringend zu brauchen.« Es folgte ein flüchtiger Blick zu Risos leerem Platz. Noch ehe Giulia auf seine Worte reagieren konnte, war er schon wieder verschwunden. Zu dem ersehnten Espresso würde sie es in diesem Laden heute unter Garantie nicht mehr bringen.

Die Kriminaltechniker freuten sich über den vorwitzigen Wirt und begannen zu essen.

»Welche Axt fehlt?«, fragte Giulia und griff nun auch zu ihrem Besteck.

»Die zweitgrößte«, antwortete Anteo mit halb offenem Mund. Der Bissen, den er sich gerade voller Appetit in den Mund geschoben hatte, musste heiß gewesen sein.

»Das bedeutet, der Täter wusste, wo er zu suchen hatte, und hat sich freimütig bedient«, schlussfolgerte Giulia.

»Schließen die Mönche nicht einmal die Scheune ab?«, fragte Elena dazwischen. »Das ist ja fast etwas zu viel des Guten.«

»Doch. Das Vorhängeschloss war unversehrt«, erklärte Marco. »Derjenige muss zu einem der hinteren Fenster reingekommen sein. Das war nur angelehnt.«

»Dann wusste unser Mörder aber sehr wohl, was er tut«, warf Elena ein.

»Keine Frage«, bestätigte Marco. »Das war keine zufällige, ungeplante Tat.«

»Mhm.« Giulia war ein wenig unzufrieden. Der Täter hatte sich erst die Mordwaffe organisiert, war damit in den Garten gegangen und hatte dann Donato aufgelauert. Er muss also gewusst haben, dass er kommen wird. Womöglich waren sie sogar verabredet gewesen. Oder aber – und das erschien ihr insbesondere im Hinblick auf die Spuren an den Bienenstöcken wahrscheinlicher – er hat Donatos Sorge um die Tiere dazu genutzt, ihn herbeizulocken. Schlussendlich muss er also nicht nur über Donatos Leidenschaft für die Imkerei, sondern auch von dem schon einige Zeit andauernden Vandalismus gewusst haben. Aber das war noch nicht alles. Er musste auch sichergehen, dass Donato ihn bei den Bienen bemerken würde. Die zwingende Vorrausetzung dafür war die Kenntnis seiner Zelle und deren in Richtung Garten liegendem Fenster. Donato hatte von seinem Schreibtisch aus einen unverstellten Blick auf den Garten und vor allem auch auf die ihm anvertrauten Tiere gehabt.

»Es gibt da noch etwas, Commissario«, redete Marco weiter. »Das Scheunenfenster ist nicht gerade niedrig, sodass unser Täter etwas klettern musste, um da reinzukommen, inklusive eines Sprunges ins Innere. Damit hat er auf dem sandigen weichen Boden einen schönen Fußabdruck hinterlassen.«

Giulia machte große Augen.

»Na, zumindest wissen wir, dass unser Mann keine besonders großen Füße hat«, warf Anteo ein. »Schuhgröße zweiundvierzig ist nicht gerade üppig.« Er lehnte sich auf seinem Stuhl nach hinten, streckte sein rechtes Bein unter dem Tisch vor und betrachtete es schmunzelnd. »Also für jemanden, der Größe sechsundvierzig trägt.«

»Bei so kleinen Füßen dürfte unser Eins-neunzig-Mann regelmäßig umfallen«, bemerkte Elena trocken. »Irgendetwas haut da verdammt noch mal nicht hin.«

Giulia hatte dem nichts hinzuzufügen.

***

»Die De Angelis hat Sie geschickt?«, fragte Armando mit auf der Brust liegendem Kinn und misstrauischem Blick. Er stand eingehüllt von den bunten Bändern eines Fliegenvorhangs in der Tür des kleinen Hauses und schien mit sich zu hadern, ob er Giulia hereinbitten sollte. Elena war mit den Kollegen von der Kriminaltechnik nach dem Mittagessen zurück nach Lecco gefahren, um sich im Büro den ausstehenden Rechercheaufträgen zu widmen, sodass Giulia allein in Colico zurückgeblieben war. Mit Carlos Beschreibung war es kein Problem gewesen, Armandos Haus zu finden.

»Wieso sollte sie das tun?«, fragte Giulia, die sich nicht erklären konnte, warum Armando eine solche Abneigung gegen Tiziana hegte. Ohne Frage war die Alte ein Tausendsassa von schonungsloser Offenheit, die nichts und niemanden fürchtete, aber sie war im Kern ein guter Mensch.

»Sie ist eine Hexe«, entgegnete Armando mit der Neunmalklugheit eines Kindes.

»Wie dem auch sei, mich hat niemand geschickt«, antwortete Giulia.

Armando zuckte mit seinen breiten Schultern.

»Ich habe ein paar Fragen an Sie. Darf ich reinkommen?«, redete Giulia weiter und ertappte sich dabei, wie sie Armandos Füße betrachtete. Besonders klein erschienen die ihr nicht, aber bei den Latschen, die er trug, ließ sich das schlecht schätzen.

Er schob seine Unterlippe vor und schüttelte heftig den Kopf.

»Meine Mutter«, sagte er, als ob das alles erklären würde. »Ich könnte Ihnen meine Kaninchen zeigen«, bot er an.

Giulia willigte ein.

Keine Minute später standen sie in einem winzigen Hinterhof vor einem Kaninchenstall, aus dem Armando den Wiener Sylvester, wie er Giulia erklärt hatte, herausnahm und ihn ihr zum Streicheln entgegenhielt. »Ich züchte die Rasse, schon immer«, sagte er.

Giulia kraulte dem Tier den Kopf. »Lassen Sie uns über die Abtei reden, Armando«, bat Giulia. »Sie helfen dort hin und wieder aus?« Sein Blick lag auf Sylvester. »Wenn ich gebraucht werde, ja. Im Kloster gibt es viel zu tun. Da muss ich mit anpacken, ich grabe den Garten um oder mache ein paar Botendienste mit dem Auto«, sagte er mit gedämpfter Stimme. »Was gerade anfällt.« Leicht geduckt schaute er zum Haus, doch dort war alles still. »Das Geld können wir gut gebrauchen.«

»Haben Sie Pater Donato bei den Bienen geholfen?«, fragte Giulia weiter.

Er drückte das Tier fest an sich. »Manchmal«, murmelte er kaum verständlich in dessen Fell. »Gestern. Es muss sich doch jemand kümmern, nach Donatos Tod. Die anderen Mönche kennen sich nicht so aus, wissen Sie. Aber Bienen sind hochsensible Tiere. Sie spüren, dass etwas nicht stimmt.«

»Und Sie kennen sich aus?«, wollte Giulia wissen.

Er ließ sich mit der Antwort Zeit. »Ein bisschen.«

»Haben Sie eigene Bienen?« Giulia schaute sich um, aber es gab hier nur die Kaninchen, eine Bank und ein paar Blumenkübel, und nichts deutete auf eine Hobbyimkerei hin.

»Wir haben keinen Platz«, entgegnete Armando kaum hörbar. »Und meine Mutter will das auch nicht. Sie hat Angst, dass sie gestochen wird. Dabei sind Bienen so liebenswürdig. Sie stechen nur, wenn sie sich angegriffen fühlen. Aber das verstehen die Menschen nicht. Sie zappeln umher oder schlagen die Tiere weg, und zack, schon ist das Malheur passiert.« Je mehr er sagte, umso auffälliger kam die Plaudertasche, der nassforsche Armando, als den Giulia ihn kennengelernt hatte, hervor. »Mein Vater hatte ein paar Stöcke im Garten eines Freundes. Von ihm habe ich alles gelernt. Aber seitdem er nicht mehr ist …«

»Mit Ihrem Wissen waren Sie Pater Donato eine große Hilfe, möchte ich meinen«, erwiderte Giulia.

»Mhm. Vielleicht.« Armando wurde schlagartig wieder zurückhaltender.

»Hat er so etwas niemals gesagt?«, hakte Giulia nach.

Armando erstarrte und blieb stumm.

»Signore Armando?«, sprach Giulia ihn erneut an.

»Der Pater wollte nicht, dass jemand an seine Bienen geht. Da war er sehr eigen«, gab er schließlich gequält zu. »Er ist sogar einmal richtig ungehalten geworden. Dabei war ich es, der sich nach Pater Ludovicos Tod um die Stöcke gekümmert hat. Aber kaum zog Donato in die Abtei, war ich abgeschrieben.« Dass ihn das heute noch ärgerte, konnte er nicht verstecken.

»Dann waren Sie und Pater Donato nicht gerade Freunde?«, hakte Giulia nach.

»Mhm.«

»Armando!« Ein unangenehm spitzer Schrei durchbrach das Schweigen. »Wer ist die Frau? Was will sie hier?« Eine von ihren Lebensjahren gebeugte, gänzlich in schwarz gekleidete Frau stand im Eingang zum Hof und schaute misstrauisch auf Giulia.

»Meine Mutter«, hauchte Armando. Diese Erklärung hätte es jedoch nicht gebraucht, denn er war ihr wie aus dem Gesicht geschnitten. »Eine Züchterin, Mama, sie kommt wegen Sylvester«, rief er schleunigst. »Ich habe ihn doch zur Zucht bereitgestellt.«

Die Alte schien davon nicht sehr überzeugt. Sie bewegte sich nicht, sondern starrte Giulia weiterhin an. Erst auf deren freundlichen Gruß hin wandte sie sich ab, schimpfte irgendetwas von »Schweinkram« und verschwand wieder im Haus.

Armando atmete tief aus. »Sie hat es nicht leicht, seitdem mein Vater gestorben ist«, erklärte er.

Du aber auch nicht, dachte Giulia bei sich. »Wie war Ihr Verhältnis zu Donato?«, nahm sie den Gesprächsfaden wieder auf.

»Ich glaube, er mochte mich nicht«, gestand Armando unzufrieden. »Dabei bin ich ihm nie in die Quere gekommen. Niemals, das schwöre ich.« So eilig, wie er es mit diesem Schwur hatte, entsprach das Gegenteil eher der Wahrheit, zumal Armando nach allem, was Giulia bisher erlebt hatte, kaum jemand war, der sich lange zurückhalten konnte. »Es gibt heute einfach schon neue Erkenntnisse, auch was die Krankheiten angeht. Man muss nun mal auch in der Imkerei mit der Zeit gehen«, fügte er noch deutlich impulsiver an. »Nicht immer sind die althergebrachten Dinge die besten. Aber wenn man nicht offen ist für Neues, kriegt man das natürlich nicht mit.« Seine Mimik hatte nun etwas Verdrießliches.

Giulia nickte. »Hatten Sie Streit deswegen?«

»Mhm.« Schweigen. »Nicht so, wie Sie denken«, murmelte er.

»Wie denke ich denn?«, wollte Giulia wissen.

»Na ja, Streit eben«, entgegnete er. »Mit dem Pater konnte man nicht streiten. Wenn er mit irgendetwas nicht einverstanden war, hat man es ihm angesehen. Das genügte, das können Sie mir glauben. Ich habe mich dann immer gleich verzogen. Leise Menschen sind schlimmer als laute.« Sein flüchtiger Blick fiel auf die Tür, hinter der seine Mutter gerade verschwunden war.

»Wann haben Sie Donato zum letzten Mal gesehen?«, wollte Giulia wissen.

Er schaute sie mit großen Augen an. »Ich habe nichts mit dem Mord zu tun, Commissario. Wirklich nicht«, haspelte er. »Wir waren nicht gerade befreundet, aber ich habe ihm nichts getan. Er war doch ein Mönch.«

»Wann?«, insistierte Giulia.

»Am Samstag«, gab Donato kleinlaut zu. »Ich bringe auf meiner Posttour die Wäsche aus der Stadt mit. Donato war im Garten bei den Johannisbeeren …«

»Bei den Johannisbeeren?«, platzte es aus Giulia heraus, womit sie Armando ungewollt unterbrach.

Er stockte. »Ja, wieso?«

Giulia winkte ab. »Nur so. Ich habe mich bloß gewundert, die Beerenernte ist doch lange vorbei«, sagte sie. Der intensive Johannisbeergeruch in Donatos Haaren hatte also noch einen Grund. Giulia hatte sich schon gewundert, wie ein kurzes Touchieren der Büsche so hartnäckige Spuren in seinen Haaren hinterlassen haben konnte.

»Er hat die Blätter geerntet. Getrocknet ergeben sie einen prima Nierentee. Meine Mutter trinkt den auch regelmäßig«, erklärte Armando arglos. »Hin und wieder hat er mir auch einen Beutel mitgegeben, für meine Kaninchen. Besonders Sylvester mochte den Geschmack.« Er streichelte das Tier liebevoll.

»Haben Sie denn am Samstag mit ihm gesprochen?«, fragte Giulia. Der Nierentee hätte dem armen Mann nur leider nichts mehr genützt.

Er verneinte das entschieden. »Nur einen kurzen Gruß. Ich bin nicht in den Garten, wenn er dort war«, murmelte er. »Ich wollte ihn nicht verärgern.«

»Aber Sie waren im Haus?«, sagte Giulia.

Armando nickte verhalten. Er schien offenkundig nicht zu wissen, auf was sie hinauswollte. »Natürlich. Ich bringe die Post zum Abt ins Büro und trage die Wäsche in die Kammer.« Die Worte kamen nur langsam über seine Lippen, als müsste er sie sorgsam abwägen, um nichts Falsches zu sagen.

Giulia nahm dies zur Kenntnis. Armando gehörte also zu den Menschen, die sich frei in den Gebäuden und auf dem Gelände bewegen konnten. Entsprechend kannte er sich aus. »Mussten Sie auch mal in die Zellen der Mönche, um etwas abzuholen oder zu bringen?«, fragte sie mit weicher Stimme.

Armando presste die Lippen zusammen und starrte ins Leere.

Giulia überging sein Schweigen. Es war ihr Antwort genug. »Wo waren Sie in der Nacht von Samstag auf Sonntag?«, fragte sie weiter.

Er blieb noch immer stumm.

»Armando?«

Keine Reaktion.

»Wie denken Sie eigentlich über die Pläne der Bürgermeisterin bezüglich der Pfirsichplantage?« Giulia wechselte das Thema in der Hoffnung, das würde ihn wieder gesprächiger machen.

Tatsächlich schien es zu wirken. Seine Augen wurden immer größer. Er drückte sein Gesicht tief in das Fell des Kaninchens und setzte es schließlich behutsam zurück in seinen Stall. »Die Bürgermeisterin ist eine kluge Frau. Man merkt, dass sie für die Gemeinde wirklich etwas bewegen will. Ihr Vorgänger«, er blies die Wangen auf, »na ja, der war nicht so modern«, sagte er, und es war unüberhörbar, dass er eigentlich etwas Deutlicheres sagen wollte, sich jedoch klugerweise gezügelt hatte. »Ja, ja, das Hotel. Es ist nicht so, dass ich die Idee nicht gut finde, andere Gemeinden haben auch diese Fünf-Sterne-Häuser. Das macht schon was her, aber …« Er seufzte. »Piona ist doch schon immer da. Und die Pfirsiche auch. Darüber kann man doch nicht einfach so hinweggehen. Ich jedenfalls würde mich nicht mit der Kirche anlegen.« Er bekreuzigte sich. »Das gehört sich einfach nicht.«

»Aber die Puppenspieler tun es, und das mehr als deutlich«, erwiderte Giulia. Sie hatte mitbekommen, dass Armando zu den überzeugten Anhängern gehörte, und fragte sich, wie das zusammenging.

»Das ist Kunst«, antwortete Armando mit außerordentlicher Entschiedenheit. »Die darf das.«

»Aha«, entgegnete Giulia einigermaßen verwundert. »Dann fanden Sie es nicht seltsam, dass die Puppenspieler am Samstag ein Stück gespielt haben, das sich nur wenige Stunden später bewahrheitet hat?«

»Dafür können Paola und Romualdo doch nichts«, empörte er sich.

»Und Sie fanden diesen Zufall«, Giulia überbetonte das letzte Wort, »nicht merkwürdig?«

»Mhm.« Armando stierte auf seine Schuhspitzen. »Vielleicht irgendwie«, murmelte er. »Normalerweise passiert das nicht. Die beiden erzählen Geschichten aus dem Leben von uns *Comaschi*, wahre Geschichten. Mord kommt da nicht vor. So etwas würde ich auch nicht …« Er biss sich auf die Zunge.

»So etwas würden Sie den Puppenspielern auch nicht zutrauen«, vollendete Giulia seinen angefangenen Satz. Sie hatte sich etwas in der Art schon gedacht. Armando, der militante Verehrer des *Teatro* und über alles informierte Postbote, gehörte zu denjenigen, ohne die den Pierantognettis der Stoff ausging.

Er schüttelte zackig den Kopf. »Ich konnte nicht wissen, was Paola und Romualdo daraus machen. Das ist alles furchtbar. Ich bin doch auf der Seite des Klosters. Niemals würde ich ...« Er wischte sich mit dem Handrücken den Schweiß von der Stirn. »Ich dachte, Romualdo ist mein Freund.«

So war das also, dachte Giulia. Der Puppenspieler sollte Partei für das Kloster ergreifen, aber das wäre ihm aufgrund seiner Antipathie niemals in den Sinn gekommen. Da hatte Armando wohl nicht richtig aufgepasst, denn Giulia konnte sich nicht vorstellen, dass das *Teatro* jemals mit seiner Meinung über die Kirche hinter dem Berg gehalten hatte. Konnte man wirklich so naiv sein? Und dann traf es auch noch ausgerechnet den Bienenfreund Donato, der Armando den Zugang zu den geliebten Tieren verweigerte. »Armando, ich möchte, dass Sie sich spätestens morgen früh in der Questura melden und Ihre Fingerabdrücke abgeben«, bat Giulia.

»Ich habe Pater Donato nichts getan, Commissario. Wirklich nicht«, versicherte er schwer atmend und mit glasigen Augen. »Er war doch ein Mönch.«

***

Abt Benedetto saß auf der Bank am Ende des Pfirsichgartens und beobachtete das Treiben auf dem See. Neben ihm lagen ein aufgeschlagenes Buch und ein paar Zweige mit Blättern. Ein Boot schipperte recht nah am Uferrand vorbei, wobei einer der beiden Männer darauf ziemlich viele Verrenkungen machte, um mit seiner fetten Kamera ein paar anständige Schnappschüsse von Piona zu ergattern. Den Abt, der zweifelsohne zu einem Teil der Aufnahmen wurde, schien das nicht zu stören. Er verharrte regungslos, als könnte ihm die Welt da draußen nichts anhaben.

Giulia blieb ein paar Meter hinter ihm stehen und kündigte sich für den Fall, dass er sie nicht kommen gehört hatte, durch ein lautes Räuspern an. Daraufhin drehte er sich um und schaute sie an. In seinem

Gesicht standen weder Überraschung noch Unbehagen. »Commissario, ich freue mich, Sie zu sehen«, sagte er, und Giulia war geneigt, ihm diese Freundlichkeit auch zu glauben. »Kommen Sie, setzen Sie sich zu mir. Es ist mein Lieblingsplatz, denn ich bin überzeugt, dass unser Lago von nirgendwo schöner anzusehen ist als von dieser Stelle aus.« Während er das sagte, zog er das Buch ein Stück zu sich heran und nahm die Zweige auf.

Giulia folgte dieser Bitte gern. »Sie lesen Gedichte?«, fragte sie mit einem flüchtigen Blick auf den Umschlag des Buches.

Er schmunzelte. »Sie meinen, ein Mann wie ich steckt seine Nase ausschließlich in die Bibel, nicht wahr? Da muss ich Sie enttäuschen. Hin und wieder bevorzuge ich Rilke. Seine Verse haben etwas an sich, das einem diese Welt erklärt, wenn man selbst an seine Grenzen gekommen ist, als Ergänzung zum Wort Gottes wohlgemerkt, nicht als Bereicherung. Das hat unser Herr nicht nötig.«

»Ich habe keine Ahnung von Lyrik«, gab Giulia zu, »schon gar nicht von deutscher.«

»Rilke war Österreicher«, entgegnete der Abt, ohne den Blick vom Wasser zu lassen. »Aber trotzdem verpassen Sie etwas, glauben Sie mir.«

Beide schwiegen für eine Weile.

»Ich habe noch ein paar Fragen an Sie«, sagte Giulia schließlich.

»Ich dachte es mir«, antwortete der Abt gleichmütig. »Sie können sich meiner Hilfe gewiss sein.«

»Sie waren nach dem Tod von Pater Donato in seinem Schlafraum«, sagte Giulia. »Unter seinem Bett steht ein Koffer mit seinen persönlichen Sachen. Was haben Sie darin gesucht?«

Der Abt ließ sich mit seiner Antwort Zeit. »Sein Tagebuch«, sagte er schlicht.

»Warum?«, fragte Giulia, die mit dieser Antwort gerechnet hatte.

»Es ist nicht gut, einen Menschen bloßzustellen, erst recht nicht, wenn er sich nicht mehr erklären kann«, gab der Abt zurück. »Ich wollte Pater Donato schützen. Das ist meine Aufgabe als Vorsteher dieses Klosters.«

Giulia schaute ihn von der Seite an. Auf seinem Gesicht lagen die gleiche Gelassenheit und Würde, die sie auch vorher schon bei ihm gesehen hatte. »Auch vor der Polizei?«, fragte sie.

»Vor den Menschen«, entgegnete er. »Niemand hat das Recht, ungefragt in die Privatsphäre eines anderen einzudringen. Wir leben in unruhigen Zeiten. Die Menschen geben sich über die Medien, vor allem das Internet, preis, sie machen sich zum Produkt, gieren nach Aufmerksamkeit, nach zwischenmenschlichem Kontakt, virtuell, also ohne Verpflichtungen. Und sie sind auch bereit, andere dafür ans Messer zu liefern. Ich kann nicht abschätzen, was passiert, wenn die intimsten Aufzeichnungen eines Mannes wie des Paters an die Öffentlichkeit gelangen. Wir Mönche zählen in unserer Beständigkeit zu den Exoten dieser Gesellschaft.« Er hielt inne. »Ich weiß nicht, ob ich das zu hart formuliert habe, aber lassen wir es mal so stehen. Wir sind ein gefundenes Fressen, verstehen Sie? Die Kirche ist eine zwei Jahrtausende alte Institution, doch sie ist immer nur so stark wie ihre einzelnen Mitglieder.«

Sie verstand den Abt in seinem Ansinnen, dennoch hatte er nicht recht gehandelt. Giulia hätte ihm gern an den Kopf geworfen, dass das alles kein Grund war, die Arbeit der Polizei zu boykottieren. Ein Zusammenspiel wäre hier vor allem im Sinne des Opfers, aber auch für die Abtei erheblich zielführender gewesen. Abgesehen davon ärgerte sie sich über die latent unterstellte Indiskretion. Was nützte es jedoch, seinen Befürchtungen etwas entgegenzusetzen? Er hatte Riso selbst erlebt. *Merda!* »Was in Pater Donatos Leben musste zwingend vor der Welt verheimlicht werden?«, fuhr Giulia fort. »Auch vor der Polizei? Immerhin wurde der Pater ermordet, und seine Aufzeichnungen könnten uns helfen, denjenigen zu finden, der das getan hat.«

»Ich kann es Ihnen nicht sagen«, entgegnete der Abt ruhig.

»Sie haben es nicht gelesen?«, fragte Giulia irritiert.

»Es war nicht mehr da. Jemand war schneller als ich«, antwortete er und klang dabei zum ersten Mal während ihrer Unterhaltung ein wenig besorgt. »Und nein, ich hätte es anderenfalls auch nicht gelesen, nur sicher verwahrt.«

»Jemand war schneller«, murmelte Giulia. Das Boot mit dem Fotografen hatte gewendet und kam noch einmal an ihnen vorbeigefahren. »Wir beiden sind auf den nächsten Ansichtspostkarten drauf oder in irgendeinem Reiseführer«, sagte Giulia im Plauderton, auch weil sie etwas Zeit brauchte, um die Information sacken zu lassen.

»Eher in den Planungsunterlagen der Bürgermeisterin«, entgegnete der Abt fast tonlos.

Giulia schaute ungläubig erst ihn an und dann zu dem Boot.

»Das geht seit Wochen so. Wir hatten auch schon Drohnen, und neulich waren ein paar Vermesser in unserem Olivenhain unterwegs. Ich glaube, denen war nicht klar, dass wir nicht zu den Unterstützern der Bürgermeisterin gehören.« Er lächelte wissend. »Sie haben von Donatos Honig gekauft und kistenweise von unserem Wein, und nebenbei haben sie darüber geplaudert, wie hervorragend sich ein Luxushotel in unserem Garten machen würde.«

Was auch immer an der Sache mit der Pfirsichplantage dran war, die Frau übertrieb maßlos, dachte Giulia. Ein derartiges Grenzen überschreitendes Verhalten gehörte sich schlichtweg nicht. Es war offenkundig, dass sie die Mönche nicht ernst nahm. Wenn sie sich damit mal nicht vergaloppierte. »Kann das Tagebuch bei Pater Gianmarco sein?«, fragte Giulia.

»Ganz sicher nicht«, erwiderte der Abt voller Überzeugung. »Die Bezeichnung Pater ihm gegenüber ist übrigens nicht korrekt. Sie sollten sie deshalb auch nicht verwenden. Gianmarco befindet sich in der zeitlichen Profess. Das heißt, seine Mitgliedschaft in unserem Orden ist auf drei Jahre befristet. Nennen wir es mal Probezeit. Erst mit der feierlichen Profess wird man zum Pater.«

»Und bekommt einen neuen Namen«, schlussfolgerte Giulia. Das also erklärte die Zurückhaltung Gianmarcos in Glaubensdingen. Er schien sich selbst seines Platzes noch nicht sicher zu sein. Giulia hatte demnach mit ihrem ersten Eindruck gar nicht so danebengelegen.

»Das ist richtig«, bestätigte der Abt.

»Wird Gianmarco diesen Weg einschlagen?«, fragte sie.

Der Abt sagte eine Weile nichts. »Gianmarco hat eine schwere Zeit hinter sich. Die Kirche hat ihn begleitet und, auch das kann man durchaus so sagen, geleitet. Pater Donato gebührt dabei ein großer Verdienst. Ich würde mir wünschen, Gianmarco bliebe ein Teil von uns, aber …« Der Abt schluckte. »Er wird sich wohl anders entscheiden. Der Herr scheint ihn an anderer Stelle dringender zu brauchen.«

»Hat das etwas mit Donatos Tod zu tun?«, wollte Giulia wissen. Sie konnte sich vorstellen, dass sich Gianmarco nach seinem schweren Fehler gegenüber Donato in der Pflicht gefühlt hatte. Das wäre zwar ein ziemlich heftiger Schritt für den jungen Mann gewesen, aber immerhin war es nicht ganz ausgeschlossen. Und nun, da Donato nicht mehr da war …

Der Abt verneinte. »Donato war ein guter Lehrer, aber er war kein Guru. Man tritt nicht einem anderen Menschen zuliebe in ein Kloster ein. Diese Entscheidung trifft man aus seinem tiefsten Inneren, aus Überzeugung und Liebe. Dazu kann man nicht überredet oder gar genötigt werden. Das widerspräche auch unseren Regeln. Die zeitliche Profess ist eine gute Möglichkeit, sich zu prüfen. In dieser Zeit kann man seine Entscheidung für das Klosterleben revidieren. Mitunter wird sie auch um ein weiteres Jahr verlängert. Manchmal brauchen solche Dinge einfach auch mehr Zeit. Aber dann, mit der feierlichen Profess, gibt es keinen Weg mehr zurück.«

»Sie dürfen Ihre Meinung niemals mehr ändern?«, fragte Giulia überrascht.

»Nun, niemand kann einen Menschen zu etwas zwingen, aber wenn man diese Berufung ernst nimmt, erwägt man keinen Ausstieg«, erklärte der Abt. »Der Herr legt uns allen tagtäglich Prüfungen auf. Diese gilt es zu meistern und nicht vor ihnen davonzulaufen.«

Giulia verstand. »Donato war noch nicht mal ein Jahr bei Ihnen«, hob sie an.

»Ja, welch eine erstaunliche Fügung«, entgegnete der Abt. »In dieser kurzen Zeit hat er so viel für uns bewirkt.«

»Sie sagten, der Lario war seine Heimat. Wieso ist er nicht eher gekommen?«, fragte sie.

Giulia sah im Augenwinkel, dass der Abt lächelte. »Wir sind keine Wanderer zwischen den Klöstern. Man bleibt an dem Ort, für den man bestimmt ist«, erklärte er geduldig.

Giulia stutzte. »Aber Donato …?«

»Ich kann Ihnen nicht sagen, wie er seinen Umzug bewerkstelligt hat. Es gibt Ausnahmen, die sind jedoch überaus selten. Für mich zählte nur, dass ich einen vortrefflichen Mann kennenlernen durfte. Einen besseren Abt hätte sich dieses Kloster nicht wünschen können, aber ich glaube, das habe ich schon mal erwähnt.«

»Denken Sie, dass sein Tod etwas mit diesem, ich nenne es mal Karriereschritt zu tun haben könnte?«, fragte Giulia.

»Karriere. Wie das klingt.« Es amüsierte ihn. Das konnte man hören. »Ich würde eher von großer Verantwortung und Gottes fügender Hand sprechen. Und um Ihre Frage zu beantworten: nein. Alle Brüder waren sich absolut einig darüber, dass die Zukunft von Piona bei Pater Donato liegt.«

»Wer wäre sonst in Frage gekommen?«, hakte Giulia nach. Für einen kurzen Moment dachte sie an Gianmarco, aber nach dem, was sie gerade gehört hatte, ergab das keinen Sinn.

»Auch darüber sind wir uns einig«, erwiderte er. »Niemand.«

Giulia atmete tief aus.

»Ich habe beschlossen, noch ein paar Jahre auf dieser Welt zu bleiben.« Er klang sehr überzeugt. »Der Herr wird das Richtige tun. Daran zweifle ich keinen Moment.«

Giulia wünschte es ihm. Und dem Kloster. »Sie wussten von Donatos schwerer Krankheit?« Sie sprach leise, aber bestimmt.

Nun war er es, der seinen Kopf drehte und sie ansah. »Was meinen Sie?«, fragte er mit brüchiger Stimme.

Giulia erklärte ihm, was sie aus dem Bericht des Professore wusste.

»Donato, todkrank?«, fragte er, wobei ihm fast die Luft wegzubleiben schien. »Das kann nicht sein.«

Giulia nickte schweigend. »Sie haben nichts davon gewusst?«

»Nein«, hauchte er. »So weit hat er mir dann wohl doch nicht vertraut.« Giulia war es, als ob seine Schultern bei diesen Worten herunterfielen, ja, als ob der ganze Mann mit einem Male nur noch ein Schatten seiner selbst war. Seine Augen, die die ganze Zeit mit so viel Kraft und Lebensmut auf den Lario geschaut hatten, schienen eingetrübt und unendlich müde. Offenbar war dem Abt Benedetto gerade eine der schwersten Enttäuschungen seines Lebens widerfahren. Auch Giulia konnte ihm darauf keine Antworten geben, und sie war sich nicht einmal gewiss, ob dies jemals der Fall sein würde.

***

»Wo sitzt denn die Commissario, die rassige mit den runden Hüften?«, hörte man Romualdo Pierantognettis unangenehmes Tönen über den Flur der Questura schallen.

Irgendjemand, den man nicht verstehen konnte, schien ihm behilflich zu sein. Denn wenig später stand er in Elenas und im nächsten Moment auch schon in Giulias Büro, wobei ihm niemand beigebracht zu haben schien, dass man sich durch Anklopfen ankündigte.

»Guten Morgen.« Sein kräftiger Gruß ließ Giulia von ihrem Computer aufschauen, aber da war es schon zu spät. Der Kerl stand direkt vor ihrem Schreibtisch und grinste sie dreist an. »Na, schon wach?«, säuselte er in ekelhafter Manier. »Dann kann die Gegenüberstellung ja beginnen.« Er wippte erwartungsfroh in den Knien.

Giulia lehnte sich langsam auf ihrem Stuhl zurück und schaute ihn um Fassung bemüht an.

»Was ist nun, Commissario?«, sagte er fordernd. Offenkundig ging ihm das Ganze nicht schnell genug. »Wir haben viel zu tun, *Tavà* und ich.« Wie aus dem Nichts zog er plötzlich die Puppe hinter seinem Rücken hervor. Dass Giulia ausgelöst durch seine zackige Bewegung kurz zuckte, schien ihm eine wahrliche Genugtuung zu sein. »Mein Freund hier wollte unbedingt mal eine echte Questura von innen sehen.« Er ließ die Puppe zur Bestätigung nicken. »Und natürlich kennt er *Cotoletto* so gut wie kaum jemand. Er kann also hilfreich sein.« Wieder stimmte die Puppe ihm zu.

Giulia, die am heutigen Morgen noch weniger Nerven für diese Albernheiten hatte als sonst, schaute ihn nur aus schmalen Augen an. »Elena, würdest du bitte einmal die Puppe bringen«, sagte sie, ohne ihren Blick von dem Kerl abzuwenden. Wer wusste schon, was er noch alles auffuhr, um sie zu reizen.

Elena ließ nicht lange auf sich warten. Ohne den Puppenspieler eines Blickes zu würden, kam sie herein und reichte Giulia den Drachen. Die gab ihn unversehens an Romualdo weiter.

Der griff danach, und im gleichen Moment entglitten ihm die Gesichtszüge. In stiller Ungläubigkeit betrachtete er den Drachen von allen Seiten. Erstaunlicherweise schien auch *Tavà* seinen Zweck erfüllt zu haben, denn der hing nun, nachdem Romualdo seinen Arm gesenkt hatte, kopfüber herunter und war vergessen. »Er ist es«, murmelte Pierantognetti schließlich, wobei seine Mundwinkel freudig zuckten. »Das ist mein *Cotoletto*, der Originaldrache meines Vaters. Er ist nicht verbrannt. *Cotoletto* ist nicht verbrannt.«

»Dann haben wir das schon mal geklärt«, entgegnete Elena resolut und warf Giulia beiläufig einen allessagenden Blick zu.

»Woran machen Sie das fest?«, wollte Giulia wissen. Für sie sah eine Puppe aus wie die andere, und woher sollte sie denn wissen, dass dieser Mensch nicht wieder seine Spielchen mit ihr trieb?

Achtlos landete *Tavà* auf Giulias Schreibtisch. Pierantognetti umfasste mit beiden Händen *Cotoletto* breites Maul, zog es auf und hielt es ihr hin. An der Oberseite seines Gaumens kamen fünf von einem Kreis umrahmte, aufgedruckte Buchstaben zum Vorschein. Sie waren so winzig, dass Giulia ihre liebe Mühe hatte, etwas zu entziffern. »Botti«, las sie schließlich.

Romualdo bestätigte das. »Der Meister signiert jedes einzelne seiner erschaffenen Wesen …«, sagte er, als spräche er über etwas Heiliges. »Und für die Familie Pierantognetti zieht er noch einen Kreis drum herum. Das ist das Alleinstellungsmerkmal *unserer* Puppen.«

Elena atmete tief aus und verließ Giulias Büro, wobei sie die Tür demonstrativ offen ließ. Wenig später hörte man ein heftiges Klappern der Tastatur.

»Er nimmt dabei niemals die gleiche Stelle. Manchmal muss man richtig suchen, um den Schriftzug zu finden, natürlich nur wenn man die Puppen nicht kennt. Deswegen kann man nie auf den ersten Blick sagen, ob es sich um einen echten Botti handelt.« Er legte *Cotoletto* ab und nahm *Tavà* in die Hand. Unter dem Schild von dessen Seemannsmütze prangten eingefasst von einer schwarzen Linie die fünf bekannten Buchstaben. Ihre Farbe war zerkratzt und auch schon etwas verblasst.

»Er ist älter« schlussfolgerte Giulia.

»Padre Riccardo hat ihn erfunden und nach seinen Vorstellungen schnitzen lassen. Der Padre hat mit den Bottis auch die besondere Kennzeichnung ausgemacht. Er wollte nicht, dass sie sind wie die Puppen der anderen. Unser Teatro ist schließlich nicht irgendein Wald- und Wiesenverein«, gab sich Pierantognetti ungewohnt zugänglich. »*Tavà* wird in unserer Familie von Sohn zu Sohn weitergegeben. Er ist sozusagen der Grundstein unseres Erfolges.«

Man hörte Elena aus dem Nachbarbüro schnaufen.

»Und *Cotoletto* nicht?«, hakte Giulia nach. »Immerhin sagten Sie gerade, er sei die Puppe Ihres Vaters?«

»Kann ich *Cotoletto* mitnehmen?«, fragte er und griff schon nach ihm, ohne Giulias Frage zu beantworten.

Plötzlich hatte er es sehr eilig. Giulia war jedoch schneller. Sie legte ihre Hand auf den Drachen, was Pierantognetti zurückzucken ließ.

»Aber …?« Seine Stirn legte sich in Falten. »Es gibt keinen Grund, *Cotoletto* hier festzuhalten.«

Giulia fand es nach wie vor befremdlich, dass er die Puppen zuweilen wie echte Menschen behandelte. Anfänglich hatte sie angenommen, es wäre seine Art, zu provozieren. Aber mittlerweile schien es ihr so, als gehörte das für ihn tatsächlich zum Leben dazu. »Wir haben Spuren auf der Puppe gefunden«, sagte sie.

Pierantognetti schaute erst auf Giulia und dann auf den Drachen.

»Was hast du gemacht, du böser Bube?«, fragte er mit der Stimme eines fürsorglichen Vaters.

»Auf den Augen«, fügte Giulia noch an.

Pierantognetti hielt kurz inne, um dann kräftig loszuprusten. »Meine Schwester, das liebestolle Weib, kann ihre Küsse nicht für sich behalten.« Er lachte so schallend, dass es im Nebenzimmer zu hören sein musste. »Sie haben ihre Lippenabdrücke …« Ein erneuter Lacher raubte ihm die Stimme. »Also wirklich, Paola.« Irgendwann hatte er sich endlich beruhigt. »Sie haben den armen *Cotoletto* ja ganz schön auseinandergenommen. Das muss ich schon sagen, Commissario.«

Giulia weigerte sich, auf diesen Schwachsinn zu reagieren. »Wir haben die Puppe kaum einen Tag nach dem Mord an Pater Donato am Eingangstor zum Kloster gefunden, gegen Mittag, direkt nach Ihrer Vorstellung. Haben Sie eine Erklärung dafür?«, fragte sie ihn.

»Sie muss mir gestohlen worden sein«, schoss es aus dem Puppenspieler wie auf Kommando heraus. Seine Fröhlichkeit schien schlagartig einer tiefen Empörung gewichen zu sein. »Am Sonntag nach der Vorstellung.«

»Sie sagten mir, das wäre noch niemals vorgekommen«, warf Giulia ein.

»Irgendwann ist immer das erste Mal«, entgegnete er überzeugt.

»Und das haben Sie nicht bemerkt?«, wollte Giulia überaus skeptisch wissen.

Er hob und senkte die Schultern. »Wir laden alles nach der Vorstellung ein und fahren ins Hotel«, entgegnete er nahezu gleichgültig. »Wenn etwas fehlt, kriegen wir das erst bei der Vorbereitung für unseren nächsten Auftritt mit.« Er hielt inne und betrachtete Giulia feindselig. »Den hat es, wie Sie wissen, ja nicht gegeben.« Seltsamerweise schien ihn das nun überhaupt nicht mehr großartig aufzuregen.

»Waren Sie am Kloster oder nicht?«, herrschte Giulia ihn an. Ihre Geduld hatte irgendwann ein Ende, und der Punkt war jetzt erreicht.

»Nein, verdammt noch mal. Wir kämen nicht mal auf die Idee, uns nur in die Nähe zu begeben«, pflaumte er zurück. »Wir waren bei Carlos. Das habe ich Ihnen schon gesagt.«

»Das ist kein Alibi, denn dazwischen liegen acht Kilometer Fahrtweg, auf denen Sie mühelos in Piona hätten halten können«, fuhr sie ihn an.

»Was spielt das eigentlich für eine Rolle? Der Pater ist in der Nacht zuvor gestorben«, pflaumte er zurück. Sein wütender Blick ruhte auf ihr. Man konnte ihm förmlich ansehen, dass er kurz vorm Platzen stand. Er fasste in seine Hosentasche, zog seine Brieftasche hervor und suchte ein Stück Papier heraus, das er vor Giulia auf den Tisch warf. »Ich musste in Corenno Plinio tanken. Schauen Sie auf die Uhrzeit. Um Punkt dreizehn Uhr sind wir bei Carlo eingefallen. Das weiß ich so genau, weil gerade Anpfiff irgendeines seiner blöden Fußballspiele war und der Einfaltspinsel uns zehn Minuten auf die Getränke hat warten lassen. Fragen Sie ihn! Er erinnert sich garantiert, nach dem Einlauf, den ich ihm verpasst habe.«

»Ein Uhr ist korrekt«, murmelte Elena, die gerade rechtzeitig wieder in den Raum getreten war, Giulia zu.

Giulia schaute sie fragend an, worauf sie bestätigend nickte.

Pierantognettis Gesichtszüge entspannten sich. »Hören Sie auf die Kleine hier«, säuselte er übertrieben freundlich.

Elena kniff die Lippen zusammen.

Giulia, der nicht klar war, wann Elena das gecheckt haben sollte, ließ es so stehen. Auf ihre Assistentin war Verlass. Sie nahm die Tankquittung auf und kontrollierte die Uhrzeit. Selbst bei niedrigem Verkehr reichte die Zeit unmöglich für einen Abstecher nach Piona, noch dazu, wenn man mit einem Kleinbus unterwegs war. Die Puppenspielergeschwister waren also in diesem Fall raus, zumindest sah alles danach aus. Ohne etwas zu sagen, schob sie ihm den Zettel zurück.

»Na, sehen Sie, Herzchen«, heuchelte er. »Dann steht doch nun nichts mehr zwischen uns.«

»Da bin ich mir nicht sicher, Signore Pierantognetti« gab Giulia mit schmalen Augen zurück.

***

»Du bist nicht etwa noch immer in Rage wegen dieses Blödmanns?«, fragte Elena Plätzchen kauend. »Solche Typen bringen dich doch sonst nicht aus der Fassung.«

Giulia brummte. »Wenn ich den schon sehe, könnte ich ihn erwürgen. Dieser Zirkus um die Puppen und die Selbstgefälligkeit, mit der er uns das Unschuldslamm vorspielt …« Sie legte beide Handflächen auf ihr Gesicht und massierte mit den Zeigefingern ausgiebig ihre Augen. Als sie fertig war, fügte sie an: »Ich kann die Lüge bei dem förmlich riechen.«

»Das merkt man dir fast gar nicht an«, entgegnete Elena belustigt.

»Wieso konntest du seine Aussage bestätigen?«, fragte Giulia neugierig.

»Eine halbe Stunde bei diesem Carlo, und du weißt alles. Kein Wunder, dass die Puppenspieler da immer rumhängen«, entgegnete Elena zufrieden. »Meinst du, der Kerl hat seinen Bus selbst angezündet?«

»Dann hätte er den Drachen vorher herausgenommen«, antwortete Giulia überzeugt. »So weit geht die Abneigung gegen seinen Vater dann doch nicht.«

»Hä?« Elena stand sichtlich auf dem Schlauch.

»*Tavà* hat er immer bei sich, während *Cotoletto* bei den anderen im Auto liegt«, erklärte Giulia.

»*Tavà* durfte sogar in seinem Bettchen schlafen«, witzelte Elena.

»Der ist an die achtzig Jahre alt und von seinem über alles verehrten Großvater. Das ist etwas anderes«, entgegnete Giulia. »Der Drache seines Vaters ist ihm nicht so heilig, woraus ich schließe, dass es ihm sein Vater auch nicht war.« Giulia dachte an die Ausführungen Piergiuseppes. Demnach war der Vater von Paola und Romualdo Pierantognetti kein wirklich überzeugender Puppenspieler gewesen. Nach den Kriterien, die die Geschwister anlegten, hatte der arme Mann damit schon bei ihnen verloren.

»Auch bei Puppen gibt es Standesunterschiede, ich verstehe«, konterte Elena.

Giulia schaute sie mit hochgezogener Braue an. »Sein Gesichtsausdruck in dem Augenblick, in dem er *Cotoletto* als sein Eigentum identifiziert hat, war unverkennbar«, fuhr sie fort. »Ich würde sagen, eine Mischung aus Überraschung und Erleichterung.«

»Und dann, zack, kam die Angst vor dir«, warf Elena ein.

»Er hat keine Angst«, entgegnete Giulia. »Und genau das ist es, was mich wundert. Autoritäten scheinen für ihn keine Rolle zu spielen, ob kirchlich oder weltlich. Er meint, als Künstler und Puppenvater schwebt er über den Dingen. Sein Problem ist eher das eigene Ego. Wir kratzen es an und stören damit seine Kreise.«

»Jedenfalls wissen wir nun, dass die Pierantognettis den Drachen nicht am Kloster ausgesetzt haben«, bemerkte Elena.

»Es war jemand, der ihnen schaden wollte«, entgegnete Giulia. »Vermutlich aus Rache für ihre Indiskretionen und Frechheiten.« Giulia dachte an die Worte, die *Tavà* am Samstag nach dem Mord an der Mönchspuppe gebraucht hatte. Hinter dem scheinbar Harmlosen verbirgt sich mehr, als auf den ersten Blick zu sehen war, hatte er gesagt. Was, wenn das hier auch zutraf? Der Mörder hatte *Cotoletto* am Eingang zum Kloster auf der Figur des heiligen Benedikt platziert. Benedetto wie der Name des Abtes. Konnte das ein Hinweis sein? Aber der Abt war kein Mörder, ganz sicher nicht. Er würde nichts tun, was seinem Kloster schadete. Aber womöglich wusste er etwas?

»Meinst du, derjenige kannte das Alleinstellungsmerkmal der Puppen?«, fragte Elena und unterbrach damit Giulias Gedankengänge.

Giulia zuckte mit den Schultern. »Das spielt keine Rolle. Ich glaube, hier genügt der bloße Anschein. *Cotoletto* hätte auch vom Wühltisch im Supermarkt stammen können. Hauptsache, die Puppenspieler bekommen Ärger«, sagte sie nachdenklich. »Und diese Strategie ist ja auch aufgegangen. Denn unser Misstrauen diesen Menschen gegenüber ist dadurch noch einmal gewachsen.«

»Bei dem wäre das Anstacheln von außen gar nicht nötig gewesen. Der tut allein schon genug dafür, dass man ihn nicht ausstehen kann«, grinste Elena. »Na ja, aber in diesem Punkt ist er wohl unschuldig.«

Giulia überlegte kurz. »Würdest du bitte die Leute von der Tankstelle mal fragen und die Videoaufnahmen prüfen?«

»Du hast den ja echt gefressen«, entgegnete Elena und notierte sich den Arbeitsauftrag.

Giulia traute dem Puppenspieler kein Stück. Dann fiel ihr etwas ein. »Bitte die Kollegen, mal bei dem Bäckerehepaar aus Corenno Plinio vorbeizugehen. Sie sollen nach Brennpaste Ausschau halten.« Sie dachte kurz nach. »Und sie möchten bitte auch mal fragen, wie eng das Verhältnis zwischen den Eheleuten und dem Nachtportier des Hotels ist. Immerhin könnte es sein, dass der Portier jemanden schützen will.«

»Du meinst …?«, merkte Elena auf.

»Es wäre zumindest eine Erklärung, wieso der Mensch, der für die Sicherheit des Hotels abgestellt ist, einen Brandanschlag direkt vor dem Haus nicht mitbekommt«, sagte Giulia. »Und bei der impulsiven Bäckersfrau kann ich mir durchaus vorstellen, dass sie auf Rache für ihre Bloßstellung sinnt.«

»Und vielleicht handelt es sich bei dem Portier ja um den jungen Burschen aus dem Theaterstück? Du weißt schon, ihren Liebhaber«, schmunzelte Elena breit. »Du hast ihn doch befragt, macht er was her?«

»Wir wollen uns jetzt nicht auf die Stufe der Puppenspieler begeben«, maßregelte Giulia sie sanft. »Und nein, macht er nicht.«

Elena versprach, sich umgehend um alles zu kümmern, und ignorierte Giulias erzieherischen Hinweis, aber das war nichts Neues. »Das mit den Bottis finde ich jedenfalls komisch«, sagte sie unvermittelt.

»Was meinst du?«, wollte Giulia wissen.

»Das ist die größte Puppenschnitzerfamilie aller Zeiten. Jedes Kind in Italien kennt sie. Angeblich waren sie es, die den ersten Pinocchio gemacht haben.«

Giulia dachte an Jacopos Worte. Dabei musste sie so skeptisch dreingeblickt haben, dass Elena damit begann, sich zu rechtfertigen.

»Während du mit dem Puppenvater geplaudert hast, habe ich Mister Google befragt«, erklärte sie. »Woher sollte ich die Bottis kennen? Pinocchio ist doch auch nur wieder so ein Ausweis patriarchalischer Grundannahmen. Mit dem habe ich mich nie beschäftigt.«

Giulia schüttelte amüsiert den Kopf. »Und was ist außerdem komisch?«, wollte sie wissen.

Elena trat hinter Giulias Schreibtisch und bediente deren Computer. »Das ist der Preis, der für eine Puppe der Bottis aufgerufen wird«, sagte sie und deutete auf den Bildschirm, von dem sie eine Art Sophia Loren mit Holzkopf anlächelte. »Und das ist nur eine Verkaufsplattform. Im echten Leben würde ich auf mindestens das Doppelte tippen.«

»Für eine Handpuppe?«, sagte Giulia und beugte sich ungläubig näher an den Bildschirm.

»Fünfstellig aufwärts«, bestätigte Elena. »Botti ist Kult.«

»Wie können die Pierantognettis das zahlen, zumal die Bottis angeblich die Puppen auch noch individuell anfertigen beziehungsweise umbauen?«, fragte Giulia. »Dann muss ein kleines Vermögen in diesem Tourbus gewesen sein.«

Elena nickte bestätigend. »Seltsam, oder? Da geht so eine Bäckersfrau im kleinen Corenno Plinio echt ins Geld.«

»Da waren vielleicht hundert zahlende Gäste«, warf Giulia ein. »Was ich für das Publikum eines Puppentheaters für exorbitant hoch halte«, bemerkte Elena. »Dennoch gibt das bei zehn Euro Eintritt nur tausend Euro, abzüglich Saalmiete, Hotel, Anfahrt … Taschengeld für Paola …«

»Kannst du bitte herausbekommen, ob und wie hoch die Puppen versichert waren«, bat Giulia.

»So blöd ist nicht mal der«, entgegnete Elena. »Jedes Kind weiß, dass sich die Versicherung bei einem offenen Fenster weigert zu zahlen. Dann hätte er besser daran getan, das Auto klauen und im See versenken zu lassen.«

»Mhm«, brummte Giulia unschlüssig. Sie traute Pierantognetti zweifelsohne einen Versicherungsbetrug zu, aber hätte er dann wirklich *Cotoletto*, die Puppe seines Vaters, im Wagen gelassen? Seine Erleichterung darüber, dass der Drache wohlbehalten war, hatte er jedenfalls nicht verbergen können. Immerhin war er Teil der großen Familiengeschichte. Den überließ ein Pierantognetti nicht einfach den Flammen. »Da hat der gute Romualdo wohl noch ein Geheimnis«, murmelte Giulia und zog die Computermaus unter Elenas Hand hervor. Kurz darauf baute sich der Internetauftritt der Puppenschnitzer vor ihnen auf, und Giulia klickte sich nun selbst noch einmal durch die

Seiten. »Das ist Alfredo Botti. Holzschnitzer, Urenkel des Unternehmensgründers und Chef des Familienunternehmens. Genau«, sagte sie. »Er war der Mann in Corenno Plinio, der so ungeduldig neben der Bühne auf Pierantognetti gewartet hat. Du erinnerst dich? Ich hatte dir von ihm erzählt. Ich habe ihn vorhin vor Pierantognettis Hotel kennengelernt. Er ist ein ganz anderer Typ, zurückhaltend und völlig ohne Allüren. Auf den ersten Blick würde man niemals vermuten, dass die beiden Freunde sein könnten. Aber das sind sie wohl, zumindest hat sich Pierantognetti so aufgeführt.«

Jetzt war es Elena, die sich vorbeugte. »Alfredo Botti«, sagte sie nachdenklich und stutzte im nächsten Moment. »Und der besucht eigens die Vorstellung des *Teatro*. Respekt. Na ja, wenn ich für eine schmollmündige Bäckersfrau fünf Scheine hingelegt bekäme, dann würde ich den Horror-Geschwistern auch nachreisen.«

»Wenn sie die einzigen Kunden wären«, murmelte Giulia nachdenklich. Dabei betrachtete sie ausgiebig die Fotografie.

»Na sicher!«, rief Elena ungläubig aus. »Trotzdem scheint ihm ja etwas am *Teatro* zu liegen. Immerhin hat er den ausgebrannten Tourbus inspiziert. Oder er wollte schon mal grob überschlagen, welches Sümmchen es demnächst auf ihn herabregnet.«

»So sah er nicht aus«, entgegnete Giulia. »Er wirkte mir eher etwas überrumpelt, aber das ist bei diesem anstrengenden Puppenspieler ja auch kein Wunder.«

Das Telefon klingelte. Giulia erkannte Fontanas Nummer und winkte Elena zurück, die sich anschickte, das Büro zu verlassen.

»Professore, ich wollte dich ohnehin …«, sagte sie, als sie den Hörer abgenommen hatte, wurde jedoch sofort von ihm unterbrochen.

»Giuli!«, rief er verzückt aus. »Was für ein herrlicher Tag. Wie habe ich meine Zeit am See vermisst.«

Also doch, dachte Giulia. Da ist die arme Sonia ihm ziemlich auf den Leim gegangen. »Ich habe noch ein Anliegen, das wir klären müssten«, entgegnete sie und überging seine Anspielung. »Ich stelle den Lautsprecher an. Elena hört mit.«

Sein Räuspern tönte durch das Büro. »Guten Morgen, die Damen«, sagte er höflich und ganz ohne die eben noch vorhandene Euphorie. »Was haben Sie auf dem Herzen?«

Giulia schilderte kurz ihre Zweifel an der bislang im Raum stehenden Körpergröße des Mörders. Zur Begründung fügte sie den in der Scheune gefundenen Fußabdruck an.

Man hörte den Professore ungehalten knurren. »Sonia hatte so etwas erwähnt, ach, wie ärgerlich«, sagte er und begann, auf seiner Tastatur herumzuhämmern. »Da haben wir ihn schon, unseren Pater. Ah, ja! Mhm. Mhm. Das gute Mädchen hat meine Ausführungen an dieser Stelle wohl missverstanden. Also, meine liebe Giuli, *wenn*«, er betonte das Wort überdeutlich, »*wenn* der Pater im Stehen gestorben wäre, dann müsste der Mörder etwa um die eins neunzig groß sein. Diese Annahme würde ich hier jedoch streichen. Ich denke eher, der Pater hat sich weggeduckt, oder der Mörder hat ihn, was zugegeben ein wenig an ein Stück von Shakespeare erinnert, auf die Knie gezwungen. Ich kann dir bezüglich des Fallwinkels und damit auch des Schwungs, mit dem der Kopf weggerollt ist, nichts sagen. Wir kennen ja den eigentlichen Aufprallort nicht. Das macht es natürlich schwerer. Aber die Spuren an seiner Kleidung sprechen dafür, auch seine Lage. Unser Opfer sollte bei seiner Körpergröße und seinem Alter eine ungefähre Kniehöhe von fünfzig Zentimetern haben. Das heißt, er war kniend rund einen Meter zwanzig groß.«

»Dann ist unser Mörder einen Meter vierzig groß? Ein Kind?«, fragte Giulia zweifelnd.

»Jetzt bitte ich dich aber«, entgegnete Fontana. »Der Körper lag bei den Johannisbeeren. Wenn du dich erinnerst, war das ein abschüssiges Gelände.«

»Das heißt?«, fragte Giulia.

»Du kannst von einer Größe zwischen eins sechzig und eins siebzig ausgehen, ungefähr. Dazu passt dann auch euer Fußabdruck.«

»Das hört sich schon besser an«, gab Giulia zurück.

»Nur ein kleines Missverständnis zwischen Sonia und mir. Ich war gestern einfach zu sehr in Eile. Entschuldige bitte«, sagte der Professore. »Diese Ungenauigkeiten kommen nicht wieder vor.«

Giulia kommentierte das nicht. Nach so langer Abstinenz bei seinen Eroberungen schien sogar der ansonsten überkorrekte Fontana die Dinge aus dem Blick zu verlieren. Erstaunlich und trotzdem alles in allem für sie unverständlich. »Es gibt da noch etwas«, sagte sie und berichtete von dem einstigen Pharmaskandal um Dottore Gianmarco Marafini.

»Marafini sitzt im Kloster?«, fragte Fontana, wobei er seine Belustigung nicht verbarg. »Die Koryphäe Marafini, dem keine Frau schön und kein Auto schnell genug war?«

»Kennst du ihn?«, fragte Giulia verwundert.

»Wie man sich unter Medizinern so kennt«, gab der Professore zurück. »Der Buschfunk übertrifft jedes persönliche Gespräch. Ich habe damals kein Wort von dem geglaubt, was in den Zeitungen stand. Marafini mochte im normalen Umgang eine Diva gewesen sein, aber als Arzt war er ein außergewöhnliches Talent. Was immer ihm die Industrie gezahlt hätte, er hatte es nicht nötig. Wenn du mich fragst, war das nichts weiter als eine üble Schmutzkampagne. Wurde er eigentlich verurteilt?«

Giulia verneinte das.

»Das mit dem Kloster ist keine so üble Idee«, bemerkte Fontana grüblerisch. »Wenn mich die Signora mal vor die Tür setzt, sollte ich das auch erwägen. Man wird ja auch älter.« Sein Grinsen ließ sich nicht überhören. »Aber Marafini ist noch jung, zu jung. Und zu ehrgeizig. Der hat unter Garantie andere Pläne. Soll ich mich mal umhören, dezent, versteht sich?«

Giulia bat darum und setzte an, das Telefonat zu beenden.

»Commissario, eins noch«, sagte der Professore eifrig. »Nur ein klitzekleines Detail und, na ja, wegen dieses kleinen Übersetzungsproblems mit Sonia, als Wiedergutmachung und damit du später nicht sagst, ich hätte dir was verschwiegen.«

»Was?«

»Der Pater muss ein wahrer Fan von Johannisbeeren gewesen sein, in Tee- oder Saftform zur Unterstützung seiner Nieren. Die alten Mönche kennen sich nun mal aus mit Heilmitteln aus der Natur.

Wenn du mich nach meiner Meinung fragen würdest, Commissario, der Mann wollte definitiv nicht sterben. Und in Bezug auf seine Nieren hätte man das vermutlich sogar verhindern können. Nicht mit dem Tee, versteht sich. Aber mit einem Spenderorgan. Dafür hätte er sich aber auf eine Liste setzen lassen müssen.«

Giulia lehnte an der Fensterbank und schaute hinaus. Sie grübelte über das, was Fontana am Ende ihres Gespräches gesagt hatte. Donato hatte sich nicht einmal bei einer Organspenderdatenbank registrieren lassen. Dabei wäre das sicherlich eine Chance gewesen. Dass sein Glauben ihm hierbei im Wege stand, war kaum anzunehmen. Und seine Schwester Fiona? Die wäre womöglich sogar als Spenderin in Frage gekommen. Aber sie war nach eigener Auskunft nie gefragt worden, sie wollte nicht einmal etwas von dem Gebrechen ihres Bruders gewusst haben. Wenn er nicht hatte sterben wollen, wie der Professore gemutmaßt hatte, wieso hatte er sie dann nicht einfach um Hilfe gebeten? Wie stolz konnte ein Mann sein, der lieber den Tod in Kauf nahm? Oder gab es doch Differenzen zwischen den Geschwistern, die Fiona ihnen verschwiegen hatte? Womöglich fand sich in seinem Tagebuch die Antwort darauf, vorausgesetzt, es tauchte überhaupt irgendwann wieder auf. Giulia hatte, was das anging, allerdings nicht viel Hoffnung. Sie ging mittlerweile davon aus, dass der Mörder es an sich genommen hatte.

»Ist Elena gar nicht da?«

Giulia fuhr erschrocken herum. Mitten in ihrem Büro stand Brutus und schaute sie mit großen, fragenden Augen an. Er trug Bermudashorts, sein Lieblings-T-Shirt mit dem Spiderman-Aufdruck und Flipflops. Offenkundig war sein Postdienst für heute schon wieder beendet. Und so wie er aussah, hatte sein Blutdruck gerade schwindelerregende Höhen erreicht. Da Brutus sie bisher niemals in der Questura besucht hatte, war Giulia schon geneigt, das Schlimmste anzunehmen. Ihre Eltern waren nun einmal nicht mehr die Jüngsten. Diese Besorgnis hatte sich aber umgehend wieder verflüchtigt, denn hinter ihrem Freund tauchte Armandos wuscheliger Schopf auf.

»Brutus!«

»In Elenas Büro ist niemand«, sagte er. »Hat sie Urlaub, oder ist sie etwa krank? Ich habe ihr extra etwas mitgebracht. Wir haben momentan Sonderbriefmarken mit Blumen drauf. Ich dachte, sie könnte sich darüber freuen.«

»Ach, Brutus«, murmelte Giulia, um sogleich an ihm vorbeizusehen und seinen Freund Armando anzusprechen. »Armando, schön, dass Sie kommen konnten. Setzen Sie sich bitte.« Giulia ging zu ihrem Schreibtisch und telefonierte nach einem Kollegen von der Kriminaltechnik.

»Commissario, ich habe nichts Unrechtes getan«, wimmerte Armando. Er hockte kreidebleich auf der vorderen Kante des Stuhles und wirkte wie ein Häufchen Elend.

»Das sagt doch auch niemand, Armando«, mischte sich Brutus ein. »Nicht wahr, Giuli?«

»Elena holt uns etwas zum Mittagessen«, beeilte sich Giulia zu sagen. »Vielleicht willst du ihr entgegengehen. Die Pizzeria um die Ecke. Du hast doch bestimmt auch Hunger …«

Der letzte Satz war noch nicht verklungen, da machte Brutus bereits auf dem Absatz kehrt.

»Welche Schuhgröße haben Sie, Armando?«, fragte Giulia, während sie sich neben ihn setzte.

Armando öffnete den Mund, brachte aber kein Wort heraus.

»Armando?«, fragte Giulia erneut.

»Sie sind mit dieser De-Angelis-Hexe befreundet, nicht wahr?«, fragte Armando, anstatt ihr zu antworten. »Ich habe mich schon gewundert, wieso die Freundin von Brutus gestern so lange mit ihr gesprochen hat. Dabei ist die doch aus der Stadt und konnte die Alte nicht kennen. Jetzt weiß ich, wie hier die Fäden laufen. Das können Sie mir glauben.«

Brutus hatte wieder einmal den Mund nicht halten können, dachte Giulia. Worauf Armandos Feindbild beruhte, interessierte sie jedoch gerade ganz und gar nicht. So wie sie das einschätzte, handelte es sich nur wieder um bösartigen Tratsch, dem sie ohnehin nichts entgegensetzen konnte. »Sie hat nichts mit meiner Frage zu tun«, gab Giulia ein wenig harsch zurück.

»Oh doch!«, widersprach er. »Die bringt unserer Familie nur Unglück.«

»Armando, Sie gehen im Kloster ein und aus. Entsprechend gut kennen Sie sich dort aus. Sie lieben Bienen, und weil Sie keine eigenen haben können, wären Sie überaus glücklich gewesen, die der Abtei in Pflege nehmen zu können. Ich vermute, das haben Sie auch getan, bis zu dem Tag, an dem Donato einzog. Er wollte Sie nicht einmal in der Nähe seiner Tiere wissen. Die Imkerei hat doch zuweilen etwas sehr Einsames, um nicht zu sagen Egoistisches, und sogar ein Mann wie Donato war davor nicht gefeit. Darüber waren Sie sauer. Richtig sauer.«

»Fünfundvierzig«, sagte Armando scheinbar ohne Zusammenhang. »Und ich weiß, wo der Schlüssel für die Scheune hängt. Ich muss nicht durchs Fenster klettern.« Er verschränkte die Arme vor seiner Brust und schmollte.

»Dann hätten wir das doch geklärt«, entgegnete Giulia und wunderte sich nicht einmal mehr darüber, dass Armando von dem Scheunenfenster wusste. Die Mönche verfolgten die Arbeit der Polizei mit Argusaugen, und es gab nach wie vor im Kloster bestimmt kaum ein anderes Thema.

Es klopfte, und ein Kollege trat ein. »Commissario?«

Giulia bat ihn, Armandos Fingerabdrücke zu nehmen. Der ließ das nur mit äußerster Widerwilligkeit geschehen.

»Ich mache das alles mit, aber nur weil man der Polizei helfen soll«, kommentierte er mürrisch. »Ich mochte Donato nicht, aber ich habe ihm kein Haar gekrümmt.«

»Unsere Commissario kriegt alles raus«, bemerkte der Kriminaltechniker lax, um sich kurz darauf freundlich zu verabschieden.

»Wo waren Sie in der Nacht von Samstag auf Sonntag zwischen Mitternacht und ein Uhr?«, fragte Giulia.

Jetzt zog sich ein breites, überaus zufriedenes Grinsen über Armandos Gesicht. »Postfeier«, verkündete er mit durchgedrückten Schultern. »Maurizio hatte dreißigjähriges Dienstjubiläum. Bis früh um drei. Alle waren da.«

»Maurizio hat gefeiert?« Brutus stand mit vier Pizzen auf dem Arm in der Tür und schaute mit anklagendem Blick auf seinen Freund. »Davon habe ich nichts gewusst!«

»Es waren nur seine engsten Kollegen eingeladen«, rechtfertigte sich Armando.

»Ach, ich denke, alle waren da?«, empörte sich Brutus. »Das ist ja gut zu wissen, dass ich nicht zu allen gehöre! Da weiß ich ja, wo ich stehe. Er soll nur noch mal kommen und irgendetwas wollen, der feine Signore Maurizio …«

»Hab dich nicht so!«, schimpfte Armando. »Es ist Maurizios Entscheidung, wen er einlädt.« Er klang zunehmend aggressiver.

»Darum geht es nicht! Ich habe ganz Abbadia Lariana unter mir. Ist das etwa nichts?«

***

Elena schloss die Tür hinter Giulia. Die Auseinandersetzung zwischen den beiden Männern in ihrem Büro war trotzdem mühelos zu verstehen.

»Armando ist damit wohl raus«, sagte Giulia. »Wir checken trotzdem noch sein Alibi und warten den Abgleich der Fingerabdrücke ab. Aber ich wette, er war an den Bienenkästen, heimlich, wenn Donato es nicht bemerken konnte. Aber nicht, um etwas kaputt zu machen.«

»Dann war Pater Donato in der Nacht seiner Ermordung keinem Vandalen auf der Spur«, entgegnete Elena.

»Nein. Das war er nicht«, antwortete Giulia. »Er war mit seinem Mörder verabredet.«

»Mitten in der Nacht in einem Klostergarten? Was soll das denn für ein Treffen gewesen sein?«, wollte Elena ungläubig wissen. »Das macht doch kein Mensch.«

»Nur einer, der etwas zu verbergen hat«, entgegnete Giulia bedächtig.

»Du meinst, Pater Donato war doch nicht so ein feiner, anständiger Kerl, wie alle behaupten?«, fragte Elena weiter.

Giulia zuckte mit den Schultern. »Zumindest hatte er ein Geheimnis.«

»Siehst du, am Ende sind diese vermeintlichen Autoritäten unserer Gesellschaft eben auch nur Menschen, und dieses ganze Elitedenken bringt demnach rein gar nichts«, erklärte Elena voller Überzeugung.

Giulia schmunzelte in sich hinein. Erstaunlich, wie Elena sich die Welt zurechtsortierte. Dass Mönche nach ihrem Verständnis einen besonderen Stellenwert in der Gesellschaft einnahmen, hätte sie weiß Gott nicht vermutet. Das traditionelle Italien lebte also sogar noch in einer jungen, modernen Frau wie ihr fort, wobei sie das niemals zugeben würde.

»Ich muss dir noch von dem Gespräch mit deiner Freundin Tiziana De Angelis erzählen.« Elena wechselte das Thema. »Die ist vielleicht krass drauf, also ich meine, für ihr Alter. Die will bis nach Rom zum Ministerpräsidenten marschieren, sollte den Mönchen auch nur ein Haar gekrümmt werden. Und an den Papst hat sie wohl auch schon geschrieben. Angeblich ist der Widerstand gegen die Bürgermeisterin größer als gedacht«, sagte sie. »Ich soll dich übrigens schön grüßen.«

»Können wir nebenbei etwas essen? Ich sterbe vor Hunger«, antwortete Giulia. Sie fragte sich, was Tiziana veranlasste, sich hier einzumischen. Die Freundin lebte in der Gemeinde Linzanico, etwa dreißig Kilometer von hier, und dass die alte Kommunistin irgendetwas mit der Kirche zu schaffen hatte, war ihr auch neu.

Elena schaute sich suchend um. »*Merda!* Unser Essen steht bei den Streithammeln«, sagte sie. »Soll ich rein …?«

Giulia hob die Hände. »Bloß nicht! Kekse?«

Elena nickte eilig und bückte sich zu dem unteren Schubfach ihres Schreibtisches. »Irgendwie seltsam war das Gespräch mit der alten Bestatterin aber schon«, fuhr sie nebenbei fort. »Sie hatte übrigens sofort auf dem Schirm, wer ich bin. Hast du ihr von mir erzählt?« Elenas Kopf schnellte nach oben, verschwand dann aber umgehend wieder. »Ist ja auch egal. Jedenfalls hat sie so etwas gesagt wie, dass ich auch weiterhin für die gerechte Sache marschieren soll und dass Italien solche Frauen wie mich dringend nötig hat. Die ist schon cool unterwegs, das muss ich sagen.« Elena genoss die Anerkennung noch immer. Das konnte man hören. »Sie war zu ihrer Zeit eine echte Kämpferin, was?«

Ihre Zeit endet erst mit ihrem Tod, dachte Giulia, verkniff sich aber die Bemerkung.

»Jedenfalls wusste sie Interna aus dem Kloster, zumindest behauptete sie das. Puh. Da legst sogar du die Ohren an …«

Ohne Vorankündigung öffnete sich die Tür zum Flur, und Signore Mancini, der Assistent der Zorzi, und, wie Elena ihn betitelte, der hässlichste Mann der Welt, steckte seine große Nase herein. »Sie sollen zur Chefin kommen. Sofort.« Im nächsten Moment flog die Tür wieder ins Schloss.

»Die Lektionen guten Benehmens sind bei dem ausgefallen, komplett«, echauffierte sich Elena.

»Ich verstehe nicht, warum du dich darüber immer wieder aufregst. Er ist, wie er ist«, entgegnete Giulia. »Was ist nun mit den Keksen?«

»Ich weiß auch nicht, der ist wie ein rotes Tuch für mich.« Elena starrte noch einen kurzen Moment auf die geschlossene Tür. »Du hast recht«, platzte sie dann heraus »Ohne Stärkung überstehen wir das nicht«, meinte sie freudig, steckte sich einen Keks in den Mund, während sie Giulia zwei in die Hand drückte, und folgte ihr zum Büro der Zorzi.

Die Zorzi saß an ihrem Schreibtisch. Vor ihr lag ein Berg Akten, die sie durchzugehen und handschriftlich zu bearbeiten schien. Als Giulia und Elena eintraten, legte sie ihren Stift beiseite. »Gut, dass Sie da sind. Es gibt Neuigkeiten im Fall des toten Mönches«, sagte sie.

»Schon wieder eine brennende Puppenstube?«, platzte es aus Elena heraus.

Die Zorzi überging das mit einem widerwilligen Augenaufschlag. »Es gibt Neuigkeiten zu Gianmarco Andrea Marafini«, sagte sie. »Ich habe gerade mit dem Staatsanwalt in Rom telefoniert.«

Giulia nickte ihrer Chefin anerkennend zu. Mit dem Verhältnis der beiden Frauen war es vom ersten Tag an nicht zum Besten bestellt gewesen, was zweifelsohne an ihren grundverschiedenen Charakteren lag, aber von ihrem Job verstand die Zorzi etwas. Das musste man neidlos anerkennen. Und sie hatte hervorragende Kontakte, auch über die italienischen Behörden hinaus. Giulia hingegen kannte so gut wie jeden Polizisten am Lago einschließlich dessen halber Lebensgeschichte und familiären Hintergrund. Und jeder zweite, zumindest würde das Elenas spitze Zunge behaupten, schuldete ihr einen Gefallen. Das bedeutete ihr weit mehr als ein Kontakt in die Hauptstadt, worüber wiederum die Zorzi nur milde lächelte.

»Wow!«, entfuhr es Elena. »Pater Gianmarco.«

»Nur Gianmarco«, verbesserte Giulia.

Elena schaute sie verständnislos an.

»Gianmarco hat die feierliche Profess sicher noch nicht vollzogen«, warf die Zorzi ein.

»Die was?«, fragte Elena.

»Egal«, antwortete Giulia und schaute die Zorzi an. Sie war gespannt, was ihre Vorgesetzte in der kurzen Zeit in Erfahrung gebracht hatte.

»Er ist kein Mönch?«, fragte Elena mit Nachdruck.

»Nein«, entgegneten die Zorzi und Giulia wie aus einem Mund, wobei man der Zorzi deutlich ansehen konnte, dass sie sich von Elenas Einwürfen unangenehm unterbrochen fühlte.

»Aber …?« Elena schien diese Neuigkeit erheblich zuzusetzen. Jedenfalls rutschte sie nun aufgeregt auf ihrem Stuhl hin und her. »Wenn Gianmarco kein Mönch ist, dann bedeutet das …«

»Signorina Pellegrini, bitte«, entgegnete die Zorzi naserümpfend. »Ich würde gern erst einmal ausreden, bevor ich Ihnen die klösterlichen Regeln darlege.«

»Unsinn«, warf Elena unwirsch ein. »Äh, ich meine, das brauchen Sie nicht. Darum geht es nicht. Angeblich gibt es eine Order aus Rom bezüglich Piona«, beeilte sie sich zu sagen, wobei sie Giulia einen unsicheren Blick zuwarf.

Die hörte aufmerksam zu, was Elena zu sagen hatte. Das musste es also gewesen sein, was die schlitzohrige Tiziana ihrer Assistentin mit auf den Weg gegeben hatte. Es passierte aber auch nichts am See, was Tiziana nicht zu Ohren kam. Dass sie wiederum ihr Wissen unaufgefordert teilte, noch dazu mit Elena, die sie nur vom Hörensagen kannte, konnte nur bedeuten, dass es ihr ausnehmend wichtig sein musste. Und dass sie Giulia aus dem Weg ging. Denn wieso sonst hatte Tiziana nicht das Gespräch mit ihr gesucht? Sie scheute Giulias Nachfragen, derer sie sich absolut sicher sein konnte. Dafür jedoch musste es triftige Gründe geben.

»Die Rede ist von einer Untergrenze für die Anzahl der Bewohner«, fuhr Elena aufgeregt fort.

»Für die Mönche?«, warf Giulia überflüssigerweise ein.

Elena bestätigte das rasch durch heftiges Nicken. »Zehn. Es müssen mindestens zehn sein«, erklärte sie. »Anderenfalls steht seine Existenz auf der Kippe. Es gibt wohl zu viele Klöster, die nicht mehr wirtschaftlich betrieben werden können. Die Kirche muss sparen.«

Die Zorzi warf Giulia einen fragenden Blick zu.

»Ohne Pater Donato sind es neun Mönche«, sagte Giulia nachdenklich. Sie fragte sich, was wohl mit Piona geschehen würde, wenn die Klostergemeinschaft aufgelöst würde. Möglicherweise gab es dafür sogar schon Pläne, in die die Bürgermeisterin eingeweiht war? Das würde zumindest deren Selbstsicherheit in dieser Angelegenheit erklären. Aber was wäre der Lario ohne sein berühmtes Kloster? Selbst für sie als Atheistin hatte diese Vorstellung etwas vollkommen Befremdliches. Piona gehörte zum See wie die steilen Berghänge, die bunten Schirme an den Promenaden der kleinen Ortschaften und die knatternden Motoren der Fährschiffe.

»Und ohne Gianmarco acht, also wenn er dem Orden nicht beitreten sollte«, ergänzte die Zorzi.

»Der Abt macht sich darüber zumindest nicht allzu viele Illusionen«, wusste Giulia.

»Damit liegt er sicherlich richtig«, erwiderte die Zorzi. »Jetzt, nachdem man die Ermittlungen gegen Gianmarco eingestellt hat.« Der letzte Satz klang ein wenig nach einem Triumph. »Vor einem Monat etwa dürfte Gianmarco angefangen haben, sein neues Leben zu planen.«

Und Pater Donato würde davon gewusst haben, kam es Giulia unweigerlich in den Sinn. Sie sprach diese Überlegung jedoch nicht aus. Die Zorzi hatte ganz offenkundig noch mehr herausbekommen, und wenn sie einmal so in Fahrt war, kam ihr nur ein Lebensmüder in die Quere.

Elena öffnete den Mund, um etwas zu erwidern, aber allein ein Blick der Zorzi genügte, um sie dieses Vorhaben umgehend wieder verwerfen zu lassen.

»Der Staatsanwalt sagt, es wäre einer der mysteriösesten Fälle gewesen, die er jemals auf seinem Tisch hatte«, fuhr die Zorzi zufrieden fort. »Es waren ausschließlich die Patienten von Dottore Marafini, die das fragliche Medikament bekommen hatten. Er jedoch hat es ihnen nachweislich nicht verabreicht, alles andere hätte zweifelsohne gegen seinen Intellekt gesprochen. Seine Behandlungen ließen sich einwandfrei nachvollziehen, keine Ungereimtheiten, nichts Auffälliges. Erstaunlicherweise wollten nicht einmal die betroffenen Patienten daran glauben, das Marafini sie als Versuchskaninchen missbraucht hatte. Überdies gab es nichts, was auf einen Kontakt zwischen ihm und dieser Pharmafirma hinweist, keine Telefongespräche, E-Mails oder Geldzahlungen. Die Kollegen haben alles akribisch durchforstet, jedoch erfolglos. Nicht einmal das obligatorische Geheimtreffen auf dem Golfplatz soll stattgefunden haben. Über Monate haben sie seinen Terminkalender nachverfolgt und Zeugen befragt. Man muss schon sagen, die Kollegen in Rom haben einen ordentlichen Aufwand betrieben.« Sie hielt kurz inne und schaute hinüber zum Fenster, als hätte sie dort etwas erspäht oder brauchte einen Moment, um die richtigen Worte zu finden. »Der Doktor jedenfalls hat Stein und Bein geschworen, dass er nichts damit zu tun hat. Die besten Anwälte Roms hat er bemüht. Die Familie Marafini ist wohl sehr angesehen, und allein der Verdacht hat für mächtig Wirbel in den besseren Kreisen gesorgt.«

Pater Donato könnte Gianmarco trotzdem um finanzielle Hilfe für seine Schwester gebeten haben, dachte Giulia. Oder die beiden Männer haben sich über den womöglich anstehenden Ausstieg Gianmarcos entzweit. Donato wird zumindest nicht begeistert davon gewesen sein, dass die strahlende Zukunft des Klosters und noch dazu sein enger Gefährte die feierliche Profess ausschlägt. Sein nahendes Ende wird ihn zudem nicht nachsichtiger gemacht haben. Eher das Gegenteil war anzunehmen. »Wenn Marafini damit nichts zu tun hat, dann muss es jemand anderes gewesen sein, vermutlich aus seinem direkten beruflichen Umfeld«, sagte Giulia. »Ich vermute, demjenigen ging es hauptsächlich darum, Marafini komplett zu vernichten.«

»Na ja, ganz umsonst wird er das auch nicht gemacht haben«, erwiderte die Zorzi. »Aber das ist nicht unser Fall. Im Ergebnis jedenfalls konnte man Marafini nichts nachweisen. Aber dennoch hatte er als behandelnder Arzt die Verantwortung«, setzte sie ihre Ausführungen fort. »Ihm muss das alles verständlicherweise sehr zugesetzt haben. Er hat kurz nach Bekanntwerden der Vorwürfe die Klinik verlassen und gilt seitdem als verschwunden.«

»In einem Kloster untergetaucht«, sagte Giulia mehr zu sich selbst.

»So ist es, Commissario«, gab die Zorzi zurück. »Und ich dachte, das müsste nicht einmal die Staatsanwaltschaft wissen.« Sie machte ein entschiedenes Gesicht. »Zumal seine Familie offenkundig eingeweiht ist, sonst hätten sie ihn ja wohl als vermisst gemeldet.«

»Dann ist Gianmarco verheiratet?«, fragte Elena dazwischen.

Über das Gesicht der Zorzi legte sich ein süffisantes Lächeln. »Nein. Er war wohl verlobt, aber so weit, diese Misere gemeinsam durchzustehen, reichte die Liebe dann vermutlich doch nicht. Der Staatsanwalt hat von der Aussage der Exverlobten gesprochen. Alles andere ist meine Mutmaßung.«

Giulia dachte daran, dass sie bis heute nicht wussten, ob die Zorzi mit irgendjemandem fest liiert war. Vor einiger Zeit musste sie mal ein Techtelmechtel mit dem Chef der Guzzi-Werke in Mandello gehabt haben, aber etwas Genaueres war nie durchgesickert. Vom ersten Tag an machte sie ein Geheimnis aus ihrem Privatleben und tat recht daran. Kaum irgendwo sonst wurde so viel schmutzige Wäsche gewaschen wie auf einer Questura. Sie nickte andächtig. »Wenn er wirklich unschuldig ist, ist er durch die Hölle gegangen«, sagte sie. »Wie viele Patienten betrifft das?«

»Zwölf«, antwortete die Zorzi. »Zwei sind damals bereits relativ schnell gestorben, nachweislich an den Folgen dieser Arznei. Es soll sich um sehr betagte Patienten gehandelt haben. Seit diesem Vorfall bemüht man sich in der Gemelli-Klinik um Spendernieren, was in einigen Fällen auch schon erfolgreich war. Immerhin hat auch das Krankenhaus einen Ruf zu verlieren.«

»Unschuldig mangels Beweisen ist dennoch kein Freispruch«, mischte sich Elena ein. »Dieser Makel bleibt an Gianmarco haften. Das klebt wie Taubendreck. Abgesehen von dem schlechten Gewissen, was seine Patienten angeht.«

Das zustimmende Nicken der Zorzi signalisierte, dass sie das auch so sah. »Der Staatsanwalt hat durchblicken lassen, dass die Marafinis das nicht auf sich sitzen lassen wollen. Sie haben wohl gleich, als die Sache ans Licht kam, einen Privatermittler beauftragt. Angeblich gibt es mittlerweile auch eine heiße Spur, die zu einem der Assistenzärzte führt, aber das ist nichts, was außerhalb dieses Büros Flügel kriegen sollte.« Sie schaute Elena streng an.

Die hob unschuldig die Hände.

Und Gianmarco hatte mindestens drei Jahre Zeit, sich als Mönch auf Zeit konsequenzfrei nach Piona zurückzuziehen und abzuwarten, dachte Giulia. Mit etwas Glück wird der Schuldige gefunden, und er kann zurückkehren wie ein Phönix aus der Asche.

»Es ist manchmal besser, sich aus der Schusslinie zu nehmen und darauf zu hoffen, dass der Himmel sich aufgeklart hat, wenn man den Kopf wieder rausstreckt«, sprach die Zorzi Giulias Gedanken aus.»Und ein Kloster ist dafür nicht der schlechteste Ort, vor allem nicht am Comer See.«

***

»Dass du Kulturbanausin mich einmal in ein Theater führst«, frotzelte Jacopo und schaute sich interessiert um. »Noch dazu an deinem heiligen Dienstagabend. Hoffentlich stürzt das unseren Freund Brutus nicht in eine schwere Krise, wenn er heute allein zum Essen in die Osteria gehen muss.«

»Ich glaube, er wollte mit Elena dorthin. Er hat zumindest gegenüber meinen Eltern so etwas erwähnt«, erwiderte Giulia, die nebenbei das nach und nach eintreffende Publikum auf bekannte Gesichter scannte. »Da würden wir ohnehin nur stören.«

»Komisch, dass das andersherum nicht gilt«, murmelte Jacopo. »Sind das nun schon zehn Jahre oder fünfzehn, die wir nicht allein miteinander aus waren? Wie aufmerksam du gewesen warst, ihn nicht mit zu unserem ersten Date zu bringen.«

Jacopo übertrieb natürlich maßlos. Giulia lachte ihn verliebt an und berührte ihn zärtlich am Knie. »Ich bin gespannt, was die Puppenspieler ohne Bühne und Puppen darbieten wollen«, sagte sie und hielt dabei den Blick nach vorn gerichtet. Einer der Wirte des kleinen Dörfchens Dorio hatte den Außenbereich seines Lokals für eine Aufführung des *Teatros* hergerichtet. Unter dem weinbehangenen Laubengang saß es sich zwar recht beengt, aber dafür boten die noch dichten Blätter genügend Schutz vor der Abendsonne. Noch dazu war der Blick über den See, dessen sachte Wellen in beruhigender Monotonie keinen Meter neben Giulia gegen die Mauer schlugen, atemberaubend schön.

»Na ja, improvisieren scheinen sie zu können«, entgegnete Jacopo.

Den Gedanken teilte Giulia. Das kleine Podest, vor dem ein dicker roter Samtvorhang gespannt war, wirkte immerhin nicht unprofessionell. Dennoch war sie voller Neugier, was die Pierantognettis allein mit *Tavà* und *Cotoletto* auf die Bretter bringen würden.

»Ich freue mich jedenfalls, mit dir hier zu sitzen«, sagte Jacopo, nahm Giulias Hand und warf ihr einen kecken Blick zu. »Unser gemeinsamer Abend. So selten, wie das vorkommt, bin ich echt aufgeregt«, scherzte er.

Giulias Telefon klingelte.

»Umsonst.« Jacopo gab Giulias Hand frei und verschränkte die Arme vor der Brust. »Ach, ich liebe unser romantisches Beisammensein.«

»Fontana?« Giulia hatte mittlerweile das Gespräch angenommen.

»Mit dem Professore«, ergänzte Jacopo, was Giulia dazu veranlasste, ihn erneut anzustupsen.

»Commissario! Könntest du den Fernseher etwas leiser machen«, bat Fontana.

»Ich sitze im Puppentheater«, entgegnete Giulia. »Was hast du für mich?«

»Ich denke öfter, dass ich mit dir nicht tauschen möchte«, entgegnete der Professore. »Gerade ist es wieder so, ganz massiv. Aber gut.« Er machte eine dramatische Pause. »Du hattest mich um ein bisschen Insiderwissen aus meinen Medizinerkreisen gebeten ...«

»Und?« Giulia hasste es, in der Öffentlichkeit zu telefonieren, noch dazu, wenn es dabei um ihre Arbeit ging.

»Dein Mönch«, hob Fontana mit leichter Belustigung an, »geht in die USA, Baltimore, wenn das stimmt, was man sich erzählt. Die haben ihm wohl im John-Hopkins-Hospital eine Stelle angeboten. Mehr weiß ich nicht, aber vermutlich wird er dort nicht die Katheter legen, wenn du verstehst, was ich meine.«

Giulia verstand. »Ich danke dir«, entgegnete sie.

»Immer gern, Giuli, immer gern. Aber in diesem Fall ohne Gewähr«, antwortete der Professore und legte auf. Gianmarco würde das Kloster also verlassen. Ob Pater Donato wohl davon gewusst hatte? Womöglich hatte er ihn auch nicht gehen lassen wollen? Aber passte dieses egoistische Verhalten wirklich zu dem Mann, den ihr alle als selbstlos und liebenswert beschrieben hatten? Immerhin war es eine hervorragende Chance für Gianmarco. Konnte man ihm deswegen böse sein?

»Ich freue mich, Teil deiner Ermittlungsarbeit sein zu dürfen«, sagte Jacopo, nachdem Giulia ihr Mobiltelefon wieder in ihrer Jeans verstaut hatte. »In einem boulevardesken Puppentheater des Gewäschs und der Böswilligkeiten, ohne Puppen …«

»Mhm.« Giulia hatte nur mit halbem Ohr hingehört. Der Fall beschäftigte sie. Noch dazu wollte das Hereinströmen der Leute kein Ende nehmen. Gerade hatte Armando in einer der vordersten Reihen Platz genommen. Unweit von ihm saßen ein paar von denjenigen, die sie gestern Vormittag vor dem Bürgermeisteramt zur Räson gebracht hatte. Ansonsten kannte sie niemanden. Moment mal, das da vorn das war doch …

»Da ist Tiziana«, raunte Jacopo ihr ins Ohr. »Mensch, die habe ich ja eine halbe Ewigkeit nicht gesehen«, freute er sich. Giulia konnte gerade noch verhindern, dass er Tiziana lautstark auf sich aufmerksam machte. »Aber es ist deine Freundin?«, fragte er verwundert. »Willst du sie nicht zu uns bitten?«

Giulia schüttelte nur den Kopf und machte sich auf ihrem Stuhl ganz klein. »Tiziana geht niemals zu so etwas«, flüsterte sie Jacopo zu.

»Offenbar hat sie ihre Meinung geändert«, entgegnete er. »Warum auch nicht? In ihrem Alter würde ich auch alles mitnehmen.«

»Sie ändert ihre Gewohnheiten nicht einfach so. Dafür muss es einen guten Grund geben«, gab Giulia zurück. »Ich frage mich, welchen?«

»Ich schlage vor, wir fragen sie einfach, anstatt sie zu observieren«, wandte Jacopo ein.

Giulia bedeutete ihm mit einem Wedeln ihrer Hand, dass sie dies für keine gute Idee hielt.

»Ich sollte einfach meinen Wein trinken und schweigend die Anwesenheit meiner Frau und unseres herrlichen Larios genießen«, antwortete er wie jemand, der sich scherzhaft seinem Schicksal ergibt. »Wenn ich einnicken sollte, wecke mich bitte, wenn du nach Hause möchtest. Denk daran, ich habe den Autoschlüssel, solltest du einkalkulieren, mich hier zu vergessen, weil du einen deiner Schurken stellen musst.«

»Du redest zu viel für eine Aushilfsbegleitung«, hänselte Giulia ihn.

»Eine was …?«, empörte Jacopo sich gespielt.

»Hochverehrtes Publikum!« Ein älterer Herr war vor die Bühne getreten. Er lächelte fröhlich in die Runde, während er voller Anspannung unentwegt die Hände aneinanderrieb. »Was wir alle nicht zu hoffen gewagt haben, ist eingetreten«, verkündete er. »Auch nach dem schweren Schlag, den das *Teatro dei Burattini* mit dem schrecklichen Brand seines Busses gestern hinnehmen musste, setzt es seine Tournee weiterhin fort. Dafür gebührt ihnen unser herzlichster Dank!« Er klatschte, und alle anderen stimmten mit ein. Nachdem die Begeisterung verklungen war, setzte er seine Rede fort. »Wie jedes Jahr dürfen wir in Dorio auf einen ganz besonderen Abend gespannt sein. Meister Pierantognetti, lassen Sie die Puppen tanzen!«, rief er und freute sich dabei schelmenhaft über die Worte, die er gefunden hatte. Er machte einen Schritt zur Seite, stoppte jedoch und kehrte auf seine alte Position zurück. »Eines noch«, sagte er mit erhobenem Zeigefinger, »wir haben am Ausgang ein Kästchen für all jene aufgestellt, die gern geben.« Er zwinkerte. »Und jetzt kommt noch einmal ganz schnell die bezaubernde Laura durch die Reihen. Der Wein, den sie dabeihat, ist fast noch lieblicher als sie. Also greifen Sie zu, verehrte Herrschaften, nur vier Euro das Glas. Und ein Euro davon fließt direkt in die Taschen der Geschwister Pierantognetti – und der Rest«, er wand sich, »der landet wohl bei mir …« Sein Lächeln hätte kaum charmanter sein können.

»Oh, dann werde ich auch mal fünfzig Euro Spende locker machen«, säuselte Jacopo. »Und fünf, sechs Gläser ordern, oder?«

Giulia deutete einen Stoß mit ihrem Ellenbogen in Richtung seiner Rippen an. Dann lehnte sie sich zu ihm hinüber. »Was meinst du eigentlich, was aus dem Kloster wird, wenn dort keine Mönche mehr leben?«, flüsterte sie ihm zu.

»Ein Kloster ohne Mönche? Ich verstehe die Frage nicht«, entgegnete er.

»Es könnte doch sein, dass der Vatikan hier die Reißleine zieht, zum Beispiel, weil die Gemeinschaft zu klein ist«, erwiderte Giulia. »Der

Unterhalt eines so großen Komplexes wird ziemlich kostenintensiv sein.«

»Piona ist neben der Abtei Acquafredda in Lenno meines Wissens das einzige aktiv betriebene Kloster am See. Ossnaio hat man in den Dreißigerjahren schon aufgegeben …« Jacopo überlegte. »Eins am Westufer und eins am Ostufer, mehr fällt mir nicht ein. Du denkst, Piona wird leergezogen?«

Giulia hob und senkte die Schultern. »Immerhin ist es nicht auszuschließen. Es gibt kaum noch Mönche oder Männer, die es werden wollen. Ich finde es nicht abwegig, sich von Gebäuden oder Ländereien zu trennen. Das macht die Kirche doch andauernd.«

Jacopo lehnte sich zurück und verschränkte die Arme vor der Brust. »Doch, das ist es. Allein aufgrund seiner Lage und Geschichte ist Piona absolut bedeutungsvoll. Noch dazu laufen die Geschäfte der Brüder ganz hervorragend, nach allem was man so hört. Abgesehen davon glaube ich nicht, dass die katholische Kirche hier bei uns am See das Feld räumt. Eher holen die sich ein paar Mönche von sonst woher ran.«

Giulia dachte über seine Worte nach. Vielleicht war Pater Donatos Umzug an den See genau dadurch möglich gewesen. Der Abt hatte sich darüber in Schweigen gehüllt, ja, er hatte sogar behauptet, die Erklärung dafür nicht zu kennen. Aber das musste nichts heißen. So wie Giulia ihn einschätzte, sagte er lieber ein Wort zu wenig als eines zu viel, erst recht wenn es interne Angelegenheiten seiner Abtei betraf.

Irgendwann, Giulia hatte es nicht gleich bemerkt, trat der ältere Herr wieder nach vorn. »Ich bedanke mich bei der süßen Laura«, säuselte er. Und nun, da Sie alle hervorragend ausgerüstet sind, Bühne frei für *Tavà* und Co!«

»Guten Abend.« *Tavà* war auf der Bühne erschienen. »Wie Sie sehen, sehen Sie mich, das Herz des *Teatro dei Burattini*, das Erbe des großen Riccardo Pierantognetti …«

Frenetisches Klatschen und Trampeln ertönte.

Tavà verbeugte sich. »Ich habe zwei Weltkriege überlebt, den Duce, das Königreich Italien, Hungersnöte, den Eintritt in die Europäische

Union«, schwadronierte er pathetisch, »und den Brand meines *Teatro*. Wenn das kein Zeichen ist. Es lebe das Puppenspiel! Es lebe das *Teatro dei Burattini*!«

Giulia holte tief Luft und registrierte, wie das Publikum, zumindest diejenigen, deren Gesichter sie sehen konnte, förmlich an den Lippen der Puppe hingen. Einige nickten sogar bestätigend. Nur ihre Freundin Tiziana wirkte stocksteif und alles in allem wenig beeindruckt. »*The show must go on!*«, rief *Tavà* markerschütternd, was Giulias Aufmerksamkeit wieder auf die Bühne lenkte.

Erneut konnten sich die Massen kaum beruhigen.

Jacopo warf Giulia einen irritierten Blick zu. »Was ist das, ein Konzert der Stones?«, hauchte er ihr zu. Giulia zuckte nur grinsend mit den Schultern. »Und Jagger trägt ein Matrosenkostüm.«

»*Tavà* ist ein Fährschiffer«, verbesserte Giulia belustigt.

»Das haben dir dein Vater und Brutus beigebracht, nicht wahr?«, witzelte Jacopo. »Die Meister des unnützen Wissens.«

Giulia schaute ihn nicht an, sondern legte ihm nur fest ihre Hand aufs Bein, was ihn dazu bringen sollte, still zu sein.

Tavà hielt in seinem Spiel inne, und durch die Gesten, die Pierantognetti ihn machen ließ, wirkte es, als würde er seinen Auftritt in vollen Zügen genießen. Dass der Puppenspieler dies tat, bezweifelte Giulia keinen Augenblick. Das Spiel wirkte auf sie heute sogar besonders überzogen. Nach dem Brandanschlag schien er alles daransetzen zu wollen, seinen Gegnern zu zeigen, was eine Harke ist. Der Triumph, aber vor allem auch die darin mitschwingende Feindseligkeit waren förmlich greifbar.

»Lasst mich euch eine Geschichte erzählen«, hob *Tavà* schließlich über den Beifall hinweg nahezu verschwörerisch an. »Eine Geschichte von Vertrauen und Verrat.«

Im nächsten Augenblick war *Cotoletto* zu sehen. »Oh, nicht schon wieder diese alte Schnulze«, meckerte er unter ausgedehntem Gähnen. »Immer wenn du gerade noch einmal mit deinem Leben davongekommen bist, wirst du sentimental und packst die ollen Kamellen aus. Die will doch niemand mehr hören.«

»Ist das so, liebe Freunde?« *Tavà* legte seine Hand hinters Ohr und beugte sich zum Auditorium.

Die Leute reagierten umgehend, indem sie ihn lautstark aufforderten, weiterzumachen. Manche forderten sogar, dass der flegelhafte *Cotoletto* verschwand.

Tavà stimmte ein leises, zufriedenes Lachen an. Das Publikum buhte den Drachen aus. Nachdem der sich in eine Ecke der Bühne zurückgezogen hatte und endlich wieder Ruhe eingekehrt war, begann *Tavà* zu reden. »Vor vielen, vielen Jahren lebten drei Männer hier am See, stattliche, kluge Männer mit ehrbaren Berufen …«

Das gehässige Lachen des Drachen ließ ihn verstummen. »Ehrbare Berufe?«, kreischte er. »Alle? Bist du sicher?« *Cotoletto* tänzelte über die Bühne. »So einen Blödsinn habe ich ja lange nicht mehr gehört«, beschwerte er sich mit übertriebenem Singsang in der Stimme.

»Wenn Geschichten so alt sind, dann macht man sie einfach netter«, entgegnete *Tavà* altklug. »Das ist in jedem Märchen so.«

»Ach, dann wollte die böse Hexe in ›Hänsel und Gretel‹ die Geschwister also nicht essen, sondern nur gesund ernähren, damit sie den Heimweg gut gestärkt schaffen können?«, frotzelte der Drache schrill.

Das Publikum lachte lauthals.

»Unsinn«, erklärte *Tavà*. »Ich wollte es einfach nur netter machen.«

Der Drache drehte ihm den Rücken zu. »Zwei ehrbare Männer und ein Mönch«, murmelte er mehr zu sich selbst, obwohl er natürlich für alle Anwesenden gut zu verstehen war.

Einige der Gäste ließen ihrer Zustimmung freien Lauf, andere schwiegen betreten. Giulia schaute zu Tiziana hinüber. Die saß noch immer regungslos da, nur hatte sie nun ihre Augen geschlossen und den Kopf auf die Brust gesenkt. Wenn Giulia die Alte nicht gekannt hätte, hätte sie angenommen, sie wäre eingeschlafen. Das war sie hundertprozentig nicht.

Tavà bemühte sich nicht einmal, die Worte des Drachen geradezurücken. Giulia hätte von Pierantognetti auch nichts anderes erwartet.

»Die Männer waren sogar in schlimmster Not einander zugetan ...«, fuhr *Tavà* fort.

»Es geht schneller, wenn du den Leuten sagst, dass einer quergeschossen ist und die anderen fast ins Unglück gestürzt hätte«, warf *Cotoletto* mit leiernder Stimme ein. »Bis heute ist das nicht gesühnt.«

»Man nimmt den Höhepunkt nicht vorweg«, widersprach *Tavà* wütend.

»Welchen meinst du? Dass die Kerle alle über diese Geschichte weggestorben sind?«, fragte *Cotoletto* zurück, wobei er fröhlich herumtänzelte. »Oder dass Verräter immer Verräter nachziehen? Aber darüber reden solche Leute ja nicht. Die denken ohnehin immer, sie sind etwas Besseres ...« Der Drache legte demonstrativ den Kopf nach hinten und schaute gen Himmel. Kurz darauf redete er weiter. »War da nicht auch noch irgendetwas mit einer Frau? Oh, eine Liebesgeschichte.« *Cotoletto* hüpfte fröhlich umher, sprach dabei die letzten zwei Sätze mit unangenehm hoher Stimme und machte dazu Kussgeräusche.

Die Gäste amüsierte das.

Tiziana wirkte wie vom Donner gerührt.

Nun wandte sich *Tavà* von dem Drachen ab. »Ich mag es nicht, wenn du die Geschichten so verdrehst. Lass das«, beschwerte er sich. »Die Liebe kann man niemandem vorhalten. Die ist, wie sie ist. Und wieso sollte irgendjemand die alten Geschichten aufwärmen? Die schlummern in den Gräbern der Toten, und damit sollte es genug sein.«

»Aber du darfst sie hervorholen, die alten Geschichten. Tzzz«, krakelte der Drache. »Eine Frau war dabei. Und ein Mönch. Basta.« Er ließ dem Satz einen extra langen Schmatzer gen Publikum folgen.

»Woher willst du das wissen?«, empörte sich *Tavà*. »Als sich das alles zugetragen hat, warst du noch ein Stück Eiche im Wald, zumindest dein Kopf.« Er schaute auf das Publikum und klatschte so lange in die Hände, bis die Leute es ihm gleichtaten.

Giulia lauschte dem Stück mit wachsendem Interesse. Je länger es andauerte, umso mehr bekam sie den Eindruck, dass es hauptsächlich wieder darum ging, die Mönche zu verunglimpfen. Sie waren ganz eindeutig die Zielscheibe. Noch dazu rangierten sie offenbar sogar noch vor den Brandstiftern. Oder warum brachte Pierantognetti diesen feigen, hinterhältigen Anschlag nicht auf der Bühne zur Sprache? Das würde doch hervorragend zu ihm passen. Den Mönchen konnte er das wohl kaum anhängen, aber womöglich lief es am Ende trotzdem darauf hinaus. Giulia jedenfalls hatte sich der Sinn der Handlung noch nicht erschlossen. Auch war ihr nicht klar, ob das Ganze auf einer wahren Begebenheit beruhte oder vollkommen aus der Luft gegriffen war. In den Gesichtern der Leute jedoch konnte sie diese Unsicherheit nicht finden. Die meisten sahen gut unterhalten aus. Nur ein paar machten verkniffene Mienen. Und Tiziana? Die schien nun komplett bei der Sache. Ihr Kinn ragte trotzig in die Höhe. Der eingefrorenen Mimik nach zu urteilen, fand sie die Darbietung ebenso scheußlich wie Giulia. Im nächsten Moment war es, als ob Tiziana gespürt hätte, dass Giulia sie beobachtete. Sie drehte den Kopf ein wenig zur Seite, und ihre Blicke trafen sich. In den Augen der Freundin stand nichts als eiskalter Abscheu. Ohne eine erkennbare Reaktion, ein Lächeln, ein freundliches Zucken der Mundwinkel oder auch nur ein Zwinkern wandte Tiziana sich wieder ab. Die Alte hatte sie nicht bemerkt.

»Ich weiß mehr, als du denkst«, konterte *Cotoletto*. »Viel mehr. Zum Beispiel, dass die drei Freunde nach dem Krieg schlagartig keine Freunde mehr waren.« Der Drache hüpfte wie wild durch die Gegend. »Ene, mene, muh, und raus bist du …«

»Das geht den Menschen wie den Leuten«, entgegnete *Tavà* unbeeindruckt. »Das Gold der italienischen Staatsbank war weg, der Duce von Kugeln durchsiebt, und die Oliven waren auch preiswerter als heute.«

»Die Oliven?«, wunderte sich der Drache. »Was haben Oliven mit unseren drei Freunden zu tun?«

»Nichts«, entgegnete *Tavà* abgeklärt. »Ich wollte dir nur deutlich machen, dass nichts bleibt, wie es ist. Das Leben dreht sich wie ein Glücksrad auf dem Jahrmarkt, und man weiß nie, ob es beim Hauptgewinn oder bei der Niete anhält.«

»Ich kriege immer die Nieten«, antwortete der Drache jammernd.

»Auch das wird seinen Grund haben«, feixte *Tavà* und animierte nebenbei durch das Schwenken seiner Arme das Publikum zu einer Reaktion. Das folgte ihm umgehend und ergoss sich in Applaus.

»So wie der Mönch. Der hat per se verloren. Ein Mönch …« In den letzten beiden Wörtern lag tiefe Abscheu. Die Zuschauer reagierten gespalten über diese Dreistigkeit, aber niemand derer, die nicht seiner Meinung waren, erhob sich und verließ den Raum. Ergötzen und Neugier schienen größer zu sein als Anstand und Moral.

Auch Tiziana rührte sich nicht. Und trotzdem hatte Giulia den Eindruck, dass ihr Körper unter enormer Anspannung stand, fast so als würde sie jede Sekunde aufspringen und die Puppenspieler an ihrem Tun hindern wollen. Aber nichts dergleichen passierte.

»Weißt du eigentlich, dass die das Kloster bald dichtmachen?«, wechselte der Drache das Thema. »Dann ist es vorbei mit der Zeit der Schwarzkittel auf dem schönen Eiland.«

»Ich tratsche nicht«, antwortete *Tavà*.

»Tust du wohl«, widersprach der Drache. »Jedenfalls müssen die flugs noch einen Mönch finden, sonst geht das Licht aus.«

Giulia und Jacopo wechselten einen schnellen Blick.

»Willst du dich bewerben?«, fragte *Tavà*. »Nach allem, was man hört, hast du das Kloster ja schon mal besichtigt. Ohne mich!«

Giulia staunte nicht schlecht über diese Unverfrorenheit der Puppenspieler. Die Geschehnisse im Rahmen einer laufenden Mordermittlung umgehend öffentlich kundzutun, war nicht nur dreist, sondern auch gefährlich. Die Pierantognettis dachten offenbar, sie hätten Oberwasser. Und sie wollten provozieren. Sollte das ihr gelten? Möglich. Dabei war sie sich nicht bewusst, von den Geschwistern gesehen worden zu sein. Sie ließ ihre Augen noch einmal suchend über die Köpfe der Leute huschen. Armando, na bitte. So dunkelrot, wie dessen Kopf leuchtete, musste er sich angesprochen fühlen. Sollte es Armando gewesen sein, der den Drachen aus dem Bus der Puppenspieler entwendet und ihn zum Kloster gebracht hatte? So enttäuscht, wie er von den Pierantognettis war, wäre es denkbar, dass er ihnen eins auswischen wollte. Dass er dies mit deren eigenen Waffen tat, hätte Giulia ihm allerdings nicht zugetraut. Zufällig schaute Armando jetzt in ihre Richtung. Ihre Blicke trafen sich, aber Armando wich Giulia eilends aus, was sie in ihrer Vermutung nur noch bestärkte.

»Woher willst du wissen, wo ich an meinem freien Abend war?«, tobte der Drache.

»Ach, du gibst also zu, dass du dich beim Kloster herumgetrieben hast«, triumphierte *Tavà*.

Cotoletto reagierte nicht.

»Ich weiß alles, mein Lieber«, sagte *Tavà* souverän. »Über die Menschen und auch über die Puppen, die sie erschaffen haben, um von sich selbst abzulenken. Dafür sind wir doch da, die albernen Puppen, über die man sich so gern erhebt, aber deren dunkle Seite man sogleich fürchtet. Sie benutzen uns, weil sie selbst für die Wahrheit zu feige sind. Und dann wundern sie sich, wenn wir nicht nach ihrer Pfeife tanzen.«

Ein Stuhl ging krachend zu Boden, worauf einige der Gäste erschrocken zusammenfuhren. Giulias Blick ging unversehens zu Armando, zumindest dorthin, wo er gerade noch gesessen hatte. Der Postbote war verschwunden. Die Pierantognettis waren also mit ihrer Provokation mal wieder erfolgreich gewesen.

Eine künstliche Pause im Spiel unterstrich Giulias Vermutung.

»Was bist du heute wieder dramatisch«, näselte der Drache irgendwann.

»Eher realistisch«, konterte *Tavà*. »Was wolltest du im Kloster, sprich!«

»Nun, die Mönche zählen«, entgegnete Cotoletto spitz. »Zehn, neun, acht …« Er schaffte es kaum bis fünf, da erhoben sich zwei ältere Damen von ihren Plätzen und gingen. Sie taten dies leise und nahezu unauffällig, aber trotzdem lag in ihrem Abgang eine erstaunlich würdevolle Entschiedenheit.

»Die überziehen total«, sagte Jacopo mit gedämpfter Stimme. »Das ist regelrecht unangenehm. Ein Wunder, dass trotzdem noch so viele bleiben.«

»Die Neugierde hält sie auf ihren Hintern«, flüsterte Giulia zurück.

»Können wir nun endlich zu meiner Geschichte zurückkommen«, forderte *Tavà*.

»Meinetwegen«, schmollte der Drache. »Hast du doch noch ein Happy End zu bieten?«

»Mhm. Das Böse hat nicht gesiegt. Es hat sich hinter dicke Klostermauern verzogen. Kein Wunder, dass die Liebe es verschmäht hat, und trotzdem ist das Kloster futsch … Tja, da kann man nichts machen.«

»Aber irgendetwas Schönes muss es doch noch geben«, klagte der Drache.

»Ja, irgendetwas«, erwiderte *Tavà* voller Enthusiasmus in der Stimme.

Das Publikum fing an, mit den Füßen zu trampeln.

»Ich weiß es!«, rief *Tavà* erfreut aus. »Das Leben nimmt seinen Lauf. Wir lachen, wir weinen, und wir lieben das Puppentheater. Es wird niemals untergehen! Niemals!«

Der Vorhang fiel.

***

»Tiziana!« Giulia schob sich hastig zwischen den Zuschauern hindurch, die sich in Bewegung gesetzt hatten. Einige standen vor ihren Stühlen und plauderten angeregt, andere wiederum bahnten sich ihren Weg zu Bekannten oder zum Ausgang. Jedenfalls war für Giulia kaum ein Durchkommen möglich. Die Freundin hatte sie in diesem Tohuwabohu lange aus den Augen verloren. Aber so flink konnte Tiziana auf ihren kurzen, krummen Beinen nicht sein, dass Giulia sie nicht spätestens an ihrem Auto erwischen würde.

»Giulia! Wir sind hier!« Der groß gewachsene Jacopo überragte die meisten der Anwesenden mühelos. Er stand neben Tiziana etwas abseits an einem Weinfass und strahlte zufrieden über das ganze Gesicht. Tiziana hingegen wirkte weniger glücklich.

»Und ich suche dich überall«, rief Giulia ihrem Mann entgegen. »Da kann ich lange auf meinen Wein warten.«

Jacopo zwinkerte ihr verschwörerisch zu. Die beiden hatten sich mitnichten abgesprochen. Giulia war mit dem Ende des Stückes umgehend aufgesprungen, um Tiziana abzupassen. Sie hatte dies Jacopo zwar zugerufen, aber keineswegs damit gerechnet, dass er es ihr gleichtun würde. Es sollte ihr recht sein, denn womöglich war die störrische Alte in Anwesenheit des »schönen Jacopo«, wie sie ihn immer nannte, zugänglicher. Dass sie etwas zu erzählen hatte, davon war Giulia spätestens seit ihrem Auftauchen im Puppentheater überzeugt.

»Giuli, der Schöne hat mir gar nicht erzählt, dass du auch hier bist«, sagte Tiziana und klang dabei für Giulias Ohren zu bemüht herzlich. »Nun wird das wieder nichts mit meinem Date.« Ein kesses an Jacopo gerichtetes Augenzwinkern folgte. Aber selbst das wirkte heute irgendwie angestrengt. Tiziana fühlte sich ertappt. Daran bestand kein Zweifel.

»Tiziana, meine Liebe, ein Weinchen?«, flötete Jacopo zuckersüß, wobei er der Freundin liebevoll die Hand auf den Oberarm legte.

Die schmalen, zusammengepressten Lippen, die Tiziana bis jetzt zur Schau getragen hatte, öffneten sich zu einem sanften Lächeln. »Jacopo, du nun wieder«, entgegnete sie mit dem Timbre eines jungen, ein wenig genanten Mädchens. Dass sie, während sie sprach, auch noch verzückt den Oberkörper hin und her wiegte, hatte für Giulia nichts Lächerliches. Im Gegenteil. Es freute sie, weil sie darin die Vertrautheit sah, die sie drei verband. Dabei staunte sie immer wieder über diese weiche Seite der Freundin, die nur Jacopo bei ihr zutage fördern konnte. Zweifelsohne hatte Tiziana ein Herz aus Gold, aber das vermochte sie konsequent hinter einer rauen Schale zu verbergen. Giulia war sehr wohl klar, dass die Abgeklärtheit der Alten und ihr Drang, Dinge zu sagen, die man lieber nicht aussprach, nicht nur aus dem Vorrecht des hohen Alters resultierte, sondern auch ihren zuweilen bitteren Erfahrungen geschuldet war. Einer Tiziana De Angelis hatte das Leben nichts geschenkt, aber sie wiederum hatte auch dem Leben nichts geschenkt. Darüber wusste Giulia, dessen war sie sich bewusst, nicht mal einen Bruchteil. Die Freundin hütete ihre Geheimnisse, und einen Großteil davon würde sie mit ins Grab nehmen, so viel war gewiss.

»Dann will ich mal sehen, was die liebliche Laura noch so zu bieten hat«, witzelte Jacopo und verschwand eilig in Richtung Bar.

»Hast du deine Leidenschaft für das Puppentheater entdeckt?«, fragte Giulia mit gespielter Arglosigkeit.

»Manchmal überkommt mich das«, erwiderte Tiziana ungewöhnlich einsilbig.

»Mich nicht. Es ist grauenvoll«, entgegnete Giulia.

Über das faltige Gesicht der Freundin huschte ein zufriedenes Lächeln. Zu etwas anderem ließ sie sich jedoch nicht hinreißen.

»Ich weiß nicht, was die Leute daran finden«, redete Giulia weiter. »Die Puppen mögen ja nett anzusehen sein, aber sobald sie den Mund aufmachen …« Sie verdrehte die Augen.

Tiziana blieb stumm.

Giulia plapperte munter weiter. »Wenn Jacopo mich nicht überredet hätte, dann …«

»Ts, ts«. Tiziana fiel ihr, begleitet von einer hochgezogenen Augenbraue, ins Wort. »Giuli, beleidige mich nicht. Doof gehört nicht zu meinen prägenden Eigenschaften«, sagte sie forsch. »Du sitzt hier, weil du die Pierantognettis auf dem Radar hast. Damit hat der schöne Jacopo nichts zu tun.«

»Und wenn es so wäre?«, entgegnete Giulia.

»Dann hoffe ich, dass du den Sack schnell zumachen kannst«, antwortete Tiziana entschlossen. »Es trifft so oder so keine Unschuldigen.«

»Du kennst die Geschwister?«, fragte Giulia.

Tiziana machte nur eine abwertende Handbewegung.

»Warum bist du hier?«, wollte Giulia wissen.

Die Alte schaute sie aus klaren Augen an. »Um mich zu amüsieren. Das tun Leute zuweilen in einem Puppentheater.«

Giulia schüttelte den Kopf. »Erzähl mir nichts.«

»Du hast mit den Märchen angefangen«, konterte Tiziana. »Sei es drum. Ich kann dir nicht helfen. Ich weiß nicht, wer Pater Donato auf dem Gewissen hat. Ich habe ihn ja selbst nur flüchtig gekannt.«

Jacopo war zurück. Er gab jeder der Frauen ein gut gefülltes Glas und prostete ihnen schließlich zu. »Auf uns, Mädels, und natürlich auf die reizendste Bestatterin am Lago.« Er beugte sich zu Tiziana herunter und zwinkerte ihr zu. Die Gläser klirrten.

»Tiziana, die Abtei interessiert dich nicht. Ob sie steht, morgen Stein für Stein abgetragen wird oder hinter einem Luxushotel verschwindet, hat für dich keine Relevanz. Trotzdem demonstrierst du für ihren Erhalt.« Giulia sprach mit weicher Stimme. Sie wusste sehr wohl, dass die Freundin sofort dichtmachen würde, wenn sie etwas krummnahm, Jacopo hin oder her. »Dann besuchst du dieses Puppenspiel …«

»Du bist wegen Jacopo hier, und ich überbrücke die Zeit, bis die alte Bianci sich von ihrem Mann verabschiedet hat. Via ai Boschi 9, falls du nachfragen willst«, erwiderte sie harsch. Dann setzte sie ihr Glas an und trank es in einem Zug leer.

»Doof gehört nicht zu meinen prägenden Wesensmerkmalen«, entgegnete Giulia ungerührt. Im Augenwinkel sah sie, wie Jacopo angesichts ihrer Wortwahl leicht zusammenzuckte.

»Ich hätte es wissen müssen«, empörte sich Tiziana nun schon deutlich zugänglicher. »Was man einer Giulia Cesare einmal beibringt, behält sie für ewig.«

Wie ein deutscher Schäferhund«, kam es zugleich aus den Mündern der beiden Frauen, worauf sie sich vor Lachen ausschütteten.

»Kann mich bitte jemand einweihen?«, bat Jacopo sichtbar amüsiert.

»Als Giuli so groß war«, Tiziana streckte ihren Arm auf etwa einem Meter Höhe von sich weg, »habe ich das immer zu ihr gesagt. Sie wollte alles wissen, hat mir stundenlang auf unseren Touren Löcher in den Bauch gefragt, und sie konnte mir noch Wochen später alles genauso herbeten, wie ich es ihr berichtet hatte …«

»Du bist mit dem Leichenauto mitgefahren?«, fragte Jacopo dazwischen. »Als kleines Mädchen? Das erklärt einiges.«

»Nur wenn ich eine anständige Fuhre hatte«, bemerkte Tiziana trocken. »Zu dritt redet es sich einfach besser.« Sie zwinkerte Giulia zu. Die trat einen Schritt auf die Alte zu und umarmte sie herzlich. »Ich entdecke immer wieder neue Seiten an dir«, frotzelte Jacopo und stieß sein Glas gegen Giulias. »Das ist gut so, schöner Jacopo. Das hält die Liebe frisch«, kommentierte Tiziana von einem Raucherhusten begleitet. »Ich hatte bei meinem Alessandro drei Wochen nach der Hochzeit schon alle Seiten gesehen. Mehr ist nicht mehr dazu gekommen.« Sie zog die Oberlippe nach oben. »Wenn man natürlich von seinen diversen Liebschaften absieht. Die waren die Abwechslung in unserer Ehe.« Nun war es Tiziana, die ihr Glas erhob.

Giulia erinnerte sich an Alessandro, vor dem sie sich als Kind gefürchtet hatte. Er war ein ausnehmend grober und vor allem unschöner Mann gewesen, was sie bis heute an Tizians Geschichten über seine Untreue zweifeln ließ. Dass die Freundin eine unglückliche Ehe geführt hatte, glaubte sie hingegen sofort. »Was hat es mit den Mönchen und den Puppenspielern auf sich?«, fragte Giulia in die ausgelassene Heiterkeit hinein. »Dieser Hass ist erschreckend, und obwohl er allein von den Pierantognettis ausgelebt wird, zumindest soweit ich es mitbekommen habe, ist er doch immanent.«

Keine Antwort.

»Er ist der Grund, weswegen du in einem Puppentheater sitzt, aus dem du dir im Normalfall niemals etwas gemacht hättest, und deswegen demonstrierst du auch vor dem Rathaus in Colico für den Erhalt von Piona. Du musst einfach immer auf der richtigen Seite stehen, auf der der Schwachen, Benachteiligten, Belogenen, Ausgenutzten ... Du trachtest nach Gerechtigkeit, seit ich denken kann. Nicht einmal im Alter bist du gleichmütiger geworden. Manchmal würde ich sogar meinen, dein Drang ist noch schlimmer als früher.« Sie hielt inne. »Was zum Teufel noch mal stimmt hier nicht?«

Tiziana hörte sich alles schweigend an. Lange nachdem Giulia zu Ende gesprochen hatte, hob sie leicht den Kopf, stellte ihr Glas neben sich ab und setzte diesen unverwechselbaren kämpferischen Blick auf, den Giulia schon so oft bei ihr gesehen hatte. Dann zog sie eine Packung Zigaretten aus der Tasche ihres schwarzen Kleides und klopfte sich geübt eine heraus. Diese steckte sie sich in den Mund, jedoch ohne sie anzuzünden. »Ich sage das nur, weil du es bist, Giuli«, erklärte sie streng. »Du willst das Richtige, schon immer.« Pause. »Das passiert, wenn von tiefer Freundschaft nur noch Hass bleibt«, sagte sie irgendwann. »Erstaunlicherweise überlebt Hass die Generationen besser als alles andere …«

»Signora De Angelis.« Romualdo Pierantognetti lief mit selbstsicherem Schritt an ihnen vorbei. *Tavà* und *Cotoletto* trug er dabei vor sich her, als würde er das kostbarste Porzellan mit sich führen. »Ich hoffe doch, die kleine Vorführung hat Ihnen gefallen? Es ist doch schön, in längst vergangenen Erinnerungen zu schwelgen, oder?« Seine Augen ruhten auf Tiziana, und allein deren boshaftes Aufblitzen sowie sein überhebliches Grinsen genügten, um in Giulia die Wut aufsteigen zu lassen. Pierantognetti machte nicht einmal den Anschein, dass er auf Tizianas Antwort erpicht sein könnte. Unter schallendem Lachen drehte er ihr den Rücken zu und zog von dannen.

Giulia registrierte nicht nur, dass die beiden sich kannten, sondern auch, dass Tizianas Miene bei seinem Anblick wie versteinert wirkte. Obwohl sie so tat, als wäre der Puppenspieler Luft für sie, rumorte es in ihr erheblich. Endlich redete sie weiter. »Die Geschwister haben keinen Grund, also keinen, der ihnen von anderen Menschen aufgelegt wird. Es ist lediglich ihre eigene Hochnäsigkeit, die sie treibt, gerechtfertigt durch die bedingungslose Liebe zu ihrem Großvater. Es ist die Abneigung des alten Pierantognetti, die sie mit sich herumtragen, wie eine Warze, die von Generation zu Generation immer wieder auf der Nase der Familienmitglieder klebt und der man nicht entrinnen kann. Das von sich eingenommene Volk hat nur noch nicht begriffen, dass es keinen Automatismus gibt, nach dem sich Emotionen auf den Kindern, Enkeln und Urenkeln festsetzen. Und sie sind so verblendet in ihrem Tun, dass ihnen dies wohl zeitlebens nicht aufgehen wird.« Tiziana sagte das alles in absolut ruhigem Ton und ohne die kleinste erkennbare Gefühlsregung.

»Riccardo Pierantognetti, der Puppenspieler …«, erwiderte Giulia gedankenverloren. »Er ist vor langer Zeit gestorben. Er war einer der anständigen Kerle, natürlich. Dann gibt es da noch einen zweiten …« Sie schaute Tiziana fragend an, aber die wich ihrem Blick aus. »Der ist auch tot. Und der Mönch? Er lebt noch? Es muss ein recht alter Mönch sein, möchte ich meinen.« Wieder fiel ihr Blick auf Tiziana, und dabei kam es ihr so vor, als ob ihre Augen mit einem Male glasiger wirkten. »Immerhin war die Rede vom Zweiten Weltkrieg. Der Bruder muss heute weit über achtzig Jahre alt sein.« Giulia sprach den Namen des Einzigen, der aus ihrer Sicht in Frage kam, nicht aus. Es konnte sich nur um Pater Benedetto, den heutigen Abt von Piona, handeln. Kein anderer Mönch war in diesem betagten Alter. Es lohnte sich nicht, Worte darüber zu verlieren, zumal Giulia ihrer ansonsten so taffen Freundin ansehen konnte, dass sie das Gespräch innerlich mehr aufwühlte, als sie es erwartet hatte. »Wer ist der dritte Freund, von dem *Tavà* vorhin gesprochen hat?«, fragte sie stattdessen.

Tiziana schluckte. »Tullio Botti«, antwortete sie zögerlich. »Der Dritte im Bunde war Tullio Botti.« Sie nahm ihr Glas, prostete damit gen Himmel und leerte es in einem Zug.

Giulia nickte. Tullio war ebenfalls tot. Das wusste sie von der Homepage der Puppenschnitzer. Tullio Botti, Riccardo Pierantognetti und der Abt Benedetto hatten sich also einmal nahegestanden. Bei den ersten beiden überraschte sie das nach allem, was sie bisher gehört hatte, wenig. Aber wie passte der Abt dort hinein? Auf ihre Nachfrage hin wollte er noch nicht einmal etwas von dem *Teatro* gehört haben.

Giulia stand eine Weile nur schweigend da.

»Siehst du, Giuli, irgendwann holt einen die Vergangenheit wieder ein, nur weil ein paar Dummköpfe sie nicht ruhen lassen können. Aber ich bin zu alt, um längst vergangene Kriege auszufechten, einfach zu alt«, bedauerte Tiziana mit rauchiger Stimme und zündete sich die noch immer jungfräuliche Zigarette in ihrem Mund an. »Noch dazu sind es nicht meine Kriege.« Sie streichelte erst Giulia und dann Jacopo über die Wange und ging ohne ein weiteres Wort.

Beide schauten ihr noch nach, bis sie nicht mehr zu sehen war.

»Sollte Tiziana die Frau gewesen sein?«, fragte Jacopo irgendwann tonlos. »Oder sehe ich weiße Elefanten? Aber wieso sonst hätte der Typ von Erinnerungen sprechen sollen?« Jacopo schüttelte nachdenklich den Kopf. »Habe ich irgendetwas nicht mitbekommen?«

Giulia küsste ihn zärtlich.

***

»Der Abt?«, fragte Jacopo an seinem Frühstückshörnchen kauend. Seine weit aufgerissenen Augen zeigten Giulia sehr deutlich, was er von dieser Überlegung hielt.

»Bruder Benedetto gehörte zu dem Trio, daran besteht für mich kein Zweifel«, entgegnete Giulia, während sie sich von Jacopos selbst gemachter Apfelmarmelade nahm. Die beiden diskutierten schon seit geraumer Zeit ihre Eindrücke des gestrigen Abends, während Brutus nur schweigend dabeisaß und sein Frühstück zu sich nahm.

»Er ist viel zu jung«, widersprach Jacopo. »Es muss noch einen anderen Mönch geben, einen längst verstorbenen.«

»Es geht um Benedetto, ganz sicher. Er hat mich auf meine Frage nach dem *Teatro* angelogen. Aber du hättest sein Gesicht sehen sollen, als er die Drachenpuppe bei Elena entdeckt hat. So schaut niemand drein, wenn er mit so etwas nichts anfangen kann.«

»*Cotoletto*, genau«, schmatzte Brutus. »Vor dem muss man sich in Acht nehmen. Das weiß auch der Abt.« Er langte mit seinem Arm direkt über Giulias Teller, um an den Joghurt zu kommen. Giulia lehnte sich rücksichtsvoll zurück und ließ ihn gewähren, was ihr ein promptes Kopfschütteln Jacopos einbrachte.

»Der Abt ist siebenundachtzig Jahre alt. Das heißt, er wurde 1935 geboren …«, hob Giulia an.

»Dann war er am Ende des Zweiten Weltkrieges zehn Jahre alt«, sagte Jacopo. »Meinst du im Ernst, die fünfzehnjährige Tiziana hat sich an einen Zehnjährigen rangemacht?« Er hob die linke Braue.

»Tiziana.« Brutus lachte auf. »Der liebe Gott hat dieses alte Graupelwetter vergessen, na ja, auch er ist nun mal nicht unfehlbar.«

»Das sagt doch auch niemand«, entgegnete Giulia auf Jacopos Frage, ohne auf Brutus' Frechheit einzugehen.

Jacopo beachtete ihn ebenfalls nicht. »Abgesehen davon müssen die anderen beiden Männer deutlich älter gewesen sein. Eine seltsame Freundschaft, noch dazu wenn zwei Erwachsene sich von einem Jungen ein Mädchen ausspannen lassen. Giuli, ich bitte dich.«

»Riccardo Pierantognetti ist 1926 geboren, er war also neunzehn Jahre alt, und Tullio Botti ist Jahrgang 1924«, fuhr Giulia fort, als hätte es keinen Einwand seitens Jacopos gegeben. Sie hatte, während er das Frühstück zubereitet hatte, zu den beiden Männern im Internet recherchiert.

»Eben«, gab Jacopo kurz zurück.

»Der Abt hat uns erzählt, er hätte seine Kindheit am See verbracht, bei seinen Großeltern. Die Männer müssen sich gekannt haben ...«

»Das bezweifle ich nicht«, erwiderte er.

»Du darfst nicht jedes Wort der Puppenspieler auf die Goldwaage legen. ›Nach dem Krieg‹ muss nicht zwangsläufig das Jahr 1945 meinen. Und es muss auch nicht heißen, dass die Frau zwischen den drei Männern stand. Die Pierantognetti-Geschwister machen sich einen Spaß daraus, zu verwirren, anzudeuten ... Hauptsache, sie können die Leute verunsichern und am Ende aufwiegeln.«

»So kannst du das nicht sagen, Giuli«, widersprach Brutus so empört, dass er sogar das Kauen unterbrach und sie mit vollen Backen ansah.

»Dass sie provozieren wollen, war nicht zu überhören«, entgegnete Jacopo. »Ich habe selten so etwas Unangenehmes erlebt. Dennoch ist mir deine Strategie nicht klar. Du versuchst, aus diesen Dreistigkeiten einen Mehrwert zu ziehen, nimmst dir aber nur den Teil an, der ohnehin schon in das Schema in deinem Kopf passt. Ehrlich gesagt halte ich das nicht für besonders zielführend.«

Giulia wurde nachdenklich. »Womöglich hast du recht, und ich sollte diesem Unsinn keine Bedeutung beimessen, aber mein Bauchgefühl sagt mir, dass da mehr ist. Allein der Hinweis auf den Besuch von *Cotoletto* in der Abtei war eine Frechheit. Aber es war die Wahrheit. Ich kann mir nicht vorstellen, dass sie das ohne Hintergedanken angesprochen haben. Das ergibt keinen Sinn«, murmelte Giulia vor sich hin. »Manchmal habe ich das Gefühl, die Puppen kennen alle Geheimnisse ...«

Brutus schaute Giulia entgeistert an. »Aber das tun sie ganz gewiss, Giuli. Sie schauen uns bis in die Seele. Ach übrigens, Armando war wirklich auf dieser Postfeier. So etwas ist doch immer wichtig für dich. Ich habe Maurizio gefragt, den Verräter.« Er machte eine abwertende Geste. »Kann ich noch Milch haben?« Er hielt das leere Kännchen hoch. »Das ist leer.«

»Im Kühlschrank ist Nachschub«, antwortete Jacopo beiläufig.

»Nun ja, immerhin haben sie mich zur Antwort auf eine der offenen Fragen geführt«, bemerkte Giulia. Das mit Armando kommentierte sie nicht. Das wusste sie schon lange. Solange sie Elena hatte, brauchte sie Brutus nicht.

»Ich verstehe nicht«, antwortete Jacopo.

»Nicht wichtig«, entgegnete Giulia mit einem flüchtigen Blick zu Brutus. Er musste nicht wissen, dass Armando allem Anschein nach den Drachen entwendet und ihn auf das Tor zur Abtei gesetzt hatte.

Jacopo schaute ebenfalls kurz auf den Freund, aber der schien keine Lust mehr auf Milch zu haben und blätterte interessiert in der Zeitung.

»Gut, hören wir auf dein Bauchgefühl«, stimmte Jacopo zu. »Meinst du, der Hinweis auf den Mönch hatte etwas mit deinem Mordfall zu tun? Galt dieses hirnrissige Spektakel womöglich allein dir?«

»Ich kann mir keinen Reim darauf machen. Niemand wusste, dass wir da sein würden«, antwortete sie nachdenklich.

»Da das Ganze ohnehin nicht nach einem einstudierten Programm aussah, ist das unwichtig. Sie könnten dich gesehen und daraufhin improvisiert haben«, warf Jacopo ein.

»Wenn Sie mich auf diese Art auf die Feindschaft zwischen dem *Teatro* und den Mönchen stoßen wollten, ergibt das keinen Sinn. Pierantognetti hat daraus von Anfang an keinen Hehl gemacht.« Etwas leiser fügte sie an: »Nicht umsonst rangiert er bei meinen Verdächtigen immer noch auf Platz eins, auch wenn sich mir ein Motiv leider noch immer nicht aufgetan hat. Aber womöglich braucht es das nach dem, was Tiziana erzählt hat, auch gar nicht.«

»Aber du wusstest nichts von der Verbindung zum Abt«, gab Jacopo zu bedenken. »Er selbst hat dir nichts davon erzählt, wovon sie scheinbar ausgegangen sind. Niemand redet gern über seine Missetaten, vor allem nicht wenn es seine Reputation ankratzen könnte.«

»Das stimmt natürlich …«, murmelte Giulia. »Sie wollen mein Misstrauen gegenüber dem Abt entfachen. Wobei ich nicht glauben kann, dass Pater Benedetto etwas Schlimmes getan hat. Sie dachte an die Drachenpuppe, die am Klostertor auf der Figur des heiligen Benedikt gesessen hatte. Auch hier hatte sie schon einen Hinweis vermutet. Aber nach dem, was sie mittlerweile erlebt hatte, konnte das nur Armando gewesen sein, der *Cotoletto* entwendet und ihn dort platziert hatte. Was wusste Armando über den Abt? Und vor allem: In welchem Zusammenhang zu dieser alten Geschichte sollte die Ermordung Donatos stehen? Donato war ein Fremder. Er stammte von der anderen Seite des Sees. Noch dazu lebte er erst seit Kurzem im Kloster. Dass er den alten Pierantognetti und auch Botti gekannt hatte, war äußerst unwahrscheinlich. Und der Abt? Er war seit seinem dreiundzwanzigsten Lebensjahr ein Teil von Piona. Das war eine lange Zeit, lang genug, um die Geschichten der Menschen in Colico und Umgebung gut zu kennen. Und natürlich auch, um sich Feinde gemacht haben zu können.

»Ich glaube nicht, dass die Puppenspieler das Stück extra für Giulia aufgeführt haben«, warf Brutus ein. »Sie spüren genau, dass sie sie nicht mag, und deswegen werden sie ihr auch nicht helfen.«

Giulia zog die Stirn kraus. Da mochte etwas dran sein. Die Geschwister hatten ihr eigenes Programm. Eine Mordermittlung zu unterstützen, die sich um einen toten Mönch drehte, gehörte bestimmt nicht dazu. Das Stück hatte die ganze Zeit nur so vor Trotz getrieft. Es schien so, als ob die Pierantognettis der Welt ihren ungebrochenen Lebenswillen demonstrieren wollten, gegen alle Widrigkeiten. Seht her, Leute, wir sind noch da! Und mit uns der Grundstein der *Teatro*-Dynastie, die Puppen *Tavà* und *Cotoletto*, das Erbe unserer Vorväter.

221

Vermutlich haben sie sich genau aus diesem Grund dieser alten Geschichte bedient. Sentimentalität und Stänkerei schließen sich nicht aus. Giulia griff zur Kaffeekanne, um sich nachzugießen. Ohne von seiner Zeitung aufzusehen oder ein Wort zu sagen, reichte ihr Brutus seine leere Tasse herüber. Während sie ihm eingoss, redete sie weiter. »Und Tiziana …« Sie sah zu Jacopo. »Du hattest doch auch den Eindruck, als ob mit ihr irgendetwas nicht stimmte?«

»Nee«, widersprach Jacopo. »Sie war wie immer.«

»Als die Rede auf den Mönch kam, hatte sie Tränen in den Augen. Ich bin mir sicher«, sagte sie.

»Das ist mir nicht aufgefallen«, entgegnete Jacopo. »Womöglich stand sie nur etwas ungünstig unter der Lampe.« Jacopo hielt kurz inne. »Aber ja, für einen Moment hatte ich das Gefühl, dass Tiziana irgendetwas mit dem Ganzen zu tun hat, das ist richtig. Das, was sie sagte, klang ja auch so.«

»Tiziana ist regelmäßig im Kloster«, wusste Brutus. »Armando fällt so etwas auf.« Seine Serviette fiel zu Boden. Er bemerkte es nicht.

»Sie kauft dort ihre Hautcreme«, bemerkte Giulia, die dem Einwurf ihres Freundes wenig Beweiskraft beimaß. »Und sonst noch allerlei Kram.«

»Sie trinkt mit dem Abt Tee, und niemand darf sie dabei stören«, ergänzte Brutus. »Immer mittwochnachmittags. Was Armando dazu gesagt hat, spare ich mir. Er kann Tiziana nicht ausstehen, weil sie den Leichnam seines Vaters vor dem Abtransport ins Krematorium noch bei dessen Bruder vorbeigefahren hat. Er wollte ihn unbedingt noch einmal sehen, aber da die Frauen der beiden miteinander zerstritten sind, hat ihm Armandos Mutter diesen Wunsch nicht gewährt. Tiziana hingegen hat sich einfach darüber hinweggesetzt, woraufhin Armandos Mutter einen Herzinfarkt erlitten hat, nicht schlimm, aber er musste sie jeden Tag im Krankenhaus besuchen, und als sie dann wieder zu Hause war, hat sie sich über Wochen pflegen lassen.«

Nach dieser Erfahrung musste Armando Tiziana zwangsläufig hassen, dachte Giulia. Sie schaute Jacopo herausfordernd an. »Tiziana hatte Tränen in den Augen. Ganz sicher«, wiederholte sie.

»Gut, also Tiziana und der Abt sind Freunde, aber was besagt das schon?«, sagte Jacopo.

»Dass sie jemanden schützen will«, entgegnete Giulia leise.

* * *

Die Glocke von San Nicola vermeldete die Mittagsstunde. Giulia saß in der letzten Bank und zählte die gleichmäßigen Schläge. Mit dem Verhallen des zwölften kehrte die Stille zurück, die sie an diesem außergewöhnlichen Ort so sehr schätzte. Das Kloster war Teil des prallen Lebens am Lario, und zugleich war es so unendlich weit weg davon. San Nicola war eine ungewöhnlich schlichte Kirche, mit einem einzigen Kirchenschiff, einfacher Bestuhlung und hohen Kalksteinwänden, die lediglich am oberen Drittel über schmale Fenster verfügten, die nur ein spärliches Tageslicht hereinließen. Das wiederum schien von dem dunklen Holz der Balkendecke fast vollständig geschluckt zu werden. Dagegen strahlte der Altarbereich mit seiner gewölbten Decke, den tieferen Fenstern und den in Erdfarben gemalten, jahrhundertealten Fresken sowie dem in seiner Mitte hängenden goldenen Kruzifix förmlich. Giulia ging davon aus, dass die Baumeister ebendies beabsichtigt hatten. Und es funktionierte, selbst bei ihr. Immer und immer wieder wurden ihre Augen quasi automatisch von diesem warmen Glanz angezogen. Sie ließ sich treiben und glaubte sogar, die besondere Kraft dieses Ortes zu spüren, von denen ihr die Brüder einvernehmlich berichtet hatten.

Ein Rascheln holte sie aus dieser Stimmung. Es war der Abt, den sie bereits bei ihrem Eintreffen vor dem Altar kniend und in inniglichem Gebet vorgefunden hatte. Sie konnte nicht sagen, ob er sie bereits bemerkt hatte, aber nun, da er sich erhob, brauchte es ihre Rücksichtnahme zweifelsohne nicht mehr. Er bekreuzigte sich eilig, wandte sich zu ihr um und lief mit schnellen kleinen Schritten auf das Portal zu. Sein Blick wirkte abwesend, wenn nicht sogar starr, und offenbar wähnte er sich allein. Erst auf Giulias Höhe schien sie in sein Blickfeld zu geraten. Er stoppte sichtbar irritiert und schaute in ihre

Richtung. Es war ihm anzusehen, dass er kurz brauchte, um die Dinge einzuordnen. Schließlich jedoch hoben sich seine Mundwinkel zu einem freundlichen, wenn auch flüchtigen Lächeln, und er nickte ihr höflich zu.

»Entschuldigen Sie, Commissario, dass ich Sie beim Gebet gestört habe«, sagte er, und Giulia entging nicht, dass er nebenbei immer wieder nervös seine Hände knetete. »Normalerweise ist unsere San Nicola zur Mittagszeit der einsamste Ort der Welt.«

»Ich denke eher, dass ich der Störenfried bin«, gab Giulia zweideutig zur Antwort.

Der Abt neigte seinen Kopf leicht zur Seite und schaute sie mit unentschiedenem Blick an.

»Würden Sie sich ein paar Minuten zu mir setzen?«, bat Giulia, wobei sie, wie um die Einladung zu unterstreichen, ihre rechte Hand neben sich auf die Bank legte.

Der Abt zögerte einen Moment zu lange. Schließlich folgte er ihrer Bitte, wobei er den Altar nicht aus den Augen ließ. Das Gestühl knackte unter seinem Gewicht. Obwohl er einige Zentimeter mehr als notwendig zwischen ihnen Platz gelassen hatte, konnte Giulia deutlich seine flachen Atemzüge hören.

»Ich habe eine sehr gute Freundin«, hob Giulia mit gedämpfter, aber entschiedener Stimme an. »Sie begleitet mich schon fast mein ganzes Leben. Vieles von dem, für was ich heute stehe, habe ich ihr zu verdanken. Manchmal denke ich, sie hat mich mehr beeinflusst, als meine Eltern es hätten tun können.« Pause. »Aber wissen Sie, was das Erstaunlichste ist, jedes Mal, wenn ich auf sie treffe, habe ich das Gefühl, sie nicht gut genug zu kennen. Selbst nach mehr als fünfzig Jahren nicht. Verstehen Sie das?«

»Ja, das tue ich«, entgegnete der Abt milde. »Die Bedeutung, die ein Mensch für uns hat, resultiert aus mehr als nur seinem Mitteilungsbedürfnis. Reden kann man viel, aber ob man etwas zu sagen hat, steht auf einem anderen Blatt. Außerdem glaube ich, besagte Freundin hat sich Ihnen gegenüber schon sehr weit geöffnet. Wie hätten Sie sonst etwas von ihr lernen sollen?«

»Sie haben sicherlich recht«, entgegnete Giulia. »Es mag ein Trugschluss sein, Nähe mit Durchschaubarkeit gleichzusetzen.«

Er nickte bedächtig, wobei der Stoff seines Gewandes ein leichtes Kratzen von sich gab.

»Vermutlich will sie mich auch einfach nur schützen. Die Welt ist mitunter kein guter Ort, früher wie heute nicht«, redete Giulia weiter.

»Aber das wird doch kaum jemandem so regelmäßig vor Augen geführt wie einer Commissario«, stellte der Abt fest, wobei Giulia im Augenwinkel sah, dass er seinen Kopf ein wenig zu ihr gedreht hatte. »Damit will ich nicht sagen, dass es das für Sie leichter macht.«

Giulia lächelte wissend. »Sie haben auch so eine Freundin«, sagte sie irgendwann, was seine Atemgeräusche kurz aussetzen ließ. Nun war sie es, die ihren Oberkörper in seine Richtung drehte und ihn eindringlich anschaute. »Sie schützt Sie, und ich frage mich, warum?«

Er hielt ihrem Blick stand. In seinen Augen konnte Giulia lesen, dass er wusste, von wem sie sprach.

»Ich habe mich mit knapp siebzehn Jahren für dieses Leben entschieden«, antwortete er mit brüchiger Stimme, die mit jedem einzelnen Wort ihre gewohnte Selbstsicherheit zurückerlangte. »Nicht einen einzigen Tag habe ich diesen Schritt bereut. Und ich bin überzeugt, dass sich dies in der mir letztendlich verbleibenden Zeit auch nicht mehr ändern wird. Obwohl der katholische Glaube damals noch etwas galt in unserem Land, habe ich einen Weg eingeschlagen, der meiner Familie das Herz gebrochen hat. Es muss meinen Eltern vorgekommen sein, als hätten sie ihren einzigen Sohn unwiederbringlich verloren, nur dass ich am Leben war und nicht wie so viele meiner nur wenige Jahre älteren Freunde auf den Schlachtfeldern dieser Welt ein Ende gefunden hatte. Vor allem meine Mutter hat meine Entscheidung niemals verwinden können. In schwachen Momenten denke ich, dass dieser Gram der Grund für ihren frühen Tod gewesen ist. Aber ich konnte nicht anders. Dies hier ist mein Weg. Und damit habe ich den wichtigsten Menschen in meinem Leben das Herz gebrochen. Nicht alle vermochten es, mir zu verzeihen.«

Giulia hörte ihm aufmerksam zu und wartete ab, worauf er hinauswollte.

»Ich glaube, meine Mutter hat es tausendfach bereut, mich zu oft zu ihren Eltern nach Colico gebracht zu haben.« Ein Schmunzeln schwang in seinen Worten mit. »Ich hatte dieses kleine Paradies jeden Tag quasi direkt vor meiner Nase. Das prägt. Und der damalige Abt, Pater Benedetto, war einer der außergewöhnlichsten Menschen, die ich in meinem Leben jemals kennenlernen durfte. Ich bin ihm bis heute für alles unendlich dankbar. Leider ist er viel zu früh von uns gegangen.«

Er senkte den Kopf, sprach ein leises Gebet und bekreuzigte sich.

»Und dann sind Sie in seine Fußstapfen getreten«, bemerkte Giulia. Dass der Abt den Namen des alten Abtes angenommen hatte, sagte viel über das Verhältnis zwischen den beiden Männern aus.

»Ich habe es versucht, würde ich sagen, viele Jahre später«, erwiderte der Abt. Das ist bei einem Mann von Benedettos Schlag nicht einfach. Noch dazu haben sich die Zeiten geändert.«

»Aber manches bleibt immer so, wie es ist«, wandte Giulia ein.

»An irgendetwas muss man sich ja festhalten können«, entgegnete er.

»Pater Donato ist tot«, sagte Giulia. »Was passiert mit dem Kloster, wenn Gianmarco die feierliche Profess ausschlägt und den Orden verlässt?«

»Wir pflegen unseren Garten, ernten die Früchte unserer Arbeit, beten. Und irgendwann finde ich meinen Frieden nebenan auf dem Friedhof, und aus der Mitte der Brüder wird ein neuer Abt bestimmt«, antwortete Pater Benedetto. »Die Gemeinschaft eines Ordens wird nie nur von einem Rücken getragen.«

»Weiter nichts?«, hakte sie nach.

»Das ist doch schon sehr viel«, entgegnete er.

Schweigen.

»Commissario, Piona ist ein Ort für die Ewigkeit. Dessen bin ich mir gewiss.«

Giulia konnte es sich nicht erklären, aber seine Worte nahmen ihr das mulmige Gefühl, das sie in dieser Sache seit gestern hatte.

»Aber das Projekt der Bürgermeisterin könnte …«

»Wegen ein bisschen Land und ein paar Pfirsichbäumen fällt kein Kloster«, fiel er ihr ins Wort.

»Aber deswegen könnte ein Mensch gestorben sein«, ergänzte Giulia.

»Mag sein«, erwiderte der Abt und klang dabei, als schloss er das kategorisch aus. »Die Bürgermeisterin ist eine junge, engagierte Frau. Diese Kombination muss nicht immer von Vorteil sein. Man läuft Gefahr, sich in Dinge zu verrennen, die bei Licht betrachtet aussichtslos sind. Das ist im normalen Leben schon nicht gut, aber in der Politik setzt man damit so einiges aufs Spiel.«

»So etwas birgt immer auch die Gefahr, Sympathisanten auf den Plan zu rufen, denen das richtige Maß für die Dinge fehlt. Einfach gesprochen: Wenn keine Mönche mehr da sind, ist der Weg zum Luxushotel frei. Donato könnte zur falschen Zeit am falschen Ort gewesen sein.«

»Das wäre ein wenig zu einfach. Finden Sie nicht?« Der Abt schaute sie an. Seine Stirn lag in Falten, so skeptisch schien er gegenüber ihrer Vermutung zu sein.

»Nicht, wenn man die Überlegungen des Vatikans über die Mindestgröße von Klöstern kennt«, sprach Giulia das aus, was sie die ganze Zeit aus Rücksicht auf Tizianas Leumund sorgsam umschifft hatte. Da sich der Abt jedoch anderweitig nicht hatte locken lassen, war ihr nichts anderes übrig geblieben.

Er presste seine Lippen fest zusammen, nur kurz, aber lange genug, dass es Giulia auffiel. Mehr ließ er sich nicht anmerken. Trotzdem konnte Giulia spüren, dass ihm dies nicht behagte. »Das sind Informationen, die der Öffentlichkeit nicht zugänglich sind«, sagte er abweisend. »Unter keinen Umständen. Und es ist nichts, was Piona betrifft.«

Giulia brauchte nicht nach der Verlässlichkeit seiner Behauptung zu fragen. Sie stand ihm ins Gesicht geschrieben. Darin konnte also wohl kaum das Motiv für Donatos Tod liegen. Tiziana musste das gewusst haben. Der Abt setzte nicht auf ihre Verschwiegenheit und ließ es dann bei einer halbherzigen Information bewenden, die zugleich noch mehr Unsicherheiten schürte. Zweifelsohne hatte er gegenüber Tiziana auch das ausgeführt, was er Giulia gerade gesagt hatte. Aber wieso hatte Tiziana dann nur einen Teil der Wahrheit preisgegeben und sie vor allem noch extra damit gefüttert? Dafür konnte es nur einen Grund geben. Sie wollte einen etwaigen Verdacht gegenüber dem Abt, der Giulia vor allem während des gestrigen Auftrittes des *Teatros* geradezu aufgedrängt worden war, entkräften. Der Abt, dessen Leben dieses Kloster war, würde niemals etwas tun, was dessen Bestand gefährden könnte. Die Logik, die darin lag, war bestechend einfach und, was Tiziana anging, ziemlich einfältig. Giulia dachte an die Freundin. Diese Umwege hätte es nicht gebraucht. Der Abt hatte ihre Zweifel ausgeräumt, und das im Hinblick auf seine eingangs gewählten Worte überaus klug.

»Wissen Sie, verehrter Abt«, hob Giulia an. »Ich glaube …«

Das Kirchenportal wurde kraftvoll aufgestoßen, und Gianmarco kam hereingestürzt. »Benedetto, wir müssen reden. Dringend«, rief er fordernd in das Dunkel der Kirche hinein. »Es duldet keinen Aufschub.« Er stoppte seine eiligen Schritte just in den Moment, in dem er Giulia und den Abt ausgemacht hatte, und für die ersten wenigen Sekunden hatte er seine Mimik nicht unter Kontrolle. Giulias Anwesenheit behagte ihm augenscheinlich nicht. »Äh, Verzeihung, ich wusste nicht, dass du beschäftigt bist, Bruder Benedetto. Es war ungeschickt von mir. Es hat Zeit bis nachher. Nochmals Entschuldigung.« Er schickte sich an zu gehen.

Giulia fragte sich, ob es wohl angemessen gewesen wäre, Benedetto auf diese ungestüme Weise aus seinem Gebet zu reißen, wenn sie nicht da gewesen wäre. Zweifelsohne jedoch musste ihm sein Anliegen unter den Nägeln brennen, sonst hätte er sich diesen Fauxpas nicht erlaubt. »Gianmarco, bitte bleiben Sie. Es trifft sich gut, Sie beide gemeinsam hier zu haben«, sagte sie. »Immerhin standen Sie beide meinem Eindruck nach Donato von allen Brüdern am nächsten.«

Gianmarco hatte sich zwar wieder im Griff, aber begeistert wirkte er dennoch nicht. Das Unbehagen des Abtes allerdings – und das erstaunte Giulia wirklich – schien noch deutlich größer zu sein. Widerspruch jedoch kam von keinem von beiden. Giulia wartete, bis Gianmarco herangekommen war. Er verzichtete aber darauf, Platz zu nehmen, sondern blieb im Mittelgang, an der Außenseite der Bankreihe vor ihnen, stehen.

»Sagen Sie, Gianmarco,« sagte Giulia, »haben Sie Pater Donato jemals in Ihre Zukunftspläne eingeweiht?«

Gianmarco wirkte wie versteinert. Er schien sich unschlüssig zu sein, wie er sich verhalten sollte. Nervös ließ er seine Augen zwischen Giulia und dem Abt hin- und herhuschen. Die Situation bereitete ihm sichtlich Unbehagen, und mehr noch, Gianmarco hatte Angst. Offenkundig schien ihm sein neues Leben noch so fern, vielleicht auch unwirklich, dass er befürchtete, es könnte sich beim kleinsten Windhauch wieder verflüchtigen. Wenn man am Boden lag, des Vertrauens in die Menschheit beraubt, war es um die eigene Zuversicht nicht gerade üppig bestellt.

Das tiefe Ausatmen des Abtes durchbrach die Stille. »Das ist eine Angelegenheit, die man nur mit dem Klostervorsteher bespricht«, kam er ihm zu Hilfe.

»Donato wusste also nicht, dass Sie niemals vorhatten, die feierliche Profess abzulegen? Nicht einmal im Vertrauen?«, fragte Giulia noch einmal an Gianmarco gewandt.

»Nein.« Die Antwort war kaum vernehmbar, und trotzdem konnte Giulia das darin liegende Ungemach deutlich heraushören.

»Er hätte ihren Weggang gar nicht mehr erlebt«, schlussfolgerte Giulia.

Der Abt riss den Kopf nach oben und schaute Gianmarco zutiefst betroffen an.

»Es ist nicht davon auszugehen, nein«, entgegnete Gianmarco nahezu tonlos.

»Immerhin mussten Sie auf diese Weise den Mann, der Ihnen in der schlimmsten Not beigestanden hat, nicht vor den Kopf stoßen«, antwortete Giulia. »Donato wäre in der scheinbaren Gewissheit, seinem Orden, aber auch Ihnen einen guten Dienst erwiesen zu haben, gestorben. Dann hätte diese Geschichte für alle ein schönes Ende genommen.« Giulia richtete ihren Blick auf den Abt. »Außer für das Kloster natürlich. Für die Gemeinschaft ist das ein schwerer Schlag.«

Pater Benedetto entfuhr ein leises Seufzen. »Es sind die Wege des Herrn. Wir sind nur seine Diener.«

»Hören Sie!«, forderte Gianmarco mit Nachdruck. »Ich bin Donato zutiefst dankbar. Für alles, was er für mich getan hat. Niemals hätte ich das Recht gehabt, so etwas von jemandem zu erwarten, vor allem nicht von den Menschen, die …« Er stockte. »Es gab eine Zeit in meinem Leben, in der ich absolut überzeugt war, hier richtig zu sein. Das unvoreingenommene Vertrauen und die Wertschätzung, die mir die Gemeinschaft hier entgegengebracht haben, haben mir den Halt gegeben, den ich gebraucht habe, um mein Selbst wiederzufinden. Ich würde sogar so weit gehen, zu sagen, das hier hat mich gerettet. Womöglich resultierte aus meiner tiefen Dankbarkeit und dem Respekt vor den Männern hier der zeitweise Glauben, ich könnte mit ihnen gleichziehen. Ich kann es nicht. Das weiß ich heute. Aber ich bin mir sicher, Donato hätte auch diese Entscheidung mit der ihm eigenen Großzügigkeit und Menschenfreundlichkeit als gut empfunden. Er hätte mir niemals Vorwürfe gemacht. Die Freiheit des Denkens und Handelns stand für ihn ganz oben.«

Der Abt begleitete die letzten Sätze mit einem Nicken. Giulia beschlich dabei das Gefühl, dass Gianmarcos Ansprache ohnehin weniger ihr, sondern ihm galt. Allerdings bezweifelte sie, dass das war, was ihn gerade so eilig hier hereingeführt hatte. Für den Abt war Gianmarcos Rückzug nichts Neues. Das konnte man ihm ansehen.

»Glauben Sie nicht, ich hätte nicht alle Rädchen gedreht, um Donato zu einer Chance zu verhelfen? Zugegeben, es gab nicht mehr viele Menschen, die einem ob schuldlos oder schuldvoll Gestrandeten die Hand reichten, aber es gab sie. Donato hätte Möglichkeiten gehabt. Aber er hat sie abgelehnt. Er wollte, wie er es immer wieder formuliert hat, niemandem etwas wegnehmen. Ich glaube, ihm hat da immer ein Bild einer jungen Mutter oder eines geliebten Vaters vorgeschwebt, denen er den Platz auf der Liste streitig machen könnte. Das wollte er unter keinen Umständen.«

»Er hat sich nicht einmal für eine neue Niere registrieren lassen?«, fragte der Abt fassungslos. »Wie hat er das denn tun können? Ach, Pater Donato. Wieso hast du nur nicht nach meiner Hand gegriffen? Ich hätte sie gehalten.«

Gianmarcos Blick huschte zu Giulia hinüber. Dann trat er einen Schritt auf den Abt zu und legte seine Hand auf dessen Schulter. »Bruder Benedetto, ich konnte nicht …« Seine Worte wurden von einem schweren Schlucken erstickt.

Der Abt legte seine Hand auf die von Gianmarco. »Ich mache dir keine Vorwürfe. Es gibt keinen Grund dafür«, sagte er erschöpft.

»Warum haben Sie uns das nicht alles bei unserem ersten Gespräch gesagt?«, wollte Giulia wissen. »Ihnen als Mediziner hätte klar sein müssen, dass es nur eine Frage der Zeit ist, bis Donatos Krankengeschichte und damit auch ihre, sagen wir mal Verbindung, zutage tritt.«

Gianmarco tat sich sichtbar schwer mit der Antwort. »Ich war sein behandelnder Arzt. Mir hat er vertraut. Und dann …« Er kämpfte mit den Worten. »Ich wollte die Geschichte nicht wieder aufrollen, ihre skeptischen Blicke sehen, das Misstrauen spüren. Ich weiß, wie die Polizei sein kann, wenn sie sich in etwas verbissen hat. Und natürlich habe ich auch befürchtet, dass sie in dem Mann, der Donato um seine Gesundheit gebracht haben soll, einen kaltblütigen Mörder sehen könnten.« Er schaute Giulia durchdringend an. »Und das haben Sie zweifelsohne auch getan, zumindest vermutet haben Sie es, wenn Sie es nicht gerade auch noch tun. Noch dazu, weil mein einziges Alibi eine einsame Zelle in einem Kloster ist.«

»Das ist doch Unsinn, Gianmarco«, mischte sich der Abt ein. »Niemand von uns würde jemals gegen einen anderen die Hand erheben, nicht einmal gegenüber unseren ärgsten Feinden.« In seinem Kopfschütteln lag die Vehemenz eines alten, weisen Mannes. »Du sollst nicht töten, so steht es schon geschrieben.«

Gianmarcos prüfender Blick ruhte auf Giulia.

»Es ist nicht abwegig, einem Menschen gegenüber Hass zu empfinden, der einem jeden Tag vor Augen führt, dass man Schuld auf sich geladen hat«, hob Giulia an.

»Was man mir vorwirft, habe ich nicht getan«, entgegnete Gianmarco aufgebracht.

»Ich weiß«, antwortete Giulia. Sie ließ diesen Satz wirken und redete dann weiter. »Hat Donato Sie jemals anderweitig um Hilfe gebeten?«, wollte Giulia wissen.

Gianmarco stutzte. »Was meinen Sie?«, fragte er.

»Nun, seine Schwester führt das Familienunternehmen, und nach allem, was man so hört, befindet sich das in Schieflage. Ich glaube, die Ogliaris hätten eine Finanzspritze gut brauchen können.«

Gianmarco schien noch immer nicht richtig zu begreifen, auf was Giulia hinauswollte.

»Sie kommen aus wohlhabenden Verhältnissen, haben Kontakte zu Banken, Geldgebern und wem auch immer«, antwortete Giulia. »Donato wusste das, und er hätte sie darum bitten können.«

»Er hat mir nicht einmal seine Schwester vorgestellt, geschweige denn ...«, entgegnete er nachdenklich und mit gesenktem Haupt. »Das wäre möglich gewesen, sicher, also mein Vater hätte ...«

»Nicht, Pater Donato«, mischte sich der Abt ein. »Niemals hätte er andere Menschen mit seinen Angelegenheiten behelligt. Er hat sein Päckchen allein getragen, selbst wenn es zu schwer war.«

Das Schweigen, das sich nun einstellte, hatte etwas Bedrückendes.

»Wann willst du gehen?«, fragte der Abt in die Stille hinein.

»Ich werde das Sechswochenamt nicht mehr lesen können«, entgegnete Gianmarco mit leisem Bedauern.

»Dann soll es so sein«, antwortete der Abt und nickte ihm aufmunternd zu.

Das war es also, was Gianmarco ihm vorhin so eilig hatte verkünden wollen, dachte Giulia. Pater Donatos Leichnam würde in spätestens einer Woche für die Beerdigung freigegeben werden. Traditionell traf man sich in Italien sechs Wochen nach der Totenmesse zum Sechswochenamt, einer Messe, die man spätestens vierzig Tage danach zum Gedenken an den Verstorbenen feierte. Gianmarco würde demzufolge keine zwei Monate mehr in Piona sein.

Erneut öffnete sich die Tür von San Nicola. Dieses Mal jedoch geschah dies so lautlos, dass Giulia es nur durch den einfallenden Lichtschein bemerkte. Es war Pater Undovico, der sich ihnen vorsichtigen Schrittes näherte. Sein runder Kopf leuchtete dunkelrot, und er brachte vor Aufregung kaum ein Wort heraus.

»Das Grab ... alles zerstört ...«, stammelte er, wobei er sich immer und immer wieder über den Mund wischte, als könnte das die Worte, die er zu sagen hatte, besser machen. »Es ist ganz furchtbar, ganz, ganz furchtbar. Die letzte Ruhestätte mit Füßen getreten ...«

Der Grabstein lag im Dreck. Die frischen Blumensträuße, mit denen offenkundig jemand die steinerne Platte geschmückt hatte, waren zerpflückt und über den halben Friedhof verstreut. Pater Undovico, der sie, aufgelöst, wie er war, zum klösterlichen Friedhof begleitet hatte, sammelte einen um den anderen Stängel auf und versuchte so, zu retten, was noch zu retten war. Giulia trat derweil neben den Stein und las dessen Inschrift. »Abt Benedetto in ewiger Dankbarkeit« war darauf zu lesen. Dazu die Geburts- und Sterbedaten. Der erste Abt Benedetto war am dritten Januar 1920 geboren und am Heiligabend des Jahres 1979 gestorben. Giulia betrachtete interessiert die umliegenden Gräber, aber die waren unversehrt.

»Pater Undovico, Gianmarco, bitte, der Stein«, sagte der Abt tief erschüttert. »Zuerst den Stein.« Seine Stimme schien ihm wegzubrechen.

Die beiden Männer folgten seiner Bitte umgehend.

Giulia schaute schweigend zu. Im Augenwinkel sah sie, wie der Abt sich mit einem Taschentuch wiederholt die Augen tupfte. Am Ende war er eben doch ein alter Mann, dem die Geschehnisse in seinem Kloster mehr zusetzten, als man es auf den ersten Blick vermuten könnte.

»Ich mache dir einen Tee, Benedetto«, sagte Gianmarco, nachdem alles wieder halbwegs gerichtet war. »Bitte, komm ins Refektorium.« Gianmarco ließ dem augenscheinlich verdatterten Abt keine Zeit zu reagieren, sondern umfasste seinen rechten Ellenbogen und schob ihn langsam neben sich her. Pater Undovico, der sich wieder den Blumen gewidmet hatte, hielt kurz inne und schaute besorgt auf den Ordensvorsteher.

»Das trifft ihn schwer, unseren Abt«, hauchte er Giulia zu. »Er und der alte Abt standen sich sehr nahe. Wir alle treffen irgendwann im Leben jemanden, der für unsere Entscheidungen wie ein Leuchtturm auf unruhiger See ist, wenn wir Glück haben, natürlich.« Giulia kam unweigerlich Tiziana in den Sinn. Die Freundin war es gewesen, die ihren Wunsch, zur Polizei zu gehen, von Anfang an gefördert hatte. Dabei hatte sie dies niemals direkt getan. Es waren die leisen Zwischentöne gewesen, die Lebensweisheiten Tizianas und natürlich ihr von Gerechtigkeit durchdrungenes Menschenbild, die Giulia darin bestärkt hatten. »Ist so etwas schon mal passiert, also auf dem Friedhof?«, fragte Giulia.

Pater Undovico schüttelte seinen runden Kopf. »Wenigstens darum haben die Vandalen bislang einen Bogen gemacht.« Er betrachtete die kaputten Blütenstängel in seiner Hand. »Wo soll das noch hinführen?« Dann legte er seinen Kopf in den Nacken. »Herr, womit prüfst du uns?«

Giulia ließ ihn wortlos zurück. Sie mochte zwar keinen Tee, aber im Zweifel gab es in der Klosterküche sicherlich auch einen Kaffee. Mitten im Laufen hielt sie inne und ging noch einmal zu dem Pater zurück. »Undovico«, sagte sie leise. »Wo liegen die anderen Äbte des Klosters?«

Er wirkte erst ein wenig verdutzt, antwortete aber dann zügig. »Der Zweite von rechts«, sein ausgestreckter Arm zeigte in Richtung der Friedhofsmauer, »ist Abt Domenico. Da drüben«, er drehte sich in die entgegengesetzte Richtung, »liegt Abt Anselmo. Und …«

»Es gibt keinen extra Platz für die Klostervorsteher?«, unterbrach ihn Giulia ein wenig zu forsch.

»Nein, nein«, versicherte er. »Einfach so, wie es kommt.« Er biss sich auf die Zunge und senkte den Kopf, was sein Doppelkinn noch wuchtiger wirken ließ. »Entschuldigung, ich wollte …«

Giulia bedeutete ihm mit einem sanften Lächeln, dass sie ihn verstanden hatte. Er nickte ihr dankbar zu, wartete kurz, ob er ihr noch anderweitig behilflich sein konnte, und fuhr dann mit seinem Tun fort. Die verwüstete Grabstätte lag mitten in einer Reihe aus fünf oder sechs anderen Gräbern. Sie war weder besonders exponiert noch auffallend gestaltet. Es gab demnach für denjenigen, der sich daran zu schaffen gemacht hatte, keinen ersichtlichen Grund, ausgerechnet diesen Ort auszuwählen. Es sei denn, er war gezielt vorgegangen. Aber warum hatte es den seit über vierzig Jahren toten Abt getroffen? »Benedetto«, murmelte Giulia auf dem Weg in die Küche den Namen mehrfach vor sich hin. Dort angekommen, fand sie den Abt weiß um die Nase und mit starrem Blick am Küchentisch sitzend vor. Gianmarco hantierte mit dem Teekessel. Als sie eintrat, hob er den Kopf. »Commissario, schauen Sie bitte einmal in das große Regal zwischen den Fenstern. Dort bewahren die Mönche ihren Pfirsichbrand auf.«

Giulia entging nicht, dass er von den Brüdern, mit denen er sich bis vor Kurzem noch in einer vermeintlich engen Gemeinschaft befunden hatte, nun in der dritten Person sprach. Seltsam, wie schnell ein Mensch Veränderungen verinnerlichte, aber womöglich war das auch normal, wenn man sie sehnsuchtsvoll erwartete. Gianmarco jedenfalls war ihr vom ersten Moment an nicht wie jemand vorgekommen, der zum Mönchsein berufen war. Zweifelsohne tat er mit seinem Weggang das für ihn absolut Richtige. Und sicherlich hatte er auch diese zweite Chance verdient. »Hochprozentiges?«, fragte Giulia, nur um überhaupt etwas zu sagen.

»Das löst den Schock«, entgegnete Gianmarco. »In Maßen angewendet«, ergänzte er noch.

Giulia nickte, trat an das Regal, nahm sich den Schnaps und drei der danebenstehenden Gläser und setzte sich zu dem Abt an den Tisch. Schweigend goss sie ein, und nachdem Gianmarco mit dem frisch aufgebrühten Tee dazugekommen war, schob sie den Männern vorsichtig die gut gefüllten Gläser über den Tisch zu. Noch ehe sie etwas sagen konnte, hob Gianmarco an.

»Denken Sie, diese Sache hat etwas mit dem Mord an Donato zu tun?«, fragte er. »Ich bin ohnehin kein Mensch, der sich die Geschehnisse mit einer so simplen Umschreibung wie der des Zufalls erklärt, aber in diesem besonderen Fall verursacht der berühmt-berüchtigte Wink mit dem Zaunpfahl förmlich blaue Flecke bei mir. Allerdings reicht meine Gedankenwelt nicht so weit, dass ich mir einen Reim auf das alles machen könnte. Sie vermutlich eher?« Er griff das Glas des Abtes und hielt es ihm direkt unter die Nase. »Bitte trink das. Es hilft, deine Gedanken zu sortieren.«

Benedetto befolgte den Rat mit zittriger Hand.

Giulia staunte über die offenen Worte, die sie von Gianmarco in der Form nicht gewöhnt war. Sie dachte an das, was Jacopo beim Frühstück gesagt hatte. Womöglich hatte er recht, und sie hatte sich zu sehr in ihre eigenen Theorien verrannt. Aber noch schlimmer war das Gefühl, von den Puppenspielern manipuliert worden zu sein. Abt Benedetto war nicht das personifizierte Böse, dem man einen Mord zutrauen konnte. Er war ein alter Mann, der sich um sein Kloster und sein Lebenswerk sorgte und nach Giulias Dafürhalten auch allen Grund dazu hatte. Und Gianmarco? Er war, obwohl man es von jemandem wie ihm niemals erwarten würde, ein Gestrauchelter, der nun wieder festen Boden unter den Füßen spürte. Dass er, dem man so übel mitgespielt hatte, sein neues Leben aufs Spiel setzen würde, war kaum anzunehmen. Dafür war er zu tief am Boden gewesen. Sie nahm ihr Glas, prostete Gianmarco zu und trank. Trotz des hohen Alkoholanteils schmeckte der Brand mild und erstaunlich intensiv nach Pfirsichen. »Der alte Abt ist schon viele Jahre tot«, sagte sie, um das Gespräch in ihre Richtung zu lenken. »Woran ist er gestorben?«

Gianmarco, der den Eindruck machte, die Antwort nicht zu kennen, fasste nach der auf dem Tisch liegenden Hand des Abtes und drückte sie fest.

Es dauerte nicht lange, bis die Farbe in das Gesicht des alten Mannes zurückkehrte. Der Pfirsichbrand tat offenbar seine Dienste. »Benedetto hatte ein schwaches Herz«, antwortete er mit angestrengt fester Stimme. »Die Zeiten, in denen er die Verantwortung für unsere Gemeinschaft trug, waren sehr schwer. Die politischen Verhältnisse machen auch vor Klostermauern nicht halt. Der Krieg, die gesellschaftlichen Umbrüche, der Fortschritt …« Er seufzte.

»Er muss ein sehr junger Abt gewesen sein«, bemerkte Giulia, »wenn er während des Zweiten Weltkrieges schon im Amt war.«

»Benedetto hat sich trotz seiner nur vierundzwanzig Jahre nicht gescheut, die Last auf seinen Schultern zu tragen«, entgegnete der Abt. »Die Umstände haben damals nichts anderes zugelassen.« Giulia fiel das Gespräch wieder ein, das sie mit dem Abt auf der Pfirsichplantage geführt hatte. Demnach musste es der alte Benedetto gewesen sein, der in seiner Funktion als Oberhaupt dieser Abtei die Pfirsichplantage von der Gemeinde zurückgekauft hatte, nur drei Jahre nach Kriegsende, wenn sie es richtig zusammenbrachte. Aber wer dieser vermaledeiten Anhänger der Bürgermeisterin konnte das noch in lebhafter Erinnerung haben? Und vor allem: Welche Rolle spielte das in dieser Auseinandersetzung überhaupt, wenn diese sie selbst entwaffnende Tatsache sogar den Gegnern des Klosters bekannt zu sein schien? Oder wieso sollten sie es ansonsten ausgerechnet auf dieses Grab abgesehen haben? Hier einen Zusammenhang zu der Auseinandersetzung um die Plantage zu sehen, ergab einfach keinen Sinn. »Die Wahl fiel nicht zufällig ...«, Giulia machte eine bedeutungsschwere Pause und schaute Gianmarco herausfordernd an, »... auf diese Ruhestätte. Ich glaube, hier möchte uns jemand etwas sagen, wobei das nicht nur den verstorbenen Benedetto, sondern auch Sie, verehrter Abt, betrifft.«

»Mich?«, fragte er kraftlos.

Giulia hob und senkte den Kopf. »Ja, Sie. Sie haben mit Bedacht den Namen Ihres Vertrauten gewählt. Sie führen dieses Kloster allen weltlichen und sicherlich auch geistigen Widerständen zum Trotz. Sie waren ein Vertrauter Pater Donatos. Und Sie hüten ein Geheimnis, und ich hätte zu gern gewusst, um was es sich dabei handelt.«

»Ein Geheimnis?«, fragte der Abt mit weit aufgerissenen Augen.

»Sie kennen es. Tiziana De Angelis auch. Und irgendwie werde ich das Gefühl nicht los, dass auch Pater Donato eingeweiht war.«

»Tiziana?« Der Abt schnappte nach Luft. Seine Unterlippe fing an zu zittern. »Tiziana«, hauchte er noch einmal. »Bitte lassen Sie Tiziana aus dem Spiel. Sie kann das nicht auch noch ertragen.«

***

»Er hat nichts gesagt?«, fragte Elena ungläubig und mit dem Mund voller zerkauter Plätzchen.

Giulia verneinte, wobei das Bedauern darüber sich in ihrer gesamten Körpersprache widerspiegelte. Sie hockte mit hängenden Schultern auf Elenas Schreibtisch, die Beine lustlos baumelnd und den Blick aus dem Fenster gerichtet, wobei sie das, was sich direkt unter ihr auf der Straße abspielte, nicht einmal mitbekam.

»Womöglich gibt es auch nichts zu sagen«, wandte Elena ein. »Du weißt, wie du bist, wenn du dich in etwas verrennst.« Sie hielt ihr die geöffnete Plätzchentüte entgegen.

»Unsinn!«, fuhr Giulia sie an, um sich dann sofort wieder zurückzunehmen und mit ruhiger Stimme fortzufahren. »Die Puppenspieler hassen die Mönche und lassen kein gutes Haar an ihnen. Sie gehen sogar so weit, einen von ihnen in einem ihrer Stücke zu ermorden. Angeblich geht der Grund dafür auf Riccardo Pierantognetti, den Großvater, zurück. Es handelt sich also um eine uralte Geschichte. Trotzdem fährt in den Abt schon allein beim Anblick dieser Drachenpuppe der Schreck, und er bemüht sich dabei so angestrengt, jegliche Verbindung abzustreiten, dass es schon wieder auffällig ist. Die Pierantognettis wiederum behaupten genau das, ja, sie sind überdies sogar förmlich erpicht darauf, den Abt sowie die Mönche im Allgemeinen in ein schlechtes Licht zu rücken, was bei ihnen nicht zwangsläufig etwas bedeuten muss. Zudem bin ich mir zugegebenermaßen nicht einmal mehr sicher, ob es sich dabei um den lebenden Abt Benedetto oder einen seiner längst verstorbenen Vorgänger handelt. Jedenfalls deutet nach dem Anschlag auf dessen Grab so einiges darauf hin. Womöglich hatte Jacopo dahin gehend sogar recht, denn eigentlich ist der noch lebende Benedetto viel zu jung, um irgendwas mit dem Großvater der Puppenspieler zu tun zu haben. Wenn es nämlich der alte Benedetto war, der mit Riccardo Pierantognetti über Kreuz lag, frage ich mich, wie das mit dem jetzigen Abt zusammengeht? Trotzdem weiß er, was damals passiert ist, und er schweigt darüber. Warum? Und Pater Donato? Was hat er mit den alten Geschichten zu tun, vor allem wenn er erst ein paar Monate hier ist? Abgesehen davon liegt dem aktuellen

Abt Benedetto mindestens genauso viel daran, Tiziana aus der Sache herauszuhalten, wie andersherum. Allein aus diesem Grund bin ich schon überzeugt, dass hier irgendetwas verdammt im Argen liegt ...« Elena schaute Giulia nur mit großen Augen an. »Hast du wieder mitten am Tag Prosecco getrunken?«, fragte sie provokant. »Ich jedenfalls bin, nachdem du erstmalig die Puppenspieler erwähnt hast, ausgestiegen.«

Giulia machte einen Satz vom Schreibtisch. »Irgendetwas ist da faul. Ich wüsste ansonsten keinen Grund, wieso niemand mit mir reden will.«

Elena grinste frech. »Ich wüsste mehrere«, entgegnete sie. »Aber vielleicht sollten wir uns lieber mal an die Fakten halten. Dein Bauchgefühl muss nicht immer richtigliegen, vor allem nicht, wenn es offenkundig auch von diesen Puppentheaterleuten gespeist wird.«

Giulia zog einen Flunsch. Die unsäglichen Puppen aber auch. Es war, als marschierten diese permanent durch ihren Kopf und pflanzten ihr Dinge ein, für die sie keine rationale Erklärung hatte. Manchmal ertappte sie sich sogar dabei, ihrem Vater Piergiuseppe die von ihm immer wieder herausgestellte Ähnlichkeit zwischen ihr und ihm unreflektiert zu glauben. Er jedenfalls schwor darauf, dass Puppen ein Eigenleben entwickelten, mit dem sie in die Geschicke der Menschen eingreifen konnten. Aber er gehörte auch zu denjenigen, die im Theater nicht pfiffen und im Wald nur flüsterten, um die Baumgeister nicht zu stören. Giulia war bis heute nicht dahintergekommen, ob dies nur Facetten von Piergiuseppes überbordender Fantasie oder handfeste Hinweise auf seine transzendenten Fähigkeiten waren, die er sich allzu gern selbst andichtete. Sie jedenfalls war eine Vollblutrealistin und tat diesen Nonsens normalerweise konsequent ab. Nur in diesem Fall war es anders. Selbst wenn sie sich in einem Moment absolut gewiss war, dass es sich nur um Puppen aus Holz, Stoff und Farbe handelte, ergriff sie im nächsten die Unsicherheit darüber, ob in diesen Gestalten nicht doch mehr stecken könnte.

»Die Pierantognettis gehören zu den manipulativsten Menschen, die ich jemals gesehen habe«, redete Elena weiter. »Wie die es dabei schaffen, so zu tun, als wären ihre Puppen ein Teil von dieser Welt, erschließt sich mir nicht. Wobei ich mittlerweile denke, dass darin genau ihr besonderes Talent liegt. Die Grenzen zwischen Spiel und Wirklichkeit sind bei denen dermaßen verschwommen, dass man wirklich aufpassen muss, dem nicht zu erliegen.«

Genau das ist es, dachte Giulia bei sich. Dass ausgerechnet sie wiederum dafür empfänglich sein könnte, hätte sie niemals für möglich gehalten.

Elena nahm einen Zettel und legte ihn vor sich auf die Tastatur.

»Die Liste unserer Verdächtigen hat sich mittlerweile ganz schön minimiert«, erklärte sie mit dem Blick auf ihre Aufzeichnungen und unter bedeutsamen Gesten. »Armando, der harmlose Briefträger, ist raus. Er war an den Bienenstöcken, aber nicht am Mönch.«

Giulia hob die rechte Braue ob dieser Formulierung.

»Die Mönche selbst, mhm, ebenfalls Fehlanzeige. Egal, was der Abt Benedetto Schlimmes getan haben soll, oder war es sein Vorgänger …?

Elena zwinkerte ihr zu. »Jedenfalls ist Benedetto kein Mörder. Es gibt kein Motiv, und ehrlich gesagt bezweifle ich, dass er in seine eigene Scheune durch ein Fenster einsteigen muss, um an die Mordwaffe zu kommen. Noch dazu ist er groß und hat riesige Füße. Gianmarco übrigens auch.«

Giulia bestätigte das.

»Genau«, bekräftigte Elena. »Gianmarco jedenfalls will noch einmal groß rauskommen, da bindet er sich doch keinen Mord ans Bein. In wenigen Wochen sitzt er im Flieger in die USA und hätte spätestens ab dann Donato auf immer den Rücken gekehrt, wenn er das gewollt hätte.«

»Ich weiß, ich weiß«, beschwichtigte Giulia. »Du musst mich nicht überzeugen.«

Elena streckte die Nase in die Luft und hob den Zeigefinger ihrer rechten Hand. »Also, wer bleibt uns dann noch?«, fragte sie mit hoher Stimme, um sich die Antwort umgehend selbst zu geben. »Der sympathische Puppenspieler mit seiner ebenso liebenswerten Schwester. Kein Alibi und nackter Hass. Das ist doch ein schöner Anfang.

Und wenn du mal ehrlich in dich hineinhörst, musst du zugeben, dass wir diese Leute von Anfang an verdächtigt haben, oder wie meine Mutter immer zu sagen pflegt: Der erste Eindruck ist immer der richtige.«

»Es gibt keinen Grund für den Hass, also zumindest keinen, den wir bislang kennen«, gab Giulia uninspiriert zu bedenken. Sie dachte an Tizianas Geschichte von der vererbten Antipathie. »Außerdem ist die Sache mit einem wild gewordenen Fan der Bürgermeisterin noch nicht ganz vom Tisch, für mich zumindest nicht.«

Elena lehnte ihren Oberkörper leicht zurück. »Jetzt bitte ich dich aber, Commissario! Über diese Brücke sind wir doch nun mittlerweile schon lange gegangen«, rief sie aus. »Wer marschiert los und köpft einen Mönch, nur weil die Bürgermeisterin ein Stück Land beansprucht, das ihr rechtmäßig nicht gehört? Das ist doch dermaßen irre, zumal ein toter Mönch allein nichts bringt. Was soll das sein, ein Warnschuss frei nach dem Motto: Wenn ihr nicht klein beigebt, müsst ihr alle sterben? Wer lässt sich denn auf so ein Spiel ein? Abgesehen davon würde im Zweifel ohnehin der Vatikan oder Gott weiß wer über die Pfirsichplantage entscheiden. Dann muss man sich schon den Papst schnappen. Noch dazu hatte Donato keinerlei Aktien in diesem Pfirsichstreit. Das hast du selbst erzählt. Ein zufälliges Opfer war er trotzdem nicht. Jeder, den die Wut packt, weil er das Hotelprojekt durch die Mönche gefährdet sieht, marschiert mit seiner eigenen Axt los, möchte ich meinen, ohne Verabredung mit Donato und vor allem nicht mitten in der Nacht. Dass Donato sich nächtens und damit heimlich mit jemandem im Klostergarten treffen wollte, sollte uns eher zu denken geben. Offenkundig gab es irgendwas zu verbergen. Das Puppenspiel schwirrt schon wieder in deinem Kopf herum, Commissario, und es macht dich ganz kirre.«

Giulia schnaufte. »Ich weiß es doch auch nicht. Aber es gibt sie doch, diese Verrückten, die meinen, mit einer solchen Tat die Welt in ihrem Sinne verändern zu können.«

»Nicht bei dir am See«, tat Elena Giulias Einwand unsachlich ab. »Und nicht in diesem Fall.«

Giulia wollte etwas sagen, kam aber nicht dazu, denn Elena legte nach. »Ich bin mittlerweile davon überzeugt, dass die Puppenspieler die Tat begangen haben.« Elena wartete sichtbar ungeduldig darauf, was Giulia zu sagen hatte. Da die nicht sofort reagierte, legte sie mit einer relativierenden Vermutung, von der sie sich eher Giulias Zustimmung erhoffte, nach. »Es ist allerdings auch nicht auszuschließen, dass der Mörder am Samstag im Publikum war oder ihm jemand vom Inhalt des Stückes erzählt hat.«

»Und die Pierantognettis ihn damit auf eine Idee gebracht haben«, redete Giulia weiter.

»So ist es. Der Entschluss war bereits da, aber die Vorstellungen zur Ausführung fehlten«, entgegnete Elena.

Giulia hatte ganz am Anfang ihrer Ermittlungen schon mal etwas in diese Richtung gedacht, aber ihm dann nicht weiter Beachtung geschenkt. Die Inspiration für einen Mord aus einem Puppenspiel zu ziehen, war ihr einfach zu absurd erschienen.

Elena startete einen erneuten Versuch, Giulia zu überzeugen. »Wenn die Pierantognettis sich nicht sogar doch selbst die Geschichte vorweggenommen haben, quasi als Tatankündigung und für den Nervenkitzel. Sie haben kein Alibi. Oder seit wann wertest du ›allein im Hotelzimmer‹ als ein solches? Noch dazu will der Portier nicht beschwören, dass sie das Hotel nicht verlassen haben. Ab und zu muss eben jeder aufs Klo, sogar der Herr vom Empfang. Kein Alibi, Commissario«, redete Elena ihr förmlich ins Gewissen. »Das darfst du nicht vergessen.«

Giulia schüttelte den Kopf. »Wenn du richtigliegst, wären die Puppenspieler äußerst dumm«, wandte sie ein.

Elena hob und senkte gleichgültig die Schultern.

»Nein, nein, Elena«, widersprach Giulia, und ihre Worte überschlugen sich fast. »Kein Mörder liefert vor seiner Tat einen Prolog ab, der ihn zum ersten Verdächtigen macht.«

»So exzentrisch, wie die Geschwister sind, wäre ich mir an deiner Stelle nicht so sicher«, antwortete Elena. »Noch dazu haben sie uns mit ihrer kleinen Geschichte ein Motiv geliefert, an dem wir uns festbeißen sollten, was ihnen natürlich auch gelungen ist. Ich meine, der Hinweis auf die Pfirsiche erschlägt einen ja fast. Das hätte jeder Dummkopf aufgegriffen. Und da die Pierantognettis nichts mit den Pfirsichen zu schaffen haben, sind wir in die Irre gelaufen.«

»So oder so haben sie sich mit der Aufführung in den Fokus gerückt. Ich bleibe dabei, das ist dumm. Die wenigsten Mörder zeigen mit dem Finger auf sich selbst«, antwortete Giulia nachdenklich.

»Vorausgesetzt, sie sind keine Serienmörder oder Wahnsinnige«, warf Elena schon fast ein wenig zu überschwänglich ein. »Und du musst zugeben, ein bisschen wahnsinnig sind Paola und Romualdo schon, oder etwa nicht? Die würden für eine gute Geschichte ihre Großmutter verkaufen.«

Giulia hob die linke Augenbraue. »Das mag sein«, pflichtete sie Elena wenig überzeugt bei. »Aber bleiben wir mal bei deiner Theorie des Nachahmers.«

»Du meinst, der Mörder war im Publikum?«, fragte Elena.

»Genau«, bestätigte Giulia. »Was, wenn wir es hier doch nur mit einem Trittbrettfahrer zu tun haben? Jeder, der nur einmal eine Aufführung des *Teatro* gesehen hat, weiß, dass die Geschwister die Kirche hassen. Auch darauf passt deine Theorie des Ablenkungsmanövers.«

Augenscheinlich war dies nichts, was Elena hören wollte. Sie hatte sich offenkundig auf die Puppenspielergeschwister eingeschworen. »Und welches Motiv sollte dann hier zum Tragen kommen?«, fragte sie. »Und jetzt sag bloß nicht, der Streit um die Pfirsichplantage.«

»Mhm.« Giulia entknotete ihren Pferdeschwanz, um ihm umgehend neu zu binden.

»Du hast keine Ahnung«, sagte Elena mit hoher Stimme. »Immer wenn dein Blutdruck steigt, weil du nicht weiterkommst, machst du das mit deinen Haaren.«

Giulia blickte Elena absolut ruhig an. »Es ist so, ich habe keine Ahnung«, gab sie leise zu. »Nur so einen unbestimmten Verdacht.«

Elena verdrehte die Augen. »Ich will nicht wissen, was dir die Puppen ins Ohr geflüstert haben«, entgegnete sie angesäuert.

Nicht die Puppen, sondern Tiziana, dachte Giulia. Sie war es, die von einem alten Krieg gesprochen hatte. Und nach der Schändung des Grabes von Benedetto hätte sie schwören können, dass dieser Krieg noch immer andauerte, geführt von den Familien Pierantognetti und womöglich auch Botti.

Elena riss schwungvoll die unterste Schublade ihres Schreibtisches auf. Dort lagerten das Gebäck und die Süßigkeiten, die beide Frauen während ihrer Arbeit nur allzu gern zu sich nahmen. Sie zog eine Tafel Schokolade hervor, öffnete sie, brach sich ein Stück ab und schob es sich, ohne Giulia etwas anzubieten, in den Mund.

»Hör auf zu schmollen«, forderte Giulia. »Die Pierantognettis hängen mit drin. Da gebe ich dir ja recht. Aber ich glaube nun mal nicht, dass sie die Tat begangen haben.«

Elena schob die Schokolade wortlos über die Schreibtischplatte, wobei sie die Augen nicht von ihrem Bildschirm ließ.

»Nach allem, was wir über die Geschwister wissen und wie wir sie erlebt haben, gehören sie nicht zu den Menschen, die nach vorn preschen und die Dinge selbst regeln«, erklärte Giulia. »Die beiden verstecken sich eher hinter ihrem kleinen Bühnenwagen, ungesehen und quasi anonym. Alles, was sie eigentlich zu sagen haben, legen sie ihren Puppen in den Mund. Sie erledigen das. Auf diese Weise können die Pierantognettis anprangern, maßregeln, richten, wonach immer ihnen der Sinn steht. Eine direkte Auseinandersetzung mit dem Gegenüber, so wie es normale erwachsene Menschen tun, findet nicht statt. Sie vermeiden die Reaktion der anderen. Deswegen benehmen sie sich auch wie ein paar wild gewordene Teenager. Sie haben schlichtweg kein Korrektiv, das sie in die Schranken weist. Und wenn es doch einmal jemand aus dem Publikum wagt, ihnen zu widersprechen oder sich zu wehren, heben sie unschuldig die Hände und verweisen auf *Tavà* und Co. Sie sind nichts als große, spielende Kinder, und am Ende sind sie feige, so feige, dass sie niemals ihre kleine Theaterwelt verlassen würden, um jemanden zu ermorden. Das nämlich kann man im Nachgang nur schwerlich auf den Rücken der Puppen abwälzen.«

Elena ließ sich mit einer Reaktion Zeit. Schließlich drehte sie langsam den Kopf zu Giulia hinüber. »Du meinst, alles, was *Cotoletto* nicht erledigen kann, fällt für die Geschwister aus.«

»So ist es«, bestätigte Giulia.

»Und trotzdem wissen sie etwas«, bemerkte Elena.

»Das nehme ich an«, erwiderte Giulia. »Zumindest vermuten sie irgendetwas.«

»Das hat alles schon was ziemlich Voyeuristisches, oder ist es ein Ritt auf der Rasierklinge?«, redete Elena weiter, wobei sie sich nebenbei ein Stück Schokolade nach dem anderen in den Mund schob. »Ich meine, aus einem sicheren Hinterhalt die Leute aufzuwiegeln und sich dann an ihrer Reaktion zu ergötzen, ist doch nichts anderes. Auch dass die Geschwister am See bleiben, obwohl sie nicht mehr richtig auftreten können, passt in dieses Muster. Jeder andere Mensch sieht zu, dass er fortkommt, gerade dann, wenn er auch noch Bestandteil einer Mordermittlung ist.« Elena reckte den Hals. »Oder hast du sie gebeten, hierzubleiben?«

Giulia schüttelte den Kopf. »Ich wollte ehrlich gesagt sehen, was passiert. Abgesehen davon ist Como nicht aus der Welt.«

Elena zog die Stirn kraus. »Die denken, sie verpassen was. Noch dazu ziehen sie Profit aus den Ereignissen. Die Leute rennen denen doch gerade jetzt die Bude ein. Ein Mord und ihre vermeintlich hellseherischen Fähigkeiten beflügeln das Geschäft.«

»Vor allem wenn man als armer, unschuldiger Künstler auch noch selbst in das Blickfeld von ein paar Kriminellen gerät«, pflichtete Giulia bei.

Elena schien kurz nachzudenken. »Ach, du meinst die Brandstiftung«, sagte sie. »Der Nachtportier ist übrigens der Cousin der schönen Bäckerin. Hatte ich das schon erwähnt? So wie du dreinblickst, nicht. Alles klar. Jedenfalls erklärt das den Umstand, dass er den Brand des Busses nicht bemerkt haben will.«

»Dann hat er ihn aber auch nicht gelöscht«, antwortete Giulia.

»Würde ich meinen«, entgegnete Elena. »Die Kollegen suchen noch nach dem Helfer. Dafür haben sie einen Bauernburschen aus Dubino ausgemacht, dessen Feuerzeug höchstwahrscheinlich etwas zu locker sitzt. Das *Teatro* hat letzten Sonntag in seinem Dorf gastiert und dabei wohl etwas zu deutlich auf das Aussehen seiner Freundin hingewiesen. Sie hatte angeblich im Vorfeld öffentlich die Einstellung der Geschwister zur katholischen Kirche moniert. Ihr Vater ist der hiesige Küster. Ihr Freund jedenfalls hat auf die Beleidigungen schon während der Aufführung ziemlich unflätig reagiert. Ein paar fliegende Gläser sollten die Ehre des Mädchens wiederherstellen.« Elena zog den Mund breit. »Das hätte ja auch genügt, möchte man meinen.«

»Schön oder hässlich?«, fragte Giulia erfreut darüber, dass sie mit ihrer Mutmaßung ins Schwarze getroffen hatte.

Elena klappte den Deckel einer Akte auf, die neben ihr lag, und hielt den Ausdruck eines Fotos hoch. »Das ist der Kirchenchor von Dubino. Ich habe sie eingekreist. Noch Fragen?«

Giulia betrachtete die bedauernswerte junge Frau, in deren Gesicht es nichts zu geben schien, was nur ansatzweise liebreizend oder symmetrisch war. »Immerhin scheint er sie sehr zu lieben. Und mutig ist sie auch.«

»Oder er konnte das schadenfrohe Gelächter der anderen nicht mehr ertragen«, wandte Elena ein. »Ach so, und Pierantognetti hatte keine besondere Versicherung für seine Puppen.«

»Wie bitte?« Giulia glaubte, sich verhört zu haben.

»Die normale Kfz-Versicherung, weiter nichts«, wiederholte Elena noch einmal. »Er bekommt keinen Cent für die abgebrannte Ausrüstung.«

»Aber das ist …« Giulia konnte es kaum glauben.

»Achtlosigkeit, Geiz, Blödheit, such dir was aus«, entgegnete Elena.

»Dann hat er wirklich alles verloren«, antwortete Giulia grübelnd. Jedenfalls hattest du wieder einmal den richtigen Riecher …«. Elena verzog den Mundt.

»Das wird sich noch zeigen«, entgegnete Giulia gedankenverloren und schon im Aufbruch begriffen. »Lust auf eine kleine Tour an den Lario?«, fragte sie.

Elena sprang auf und griff gleichzeitig nach ihrem iPad. »Das lasse ich mir bestimmt nicht entgehen. Wer weiß, wann du mich wieder mal an die frische Luft lässt.«

***

»Mein Vater darf nicht gestört werden«, sagte das junge Mädchen nun schon zum wiederholten Mal. »Er arbeitet. Kommen Sie nach zwanzig Uhr wieder, und rufen Sie am besten vorher an.« Mit ihren kurzen, stoppeligen Haaren und den aufgeweckten Augen, mit denen sie durch eine überdimensionierte, hellblau umrandete Brille blickte, wirkte sie überaus keck. Sie sprach schnell und freundlich, wobei die Art, wie sie die Dinge sagte, keine Zweifel daran ließ, dass sie ihnen keinen Deut entgegenkommen würde. Signorina Romana Botti hatte gelernt, ihrem Vater jedwede Störung vom Leib zu halten, und sie praktizierte dies mit äußerster Konsequenz.

Giulia, die gern vor dem Zücken ihres Ausweises wusste, mit wem sie es zu tun hatte, lächelte geduldig. Dann stellte sie sich der Signorina kurz vor.

»Polizei?« Romana Botti wirkte nun bei Weitem nicht mehr so souverän wie zuvor. »Scheiße!« Sie schaute nervös auf ihre Schuhspitzen und biss sich immer wieder auf die Unterlippe. »Ich habe Gimmi gleich gesagt, dass die Idee mit dem geklauten Fahrrad blöd ist. Wir wären aber sonst zu spät in die … in die Schule gekommen. Es war eine Ausnahme. Wir haben uns das Rad nur geborgt.«

»Würden Sie uns jetzt bitte zu Ihrem Vater bringen?«, bat Giulia.

Romana, die die ganze Zeit mit ihrem schmächtigen Körper den schmalen Spalt in der im kleinen Hoftor eingelassenen Tür versperrte, schien sich noch weiter zurückzuziehen. »Aber doch nicht wegen dieses alten Rades. Das ist doch lächerlich. Ich stelle es nachher gleich zurück. Versprochen!« Sie senkte ihren Kopf und schaute Giulia von unten an. Dabei malträtierte sie erneut ihre Lippe mit den Zähnen. Alles in allem wirkte sie wie ein kleines Mädchen, das darauf spekulierte, dass ihm kein Wunsch abgeschlagen werden konnte. Romana mochte allerdings an die zwanzig Jahre alt sein, was schon genügte, um Giulia nicht über dieses Stöckchen springen zu lassen.

»Romana, wieso zieht es so? Was machst du denn schon wieder«, ertönte plötzlich die Stimme eines Mannes. »Du weißt, dass ich Zugluft nicht ausstehen kann. Für die Werkstatt ist das auch nicht gut.«

»Die Puppen kriegen Schnupfen«, sagte Elena grinsend.

Romana konnte diesem Spruch offenkundig nichts abgewinnen. Sie verzog den Mund wie jemand, den man beleidigt hatte. Hinter ihr wurden Schritte laut, und im nächsten Moment öffnete sich die Tür mit Schwung. Der Mann, dem die junge Frau umgehend Platz machte, war Alfredo Botti. Giulia erkannte ihn sofort, grüßte und bat ihn, ohne dass er die Gelegenheit hatte, etwas zu sagen, um ein persönliches Gespräch.

Alfredo kam auch jetzt nicht zum Antworten, denn nun war es Romana, die eiligst einem Rüffel zuvorkommen wollte. »Reg dich bitte nicht auf, Papa«, forderte sie halb trotzig, halb kindlich. »Wir bringen das Rad zurück. Sofort, wenn es sein muss. Ich texte nur Gimmi …« Sie musste ihr Handy zu Giulias Erstaunen die ganze Zeit in der Hand gehabt haben. Jedenfalls tippte sie, während sie sprach, schon wie wild darauf herum. »Gimmi? Ich habe dir verboten …«, hob Alfredo Botti an, besann sich dann aber angesichts der Anwesenheit zweier Fremder umgehend und schüttelte nur noch schweigend den Kopf, die Augen ohne Unterlass auf Giulia gerichtet. »Um was geht es, Commissario?«, fragte Alfredo Botti an Giulia gewandt.

»Das würde ich nur ungern auf der Straße mit Ihnen erläutern«, entgegnete Giulia. »Abgesehen davon habe ich noch niemals die Werkstatt eines Puppenschnitzers gesehen«, fügte sie noch mit weicher Stimme und einem entgegenkommenden Lächeln an.

»Die ist nicht öffentlich«, antwortete Botti und klang dabei nicht einmal unhöflich. »Ich werde dafür sorgen, dass meine Tochter den Diebstahl rückgängig macht.« Er drehte sich Romana zu. »Hol bitte deinen Bruder, und erledige das mit ihm«, forderte er unmissverständlich, aber ohne seine Stimme zu erheben.

»Aber Gimmi …«, hob Romana an.

»Bitte!« Das sanftmütig gesprochene Wort genügte, und das Mädchen verschwand.

»Gut, Signore Botti«, sagte Giulia. »Es geht um den Mord an einem Mönch der Abtei von Piona. Wir würden Sie gern als Zeugen befragen.«

»Und das Fahrrad?«, wollte Botti wissen, wobei er ebenso überrascht wie enttäuscht wirkte. Offenkundig hatte er innerlich die leise Hoffnung gehegt, dass das Auftauchen der Polizei den unliebsamen Gimmi, den Giulia für den Freund seiner Tochter hielt, endgültig ins Aus schießen könnte. Im Vergleich dazu schien der Mord eher unspektakulär zu sein, was noch mehr gegen Gimmi oder für einen gut informierten Botti sprach.

»Das regelt Romana ja jetzt«, mischte sich Elena ein.

Alfredo Botti blieb einfach stehen und wartete.

Das konnte Giulia auch.

»Gut. Kommen Sie«, sagte er irgendwann, und obwohl ihm das augenscheinlich in keiner Weise recht war, hatte sein Tonfall noch immer etwas von dem netten Onkel von nebenan.

Giulia trat einen Schritt nach vorn und stoppte im gleichen Moment wieder. Obwohl Botti eine eindeutige Einladung ausgesprochen hatte, rührte er sich nicht vom Fleck. Zweifelsohne wäre es unhöflich gewesen, ihn beiseitezudrängen, zumal er der Hausherr war, aber Giulia erwog dies trotzdem. Immerhin hatte sie lediglich ein paar Fragen, und dafür wollte sie nicht den halben Tag verplempern. Als wäre Alfredo Botti des Gedankenlesens mächtig, machte er auf dem Absatz kehrt und verschwand in die Düsternis der Toreinfahrt. Giulia und Elena beeilten sich, ihm zu folgen, wobei Elena gänzlich unbeabsichtigt die schwere Holztür mit Karacho hinter sich ins Schloss fallen ließ. Nicht einmal das erregte die Aufmerksamkeit des Mannes. Er zuckte nicht und sprach kein Wort, sondern bewegte sich nur unbeirrt mit den beiden Frauen im Rücken über einen kleinen, mit Efeu zugewucherten, überdachten Innenhof in Richtung einer offen stehenden Tür an dessen Ende. Zielstrebig verschwand er darin, und Giulia hätte es nicht verwundert, wenn sie sich im nächsten Augenblick vor ihnen geschlossen hätte. Alfredo Botti schien sich ganz offenbar in einem inneren Kampf aus Höflichkeit, Respekt und Verantwortungsgefühl zu befinden. Keinem davon schien er nur halbwegs gern Folge zu leisten, aber er fügte sich auf eine erstaunlich gelassene Art. Dass er dabei, wie die meisten anderen Menschen, die als Zeugen in einem Kriminalfall gebraucht wurden, auch Neugier verspürte, glaubte Giulia kaum. Wenn dem so war, konnte er es erstaunlich gut verbergen. Direkt auf die Türschwelle, über die sie nun ebenfalls traten, folgte eine steile Steintreppe, deren Stufen kaum die Breite eines Ziegelsteines hatten und die man nur mit schräg gestelltem Fuß betreten konnte. Noch dazu musste man sich förmlich zwischen den Feldsteinwänden, die die Stiege rechts und links säumten, hinunterquetschen, was den Eintritt allein schon für einen etwas beleibteren Besucher oder die Mitnahme von sperrigem Gepäck unmöglich machte. Dass Botti keine Öffentlichkeit in seiner Werkstatt empfing, konnte also gut und gern auch etwas mit den erschwerten Bedingungen ihres Aufsuchens zu tun haben. Unten angekommen standen sie, soweit sich das durch die Fülle an Gegenständen erkennen ließ, in einem einzigen, durchaus geräumigen, aber fensterlosen Kellerraum, dessen hervorstechendste Eigenschaft, das musste Giulia einigermaßen ernüchtert feststellen, das jahrhundertealte Deckengewölbe war. Die langen Holzregale mit den Werkzeugen und Materialien und die Arbeitsbank jedenfalls hatten auf den ersten Blick für sie nichts wirklich Beeindruckendes, wenn man davon absah, dass allenthalben kleine hölzerne Kopf-Rohlinge herumlagen oder auf Haken aufgesetzt an der Wand hingen und einen aus jeder denkbaren Ecke irgendeine fertige oder halb fertige Puppe anstarrte. Dazwischen türmten sich unterschiedlich farbige Kartons, deren fast schon künstlerische Beschriftung auf Inhalte wie Edelsteine, Samt, Seide, Knöpfe oder Schottenkaro hinwiesen. Sogar zwei Behältnisse mit den Hinweisen »Gold« und »Echtes Haar« fanden sich darunter. Angesichts dieses geordneten Chaos musste Giulia unweigerlich an Jacopo denken. Er würde das hier alles lieben, den Geruch nach frischem Holz und Lacken, die herumliegenden Holzspäne und die großen Bleistiftzeichnungen unterschiedlichster Gesichter, nach denen Botti zu arbeiten schien. Noch dazu war dieser Raum frei von jeglicher Moderne, kein Computer oder Handy, ja nicht einmal eine Kaffeemaschine oder ein Radio gab es. Alles wirkte so, als stammte die Werkstatt aus einem anderen Jahrhundert, und trotzdem strotzte es hier vor Kreativität und Lebendigkeit. Selbst der Meister fügte sich hervorragend in diese entrückte Atmosphäre ein, und Giulia wollte gern glauben, dass es bei den Bottis vor ihm nicht anders gewesen war.

»Enttäuscht?«, fragte Botti, der sichtbar entspannt auf einem runden Drehhocker vor seiner Werkbank Platz genommen hatte.

Giulia wiegte den Kopf sanft hin und her. »Mhm.«

»Das geht allen so«, antwortete er abgeklärt. »Manchmal glaube ich, die Menschen denken bei einer Puppenschnitzerwerkstatt an das geheime Labor eines Doktor Frankenstein. Gruselige Apparaturen, Blitz und Donner und jede Menge Wahnsinn. Ich begnüge mich allerdings mit einem Schnitzmesser.«

Giulia schmunzelte und konnte gerade noch sehen, wie er, ohne den Blick von ihr abzuwenden, mit dem Knie einen der obersten Schubkästen seiner Werkbank zuschob. Sie war sich sicher, dass darin ein Drache gelegen hatte, eine Puppe wie *Cotoletto*, nur mit nicht ganz so viel grünem Plüsch. Stattdessen war da etwas Rosafarbenes gewesen. Das konnte doch unmöglich ... *Cotoletta?* Die Drachenfrau gab es wirklich. Und sie fristete ihr Dasein in diesem Werkstattkeller.

Botti schaute voller Gleichmut.

»Wenn man so manche Vorstellungen einschlägiger Puppentheater sieht, drängt sich einem diese Assoziation förmlich auf«, bemerkte Elena, wobei sie neugierig an einem Schaubrett vorbeilief, das voller fertiger Puppen hing, und jede einzeln demonstrativ begutachtete.

Botti verzog keine Miene, aber man konnte ihm ansehen, dass er die Anspielung verstanden hatte.

»Arbeiten Sie allein?«, fragte Giulia und hielt die Augen auf einen zweiten, verwaisten Arbeitsplatz gerichtet.

»Mein Geselle hat heute frei«, antwortete Botti, der erneut in diese seltsame Starre verfallen war, die Giulia bereits vorhin schon aufgefallen war. »Es werden nicht mehr so viele Puppen geordert, seitdem die Chinesen den europäischen Markt mit ihren zuwerfen. Abgesehen davon finden Sie heutzutage wohl kaum in einem Kinderzimmer noch Handpuppen.«

»Zwischen den Puppen aus Fernost und Ihren besteht aber doch ein entscheidender Unterschied«, entgegnete Giulia. Noch dazu bezweifelte sie, dass der bekannteste Puppenschnitzer Italiens für den Hausgebrauch arbeitete, aber das spielte keine Rolle.

Er senkte den Kopf leicht, was bei ihm offenbar schon einem Gefühlsausbruch gleichkam. »Wir sind ein aussterbendes Handwerk.«

Elena stieß einen grellen Pfiff aus.

»Das tut mir leid«, entgegnete Giulia. »Aber so verhält es sich heutzutage wohl bei einigen alten Gewerken. Das ist der Fluch der modernen Welt.«

Er nahm diese Aussage so hin.

»Signore Botti, ich will ohne Umschweife zur Sache kommen«, redete Giulia weiter. »Die Geschwister Pierantognetti gehören zu Ihren Kunden. Sie kennen sich seit vielen Jahren, sogar sehr gut, wie ich mitbekommen habe.«

Alfredo Botti schien nicht recht bei der Sache. Zumindest konnte Giulia sehr deutlich sehen, wie er Elena aus den Augenwinkeln beobachtete. »Das *Teatro dei Burattini* ist das älteste und berühmteste Theater am See«, sagte er, um von jetzt auf gleich zusammenzufahren. »Finger weg!«, schoss es aus ihm heraus, wobei sich selbst diese Ansage durch seine warme Stimme mitnichten aggressiv oder unangenehm anhörte. Obwohl sie, seinen verkniffenen Zügen nach zu urteilen, genauso gemeint war.

Elena wurde sichtbar vom Schreck erfasst. Aus dem Reflex heraus ließ sie die Rattenpuppe, die sie gerade noch in der Hand gehalten hatte, unsanft in das Regal zurückfallen.

»Man wirft keine Puppe einfach so hin«, sagte Botti pikiert, stand auf, trat neben Elena vor das Regal, nahm die Ratte auf und legte sie fast schon liebevoll wieder ab. »Nichts anfassen!«, forderte er noch einmal, als er schon auf dem Rückweg zu seinem Hocker war.

»Sie haben mindestens fünfzig davon«, entgegnete Elena kratzbürstig.

In Bottis Gesicht schien ein Fragezeichen zu stehen. Er sagte jedoch nichts, sondern schaute Elena nur ohne Unterbrechung an.

»Dabei sieht eine aus wie die andere«, murmelte Elena fasziniert und schon wieder im Begriff, in das Regal hineinzulangen.

Ein lautes Räuspern Alfredo Bottis hielt sie davon ab.

»Fünfzig?«, fragte Giulia neugierig. Das deutete nicht auf eine schwindende Nachfrage hin.

»Achtundsechzig«, verbesserte Botti widerwillig. Sein vermeintlicher Hang zur Korrektheit wog offenbar schwerer als das Vorhaben zu schweigen.

Giulia dachte an die Preise, die für eine Botti-Puppe im Durchschnitt aufgerufen wurden. Demnach könnte man meinen, das Geschäft florierte. Sie fragte sich, ob die Bescheidenheit, die Botti hier zur Schau stellte, seinem Wesen entsprach oder ob er womöglich nur ihnen gegenüber so agierte. Aber wieso sollte er sein Licht unter den Scheffel stellen? »Beeindruckend«, sagte sie, was sie auch wirklich so meinte.

Das kitzelte ihn sichtbar. »Das Pariser Chaillot plant eine Camus-Aufführung«, sagte er.

Giulia nickte anerkennend.

»Achtundsechzig identische Ratten?«, fragte Elena ungläubig. »Von Hand gemacht?«

Wieder zeigte sich Unverständnis in Bottis Gesicht.

»Sie arbeiten nur auf Bestellung?«, fragte Giulia.

»Ja«, entgegnete er.

»Und die Pierantognettis bestellen seit über hundert Jahren bei Ihrer Familie?«, legte sie nach.

»Ja«, antwortete er.

»Ihr Kontakt ist entsprechend intensiv«, schlussfolgerte Giulia.

»Ich kenne alle meine Kunden persönlich«, erklärte er ungerührt.

»Auch die vom Pariser Chaillot-Theater?«, hakte Giulia nach.

Er schwieg.

»Signore Botti«, sagte Giulia. »Die Familien Botti und Pierantognetti sind nicht nur seit vielen Jahren gute Geschäftspartner, sondern ich denke, sie sind auch befreundet.« Sie hielt kurz inne. »Ich habe die Puppen gesehen, die Sie für die Pierantognettis gemacht haben, vor allem die schöne Bäckersfrau aus Corenno Plinio hatte es mir angetan.« Giulia versuchte, in seiner Mimik irgendetwas abzulesen, aber es misslang. »Das *Teatro* befindet sich momentan, wie Sie sicherlich wissen, auf einer Tour am Lario. Sie gehörten in Corenno Plinio sogar zu den Gästen. Nach dem Brand des Tourbusses waren Sie auch dort.«

Er stutzte augenscheinlich. »Manchmal passt das einfach. Ich war zufällig in der Gegend. Mein Sohn Andrea nimmt dort Surfstunden, und ich hatte etwas Zeit. Und der Brand?« Er hielt kurz inne. »Schlimme Sache. Die ganze Ortschaft hat davon geredet.«

»Und dann wollten Sie Romualdo und Paolo beistehen«, provozierte Giulia und dachte an Bottis schnelles Verschwinden am Montag. Dabei war es ihr, als ob Botti beim Namen der Frau kurzzeitig ein nervöses Zucken um die Augen bekam.

»Wie gesagt, schlimme Sache«, antwortete Botti, ohne ansonsten weiter darauf zu reagieren.

»Wenn Sie die Pierantognettis gut kennen und schon Stücke von Ihnen gesehen haben, dann wissen Sie sicherlich auch, was da abgeht? Also in Corenno Plinio hat es ja die Bäckersleute getroffen, und dieser Rufmord war mindestens genauso schlimm wie der Brand, oder finden Sie nicht?«, wollte Elena wissen. »Abgesehen davon müssen Sie ja schon im Vorfeld davon gewusst haben. Immerhin sind Sie der Erschaffer dieser Schönheit. Wie verhält sich das eigentlich? Bekommen Sie von den Pierantognettis Fotos ihrer Opfer? Ganz sicher ist das so. Ansonsten können Sie die Puppen unmöglich so hinbekommen.« Elenas Stimmlage ließ keinen Zweifel an ihrer Meinung über das Ganze.

Botti ließ sich nicht aus der Ruhe bringen. »Ich bin Puppenschnitzer. Mehr nicht. Meine Kunden sagen mir, was sie gern hätten, und ich mache mich an die Arbeit, mit oder ohne Vorlagen.«

»Und damit sind Sie fertig ...«, entgegnete Elena bissig.

Giulia schaute zu einer der Zeichnungen hinüber. »Aber Sie zeichnen die Puppen vorab immer und arbeiten nach diesem Modell?«, wollte sie wissen.

»Ja«, antwortete er.

»Könnten Sie mir bitte den Mönch zeigen, den Sie für den Auftritt des *Teatro* in Colico gemacht haben?«, bat Giulia.

»Wenn eine Puppe erst einmal in der Welt ist, vernichte ich die Skizzen«, sagte er.

Giulia schaute sich demonstrativ um. »Mhm. Der große Botti trennt sich komplett von seinen Schöpfungen? Nun, Signore, das glaube ich Ihnen nicht«, sagte sie herausfordernd. »Die Puppen müssen verkauft werden, aber Ihre Bilder ...« Sie atmete tief ein. »Ich gehe sogar so weit, Ihnen zu unterstellen, dass man hier die Originalskizze von *Tavà*, der Puppe von Riccardo Pierantognetti finden würde. Immerhin liegt sie Ihnen doch am Herzen, oder wie sonst sollte ich Ihre Nachfrage bei Romualdo nach deren Unversehrtheit deuten? Meister Botti, Sie sind der gelebte Inbegriff der Tradition Ihrer Familie, bitte halten Sie mich nicht zum Narren.«

»Das sind Betriebsgeheimnisse«, erwiderte er und wirkte dabei ganz und gar nicht wie jemand, den man beim Flunkern ertappt hatte.

»Darauf kann ich leider keine Rücksicht nehmen«, entgegnete Giulia. »Uns führt ein eiskalter Mord zu Ihnen und nicht die kindliche Leidenschaft für das Puppentheater.« Das war überaus deutlich.

Er stand auf, ging zu einem unweit von der Werkbank stehenden Aktenschrank und öffnete ihn. Eine Fülle an Ordnern, auf deren Rücken fette schwarze Jahreszahlen geklebt waren, offenbarte sich ihnen. Botti zog den aktuellsten heraus, öffnete ihn, blätterte ohne jede erkennbare Eile oder auch Unsicherheit und reichte Giulia schließlich die Kladde.

Die Zeichnung war gut. Die Striche schienen mit einer erstaunlichen Leichtigkeit gezogen worden zu sein. Schnell und trotzdem präzise.

»Wer ist das?«, fragte Elena, die hinter Giulia getreten war, um ihr neugierig über die Schulter zu schauen.

»Ein Mönch«, murmelte Giulia, als ob sie das rechts unten auf dem Blatt hingekritzelte Wort vorlesen würde. Dabei brauchte sie sich nicht einmal bemühen, eine Ähnlichkeit zu Pater Donato zu finden. Es bestand schlichtweg keine. Auch mit den anderen Mönchen, die in Piona lebten, hatte dieses Bild nichts gemein. Giulia spürte, wie plötzlich ihr Mund trocken wurde. Sie hatte gehofft, zumindest in das stilisierte Antlitz Donatos zu blicken. Das hätte ein wichtiger Hinweis sein können. Aber das hier war nichts als eine Fantasiefigur.

Alfredo Botti fühlte sich sichtlich unwohl. Er sprach dies jedoch nicht aus, sondern machte sich schleunigst daran, Giulia den Hefter wieder abzunehmen, bevor Elena und sie noch weitere Indiskretionen von ihm fordern konnten. »Ich sagte es ja, kein Frankenstein«, sagte er und zog sich wieder auf seinen Platz zurück.

»Ihre Familie hatte ihre Werkstatt schon immer in Colico?«, fragte Giulia weiter, wobei sie sich noch immer darum bemühte, ihre Enttäuschung herunterzuschlucken.

»Ja«, antwortete er. »Genau hier.«

»Dann kennen Sie selbstverständlich das Kloster sowie dessen Mönche?«, wollte Giulia wissen.

»Jeder kennt das Kloster«, antwortete er, als hätte Giulia ihn nach der Uhrzeit gefragt. »Aber ich bin nicht gläubig und auch nicht sonderlich erpicht auf Honig und Kräutertees.«

Giulia fragte sich, wieso diesen Mann nichts aus der Ruhe zu bringen schien. Er saß hier und beantwortete ihre Fragen, als wäre das alles das Unwichtigste auf der Welt. Er schien es nicht einmal eilig zu haben, sie wieder loszuwerden, zumindest gab es keine Anzeichen dafür.

»Was ist mit den Mönchen?«, hakte Giulia nach. »Kannten Sie Pater Donato?«

»Nein«, sagte er.

Giulia verschränkte die Arme und lehnte sich gegen einen der Stützpfeiler, der nicht mit Puppen zugehängt war. »Bei allen Auftritten des

Teatro, die ich bis jetzt erlebt habe, schwang ein unbändiger Hass auf die Kirche, aber auch auf das Kloster von Piona mit«, erklärte Giulia. »Sie kennen die Pierantognettis gut. Haben Sie eine Erklärung dafür?«

Er sagte eine Weile nichts. Dann hob er an: »Puppenspieler sind ein ganz eigener Menschenschlag. Eine rationale Erklärung für deren Verhalten zu finden, ist nahezu ausgeschlossen.«

»Da mag etwas dran sein«, erwiderte Giulia. »Und trotzdem kann ich mich damit nicht zufriedengeben. Ich denke, da steckt etwas mehr dahinter, das weit in die Vergangenheit zurückreicht. Ihr Großvater, Tullio Botti, und Riccardo Pierantognetti, der Großvater von Paola und Romualdo, waren Freunde.«

Alfredo Botti wartete höflich, aber ein großartiges Interesse an ihren Ausführungen zeigte er nicht.

»Zu diesem Gespann gesellte sich jedoch noch ein Dritter, ein Pater aus der Abtei in Piona«, fuhr sie fort. »Irgendetwas hat die Männer entzweit. Und dies muss so einschneidend gewesen sein, dass der Hass, der daraus erwachsen ist, bis heute anhält. Können Sie mir sagen, was das gewesen sein könnte?«

»Tullio ist seit fast dreißig Jahren tot«, entgegnete Botti. »Meinen Vater haben wir vor zwei Jahren unter die Erde gebracht. Es gibt niemanden mehr, den ich danach fragen könnte. Und so bedeutsam scheint diese Angelegenheit nicht gewesen zu sein, da sie niemand überliefert hat.«

»Sehr schade«, erwiderte Giulia nachdenklich. »Wirklich sehr schade.«

Alfredo Botti wirkte nun ebenfalls so, als würde er es bedauern.

»Sie hatten ein gutes Verhältnis zu Ihrem Vater und Großvater?«, fragte Giulia.

»Ich hätte keine besseren Lehrmeister haben können«, erwiderte Botti.

Giulia schaute ihn eine Weile schweigend an. Er hielt ihrem Blick scheinbar mühelos stand. »Wir müssen dann wieder. Wir haben Ihnen genug Zeit gestohlen.« Sie lächelte.

Er erhob sich. »Ich begleite Sie hinaus.«

Giulia hob abwehrend die Hände. »Keine Umstände bitte. Wir schließen auch die Tür.« Sie zwinkerte ihm zu und schickte sich zum Gehen an. Sie hätte den Weg an der Regalreihe vorbei hinüber zur Treppe nehmen können. Er lag etwas im Dunkeln, aber führte direkt zum Ausgang. Aus irgendeinem Grund schlug sie jedoch einen kleinen Haken. Womöglich lag es an dem Licht, das sie anzog, oder einfach nur an einem achtlosen Moment. Sie hätte es nicht sagen können. Der Grund dafür war auch unwichtig. Entscheidend war, dass sie etwas zu sehen bekam, das unter Garantie nicht für ihre Augen bestimmt gewesen war. Es handelte sich um eine Zeichnung. Darauf zu sehen war sie, die Commissario Giulia Cesare aus Abbadia Lariana.

***

Etwa vierzig Minuten später waren Giulia und Elena zurück in der Questura. Giulia hatte sich vorgenommen, die wenigen persönlichen Dinge von Pater Donato, die sich bei den Kriminaltechnikern befanden, noch einmal genauer zu sichten. Sie hegte zwar nicht viel Hoffnung, aber möglicherweise fand sie mit dem Erkenntnisstand von heute irgendetwas, was sie ein Stück weiterbrachte. Hilfsbereit wie Elena war, hatte sie sich angeboten, die Sachen bei den Kollegen abzuholen. Giulia, die ohnehin nie besonders darauf erpicht war, Riso zu begegnen, hatte dem dankbar zugestimmt. Jetzt lehnte sie bequem mit einer Tasse Espresso in der Hand in ihrem Schreibtischstuhl und betrachtete ihr Spiegelbild im schwarzen Bildschirm ihres Computers. Diese durchgeknallten Puppenspieler hatten tatsächlich vor, sie zu einer Figur bei einer ihrer nächsten Aufführungen zu machen. Womöglich sollte sie das erschrecken oder zumindest verunsichern, aber nichts dergleichen ging in ihr vor. Alfredo Botti würde in ein Stück Holz ihre Gesichtszüge einarbeiten. Womöglich würde er auch noch die für Giulia fast schon obligatorische Jeans nähen und ihr ein blaues T-Shirt anziehen. Sie trug öfters Blau, eigentlich ständig, und jemand mit einem geschulten Auge für solche Dinge hätte dies natürlich mühelos bemerkt. Konnte es diesem undurchschaubaren Botti wirklich gleichgültig sein, wen er da erschuf? Zumindest hatte er alles darangesetzt, diesen Eindruck zu vermitteln. Womöglich war das auch vollkommen in Ordnung. Ob achtundsechzig Ratten oder eine Commissario vom Comer See, welche Rolle spielte das schon? Er bekam einen Auftrag, arbeitete ihn ab und kassierte dafür sein Geld. Gestalterisch waren seine Kreationen sicherlich alle wertvoll, echte Handarbeiten mit einem besonderen Blick für die Details, und was dann damit geschah, fiel unter das Credo der künstlerischen Freiheit, allerdings die eines anderen. Nein, sie konnte Botti nicht für die Taten Dritter verantwortlich machen. Eine Maskenbildnerin war auch nicht zur Rechenschaft zu ziehen, wenn ein Schauspieler sein Fach nicht beherrschte. Trotzdem sah sie in Alfredo Botti mehr als nur einen einfachen Puppenschnitzer. Sie unterschätzte ihn, wenn sie ihn zu einem willfährigen Handlanger degradierte. Giulia setzte sich zackig auf, stellte die Tasse auf ihrer Schreibtischunterlage ab und wackelte an ihrer Computermaus. Etwas später tat sich vor ihr die Veranstaltungsplanung der Puppenspieler auf. Sie fand, wonach sie suchte. Morgen gab das *Teatro* eine Sondervorstellung in ihrem Heimatdorf. Dann musste sie sich nicht mehr lange gedulden, um zu sehen, was der Frankenstein der Puppen zu Wege gebracht hatte. Hoffentlich hatte er sie wenigstens ein paar Jahre jünger gemacht. Das war das Mindeste, was er für sie tun konnte.

»Giuli?« Auf den Ausruf ihres Namens folgte ein kraftvolles Klopfen. Giulia schaute auf. Es war Riso, der Chef der Kriminaltechniker, der im Rahmen ihrer Bürotür stand und, als wäre ihr Aufschauen eine Einladung gewesen, eintrat.

»Commissario, du hast Post«, sagte er mit gedämpfter Stimme und streckte ihr einen aufgerissenen Umschlag entgegen.

Giulia wollte gerade etwas darauf erwidern, als Elena an Riso vorbeifegte und ihr einen Karton auf den Schreibtisch stellte. »Er hat sich einfach nicht abwimmeln lassen, der Kollege«, sagte sie wie zum Scherz, aber Giulia wusste, dass es ihr Ernst war.

»So etwas übergibt man persönlich«, sagte Riso mit halb beleidigtem Unterton, die Hand mit dem Umschlag noch vor sich haltend.

»Schon offen?«, fragte Giulia irritiert.

»Ein Versehen«, entgegnete Riso. »Die Handschrift ähnelte Tildas, und ich dachte, sie hätte mir die neueste *Vogue* geschickt.« Elena konnte sich einen Lacher nicht verkneifen.

»Wieso sollte dir deine Frau eine Modezeitung ins Büro schicken?«, fragte Giulia. An normalen Tagen hätte sie diese Frage nicht einmal mehr gestellt, aber heute konnte sie einfach nicht anders. Risos Verhalten und auch das seiner Tilda war dermaßen absurd, dass ihn irgendwann mal jemand darauf bringen musste.

»Wieso nicht?«, entgegnete er voller Arglosigkeit.

»Ihr wohnt zusammen, seht euch jeden Abend, und du kannst die Zeitung nach deiner Arbeit lesen«, entfuhr es Giulia.

Elena senkte den Kopf und bemühte sich sichtbar darum, nicht auf Giulias Worte einzusteigen. Innerhalb der Questura herrschte eine festgeschriebene Hierarchie, und auch wenn diese nichts mit der Arbeitseinstellung oder dem Engagement zu tun hatte, befand sich Riso oben und Elena unten.

»Heute ist der zwölfte«, antwortete Riso trotzig.

»Und?«, wollte Giulia wissen.

»Das Erscheinungsdatum der *Vogue*«, entgegnete er. »Tilda kauft sie auf dem Weg zur Arbeit am Kiosk und gibt sie für mich an der Pforte ab. Dann bin ich absolut up to date, wenn ich nach Hause komme. Verstehst du?«

Giulia biss sich auf die Zunge und nahm ihm den Umschlag ab.

»Das, was da drin ist, verstehe ich nicht. Es sieht aus wie ein Tagebuch, aber es ist langweilig wie ein Film von Paolo Sorrentino«, bemerkte er beiläufig und im Herausgehen begriffen. »Nur wirres Zeug ohne Zusammenhang. Grauenvoll.«

Giulia wusste, dass Riso Sorrentino spätestens seit seinem Berlusconi-Film abgrundtief hasste, was für den Regisseur und nicht für Risos politische Einstellung sprach. »Ein Tagebuch?«, fragte sie und griff nach dem Umschlag.

Riso nickte. »Ich will aber mal hoffen, dass sich das derjenige, der das zu Papier gebracht hat, nur ausgedacht hat. Bei einem so trögen Leben ist man ja lieber tot.« Er schüttelte den Kopf. »Grauenvolle Existenzen gibt es. Ganz grauenvoll.« Er gähnte.

Giulia hätte ihn am liebsten zurück zu seiner *Vogue* geschickt. Stattdessen fasste sie in den Umschlag. Was sie herausbeförderte, war ein kleines Heftchen. Bereits auf der ersten Seite war ihr klar, was sie da in den Händen hielt. Sie hatten das Tagebuch von Pater Donato gefunden. Endlich.

»Brauchst du etwas, Kaffee, Kekse?« Elena steckte nun schon zum wiederholten Male ihren Kopf in Giulias Büro herein. »Ich könnte auch eine Pizza holen, nachdem man uns um die letzte gebracht hat. Oder magst du lieber ein Wasser?«

»Elena, bitte!«, brummte Giulia, die den Blick fest auf die handgeschriebenen Zeilen gerichtet hielt. »Ich bin noch nicht fertig.« Elena maulte irgendetwas und verschwand. Kurz darauf tauchte sie erneut auf. »Soll ich nicht wenigstens einmal die Fingerabdrücke nehmen lassen? Zur Sicherheit.«

»Schon veranlasst«, entgegnete Giulia, woraufhin Elena wieder ging. Natürlich brannte sie darauf, zu erfahren, was Pater Donato ihnen hinterlassen hatte. Schließlich hatte niemand mehr so recht an das Auftauchen seines Tagebuches geglaubt. Dass Fiora Ogliari es am heutigen Morgen in ihrer Post vorgefunden hatte, war zweifelsohne kein Zufall. Jemandem bedeutete es etwas, dass Fiora in den Besitz des Tagesbuches kam, und dies musste nach allem, was Giulia nun wusste, ein Mensch sein, der es gut mit den Ogliaris meinte. Pater Donatos Schwester hatte sorgfältig und zweifelsohne auch, um sich von jedem Verdacht reinzuwaschen, das Kuvert, in dem sie das Buch empfangen hatte, beigefügt. Es war ein anonymes Schreiben gewesen, aber immerhin bestand die Möglichkeit, Fingerabdrücke oder DNA-Spuren daran zu finden. Dass Giulia nicht im Haus gewesen war, um die Sendung persönlich in Empfang zu nehmen, bedauerte sie ein bisschen, aber vielleicht war dies auch nicht so schlecht, damit sie sich selbst erst einmal ein Bild von alldem machen konnte, bevor sie mit Fiora reden würde. Signora Ogliari hatte den Text ihres Bruders zweifelsohne gelesen, obwohl sie nichts dazu in den knappen Zeilen, die beigefügt waren, erwähnt hatte. Ohne Frage würde dies bei ihr unzählige Fragen aufwerfen, im Zweifel sogar ihr Leben verändern, so wie es die Ermordung ihres Bruders ohnehin bereits getan hatte.

Gedankenverloren schob Giulia das Tagebuch vorsichtig ein wenig beiseite und lehnte sich auf ihrem Stuhl zurück, um das Gelesene in Ruhe zu überdenken. Augusto Ogliari, Pater Donato, war für sie bis vor wenigen Tagen ein Fremder gewesen. Erst sein gewaltsamer Tod hatte ihn in Giulias Leben geführt, eine späte Fügung, die sie nun zutiefst bedauerte. Gianmarco hatte recht gehabt mit dem, was er über den Pater gesagt hatte. Er musste ein ganz außergewöhnlicher Mensch gewesen sein. Dieses Tagebuch, insbesondere das darin liegende Ansinnen, hatte ihr das noch einmal mehr vor Augen geführt. Dabei ging es ihm nicht, was man vielleicht bei einem Manne seines Schlages hätte vermuten können, um ein vor Vernunft und Weisheit triefendes Vermächtnis, auch suchte man diverse Glaubensbekenntnisse oder Schilderungen seiner Erlebnisse vollkommen umsonst. Entsprechend war der Adressat auch nicht die Allgemeinheit. Pater Donato gewährte einen Blick in seine Seele, eine Wahrheit, die er nicht aussprechen konnte und der er sich doch verpflichtet fühlte. Diese war einzig und allein für seine Schwester Fiora bestimmt. Und auch wenn er das so nicht explizit vermerkt hatte, war sie die Einzige, die ein Anrecht auf all diese Dinge hatte. Den Rahmen dafür hatte er mit Bedacht gewählt. Das Buch bestand aus edlem, schnörkellosem Leder und feinem weißem Papier. Es war mit Sorgfalt geschrieben, ohne erkennbare Hast und den daraus vermeintlich resultierenden Ausstreichungen. Was Donato zu sagen hatte, tat er in völliger Besonnenheit, und die brauchte keine Korrekturen. Wenn Giulia an den goldenen Füllhalter dachte, den sie in seinem Schreibpult gefunden hatte, ahnte sie, wie viel Mühe Donato sich damit gegeben haben musste. Es begann am Tag der Diagnose seiner irreparablen Nierenschäden. Jede Minute dieses Schicksalsmomentes schien er vermerkt zu haben. Streckenweise hatte er dazu sogar den Arztbericht zitiert. Fiora sollte alles wissen, denn nur so konnte sie wohl auch verstehen, was ihn auf der letzten Etappe seines Lebens antrieb. Von Groll oder Rache vor allem gegenüber Gianmarco, seinem Arzt, fand sich nichts in seinen Worten. Stattdessen sprach er von einem Freund, dessen Hilfe er wieder und wieder ausgeschlagen hatte. Es schien ihm ausnehmend wichtig, dass auch Fiora diesen Gianmarco sah, den Mann, der, wie Donato es formuliert hatte, ihm eine Erkenntnis ermöglicht hatte, die sich ihm ansonsten niemals offenbart hätte. Sein Umzug nach Piona beruhte nicht auf einem Zufall oder einer Laune, sondern er war der erste und ganz bewusste Schritt zu sich selbst gewesen. Die Rückkehr in die Heimat, die Nähe zu der geliebten Schwester bedeuteten ihm sehr viel, aber sie waren auch die Grundlage für all das, was er sich vorgenommen hatte. Dass seine Schwester das nicht wissen konnte, ihr bis auf einen einzigen Besuch stetiges Ausbleiben, erwähnte er jedoch mit keiner Silbe. Überhaupt fand sich in seiner Darstellung nicht ein einziger Vorwurf oder auch nur der Eindruck, er könnte Gram empfunden haben. Allenfalls wenn es um die Abtei ging, las man Wehmut in seinen Zeilen. So bedauerte er es, die Blüten seiner geliebten Pfirsichbäume irgendwann nie wieder sehen zu können. Auch die Sorge um seine Bienen fand Erwähnung. Von seiner Nachfolge als Abt oder auch von seiner Verantwortung für die Mitbrüder sprach er jedoch nicht. Das verwunderte wenig, denn sein Gang nach Piona war zu keiner Zeit ein Plan für die Zukunft gewesen. Sein Zustand, den er den anderen rücksichtsvoll so tunlichst verschwiegen hatte, verbot ihm das. Und obwohl er Hochachtung für Piona und seine Menschen empfand, schienen sie zu diesem Zeitpunkt seines Lebens nur noch Mittel zum Zweck für ihn gewesen zu sein, mit Ausnahme von Gianmarco. Irgendwann, Giulia hatte schon kaum noch Hoffnung gehabt, kam Donato auf das zu sprechen, was er vormals immer nur als »Weg zu sich selbst« umschrieben hatte. Es begann mit den ausführlichen Erinnerungen an seinen Vater. Anfänglich hatte sich Giulia auf diese keinen rechten Reim machen können. Sie hatte sogar vermutet, Donato wollte seiner Schwester ein Bild einpflanzen, das real so nicht existiert hatte, aber je weiter sie las, umso mehr wurde ihr klar, was Donato mit all dem bezwecken wollte. Er war an den See zurückgekehrt, um das Geheimnis seiner Familie zu lüften, das ihn seit dem Tod seines Vaters beschäftigte. Giulia nahm die eingerahmte Fotografie in die Hand, die sie in dem Koffer unter Pater Donatos Bett gefunden hatten. Sie zeigte ein junges Paar, vermutlich kaum dreißig Jahre alt, das sich einander zugetan anlächelte. Giulia erinnerte sich an das erste Mal, als sie dieses Bild in Donatos Zelle in den Händen gehalten hatte. Sie hatte das naheliegende und fraglos auch korrekte angenommen, nämlich Donatos Eltern, Ennio und Anna, darauf zu sehen. Sie legte das Foto zurück auf ihren Schreibtisch und zog sich zum wiederholten Male das andere Schwarz-Weiß-Bild, das zwischen den Seiten des Tagesbuches gesteckt hatte und von den Jahren deutlich mitgenommener war, heran. Auf dem kleineren vergilbten Foto war ebendieser Mann zu sehen, nur dass die Frau, der er seine verliebten Blicke schenkte, eine andere war. Beim ersten flüchtigen Betrachten beider Bilder war Giulia noch der Meinung gewesen, dass Donato neben dem Hochzeitsbild seiner Eltern aus unerfindlichen Gründen auch noch eine Erinnerung an eine frühere Liebschaft seines Vaters aufbewahrt hatte. Sogar an einen geschiedenen oder verwitweten Ennio hatte sie gedacht. In den Wirren des Krieges waren so einige Lebenslinien von Brüchen und Veränderungen gezeichnet gewesen. Wieso sollte es Pater Donatos Vater anders ergangen sein? Doch nichts war so, wie sie es vermutet hatte. Wie zur Versicherung, dass sie keinem Irrtum aufgesessen war, drehte Giulia das zweite Bild noch einmal um. Dort hatte jemand mit schnörkeliger Schrift »Lucilla und Tullio, 1942« vermerkt, zwei andere Namen, ein identischer Mann. Dieses Bild, das Pater Donato im Nachlass seines verstorbenen Vaters gefunden hatte, war der Schlüssel zu einem traurigen Geheimnis gewesen, auf dessen Spur sich Donato seit seiner Ankunft in Piona befand und dessen Lösung er kurz vor seinem Tod zum Greifen nah gewesen sein musste.

»Ich halte es nicht mehr aus.« Elena marschierte mit ihrem iPad unter dem Arm in Giulias Büro und setzte sich entschlossen auf den Stuhl vor ihrem Schreibtisch. »Was steht da drin?« Sie deutete mit dem Kopf auf das Tagebuch vor Giulia.

Giulia holte tief Luft. »Donatos Vater war jemand anderes, als er vorgegeben hatte zu sein«, sagte sie nur.

»Häh?« Elena Nachfrage war ein wenig zu plump, aber sie entsprach in etwa dem, was in Giulias Kopf vorging.

»Er hat nach dem Zweiten Weltkrieg seine Identität gewechselt«, entgegnete Giulia.

»Ein Kriegsverbrecher?«, schlussfolgerte Elena das aus ihrer politischen Denke heraus Naheliegende.

»Das nehme ich nicht an, zumindest steht hier nichts davon«, entgegnete Giulia. »Angeblich wurde Pater Donatos Vater als junger Soldat im Jahr 1943 von den Deutschen gefangen genommen und auf die griechische Insel Kefalonia gebracht. So wie ich die Schilderungen Donatos deute, war das alles, was sein Vater von dieser Zeit erzählt hat.«

»Die schweigende Generation«, murmelte Elena nachdenklich und bemühte gleichzeitig das Gerät auf ihrem Schoß.

»Pater Donato hat alles niedergeschrieben, was er zu seinem Vater herausgefunden hat, aber es ist lückenhaft«, erklärte Giulia. »Er war noch nicht am Ende seiner Nachforschungen, zumindest steht hier davon nichts. Das Tagebuch endet zwei Tage vor seiner Ermordung. Selbst wenn er schon auf mehr gestoßen war, hatte er nicht die Zeit gehabt, es festzuhalten. Leider.«

Elena blies die Wangen auf. »Der Vater war auf Kefalonia, in Griechenland?«, versicherte sich Elena. »1943?«

Giulia bestätigte das.

»Da gab es ein Kriegsgefangenenlager der Deutschen«, berichtete Elena das, was sie offenkundig dazu im Internet gefunden hatte. »Rund fünftausend italienische Soldaten haben sie hingerichtet aus Rache dafür, dass der einstige Verbündete Italien den »Stahlpakt«, den Bündnisvertrag mit dem Deutschen Reich, aufgekündigt hat.« Elena hob den Kopf und schaute Giulia fragend an. »Wusstest du das?«

»Nein, nie gehört«, gestand Giulia.

»Das ist ja mal wieder typisch«, meckerte Elena, als sie weiterlas.

»Was meinst du?«, fragte Giulia nach.

»Die Aufarbeitung«, entgegnete Elena. »Kaum jemand hat sich um eine anständige Aufarbeitung bemüht. Erst in den Siebzigerjahren kam etwas Bewegung hinein. Aber die Schuldigen wurden niemals zur Rechenschaft gezogen. Immer das Gleiche.« Elena machte ein verkniffenes Gesicht. »Angeblich sollen sogar Unterlagen dazu im ›Schrank der Schande‹ gefunden worden sein.«

Jeder in Italien, so auch Giulia, kannte den »Schrank der Schande«, einen Schrank, der sich im Palazzo Cesi, dem Sitz der Allgemeinen Militäranwaltschaft in Rom befand und in den in den Sechzigerjahren die Akten über deutsche Kriegsverbrechen verbracht wurden. Die Tragik lag darin, dass man den Schrank nicht nur versiegelt und mit einem Eisengitter versehen, sondern ihn auch noch mit der Tür zur Wand aufgestellt hatte. Der Plan war aufgegangen, denn bis in das Jahr 1994 blieben die Akten unentdeckt. »Pater Donatos Vater muss das Massaker überlebt haben«, schlussfolgerte Giulia das Naheliegende.

»Mhm. Aber warum wechselt man seine Identität, wenn man nichts Unrechtes getan hat?«, fragte Elena, während sie sich nach vorn beugte und sich die beiden Fotos nahm, um sie ausgiebig zu betrachten.

»Das müssen wir herausbekommen. Auch für Signora Ogliari«, antwortete Giulia.

***

Abt Benedetto saß auf einer Bank vor dem Eingang zur Kirche. Von Weitem wirkte er wie ein alter, einsamer Mann, der die Wärme der Sonnenstrahlen gesucht hatte, um seine müden Knochen zu stärken. Je näher ihm Giulia jedoch kam, umso mehr wurde ihr klar, dass er sie erwartet hatte. Der Abt hob sogar erleichtert die Mundwinkel, als er ihrer gewahr wurde, kehrte aber umgehend zu seinem traurigen, ja fast schon schuldvollen Gesichtsausdruck zurück. Sie beide wussten, was ihr erneutes Zusammentreffen zu bedeuten hatte.

»Es ist wohl an der Zeit«, sagte er leise, nachdem sie sich schweigend zu ihm gesetzt hatte.

»Fiora hat das Tagebuch bekommen«, sagte Giulia. Dabei war es ihr, als ob der Abt dies mit einem zaghaften Nicken quittierte. »Es war mit Ihren Fingerabdrücken übersät.«

Das schien ihn zu verwundern. »Ich wusste nicht ...«, hob er an, brachte aber den Satz nicht zu Ende.

»Sie haben es nicht gelesen?«, fragte Giulia, obwohl er ihr diese Frage schon einmal beantwortet hatte.

»Nein«, entgegnete er entschieden. »Ich habe eine Vermutung, was drinstehen könnte, aber ich habe es nicht angerührt. Es ist allein für seine Schwester bestimmt. Sie stand ihm so nahe wie kein zweiter Mensch.« Er hielt kurz inne. »Haben Sie etwas darin finden können, was Ihnen weiterhilft?«, fragte er und klang dabei, als würde ihn die Vorstellung verstören.

»Ein wenig«, antwortete Giulia. »Aber er konnte es nicht mehr zu Ende bringen.«

Der Abt seufzte. »Dann sollte es so sein«, erwiderte er. »Ich hätte ihm so sehr gewünscht, dass er das findet, was er gesucht hat.«

»Ich bin mir sicher, dass er es gefunden hat«, sagte Giulia.

Den Abt durchfuhr ein Schreck. »Sie meinen ...«, haspelte er aufgeregt, »... er wurde ... seine Suche könnte im Zusammenhang mit seinem Tod stehen?«

Giulia bejahte das.

»Aber ...?« Die Hände des Abtes, die bislang ruhig auf seinen Knien gelegen hatten, fingen an zu zittern. Er sagte nichts mehr, doch Giulia konnte ihm ansehen, dass ihn diese Erkenntnis innerlich förmlich zerriss. »Dann habe ich eine Mordermittlung behindert«, hauchte er kraftlos. »Das war zu keinem Zeitpunkt meine Absicht. Herr im Himmel! Ich wollte doch nur Donatos Privatsphäre schützen! Um etwas anderes ist es mir niemals gegangen.«

»Wie gesagt, Donato ist uns eine Antwort schuldig geblieben«, sagte Giulia. »Und Sie haben aus Ihrer Sicht das Richtige getan. Sie hätten es mir nur sagen müssen, anstatt mir die Geschichte von einem verschwundenen Tagebuch zu erzählen.« Ganz sicher hatte sie das eigenmächtige Handeln des Abtes Zeit gekostet. Aber nichts von alledem, was sie in Pater Donatos Vermächtnis gelesen hatte, war so eindeutig, dass es ihr den Mörder auf dem Silbertablett serviert hätte. Zudem konnte sie sich noch nicht einmal jetzt, nachdem sie sein Geheimnis kannte, hundertprozentig sicher sein, dass dies auch der Grund für seinen Tod war. Was sie jedoch bei dem Ganzen noch mehr umtrieb, war die Tatsache, dass der Abt sie eiskalt angelogen hatte. Er hatte die Fäden gezogen, Richtig und Falsch definiert, nach seinen Maßstäben und ohne Rücksicht auf andere. Er hatte, angetrieben vom Wunsch, seine Abtei zu schützen, für sich die Deutungshoheit reklamiert. Und die stand über Recht und Gesetz, also im weltlichen Sinne. Giulia gefiel das nicht, und sie fragte sich, was der Abt wohl noch hinter ihrem Rücken trieb. »Was hat der Pater Ihnen über seine Nachforschungen erzählt?«, fragte sie.

Der Abt brauchte eine Weile mit der Antwort. »Ich wusste, dass es um seine Familie ging«, sagte er.

»Das ist alles?«, hakte Giulia nach und ärgerte sich, dass er im Vorfeld auch darüber kein Sterbenswörtchen verloren hatte.

»Ja. Pater Donato hat alles Wesentliche, wirklich alles, wie ich heute weiß, mit sich selbst und unserem Herrn ausgemacht«, sagte er. »In den letzten Wochen war er anders, viel schweigsamer und nachdenklicher. Ich weiß noch, dass ich ihn gefragt habe, was ihn umtreibt. ›Familienangelegenheiten‹, war seine Antwort gewesen. Nun, ich verabscheue Indiskretionen. Deswegen habe ich mich an diesem Punkt auch zurückgezogen.« Er machte eine Pause. »Sie haben mich vor ein paar Tagen nach den Puppenspielern gefragt«, fuhr er fort. »Ich weiß, Sie vermuten, der Mord an Donato könnte etwas mit ihnen zu tun haben. Mir erschließt sich das nicht, aber ich möchte nicht den gleichen Fehler noch einmal machen.« Der Abt erhob sich und verschwand in dem Gebäude. Ein paar Minuten später kam er zurück und reichte Giulia ein altes Foto. Darauf waren drei junge Männer zu sehen. Sie standen nebeneinander, lachten in die Kamera. Einer von ihnen hielt eine Puppe auf dem Arm. Es war *Tavà*, kein Zweifel. Neben ihm stand ein Mönch. Giulia hielt sich das Bild fast direkt unter die Nase, um alles besser erkennen zu können.

»Ist das Abt Benedetto?«, fragte sie, noch immer wie gebannt auf die Aufnahme blickend.

»Ja«, antwortete der Abt. »Das ist Benedetto.«

Giulias Haut fing vor Aufregung an zu kribbeln. Das war der Mönch, der Mönch auf der Zeichnung, die ihnen Alfredo Botti vorhin so widerwillig präsentiert hatte. Die herben Gesichtszüge, die eng stehenden Augen, das dichte, dunkle Haar, alles stimmte überein. Die Mönchspuppe, die die Puppenspieler am Samstag vor ihren Augen geköpft hatten, sollte den alten Abt Benedetto darstellen. Aber wieso machten sich diese unsäglichen Geschwister dermaßen viel Mühe, wenn es kaum noch jemanden gab, der den Abt kennen konnte? Alfredo Botti hatte die Puppe zweifelsohne extra für ihren Auftritt in Colico anfertigen müssen. Was versprachen sich die Puppenspieler von einer Gemeinheit, die niemand deuten konnte?

»Das sind sie, die drei Freunde«, sagte der Abt bekümmert. »Darin liegt die Verbindung der Puppenspieler zu unserem Kloster. Allein darin.«

»Tullio Botti, Riccardo Pierantognetti und der Abt Benedetto«, murmelte Giulia.

Ein tiefer Atemzug des Abtes war zu hören. »Es war die letzte Zusammenkunft, bevor die Männer in den Krieg gezogen sind«, sagte er. »Das Ende der glücklichen Zeiten.«

Nach dem Krieg gab es keine Freundschaft mehr, erwiderte Giulia in Gedanken. »Was war der Grund?«, fragte sie laut.

Abt Benedetto schwieg.

Giulia ließ von der Aufnahme ab und schaute zum Klostergarten hinüber. Eine sanfte Brise fuhr in die Blätter der alten Bäume. Die Vögel zwitscherten. Sie betrachtete erneut das Foto. »Der mit der Puppe ist Riccardo Pierantognetti«, sagte sie irgendwann.

Der Abt reagierte noch immer nicht, aber sie wusste, dass sie mit ihrer Vermutung richtiglag. »Dann ist das Tullio Botti«, hauchte sie nahezu tonlos. Ein dicker Kloß schien ihr den Hals zuzuschnüren. Der Mann war niemand anderes als der, den sie auf den beiden Fotos von Pater Donato gesehen hatte.

***

»Pater Donato? Der Sohn?« Der Abt konnte offenbar nicht glauben, was Giulia ihm da gerade erzählte. »Aber das ist nicht möglich. Augusto Ogliari stammt aus Gravedonna, von der anderen Seite des Sees. Seine Eltern haben sich nach dem Krieg ein kleines Unternehmen aufgebaut. Er ist dort aufgewachsen. Niemals hat er etwas anderes erwähnt. Sie müssen sich irren, Commissario, ganz gewiss.«

Giulia irrte sich nicht. Ennio Ogliari war Tullio Botti. Die Fotos ließen keine Zweifel zu. Wieso der einstige Tullio aber zu Ennio geworden war, erschloss sich ihr nicht. Die Bottis waren bereits damals eine angesehene Familie gewesen, erfolgreich, wohlhabend und in ganz Italien bekannt. Jeder Nachfahre bekam eine ganz besondere Chance mit in die Wiege gelegt. Um diese auszuschlagen, brauchte es schon einen triftigen Grund. Noch dazu wenn Ennio Ogliari nach dem Krieg vollkommen neu hatte anfangen müssen. Giulia erinnerte sich an die Schilderungen Signora Fioras, laut denen das Leben ihrer Eltern äußerst beschwerlich gewesen sein musste. »Kannte Pater Donato dieses Foto?«, fragte Giulia.

»Ich weiß nicht … Es ist …«, stammelte der Abt. »Es gehört zu meinen privaten Sachen. Abt Benedetto hat es mir kurz vor seinem Tod geschenkt.« Er hielt inne und schien nachzudenken. »Er hat mir gesagt, diese Freundschaft sei das Wichtigste in seinem Leben gewesen. Genau das hat er gesagt.«

»Mehr nicht?«, hakte Giulia nach.

»Nein«, entgegnete der Abt. »Ich weiß noch, dass ich mich gewundert habe«, stammelte er, »bei seiner Beerdigung … Keiner der Männer war anwesend. Zuerst habe ich vermutet, sie wären im Krieg geblieben, aber dann war das *Teatro dei Burattini* in Colico zu Gast und …«

»Beide haben den Krieg überlebt«, wusste Giulia.

»Das Zerwürfnis muss so groß gewesen sein, dass sie ihm nicht einmal die letzte Ehre erweisen konnten«, redete der Abt weiter. »Auch die Zeit schien das nicht geheilt zu haben. Solange ich hier lebe, habe ich niemals einen der Männer bei uns gesehen.«

Giulia fielen die Worte von Romualdo Pierantognetti wieder ein. Er und seine Schwester Paola wollten niemals im Kloster gewesen sein. Und auch Alfredo Botti hatte sich ähnlich geäußert. »Kannte Pater Donato dieses Foto?«, wollte Giulia noch einmal wissen.

»Entschuldigung, ich ...« Der Abt wischte sich mit der flachen Hand über das Gesicht. »Es ist nicht auszuschließen«, gab er zu. »In meinem Alter beginnt man, seinen Nachlass zu ordnen. Sie glauben vielleicht, das ist bei einem Mann Gottes nicht der Rede wert, aber da irren Sie sich. Vor ein paar Tagen ist Pater Donato dazugekommen. Es war Zufall, wenn es das überhaupt gibt. Jedenfalls lag das Bild auf meinen Schreibtisch.«

Das muss ein weiterer Puzzlestein in Donatos Suche gewesen sein, wenn nicht sogar der entscheidende, dachte Giulia.

»Dann war Donato ein Botti«, schlussfolgerte der Abt. »Ein Nachfahre der berühmten Puppenschnitzerfamilie?«

Giulia nickte verhalten. Und bei dem Gedanken daran schlug ihr das Herz bis zum Hals.

***

Im Gastraum der *Osteria Sali e Tabacchi* konnte man kaum noch Luft holen, so dicht drängten sich die Menschen aneinander. Der Auftritt des *Teatro dei Burattini* gehörte zweifelsohne auch auf Giulias Berg zu den Höhepunkten. Fast das ganze Dorf war gekommen, einschließlich natürlich Giulias Eltern Maria und Piergiuseppe. Brutus durfte selbstverständlich auch nicht fehlen, aber im Gegensatz zu sonstigen Anlässen saß er heute nicht neben Giulia und Jacopo, sondern mit Elena in der ersten Reihe. Sie hätte doch zu gern gewusst, was zwischen ihnen lief, aber darüber schwiegen sich beide aus. Stattdessen hatte sich zu Giulias Erstaunen Tiziana De Angelis, ihre alte Bestatterfreundin, zu ihnen gesellt. Und auch Fiora Ogliari war gekommen, hielt sich aber weit ab vom größten Tumult in einer der hintersten Ecken auf.

»Es ist an der Zeit, liebe Freunde«, rief *Tavà* in die Menge. Niemand schien bereits mit dem Beginn der Vorführung gerechnet zu haben, und entsprechend unruhig war es im Auditorium. Aber da die Puppenspieler immer für eine Überraschung gut waren, hatten sie sich sicherlich auch bei diesem seltsamen Start etwas gedacht. Jedenfalls verfehlte *Tavà* sein Ziel nicht, denn es kehrte schlagartig Ruhe ein. »Selbst wenn ihr glaubt, das Ende zu kennen, so ist dies doch nicht mehr als ein Nebelschweif eurer Fantasie«, fuhr *Tavà* fort. »Niemals werdet ihr das Leben in seiner Gesamtheit begreifen, zu klein und unwichtig sind die Menschen, als dass sie dies vermögen können.« Abgang *Tavà*.

Im Publikum herrschte eine nahezu knisternde Spannung.

Ein Spot ging an, und mit ihm tauchte eine Puppe auf. Sie war noch kaum richtig zu sehen, da begannen die Leute, ausgelassen zu grölen. Begeisterungspfiffe wurden laut. »Unsere Giulia, das ist unsere Giulia«, riefen einige voller Freude. Brutus stand sogar auf und winkte ihr überschwänglich zu, während Jacopo neben ihr die Luft anzuhalten schien. Das war sie also, die Giulia Cesare, wie Alfredo Botti sie sah, dachte Giulia bei sich. Und sie musste zugeben, dass diese Puppe ihrem strengen Urteil durchaus standhalten konnte. Nein, sie war sogar ausnehmend liebreizend. Giulia jedoch ließ sich nichts anmerken.

»Es gibt sie also doch, die Drachenfrau«, raunte ihr Jacopo leise zu, wobei er diese Boshaftigkeit mit einem sanften Kuss auf ihre Wange verband.

»Da kannst du sicher sein«, entgegnete Giulia ernst. »Ich habe sie mit eigenen Augen gesehen.«

»Du hast was?«, sagte Jacopo mit fragendem Blick.

Sie winkte ab. *Cotoletta* war ein Geheimnis wert, und irgendwie war sie das Bottis besonderem Können auch schuldig. Wenigstens dieses Geheimnis sollte er behalten dürfen. Es dauerte nicht lange, und das Stück konnte seinen Lauf nehmen. Mehr als eine auf der Bühne umherirrende Giulia-Puppe, die irgendwann frustriert verschwand, bekamen die Zuschauer jedoch nicht geboten. Die suchende, aber nicht findende Commissario, das war es also, was die Puppenspieler von ihr dachten. Giulia nahm es gelassen.

Zwei junge Burschen kamen zum Vorschein, deren einziger augenfälliger Unterschied die Farbe ihrer Mützen war. Beide machten Scherze, umarmten sich. Auch das Fräulein, das sie trafen, schien den einen wie den anderen zu mögen. Schließlich nahm sie den mit der blauen Kopfbedeckung zum Mann, während der andere seine rote Mütze vor Freude dazu schwenkte. Doch nichts im Leben war nur schön, und so erzählte die nächste Szene von einem Abschied, der der jungen Frau das Herz zu zerreißen schien.

»Die ziehen in den Krieg«, murmelte Giulia leise. Neben ihr nahm Tiziana einen schweren Atemzug.

Und in der Tat, die Männer kämpften gegen einen Feind, den man nicht zu sehen bekam. Sie hielten zusammen, trösteten sich und schienen das Schlimmste überstanden zu haben. Der Vorhang wurde zugezogen, und man hätte im Publikum eine Stecknadel fallen hören können. Dann ging er wieder auf. Die beiden Burschen waren noch da, aber sie saßen hinter einem hohen Zaun, müde, erschöpft und vergessen. Ein lauter Knall durchbrach die Stille. Nun blieb dem einen nur noch die blaue Mütze seines Freundes. Vor Ratlosigkeit schien er sich nicht rühren zu können. Irgendwann schien das vorüber zu sein, und ehe man sich's versah, warf er seine blaue Mütze in den Dreck und marschierte mit der roten seines einstigen Freundes davon.

»Deswegen«, flüsterte Giulia. »Das war also der Grund.«

»Ein Botti ist nun mal ein Botti«, erwiderte Tiziana kaum hörbar. Giulia ließ die Bühne nicht aus den Augen. Das Stück war noch nicht zu Ende, nein, es schien jetzt erst richtig Fahrt aufzunehmen. Der Soldat kehrte aus dem Krieg heim. Die junge Frau, die so sehnsüchtig ihren Geliebten erwartet hatte, wirkte ein wenig verhalten, ja fast sogar schüchtern. »Lucilla wusste, dass es nicht ihr Tullio ist«, sagte Giulia leise. »Natürlich wusste sie das.«

Wieder hörte man Tizianas lautes Atmen. Auch ging ein Raunen durch die Zuschauerreihen.

»Sie hat ihn trotzdem genommen«, schlussfolgerte Giulia, und genau das war es auch, was die Puppenspieler ihnen im Folgenden erzählten. Lucilla Botti war, wie vermutlich viele Frauen nach dem Krieg, froh, einen Mann an ihrer Seite zu haben. Sie hatte in die Familie Botti nur eingeheiratet. Womöglich befürchtete sie, alles zu verlieren. Die Zeiten waren damals andere, und sie hatte den Strohhalm, der sich ihr bot, ergriffen, mit allen Konsequenzen. Nach allem, was sich auf der Bühne nun abspielte, lebten die beiden glücklich mit dieser Lüge. Nur der Mann, der sie aus der Ferne beobachtete, um schließlich unbemerkt zu verschwinden, wirkte alles andere als froh.

Der Vorhang fiel.

* * *

»Augusto, äh … Pater Donato hätte unter keinen Umständen irgendetwas von den Bottis verlangt«, sagte Fiora Ogliari, die von den letzten Tagen sichtlich gezeichnet war. »Ich auch nicht. Unser Vater hätte das niemals gewollt.«

»Das konnte Alfredo nicht wissen«, entgegnete Giulia.

»Aber er hätte meinen Bruder anhören können, wenigstens ein einziges Mal«, klagte sie, »stattdessen verabredet er sich mit ihm einzig zu dem Zweck, ihn umzubringen. Wieso aber ist Augusto darauf nur eingegangen? Dieser gutgläubige Tropf.« Sie tupfte sich ein paar Tränen von der Wange. »Hätten Sie einen Grappa für mich?«

Giulia bedeutete Elena, dass sie einen besorgen sollte. Ihr Büro gab so etwas nicht her, wobei sie sich in Momenten wie diesen das Gegenteil wünschte.

»Hat er Ihnen etwas erzählt?«, fragte die Signora mit brüchiger Stimme. »Gibt es eine Erklärung?«

Giulia schloss kurz die Augen. Dann beugte sie sich über ihren Schreibtisch und griff nach Fioras Hand.

»Wir sind also nicht die, die wir ein ganzes Leben geglaubt haben zu sein«, sagte die Signora pathetisch. Dann schaute sie Giulia tief in die Augen. »Ich bin stolz auf unseren Vater. Diese Größe des Rückzuges und sogleich des Verzichtes hätte kaum jemand gezeigt. Aber natürlich erklärt sich mir jetzt auch diese Härte, die er immer hatte, gegen Augusto und mich, unsere Mutter und vor allem aber gegenüber sich selbst.«

Giulia bestätigte ihr das mit einem Nicken.

»Er und Augusto waren sich in allem so ähnlich. Es wäre schön gewesen, wieder eine richtige Familie zu haben.« Sie senkte den Kopf und schwieg.

Giulia dachte an das Verhör von Alfredo Botti. Er hatte sich nicht lange um ein Geständnis bitten lassen. Dass die Wahrheit am Licht war, schien ihm sogar eine gewisse Erleichterung zu verschaffen, doch Giulia hatte erst im Verlauf ihrer Unterhaltung begriffen, was für ihn noch schwerer wog als sein schlechtes Gewissen. Alfredo Botti hatte mit dem Auftauchen Pater Donatos alles verloren gesehen. Sein Leben, sein Erbe, all das, wofür er stand, hatte sich von jetzt auf gleich vor seinem geistigen Auge in Luft aufgelöst. Erschwerend hinzu kam, dass er keinen Grund hatte, an Donatos Entdeckung zu zweifeln. Er selbst hatte sie erst ein paar Jahre zuvor auf dem Sterbebett seiner Großmutter Lucilla erfahren. Sie hatte sie ihm gestanden, die Tragik ihres Lebens. Es waren ihre Schwiegereltern gewesen, die aus Sorge um den Fortbestand des Unternehmens die Wahrheit nicht hatten sehen wollen. Aber auch sie hatte Schuld auf sich geladen. Denn aus Angst vor dem Alleinsein, vor ihrem Dasein als Kriegswitwe, die alle nur mitleidig anblickten, hatte sie einen Mann genommen, den sie nicht liebte und der nicht der ihre war. Das hatte sich im Laufe der Jahre zweifelsohne geändert, aber ein Teil ihres Herzens hatte immer am echten Tullio gehangen. Dass der das Massaker von Kefalonia, entgegen der Annahme seines Freundes, schwer verletzt überlebt hatte und ein knappes Jahr nach seiner Rettung durch eine griechische Bauernfamilie nach Italien zurückgekehrt war, hatte sie hingegen niemals erfahren. Das hatte sich erst ihrem Enkel Alfredo durch den Besuch von Pater Donato offenbart. Der ansonsten so vernunftgeleitete Alfredo hat keinen anderen Ausweg gesehen. Sein Angebot, in aller Heimlichkeit, die ihm Donato wohl zugestanden hatte, mit der Geschichte seiner Familie im Gepäck in die Abtei zu kommen und zu reden, war von Anfang an vergiftet gewesen. Alfredo hatte nur ein Ziel gehabt: Donato aus der Welt zu schaffen. Das Stück vom geköpften Mönch hatte dem feinsinnigen, zurückhaltenden Mann, der sich niemals zuvor im Leben über so etwas wie einen Mord Gedanken gemacht hatte, die Lösung geboten. Und zugleich hatte es ihm ein wunderbares Gefühl der Genugtuung verschafft. Nicht gegenüber Donato, aber gegenüber den Geschwistern Pierantognetti. Denn Alfredos Tat lag zweifelsohne nicht allein nur in dieser bitteren Erkenntnis der Existenz Donatos begründet. Es war das betrügerische Familiengeheimnis der Familie Botti, das einen über Generationen hinweg andauernden Hass gesät, aber auch Abhängigkeiten geschaffen hatte, die sich irgendwann zu einer unerträglichen Belastung gesteigert hatten. So waren es keine Geringeren als der alte Abt Benedetto und Riccardo Pierantognetti, die engsten Freunde des Tullio Botti, die sofort wussten, dass der Mann, der da zu ihnen zurückgekehrt war, nicht der sein konnte, den sie ziehen lassen mussten. Auch wenn der Krieg einen Mann veränderte, noch dazu in so vielen durchlittenen Jahren, genügte das nicht, um die Freunde zu täuschen. Es war der Abt Benedetto gewesen, der diese Last der Lüge nicht hatte tragen wollen. Seinen Ehemann für tot erklären zu lassen und einen neuen zu ehelichen, war die eine Sache. Aber eine Ehe mit einem fremden Mann fortzuführen, der sich sogar noch der Identität des anderen bemächtigt hatte, war eine andere. Das widersprach allem, woran der Abt geglaubt hatte. Riccardo Pierantognetti hingegen musste wohl aus anderem Holz geschnitzt gewesen sein. Denn er ergriff die Chance, die sich ihm, dem damals noch mittellosen Puppenspieler, bot. Die Erpressung überlebte erstaunlicherweise die Generationen, denn der, der sein Leben auf einer Lüge aufbaute, verlor wohl niemals die Angst vor deren Entdeckung. Alfredo jedenfalls tat das, was die Familienehre von ihm verlangte: Er schnitzte Puppen für die Pierantognettis und sah dafür niemals nur einen Cent. Dass ausgerechnet Paola ihn dabei immer und immer wieder an seine falschen Gene erinnerte, war wohl allein ihrem miesen Charakter geschuldet, aber dennoch tat es seine Wirkung bei Alfredo. Mit jedem Jahr, das verging, wuchs der Druck in seiner Brust. Schließlich konnte er sich erst davon befreien, als er einen Unschuldigen richtete und dafür nun seiner gerechten Strafe entgegensah. Dass die Pierantognettis ohne die Kunst der Bottis etwas einbüßten, das durch nichts ersetzt werden konnte, war ihnen in ihrer Hochnäsigkeit sicherlich noch nicht bewusst. Sie hatten auch aus diesem menschlichen Drama, in dem sie selbst eine unrühmliche Rolle hatten, eine Geschichte gesponnen und sich damit nur noch einmal mehr über das Leben erhoben. Dass sie es waren, die Giulia den Hintergrund zu Alfredo Bottis Tat geliefert hatten, verunsicherte sie, denn sie konnte sich nicht vorstellen, dass Alfredo sich ihnen gegenüber offenbart hatte. Er jedenfalls stritt das vehement ab. Was auch immer außer ihrer eigenen Selbstgerechtigkeit die Puppenspieler zu ihrem Spiel getrieben hatte, Giulia würde es nicht ergründen. Dass sie es waren, die alte Feuer wieder entfacht hatten, stand für sie jedoch außer Zweifel. Das sabotierte Grab des alten Abt Benedetto war ein Beispiel dafür. Der Schuldige jedenfalls war noch nicht gefunden. Am Ende waren es wohl die Puppen, so zumindest würden es die Pierantognettis sehen, die die Wahrheit ans Licht gebracht hatten und dies auch in Zukunft tun würden.

»Ich habe das Stück der Puppenspieler womöglich nicht richtig verstanden«, redete Signora Fiora weiter und unterbrach damit Giulias Gedanken. »Aber ich habe für so etwas auch nicht viel übrig. Vielleicht ist das der Grund.«

»Ich werde Ihnen alles in Ruhe erklären, wenn der Fall abgeschlossen ist. Bitte haben Sie noch ein wenig Geduld«, entgegnete Giulia.

Die Signora nickte dankbar. »Die Puppen scheinen immer mehr zu wissen als wir normalen Menschen«, sagte sie, wobei in ihrer Stimme eine feine Ironie mitschwang.

»Nein, sie denken es nur«, entgegnete Giulia. »Aber ich glaube, dass auch das nun ein Ende gefunden hat.«

***

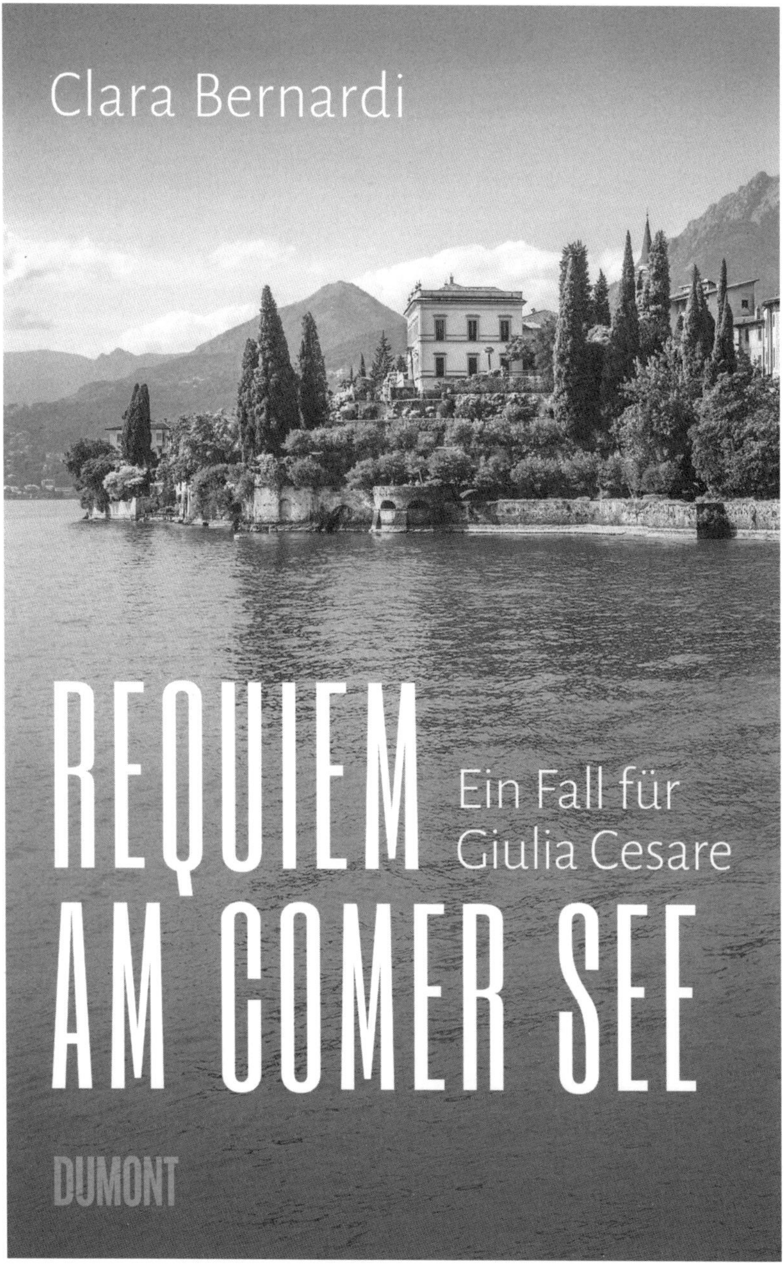
Clara Bernardi
REQUIEM AM COMER SEE
Ein Fall für Giulia Cesare
DUMONT

Clara Bernardi

REQUIEM
AM COMER SEE

Ein Fall für Giulia Cesare

Kriminalroman

LESEPROBE

DUMONT

1 Bis in die frühen Morgenstunden hatte es geregnet. Und auch nach Anbruch des Tages hingen die Wolken noch so schwer über den Gipfeln der Berge, dass es jeden Moment aus ihnen herauszuschütten drohte. Dicke Nebelfetzen schwebten wie ein Schleier tief über dem Comer See und versperrten den Blick auf die Dörfer der verschlafenen Westseite. Unter den Schwaden jedoch leuchtete der See in einem satten Türkisblau, wie er es ausschließlich nach einem kräftigen spätsommerlichen Regenguss tat. Das Gesicht des Lago di Como wandelte sich von Stunde zu Stunde. Die Jahreszeiten, das dem Wetter geschuldete Spiel von Licht und Schatten und auch die besondere Lage des von Bergen umrahmten Gewässers, dessen Seitentäler sich bis zum Ufer hinabzogen und die unterschiedlichsten Strömungen hervorriefen, gaben dem Lago ein ständig wechselndes, malerisches Antlitz. Das zog jeden, der es einmal gesehen hatte, in seinen Bann und ließ ihn nicht wieder los. Angelockt von dieser Einzigartigkeit, strömten jährlich Tausende Touristen in diesen Teil der Lombardei, ließen sich vom Zauber des Lario, wie die Einheimischen ihn nannten, einfangen und versuchten, diese Einzigartigkeit in unzähligen Schnappschüssen festzuhalten und zu konservieren. Doch der See gab sein Geheimnis nur selten preis. Man musste schon ein echter *Comasco* sein, um ihn zu verstehen.

So wie Giulia Cesare. Die schöne Lombardin lag auf der Wiese am Friedhof der Gemeinde Zana, ein kleiner Ort in den Berghängen des sich am Ostufer des Comer Sees erhebenden Grigna, sah in den Himmel und kaute auf einem Grashalm. Ihre Knie schmerzten unter dem Baumwollstoff ihrer verwaschenen kakifarbenen Hose, und die hohe Luftfeuchtigkeit hatte ihr die Schweißperlen auf die Stirn getrieben.

Auf ihrem blassgrauen T-Shirt, dessen Vorderseite eine verblichene Stones-Zunge zierte, zeichneten sich am Rücken und unter den Armen Schweißflecken ab. Ihre nackten, braun gebrannten Füße ruhten übereinandergeschlagen im Gras. Einige Meter neben sich hatte sie ihre Zehentrenner-Sandalen mit ergonomischem Fußbett und ihre halb volle Wasserflasche abgeworfen. Giulia spürte jeden Knochen, und sie war nicht bereit, diesen grässlichen Rasenmäher auch nur einen Meter weiter über die Anhöhe zu schieben.

»Du willst doch wohl nicht schon schlappmachen, Pipistrello«, rief ihr Mann Jacopo Pavese ihr lachend zu. Der große, kräftige Jacopo kauerte auf dem Dach des *Loculo*, des langen Grabgebäudes auf dem Friedhof, und schlug Nägel in die Bitumendachpappe. Seine goldbraunen Haare standen unter der Wirkung des Haargels, das er jeden Morgen großzügig darin verteilte, in alle Richtungen ab, und seinem Vollbart konnte man die intensive Pflege, die er darauf verwendete, ansehen. Das Leinenhalstuch, das er sonst stets um seinen sehnigen Hals geknotet trug, baumelte aus der rechten Gesäßtasche seiner Jeans. Sein T-Shirt war nicht halb so verschwitzt wie das von Giulia, und auch sonst machte er nicht den Eindruck, als ob ihm die körperliche Arbeit etwas ausmachte. Nur ab und zu stand er auf, federte leicht mit den Beinen auf und ab und streckte seine Gliedmaßen durch. Giulia hatte sich aufgesetzt und beobachtete ihn. Er hatte trotz seines Alters – Jacopo war dreiundfünfzig Jahre alt – noch immer einen erstaunlich sportlichen Körper. Davon hatten sich erst vor zwei Wochen alle Gäste der *Osteria Sali e Tabacchi*, ihrer Stammkneipe im Nachbarort Maggiana, überzeugen können. Eigentlich hatten sie und Jacopo lediglich mit Giulias bestem Freund Brutus Grazioli, dem örtlichen Briefträger, ihren Fünfzigsten begießen wollen. Dann aber war es, wie so oft, mit dem Koch Fabrizio zu einer Fachsimpelei über die richtige Zubereitung des *Carpaccio di Bresaola con Rucola e Grana* gekommen. Giulia vertrat dabei den Standpunkt, dass der Rucola den ausgezeichneten Geschmack des Rinderschinkens, wie man ihn nur im norditalienischen Veltlin bekam, dominierte und daher überflüssig war. Fabrizio, der Koch, argumentierte mit der Harmonie zwischen dem nussigen Salat und dem luftgetrockneten Fleisch und schimpfte Giulia eine Banausin. Irgendwann im Verlauf dieser Diskussion, die normalerweise in einer Schreierei endete, musste der gutmütige Brutus Giulias Geburtstag erwähnt haben. Wieso er diese Art des Ablenkungsmanövers gewählt hatte, war später nicht mehr zu klären gewesen. Zumal er wusste, dass es Giulia ganz und gar nicht recht war, dass die gesamte Gemeinde an ihr Alter erinnert wurde. Doch am Ende war das bedeutungslos. Hier oben am Berg kannte ohnehin jeder jeden, und vor allem kannte man Giulia Cesare. Die Anwesenden hatten sich daraufhin bemüßigt gefühlt, der Jubilarin etwas Gutes zu tun, angeführt von Fabrizio, denn ein echter Lombarde war niemals nachtragend. Im Handumdrehen war vor ihr eine Batterie ihres geliebten Amaro, des typisch italienischen Kräuterlikörs, aufgebaut worden, die sie, um niemanden vor den Kopf zu stoßen, eigentlich hätte austrinken müssen. Da Giulia aber vieles, nur nicht trinkfest war und ein derartiger Exzess für sie noch bis in den nächsten Tag hinein weitreichende Folgen gehabt hätte, hatte sich Jacopo erbarmt. Er vertrug alles Alkoholische ausgezeichnet – bis auf Kräuterlikör. Voller Eifer und mit einem fröhlichen Augenzwinkern hatte er einen Schnaps nach dem anderen auf das Wohl seiner Frau geleert. Das wiederum hatte bei ihm neben heiterer Ausgelassenheit zu dem Drang geführt, sich und insbesondere seiner Gattin zu beweisen, was er noch immer für ein Kerl war. Also hatte er sich einen Stuhl geschnappt, war in einem Satz draufgesprungen, hatte sich hingehockt und in gebückter Haltung versucht, eine Euromünze, die vor seiner Frau auf dem Fußboden lag, zu greifen. Mit erstaunlicher Gelenkigkeit war ihm dies tatsächlich gelungen, was die Zuschauer mit lauten Jubelschreien quittiert hatten. Vom Applaus angespornt, hatte er das nächste Kunststück zum Besten gegeben, bei dem er sich, ohne das Gleichgewicht zu verlieren, auf dem linken Bein stehend in die Hocke begeben und dabei das andere nach vorn gestreckt hatte. Dieser weitere Beweis von Muskelkraft und Selbstbeherrschung hatte die Anwesenden zum Toben gebracht. Daraufhin hatte Jacopo noch einige akrobatische Nummern nachgeschoben, die seinen Schwiegervater, einen ehemaligen Schauspieler, mit Stolz erfüllt hätten – wenn er denn da gewesen wäre.

Ihr schmerzender Rücken holte Giulia aus ihren Gedanken. Sie war müde. Langsam stand sie auf, wischte sich mit dem Handrücken über die Stirn, öffnete ihren Zopf, sodass ihre glänzenden schwarzen Locken auf ihre Schultern fielen, fasste erneut nach ihrer Haarpracht und knotete alles wieder straff zusammen. Dabei rieb sie ihre markant geschwungenen Lippen fest aufeinander, so wie es Frauen tun, die ihren Lippenstift gleichmäßig verteilen wollen. Nur dass Giulia nie welchen trug. Jetzt ließ sie ihren Blick zufrieden über den See wandern, atmete tief durch und genoss die Ruhe eines Sonntagmorgens. Bis spät in die Nacht hatten sie unten am See gefeiert. Das ganze Wochenende stand im Zeichen der *Giornata Mondiale dei Moto Guzzi*, der Welt-Moto-Guzzi-Tage. Seit 2002 kamen Tausende von Bikern aus aller Welt einmal im Jahr an den See, um ihrer Leidenschaft für dieses außergewöhnliche italienische Zweirad zu frönen. Eine Moto Guzzi war nicht irgendein Motorrad, sie war Kult, und Mandello del Lario für echte Fans ein Muss. Der Ort war seit Gründung des Unternehmens 1921 der Stammsitz der Guzzi-Familie, und sogar das Grab des Gründers Carlo Guzzi befand sich auf dem direkt an das Werk grenzenden Friedhof. Dieses Jahr feierte die Guzzi ihren achtundneunzigsten Geburtstag. Zum Neunzigsten hatten die Veranstalter rund zwanzigtausend Besucher gezählt. Giulia schätzte, dass sie den Rekord diesmal noch gebrochen hatten. In der Gegend war kein freies Bett zu bekommen. Die Fans campierten in Zeltstädten am See oder in den Vorgärten der Einheimischen. Seit Freitag waren die engen Gassen von Mandello komplett verstopft. Das Dröhnen der Motoren hallte tagsüber durch die Straßen und wurde allein von den Konzerten abgelöst, die ein paar überdrehte Rockbands bis weit nach Mitternacht auf der Bühne am Lago gaben. Heute Nachmittag stand der Höhepunkt des dreitägigen Spektakels an, die Parade der klassischen Guzzi-Modelle. Doch noch wirkte oberhalb des Sees alles so verschlafen wie immer.

Die Ortschaft Onno auf der gegenüberliegenden Seite des Lago, das Heimatdorf ihres Jacopos, blieb vom Nebel verschluckt, und das

Spiel der Wolken verriet Giulia, dass sie gut daran taten, ihre Arbeit so schnell wie möglich zu beenden. »Wir müssen uns beeilen«, rief sie ihrem Mann zu. »Auf einem Friedhof können wir uns keine Bummelei erlauben. Erst recht nicht, wenn morgen Vormittag die Beerdigung von Großvater De Luca ansteht.« Der alte Knabe hatte zur Verwunderung aller darauf bestanden, die letzte Ruhe neben seiner Frau zu finden. Wo sonst konnte er absolut sicher sein, dass seine Gattin nie mehr keifen würde. Sein letzter Wunsch sollte dem Verblichenen erfüllt werden. Nur dass bei dem maroden Dach in Verbindung mit Regenschauern den Trauergästen morgen, noch bevor sie die Urne hier hereinschieben konnten, das Wasser aus dem geöffneten Grabfach entgegenschießen würde. Das wiederum würde die Trauerzeremonie und vor allem die Laune des Prete Filippo, des Gemeindepfarrers, empfindlich stören. Beides musste Giulia unbedingt verhindern, und so hatte sie dem alten *Campanaro* Chiapponi seine Bitte, den Friedhof für die Beerdigung herzurichten, nicht abschlagen können. Überhaupt sagte Giulia nie Nein, wenn jemand aus der Gemeinde ihre Hilfe brauchte. Oftmals jedoch waren auch die Fähigkeiten ihres Jacopo gefragt, denn begabte Handwerker waren rar. Abgesehen davon war dieser Friedhof, zweihundert Meter über dem See am Felsvorsprung des Grigno, der einzige, den sich fünf Fraktionen, wie die kleinen Ortschaften in Italien hießen, teilen mussten. Giulia und Jacopo trugen also nicht nur Verantwortung für das Gemeinwohl – so zumindest hatte Giulia ihrem Mann gegenüber argumentiert, um ihn an einem Sonntagvormittag zu diesem Dienst zu bewegen –, sondern standen auch unter Beobachtung der Bewohner von Zana, Linzanico, Novegolo und Crebbio, die zur Stadt Abbadia Lariana gehörten, und von Maggiana, das verwaltungstechnisch der Stadt Mandello del Lario zugeordnet war. Für einen Außenstehenden war es schier unmöglich, die Grenzen zwischen den Kommunen auszumachen, waren sie doch über die Jahre so ineinander verwachsen, dass das Wohnhaus einiger Bewohner zu der einen, der angrenzende Garten aber zu der anderen Kommune gehörte, was besonders bei steuerlichen Fragen zu einigem Durcheinander führte.

Giulia Cesare war vor fünfzig Jahren und zwei Wochen in der Küche des Hauses ihrer Großeltern väterlicherseits in der *Strada per Molina* in Maggiana, keine zwei Häuser von der Osteria entfernt, geboren worden, nachdem sich ihre Mutter, eine ebenso schöne wie energische Argentinierin, geweigert hatte, sich in das Manzoni-Krankenhaus von Lecco einliefern zu lassen. Als die Wehen eingesetzt hatten, war sie kaum einen Monat dem schwankenden Schiff entstiegen gewesen, das sie auf einer sechswöchigen Reise von Argentinien nach Italien zu ihrem geliebten Gatten gebracht hatte. An der Seite des attraktiven Piergiuseppe Cesare, der sich als aufstrebender Star am italienischen Fernsehhimmel wähnte, konnte sie es nicht erwarten, ein aufregendes Leben jenseits des ärmlichen Daseins in ihrer kleinkriminellen argentinischen Großfamilie zu führen. Aber dem feingeistigen, ein wenig lebensfremden Piergiuseppe, der seine Maria vergötterte, blieb die Schauspielkarriere mangels Talent verwehrt, und seine Frau hatte sich in einer kleinen Mansardenwohnung mit Außentoilette im Haus ihrer Schwiegereltern wiedergefunden. Maria nahm es mit Humor und führte ihren Ehemann künftig an straffen Zügeln durch das gemeinsame Leben. Dies war dem sanftmütigen Piergiuseppe erstmals an jenem regnerischen Tag klar geworden, als sich seine Frau kurz vor der Niederkunft geweigert hatte, in die *Ambulanza* einzusteigen. Nach der Erfahrung als Schwangere auf hoher See hatte sie keine Lust mehr auf einen Transport zu dem höchstens zehn Kilometer entfernten Lecco verspürt. Ihre Tochter kam als Hausgeburt zur Welt, was selbst im Italien der Sechzigerjahre eine Seltenheit gewesen war, und wurde kurz darauf auf den ebenso wohlklingenden wie verheißungsvollen Namen Giulia Cesare getauft. Pierguiseppe hatte diese Entscheidung seiner temperamentvollen Ehefrau zähneknirschend, aber ohne Widerworte zur Kenntnis genommen. Insgeheim befürchtete er jedoch, die Bürde dieses Namens konnte auf den Schultern seines einzigen Kindes schwer lasten und sich im schlimmsten Fall als böses Omen erweisen. Doch daran verschwendete Maria keinen Gedanken. Das auf den Namen Giulia getaufte Schiff hatte sie und das Baby in ihrem Bauch sicher über den Atlantik geschippert.

Damit war es für die frischgebackene Mutter das Naheliegendste gewesen, das Mädchen zeit seines Lebens daran zu erinnern, was seine Mutter auf sich genommen hatte. Dass eine Giulia mit dem Nachnahmen Cesare für Irritationen sorgen könnte, hatte sie dabei wenig gestört.

Giuli, wie ihre Freunde sie von klein auf nannten, hatte hier oben an den Hängen des Grigna eine friedvolle, fröhliche Kindheit verlebt, und das, obwohl sie sich während ihrer gesamten Schulzeit die Bank mit einem Jungen namens Brutus hatte teilen müssen. Das Leben der Familie Cesare war ruhig und in geordneten Bahnen verlaufen. Pierguiseppe hatte sich mit Gelegenheitsjobs durchgeschlagen, während er insgeheim immer noch auf seine Entdeckung als Schauspieler hoffte, und Maria hatte sich glücklich in die Rolle der italienischen Mama gefügt. Nur zweimal war das Familienleben in eine Art Ausnahmezustand geraten. 1984, als Giulia sich gegen den Willen ihrer Eltern auf den Weg zur *Scuola Superiore di Polizia*, der Polizeischule, nach Rom gemacht hatte. Eine Cesare im Polizeidienst war ungefähr so abwegig wie ein Risotto ohne Parmesan. Noch dazu in einem Land, in dem Korruption auf der Tagesordnung stand und man sich selbst als vorbildlicher Bürger mit dem Eintritt in den Staatsdienst in eine Gemengelage begab, die niemand zu durchschauen vermochte. Doch Giulia hatte sich von alldem nicht beeindrucken lassen. Auch nicht von dem inständigen Flehen ihrer Mutter, deren Sorgen weniger der Mafia als ihrer argentinischen Verwandtschaft galten. Denn wie sollte sie einer Dynastie von *motochorros*, von Räubern auf Motorrädern, beibringen, dass ihre einzige Tochter die Polizeilaufbahn eingeschlagen hatte? Die toughe Giulia schüttelte auch diese Bedenken ab und brachte es in wenigen Jahren bis zur Commissario. Und Maria erfand Geschichten für die Verwandten im fernen Südamerika. Gerade allerdings als sich ihre Eltern mit ihrer aus der Art geschlagenen Tochter abgefunden hatten, war die Familie von einem noch schlimmeren, geradezu absurden Ereignis heimgesucht worden. Es war der 4. Januar 1992 gewesen, Maria vermerkte dieses Datum bis heute in jedem Küchenkalender, als Vater Piergiuseppe tatsächlich seine erste Fernsehrolle ergattern sollte. Mit siebenundvierzig Jahren. Die RAI hatte Piergiuseppe für die Serie *Mord in der Toskana* als Polizisten engagiert. In Maggiana hatte ihn sein Durchbruch bei der *Radiotelevisione Italiana* viele Runden in der Osteria gekostet. Dabei war Piergiuseppe in der äußerst erfolgreichen vierteiligen Miniserie lediglich einmal kurz zu sehen gewesen. Und sein Text hatte aus genau zwei Worten bestanden: »Bitte, Commissario«, wobei er dem Star der Serie, Ray Lovelock, den Mantel reichen durfte. Für Piergiuseppe, der dies mit Bravur und der Eleganz eines stolzen Lombarden gemeistert hatte, waren weitere Rollenangebote dennoch ausgeblieben. Doch mit den wenigen Tagen am Set hatte sich seine Einstellung zur Polizeiarbeit schlagartig gewandelt, immerhin wusste er nun aus erster Hand, wie die Uhren in einer *Questura* tickten. Die väterlichen Ratschläge beim gemeinsamen sonntäglichen Mittagessen gehörten von da an zum festen Ritual der Familie Cesare.

Giulia nahm die Wasserflasche, lief hinüber zum *Loculo*-Gebäude, stieg die daran lehnende Leiter hinauf, setzte sich neben Jacopo und streckte ihm die Flasche entgegen. Er trank einen Schluck, lächelte ihr zu und widmete sich wieder seiner Arbeit, während die Glocken der Kirche St. Antonio von Crebbio zur Zehn-Uhr-Messe riefen. Sie atmete die weiche Luft des Sees, streckte ihren Kopf in Richtung des Glockenturms, beobachtete das übergroße Läuterad mit der ausgeschwungenen Glocke, wie es in den *Campanile* häufig vorkam, und war froh darüber, dass diese Aufforderung des altehrwürdigen Prete Filippo nicht ihr galt. Seit ihrer heiligen Kommunion hatte sie weder diese noch irgendeine andere Kirche zu ihrem Privatvergnügen betreten. Wohl aber aus beruflichen Gründen. Oder aus Pflichtgefühl. Zum Beispiel als der mitunter schusselige Prete Filippo den Schlüssel zur Sakristei verlegt hatte, in der er seine Weinvorräte versteckte. Allein ihr Jacopo hatte die Flasche Barolo daraus befreien können, ohne die dem Pfarrer das *Risotto con filetti di pesce persico* nur halb so gut schmeckte. Der Prete griff in solchen Fällen zum Telefon, und Giulia überredete ihren Mann, dem Pfarrer behilflich zu sein, auch weil man ja nie wissen konnte, ob Gott nicht vielleicht doch ein wenig nachtragend war, und da Giulia in Glaubensdingen nicht sonderlich bewandert war, wollte sie kein Risiko eingehen.

Das Geläut von St. Antonio hatte gerade den letzten Schlag getan, als die Glocken von St. Rocco in dem kaum hundertfünfzig Meter entfernten Maggiana einsetzten. Kurz darauf ertönte der kräftige Schlag von St. Lorenzo vom See herauf. Der Wind stand gut, und so meldeten sich nach und nach alle Gotteshäuser in der Umgebung. Prete Filippo hatte es mal wieder geschafft. St. Antonios Ruf war als Erster erklungen. Wie das zu Zeiten von digital gesteuerten Uhrwerken möglich war, blieb das Geheimnis seines *Campanaro* Chiapponi.

Der fast neunzigjährige Küster, dessen Schlitzohrigkeit proportional zu seinen Lebensjahren zu wachsen schien, hatte gerade das Portal von St. Antonio geöffnet und wartete auf die braven Gemeindeschäfchen. Giulia sah, wie der klein gewachsene Mann in ihre Richtung schaute, und zog es vor, sich wieder dem See zuzuwenden, bevor der *Campanaro* noch auf die Idee kam, über die Straße zu rufen.

Chiapponi war der beste Freund des Pfarrers und in allen kirchlichen Angelegenheiten wie auch sonst sein ergebenster Gralshüter. Moto-Guzzi-Chiappi, wie man ihn nannte, war ein äußerst schwieriger Charakter. Das hatte Giulia bereits mit zehn Jahren eindrucksvoll zu spüren bekommen, als sie in Chiappis Kirschbaum sitzend in den Lauf eines Carcano Modell 1891, eines Repetiergewehrs aus dem Jahr 1941, geblickt hatte. Chiappi hatte kein Verständnis für Mundraub gezeigt, obwohl es sich eigentlich um einen Liebesdienst gehandelt hatte. Denn die Handvoll Kirschen war für Brutus bestimmt gewesen, also eigentlich für Rossella, ein zierliches Mädchen mit langen Zöpfen und eng stehenden schwarzen Augen, für die ihr Freund in der Grundschule, geschwärmt hatte. Doch Brutus' erste Liebe sollte unerhört bleiben, wie so viele danach. Das hatte nicht daran gelegen, dass Giulia, den Tod vor Augen, sich selbst über die Kirschen hergemacht hatte, sondern an Andrea, einem pickligen Zwölfjährigen aus der Nachbarschaft. Chiappi hatten dieses Liebesdrama sowie die Tränen des treuen Brutus, der zwischen seiner Verehrung für Rossella und der Angst um seine beste Freundin Giuli geschwankt hatte, gänzlich unbeeindruckt gelassen. Ihm war es nur um die Kirschen gegangen, seine Kirschen. Denn wenn der liebe Gott ihm schon diesen Baum geschenkt hatte, dann wollte er auch, dass er allein sich an den Früchten erfreute. Chiappis Logik in solcherlei Dingen war wohl seiner Kindheit geschuldet. Er stammte ursprünglich von einem kleinen Berghof auf der gegenüberliegenden Seite des Sees. So rau wie seine Kinder- und Jugendjahre gewesen waren, so gnadenlos war der alte Mann bis heute im Umgang mit seinen Mitmenschen, vor allem mit Giulia, die er noch immer für eine Kirschendiebin hielt.

Gerade im sechzehnten Lebensjahr angekommen, sollte sich Chiappis Erfahrungshorizont, der sich bis dahin auf Viehwirtschaft und die gemeinsamen Gebete mit seinen zehn jüngeren Geschwistern beschränkt hatte, in ungeahnter Weise erweitern – und er angesichts eines steifen Beines bis heute täglich daran erinnert werden. Vater Chiapponi, ein Mann von nicht zu unterschätzender Bauernschläue und überzeugter Gegner Mussolinis, hatte seinen Sohn im September 1943 mit dem Ochsenkarren nach Mailand gebracht, um ihn von dort auf eine abenteuerliche Reise Richtung Süden zu schicken, die den Jungen vor einem Einsatz für Mussolinis in Norditalien ausgerufene Italienische Sozialrepublik und damit vor dem Kampf auf der Seite der Faschisten bewahren sollte. Chiappi, der sich bis Neapel durchschlagen konnte, wurde von ein paar Soldaten der Regierung Badoglio, die von Süditalien aus mit den Alliierten kooperierte, aufgegriffen. Da der Junge sich in der Fremde keinen anderen Rat wusste und ihn schon einige Tage der Hunger geplagt hatte, meldete er sich freiwillig zum Kriegsdienst und kam dabei bis Sardinien, wo ihm deutsche Granatsplitter den rechten Unterschenkel zerfetzten. Die Kapitulation des Deutschen Reiches hatte er im Lazarett in den Armen einer jungen Krankenschwester erlebt, mit der er sich kurz darauf auf den Heimweg nach Norden gemacht hatte. Irgendwie war er in Mandello del Lario hängen geblieben, hatte geheiratet und dort im Stammsitz der Moto-Guzzi-Werke angeheuert. Von seinem ersten Gehalt hatte er sich 1946 die Astore, ein Motorrad ebenjener Marke, gekauft, das er zeit seines Lebens wie seinen Augapfel hütete, zur Beruhigung seiner Mitmenschen jedoch seit etwa einem halben Jahr nicht mehr gefahren war. Allerdings hatte er das Gefährt nach dem Tod seiner geliebten Frau direkt neben seinem Fernsehsessel aufgestellt. Auf diese Weise mied er für das stundenlange tägliche Polieren der Maschine den zugigen Gartenschuppen. Und was aus seiner Sicht viel bedeutsamer war: Er schmälerte das Risiko, dass deutsche Touristen, die es zuletzt vermehrt an den Lago zog, ihm sein Heiligtum stehlen konnten. Dabei hätte die an der Hütte hängenden drei Nummernschlösser nicht einmal ein deutscher Ingenieur knacken können. Aber Chiappi hegte ein geradezu wahnhaftes Misstrauen gegen die »Kartoffelfresser«, das stets zunahm, wenn eine Gewitterfront über dem See aufzog. Durch die Luftdruckveränderung fingen die in seinem Bein verbliebenen Granatsplitter an zu wandern und erinnerten ihn bei jeder Bewegung an das Artilleriefeuer der Wehrmacht. Aber auch sonst machte er keinen Hehl aus seinem Argwohn gegenüber den *Tedeschi*. Nicht einmal als er mit knapp siebzig das Amt des Küsters übernommen hatte und in den Dienst Gottes getreten war, was eigentlich ein höheres Maß an Freundlichkeit gegenüber Menschen jedweder Nationalität vorausgesetzt hätte. Ansonsten jedoch tat er für den Herrn und seinen Freund Prete Filippo alles, wozu auch das manuelle Glockenläuten zwei Minuten vor der Zeit zählte. Wobei ein an einem Seil hängender Greis mit dem Gewicht eines Schulkindes nicht nur über ein gehöriges Maß an Gottvertrauen, sondern auch Wagemut verfügen musste. Chiappi kannte lediglich eine Einschränkung: Blitz und Donner. Dann musste die Technik ran. An den vergangenen Sonntagen war die Wetterlage entspannt gewesen, und der Prete hatte mit seiner Kirche eindeutig den Sieg davongetragen.

Während Giulia noch immer auf dem *Loculo* hockte, konnte sie sehen, wie ein Schäflein nach dem anderen sein Haus verließ und dem Ruf der Kirchenglocken folgte. Zuerst erschien Cesira Negri, eine trotz ihres fortgeschrittenen Alters auffallend schöne und grazile Frau von elegantem Äußeren. Die Leute erzählten, dass sie einmal Musiklehrerin in Mailand gewesen war. Näheres wusste man nicht zu berichten, denn Cesira Negri schwieg beharrlich über ihr Alter und hatte auch sonst nicht viel mit den Dorfbewohnern zu schaffen. Die strenggläubige alleinstehende Frau hatte vor einigen Jahren das Haus des alten Rossi, dessen Kinder ihn in ein Seniorenheim nach Lecco verfrachtet hatten, direkt gegenüber der Kirche erworben und lebte dort mit Tausenden Schallplatten und ohne Fernsehgerät. Das wusste der junge De Luca zu berichten, der mit seinem Ein-Mann-Betrieb hin und wieder ein paar Hausmeistertätigkeiten bei ihr ausführte. Er und der Prete waren die Einzigen, die ihr Haus bisher betreten hatten.

Cesira Negri trat auf die Straße, ohne nach links und rechts zu sehen, befeuchtete auf eine ihr eigene vornehme Art den Zeigefinger ihrer rechten Hand, fuhr sich nacheinander über die schmal gezupften Augenbrauen und strich anschließend über ihr schwarz glänzendes, zu einem strengen Knoten zurückgebundenes Haar. Sie wischte sich über die flachen, von einer hochgeschlossenen dunkelblauen Strickjacke bedeckten Brüste, als könnte ein Fussel darauf geraten sein, steuerte mit energischen Schritten auf das Denkmal für die Gefallenen des Ersten Weltkrieges zu, dann verneigte sie sich leicht und bog schließlich in Richtung Kirche ab. Wie an jedem Sonntag war sie die Erste.

Giulia war sich sicher, dass die Negri sie gesehen hatte, doch sie würdigte sie wie immer keines Blickes. So waren sie nun einmal, die Mailänder – am See die Ruhe und Natur suchen, auf die Einheimischen aber herabschauen, dachte sie, als plötzlich lautes Geschrei auf der Straße losbrach. Luigi und Achille, die beiden achtjährigen Enkelsöhne von Eleonora und Francesco Tommaso, waren aus dem Haus ihrer Großeltern gestürzt und prügelten sich um einen langen Holzstock, den sie augenscheinlich mit in die Messe nehmen wollten. Kurz darauf kam Francesco, ein großer, kräftiger Mann mit dunklem Schnauzbart, im Sonntagsanzug herausgeschossen, schnappte mit beiden Händen nach dem Holz, zerbrach es unter lautem Gezeter über seinem rechten Knie in zwei Hälften und reichte jedem der Kinder eine, die mit verdutzten Gesichtern danach griffen. Francesco war nun einmal ein kluger Mann und als Angestellter der Stadtverwaltung in Lecco ein angesehener Bürger. Als der Frieden zwischen den Enkeln wiederhergestellt war, folgte Eleonora, seine kleine, rundliche Frau mit kupferrot gefärbter Lockenmähne und viel zu großen Zähnen, deren Stimme mühelos bis hinunter zum See schallte. Sie versetzte den beiden Jungs eine Kopfnuss, henkelte sich bei ihrem sie um drei Köpfe überragenden Gatten ein und spazierte mit allen gemeinsam zur Kirche hinüber. Francesco schaute dabei kurz zum Friedhof und hob grüßend die Hand. Giulia winkte zurück und sah den Tommasos nach, bis sie aus ihrem Blickfeld verschwunden waren. Wenn man es nicht besser wüsste, könnte man die vier für eine richtig nette Familie halten, dachte sie amüsiert. Dann fiel ihr die sperrangelweit offen stehende Haustür ins Auge. Wie oft sollte sie Francesco eigentlich noch Vorträge über durch Leichtsinnigkeit begünstigte Einbrüche halten? Die Tommasos waren dafür bekannt, dass sie ihre Haustür niemals verschlossen, es sei denn, das Thermometer fiel doch einmal unter null Grad. Diese Angewohnheit war fahrlässig, auch den anderen Dorfbewohnern gegenüber. Denn diese wurden so unfreiwillig, aber äußerst umfassend über das Leben der Familie informiert. So waren alle dabei gewesen, als Francesco den Vater seiner Enkelsöhne, einen arbeitsscheuen Kellner aus Palermo, unter dem lautstarken Protest seiner Tochter Francesca die Treppe heruntergeprügelt und vor die Tür gesetzt hatte. Wütend darüber, dass sein eigen Fleisch und Blut ihm in den Rücken gefallen war, hatte Francesco kurzen Prozess gemacht, und Francesca durfte ihrem Palermitaner gleich folgen. Eleonora hatte das Toben ihres Mannes mit der Entsorgung von Francescas Sachen durch das Fenster hinaus auf die Straße begleitet, wobei sie von ihren Enkelsöhnen angefeuert worden war. Die Jungs blieben kurzerhand bei den Großeltern, und in der Familie wagte von da an niemand mehr, Francescos Autorität anzuzweifeln. Die Enkel waren nun mal sein Ein und Alles. Ansonsten liebte Francesco deftiges Essen und Fußball; Letzteren in einem Maße leidenschaftlich, dass er beim Sieg der Italiener über die Deutschen im Halbfinale der Europameisterschaft 2012 so laut und ausdauernd gejubelt hatte, dass einige Mitbürger besorgt die *Ambulanza* gerufen hatten. Man hatte befürchtet, dass Francesco in eine seiner Wildererfallen getreten war, die er regelmäßig oben bei der Cascata, einem kleinen Wasserfall im Wald, versteckte. Was seine Enkelsöhne anging, so kamen sie vom Temperament ganz nach dem Großvater, und mit ihren acht Jahren waren sie in kaum mehr als drei Minuten in der Lage, einem toten Hasen das Fell abzuziehen. Auch ihre Flinkheit beim Kastaniensammeln war beeindruckend. Noch ehe der gutmütige Giuseppe seine Plantage betreten hatte, waren die beiden mit vollen Beuteln über alle Berge. Trotzdem, es waren liebenswerte Burschen. Wie es dem Prete allerdings gelang, sie für die Dauer der Messe still auf seiner Kirchenbank zu halten, blieb Giulia ein Rätsel. Und die Geschichte, die ihr Freund Brutus immer wieder gern zum Besten gab, wonach die beiden vom *Campanaro* mit einem Strick an die Bank gefesselt wurden, wollte sie kaum glauben.

Als Nächste kam die schöne Teresa, gefolgt von ihrem Mann Giovanni, die Straße heraufgetrippelt. Die schlanke Brünette, deren Kurven sämtliche Männerblicke auf sich zogen, war erst vor einem knappen Jahr der Liebe wegen auf den Berg gezogen. Dass ihr Giovanni der Anlass gewesen sein sollte, Como zu verlassen, einen Job in Varenna anzunehmen und nach Abbadia Lariana zu ziehen, mochte man, wenn man die beiden so beobachtete, nicht glauben. Der *Bellezza*, wie sie im Dorf genannt wurde, sah man deutlich an, wie sehr sie das Landleben hasste und dass sie jeden Tag verfluchte, den sie hier oben verbringen musste. Der bedauernswerte Giovanni hatte die schönste Frau des Ortes, aber bereits kurz nach ihrem Einzug in seinem Elternhaus keinen gnädigen Gott mehr.

Das halbe Dorf ergötzte sich an den weiblichen Reizen der attraktiven Teresa, die das mit ihrer figurbetonten Kleidung und ihren ausladenden Bewegungen genüsslich zu provozieren schien. Was die Gafferei der Männer anging, so musste diese jedoch möglichst unauffällig geschehen, denn Giovanni hatte zwar im eigenen Haus nichts zu melden, aber bei potenziellen Nebenbuhlern vergaß er, ganz in der Manier eines echten Italieners, seine gute Erziehung. Amüsiert betrachtete Giulia das schwungvoll hin- und herwackelnde Hinterteil, bis ebenjenes von breiten Hüften in verbeulten schwarzen Plisseeröcken verdeckt wurde. Die Frauen des Kirchenchores hatten Teresa aus ihrem Blickfeld verdrängt. Die fünf ältlichen Damen, die aussahen, als wären sie einem kleinen sizilianischen Dorf bei Kriegsende entsprungen, und die gefühlt seit Giulias Geburt der christlichen Singgemeinschaft angehörten, fanden sich heute für ihre Verhältnisse erstaunlich spät ein. Wie aufgescheuchte Hühner schoben sie sich unter aufgeregtem Geschnatter nacheinander in die Kirche. Giulia schmunzelte. Gewiss stritten sie mal wieder über ihre Tiramisu-Rezepte oder über die in Olivenöl geschwenkten Tagliatelle mit Trockenfisch, eine der Spezialitäten am See. Meistens ging es bei ihren Zwistigkeiten ums Essen. Und um die Frage, auf wessen Kochkünste der Prete am ehesten schwor. Immerhin war der Pfarrer jeden Sonntag bei einer anderen Chordame zum Mittagessen eingeladen, das sich zum Leidwesen der Ehemänner meistens bis weit in den Nachmittag hineinzog. Kaum waren die Singschwestern im Gotteshaus verschwunden, setzten Maria und Piergiuseppe Cesare ihre Füße auf die Stufen von St. Antonio. Giulia stutzte. Warum waren ihre Eltern hier und nicht in St. Rocco? Um die heilige Messe zu feiern, mussten sie nicht mehr als zwei Schritte aus der eigenen Haustür machen. Sonst kamen sie nie hierher. Sie hatten doch wohl nicht das gemeinsame Mittagessen verschoben, ohne ihr Bescheid zu sagen? Ausgerechnet, wenn Jacopo sich hier für Giulia abmühte. Er würde bestimmt einen Bärenhunger haben. Dabei gelang es ihr schon im Normalfall mehr schlecht als recht, ein paar *Spaghetti al pomodoro* zuzubereiten. Und heute hatte sie nicht einmal Tomaten im Haus. Dann sah sie, wie Maria vor dem Kirchenportal stehen blieb und sich hektisch nach allen Seiten umschaute. Sie führt etwas im Schilde, dachte Giulia. Hoffentlich ging es dabei nicht wieder um ein von Francesco Tommaso illegal erlegtes Wildschwein, von dem sie ihm für ein paar Euro ein Stück abschwatzte, das sie anschließend für viel Geld an die Osteria weiterverscherbelte. Irgendwann würde Francesco dahinterkommen. Bei dessen aufbrausendem Naturell wäre die Peinlichkeit für die gesamte Familie Cesare vorprogrammiert. Oder sie hatte sich mit Angelo, dem Einsiedler von der Cascata, verabredet. Dann gab es zum Nachtisch wenigstens Ziegenkäse. Was der seltsame Kauz sonst noch alles aus den Bergen mit ins Dorf brachte, wollte Giulia gar nicht so genau wissen. Hauptsache, Maria bezahlte den armen Schlucker dieses Mal. Ewig würde sie sich die Nummer mit der Kostprobe, anhand derer sie sich erst von der Qualität des Käses überzeugen musste, nicht leisten können. Giulias Mutter nahm es mit der Ehrlichkeit und auch hin und wieder mit dem Gesetz nicht so genau, und es war besser, stets ein Auge auf sie zu haben. Giulia blickte zur Kirche, bis ihre Eltern darin verschwunden waren. In der einstündigen Messe konnte Maria nichts anstellen – das hoffte sie zumindest. Neugierig suchte sie die Umgebung nach einem von Marias Geschäftspartnern ab. Doch außer ein paar weiteren braven Mitbürgern, die im schönsten Sonntagszwirn zum Gotteshaus eilten, war niemand zu sehen. Es war schon erstaunlich, wie viele Menschen auch im 21. Jahrhundert ihr Seelenheil im Glauben fanden. Zumindest oberhalb des Sees, denn im einstmals tief katholischen Italien war dies längst keine Selbstverständlichkeit mehr. Aber so waren die Menschen nun einmal. Sie brauchten jemanden, an den sie sich halten konnten, auch wenn derjenige seit zweitausend Jahren tot war. Sollten die alle der langweiligen Predigt des Prete lauschen, Giulia hatte Wichtigeres zu tun. Das Dach musste dicht sein, bevor der nächste Regenguss kam. Und so wie der Himmel über dem See aussah, konnte das nicht mehr allzu lange dauern.

STROZZAPRETI,
GRÜNER SPARGEL UND KANINCHEN

Nach einem Rezept von Sternekoch Marcello Fabri

ZUTATEN FÜR 4 PERSONEN

Strozzapreti-Nudelteig: 500 g Mehl
1 Ei
150 g warmes Wasser
5 g Salz
1 EL Olivenöl

Strozzapreti-Soße: 2 Kaninchenkeulen
3 Schalotten
½ Möhre
1 kleine Stange Staudensellerie
100 ml Madeira
etwas Trüffelbutter
400 ml Kalbsfond
8 Stangen grüner Spargel

ZUBEREITUNG

Strozzapreti: Mehl und Salz vermischen und in einer Schüssel mit dem Ei, dem warmen Wasser und dem Olivenöl zu einem glatten Teig verkneten. 10 Minuten bedeckt ruhen lassen. Mit der Nudelmaschine den Teig 2 mm dick ausrollen, in Streifen schneiden und mit den Händen die Strozzapreti formen.

Soße: Kaninchenkeulen vom Knochen befreien und in Würfel schneiden. Sellerie, Schalotten und Möhren in kleine Würfel schneiden, Spargel schälen und die Spitzen abtrennen. Spargelstiele in kleine Würfel schneiden. Die Kaninchenkeule in einer breiten Kasserolle mit Olivenöl scharf anbraten, mit Salz und Pfeffer würzen, das in kleine Würfel geschnittene Gemüse dazugeben und glasig mit andünsten. Das Ragout mit Madeira ablöschen und trocken einreduzieren lassen, mit dem Kalbsfond auffüllen und bei niedriger Hitze ca. 1 Stunde lang köcheln lassen. Bei Bedarf mit Wasser nachfüllen.

Grüne Spargelspitzen: Die Spargelspitzen in reichlich kochendem Wasser blanchieren und als Garnitur verwenden.

Fertigstellung: Die Strozzapreti in reichlich kochendem Wasser garen und in das Kaninchenragout geben, mit etwas Trüffelbutter abschmecken.

Warm mit den Spargelspitzen servieren.

Marcello Fabbri ist ein italienischer Sternekoch.
Seine Gäste und Familie verwöhnt er
mit seiner Kochkunst, die unverkennbar die Handschrift
seiner italienischen Wurzeln trägt.